KATE
RIORDAN

Das verborgene Zimmer

KATE
RIORDAN

Das verborgene Zimmer

ROMAN

Aus dem Englischen
von Christiane Sipeer und Lisa Kögeböhn

DUMONT

FSC
www.fsc.org
MIX
Papier aus verantwortungsvollen Quellen
FSC® C083411

Die englische Originalausgabe erschien 2020 unter dem Titel ›Heatwave‹
bei Michael Joseph, Penguin Random House UK, London.

Erste Auflage 2020

Übersetzung: Christiane Sipeer und Lisa Kögeböhn
Umschlaggestaltung: Lübbeke Naumann Thoben, Köln
Satz: Fagott, Ffm
Gesetzt aus der Minion
Druck und Verarbeitung: CPI books GmbH, Leck
Gedruckt auf säurefreiem und chlorfrei gebleichtem Papier
Printed in Germany
ISBN 978-3-8321-6540-6

www.dumont-buchverlag.de

Für meine Mum, wen sonst

»Du passt zu mir
wie die Faust aufs Auge

deine Faust
mein Auge«

Margaret Atwood

TEIL EINS

Juli 1993

Der Brief erwartet mich, als ich von der Arbeit nach Hause komme. Er stammt aus Frankreich, das erkenne ich sofort. Die handgeschriebene Sieben in der Postleitzahl verrät es: geschwungen und mit Querstrich, absolut unenglisch. La Rêverie ruft mich also doch noch zurück.

Die Sommersonne ist unerbittlich, da wo ich herkomme. All die Hitze, die die trockene Erde nicht aufnehmen kann, steht schwer in der Luft, umschließt dich. Wenn es besonders heiß war, lag ich nachts wach in den feuchten Laken, Fenster und Fensterläden weit offen, und hörte zu, wie die Zikaden zirpten, die Frösche quakten, und der Donner im Tal umherrollte wie Murmeln in einer Schüssel.

Frankreich fehlte mir nicht, nachdem wir wegzogen waren. Ich war froh, dass wir beide uns im Norden Londons verstecken konnten und sicher waren in den Straßen voller roter Backsteinhäuser und Bäume, die mit ihren Wurzeln das Pflaster hoben. Es macht mir nicht einmal etwas aus, dass ich zur ewigen Fremden geworden bin; obwohl ich perfekt Englisch spreche, ist mein Akzent nicht zu überhören. »Ach, Sie sind Französin«, sagen die Leute dann und lächeln. »Toller Wein und Käse.«

Inzwischen denke ich auf Englisch. Ich träume sogar in der Sprache, die ich mir zu eigen gemacht habe. Aber als ich den Brief sinken lasse und überlege, was sein Inhalt für mich bedeutet, geschieht das in meiner Muttersprache. Das geht ganz automatisch – ich streife die alte Sprache so mühelos über, als sei sie ein T-Shirt, das ich zwar aussortiert habe, mir aber immer noch wie angegossen passt.

Am Telefon im Flur schlage ich das Adressbuch bei G auf. Ich kann die Nummer deines Vaters in Paris immer noch nicht auswendig.

»*Oui?*«

Seine Aussprache ist gut, besser als früher. Als wir noch verheiratet waren, habe ich ihn immer damit aufgezogen: »Greg, es heißt nicht ›wie‹. Im Französischen musst du den ganzen Mund einsetzen. Besonders die Lippen.«

»Das mit den Lippen krieg ich hin«, sagte er dann jedes Mal, schnitt übertriebene Grimassen und küsste mich. Am Anfang küssten wir uns endlos. Küssten uns und lachten. Miteinander sprachen wir Englisch, obwohl wir in Frankreich lebten – und das nicht nur, weil ich seine Sprache viel besser beherrschte als er meine, sondern auch, weil es irgendwie einen Ausgleich schuf. Ein Haus voller Englisch, und ganz Frankreich draußen vor der Tür.

»Ach, Sylvie, du bist es«, sagt er. Seine tiefe und leicht heisere Stimme geht mir immer noch durch und durch. »Alles in Ordnung mit Emma?«

»Emma geht es gut.«

Ich sehe ihn vor mir, wie er mit der freien Hand eine Gitane aus der zerknautschten Packung schüttelt, sein weiches Chambray-Hemd, das jetzt eine andere bügelt, die tiefe Furche der Ungeduld zwischen seinen Augenbrauen.

Ich schlucke und ärgere mich, dass ich mir vor dem Anruf nicht überlegt habe, was ich sagen soll. »Hör zu, du müsstest Emma ein paar Tage nehmen, vielleicht auch eine Woche.«

»Hatten wir nicht Ende August vereinbart?«

»Ja, es muss aber jetzt sein. So bald wie möglich.«

»Was? Wieso? Wo willst du denn hin? Es sind doch noch gar keine Ferien, oder?«

Ich kann den Brief vom Telefon aus sehen, seine scharfen weißen Kanten.

»Erst ab Freitag. Sie würde nur ein paar Tage in der Schule verpassen, und ihr könntet zusammen ihren Geburtstag feiern. Ich kann sie auf dem Weg nach Süden in Paris absetzen.«

»Nach Süden? Sylvie, was ist los?«

»Es ist was mit dem Haus. Der Anwalt hat mir geschrieben. Es gab … es gibt ein paar Schäden.«

»Was für Schäden?«

»Es hat gebrannt. Ein kleines Feuer. Wahrscheinlich ein Unfall, aber es wird teuer. Das Haus steht jetzt seit zehn Jahren leer, und so was wird immer öfter passieren. Es muss verkauft werden, und ich muss persönlich hin und ein paar Unterlagen unterschreiben. Du weißt ja, wie das in Frankreich ist, wie kompliziert solche Sachen dort sind.«

»Na ja, wir würden uns natürlich freuen, Emma zu sehen. Aber ich glaube nicht, dass das geht.«

»Du weißt doch, dass ich sie von dort fernhalten will. Außerdem werde ich sowieso die meiste Zeit mit den Anwälten beschäftigt sein.«

»Sylvie, ich muss auf Geschäftsreise, und Nicole fährt mit den Jungs zu ihrer Mutter in die Normandie. Ist alles schon geplant.«

Ich schweige. Eigentlich war mir schon klar, dass er Nein sagen würde. In der folgenden Stille hängen wir beide unseren Gedanken nach, und die Leitung zwischen uns summt leise.

»Also kehrst du nun doch zurück«, sagt er schließlich und nimmt einen langen Zug von seiner Zigarette.

*

Es ist zwar noch früh, als wir die Wohnung verlassen und uns auf den Weg gen Süden nach Dover machen, trotzdem ist der Tag fast um, als wir in Calais von der Fähre fahren. Die Männer winken uns ungeduldig von der Rampe, ihre neonfarbenen Jacken heben sich grell vom immer grauen, Unheil verkündenden Himmel ab. Du sitzt still neben mir, aber deine wachsende Aufregung ist spürbar, sie strömt von dir aus wie die Geräusche aus den Kopfhörern deines Discmans, ohne den man dich zurzeit kaum noch antrifft.

Ich folge dem Wagen vor uns auf die rechte Spur, über der die blauen Schilder zur Autobahn weisen. Je weiter wir ins immer dunkler werdende Inland hineinfahren, desto lauter und beharrlicher wird die Stimme in meinem Kopf, die nicht mehr verstummt ist, seit ich den Brief bekommen habe. Ich klammere mich so fest ans Lenkrad, dass es vor Schweiß ganz rutschig wird.

Ich werfe einen Blick auf die Uhr am Armaturenbrett. Es ist schon spät. Vor uns leuchtet das Schild eines günstigen Hotels im Dunkeln auf. Ich fahre ab und atme auf – erst jetzt merke ich, dass ich die Luft angehalten habe. Im fluoreszierenden Licht der Rezeption, wo man nichts als das Brummen eines Verkaufsautomaten hört, kommt es mir gar nicht vor, als sei ich im selben Land, das ich damals verlassen habe – das verschlafene Frankreich meiner Kindheit, der Ort, an dem wir einmal eine normale Familie waren. Nein, das ist nicht die Wahrheit. Was auch immer wir waren, normal waren wir nie, von Anfang an nicht.

*

Am nächsten Morgen schenke ich dir im Frühstücksraum noch eine Tasse *chocolat chaud* ein und deute auf den Stapel verpackter *biscottes* auf dem Buffet und die runden Kleckse blasser Normandie-Butter.

»Iss noch was, Süße«, bitte ich dich und lächele, um den angespannten Ton in meiner Stimme wettzumachen. »Wir haben noch einen langen Tag vor uns.«

Aber du interessierst dich viel mehr für die fremdartige Umgebung als für dein Frühstück: die großen Kaffeetassen und dünnen Käsescheiben in aufgerissenen Croissants, die Kinder mit den perfekten Tischmanieren und den farbenfrohen Brillen.

Du beugst dich vor und flüsterst verschwörerisch: »Der Mann da drüben guckt immer wieder zu dir rüber.«

»Nein, tut er nicht.« Aber meine Blicke wandern schon durch den Raum, ich kann gar nicht anders.

Du grinst, und da muss ich auch lächeln.

»Schon wieder«, sagst du. »Total auffällig. Der da drüben am Fenster mit dem grünen Hemd. Er ist alleine. Wahrscheinlich auch geschieden. Geh doch mal hin und sag *bonjour*.«

»Also wirklich, Emma!« Aber jetzt muss ich lachen.

»Du siehst doch echt gut aus für dein Alter, Mum.«

»Ach, wie ich zweifelhafte Komplimente liebe!«

Du verdrehst die Augen. »Stimmt doch aber. Du bist echt hübsch. Die Männer starren dich immer an. Dieser Nick von der Arbeit, der mit dir ausgehen wollte, der war total besessen von dir.«

Da erspähe ich meinen Verehrer, und unsere Blicke begegnen sich kurz. Er hat etwas von Greg: die Art, wie er das Messer hält, und die unwillkürliche Kopfbewegung, wenn ihm die Haare in die Augen fallen. Als wir verheiratet waren, habe ich Greg immer die Haare geschnitten, mit ausgebreiteter Zeitung unterm Küchenstuhl.

Ich stehe auf, und mein Stuhl scharrt über den Boden. Eines der Kinder ist in einen Singsang verfallen: *»Maman! Maman!«*, und ich weiß nicht, wie lange ich das noch aushalte.

*

Hinter Lyon folgen wir den langsameren und schmaleren D-Straßen. Das schräge Sonnenlicht bricht immer wieder durch die langen Pappelreihen am Straßenrand. Ich hatte vergessen, wie genau sie es hier mit der Beschilderung nehmen, selbst die kleinsten Dörfer und winzigsten Nester verkünden ihren Namen am Ortseingang, und am Ausgang ist er rot durchgestrichen. Das Land um uns herum erscheint endlos im Vergleich zu London: alte, verblichene Bauernhäuser und immer mal wieder ein verrammeltes Restaurant, verlassen am Rand riesiger Felder. Ich werfe dir einen Blick zu, du betrachtest aufmerksam die Umgebung. Das alles muss dir so exotisch vorkommen, obwohl du die ersten vier Jahre deines Lebens hier verbracht hast.

Während der Fahrt steigt die Sonne immer höher, und im Auto wird es immer heißer. Du spielst am Radio herum und schnaubst verächtlich angesichts der fürchterlichen französischen Popsongs, bis du einen Sender findest, auf dem Edith Piaf läuft. Ich kurbele das Fenster herunter, und der erste Luftstoß weht mir die Vergangenheit entgegen. Ein unbeschreiblicher Geruch. Vielleicht eine Mischung aus heißen Steinen, Lavendel und einer unterschwelligen Note Panik.

Knapp einen Kilometer vom Haus entfernt verfahren wir uns fast – ziemlich absurd, wenn man bedenkt, dass ich nirgendwo auf der Welt länger gelebt habe als hier. An der Ecke, wo früher ein Pfirsichstand war, an dem wir oft eingekauft haben, ist jetzt eine Tankstelle, und das verwirrt mich so sehr, dass ich die Abbiegung verpasse. Erst als wir mit einem Mal mitten im alten Dorfkern landen – der gesprenkelte Schatten der Platanen, die runden silbernen Tische des Cafés und die verstaubte Markise der *boulangerie* sehen noch genauso aus wie früher –, merke ich, wo wir sind.

Ich wende mit quietschenden Reifen, weil ich noch nicht bereit bin, jemandem zu begegnen, den ich kenne, und schon holpern wir über die unbefestigte Straße auf La Rêverie zu.

Ziemlich plötzlich und schneller, als mir lieb ist, erreichen wir die ausgefahrene Spur, die zu der baufälligen Scheune führt, in der wir früher Feuerholz für den Winter gelagert haben, zusammen mit den rostigen Walzen und anderen uralten landwirtschaftlichen Geräten, die mein Vater sinnloserweise sammelte. Ich starre stur geradeaus und fahre direkt weiter vors Haus.

Ich schalte den Motor aus. Du sitzt schweigend neben mir. Ich schiebe dir eine lose Haarsträhne hinters Ohr: straßenköterblond und unten etwas dünner, weil du dir die Haare wachsen lassen willst. Du hast mir das Versprechen abgenommen, dass du dir mit sechzehn Strähnchen machen lassen darfst. »Ich will blondere Haare«, sagst du schon den ganzen Frühling. »Eine richtige Haarfarbe.«

»Mum, das kommt mir irgendwie gar nicht bekannt vor«, sagst du jetzt, deine Stimme klingt jung, ganz hoch. »Eben, als wir abgebogen sind, dachte ich schon, aber …«

»Vielleicht kommt das noch«, sage ich und hoffe aufs Gegenteil, darauf, dass alles aus dieser Zeit unwiderruflich gelöscht ist. Du warst noch so klein, als wir hier weg sind, und wieder einmal sage ich mir, dass das der Grund ist, warum du alles vergessen hast.

Wir steigen aus, und das Ticken unter der Motorhaube klingt fast wie die Zikaden in den umliegenden Sträuchern. Ihre Rufe werden im Lauf des Tages noch schneller und fieberhafter werden, während die Sonne steigt und die Temperaturen nach oben klettern. »*Écoute, chérie. Écoute les cigales*«, sagte meine Mutter, als ich noch klein war, immer wenn sie mich davon abhalten wollte, nach draußen zu rennen und mir einen Sonnenstich zu holen. *Sie sagen dir, wenn es zu heiß zum Rausgehen ist.* Das hatte ich ganz vergessen.

Das Haus sieht genauso aus, wie sich ein Fremder eine *maison de maître* in Südfrankreich vorstellen würde: dicke graue Steinmauern und ein spitzes Giebeldach, große, symmetrische Fenster hinter violettblauen Fensterläden, deren Farbe nach Jahren in der prallen Sonne puderartig wirkt. Der Garten am Haus ist vorn durch eine Mauer mit Geländer begrenzt. Ich öffne das Metalltor, auf dem Briefkasten steht immer noch mein Mädchenname in verblasster Schrift. Es schwingt ganz leicht auf, als würde es jeden Tag benutzt.

Dahinter breitet sich die Bougainvillea über den Rasen aus. Die Lavendelsträucher sind ganz kahl und holzig; aber der Garten, um den sich seit zehn Jahren niemand mehr gekümmert haben kann, ist nicht so verwahrlost, wie ich dachte. Es sieht immer noch genauso aus wie in meiner Erinnerung. Der Pfad zum Eingang ist von

Unkraut überwuchert, und auch die dichte Zypresse, die ihren Schatten auf einen Teil des Hauses wirft, muss zurückgeschnitten werden. Das ist allerdings so, seit ich denken kann. Ich schaue hoch zum Fenster des Zimmers ganz an der Seite, wo der Schatten der Zypresse am dunkelsten ist, und sehe, dass sich ein Riegel am Fensterladen gelöst hat.

Neben mir knisterst du förmlich, vor allem vor Aufregung, aber auch ein bisschen vor Angst. Vielleicht habe ich dich angesteckt.

»War das ihr Zimmer?«, fragst du.

Ich sehe dich forschend an. »Genau. Weißt du das noch?«

»War nur geraten.«

Du schaust begierig wieder hin, als würdest du dir wünschen, dass dort oben jemand steht und dich durch den Spalt zwischen den Fensterläden beobachtet. Die Zikaden sind verstummt, und die Stille ist kaum zu ertragen. Dann fangen sie auf wundersame Weise im Chor wieder an, noch lauter als vorher, und ich gehe energisch auf die Haustür zu und krame in der Tasche nach dem Schlüssel, weil ich genau weiß, wenn ich jetzt nicht reingehe, zerre ich dich vielleicht zurück zum Auto und fahre wieder nach Hause.

Im dunklen Flur ist es kühl wie in einer Kirche, und es riecht gleichzeitig abgestanden und nach Rauch. Trotzdem kann ich auch ganz schwach die älteren und zutiefst vertrauten Gerüche von La Rêverie ausmachen: Bienenwachs, gebratener Knoblauch und die Olivenölseife meiner Mutter.

Das nimmt mich so mit, dass ich erst nach einer Weile bemerke, dass deine Atmung sich verändert hat. Ich wühle in meiner Handtasche und bete, dass der Inhalator darin ist, den ich eher aus Gewohnheit als aus Notwendigkeit fast immer dabeihabe. Endlich schließt sich meine Hand um etwas aus Plastik. Ich ziehe ihn heraus und schüttele ihn.

Nach ein paar Zügen geht es dir besser, auch wenn deine Hände jetzt zittern – eine Nebenwirkung des Medikaments, das in deine Muskeln vordringt.

»Wieder gut, Süße?«

Du nickst, aber nur ein Mal.

»Liegt bestimmt an dem ganzen Staub und Moder hier«, sage ich, und du nickst wieder, obwohl wir beide wissen, dass dein Asthma von Stress ausgelöst wird und nicht von Allergien.

Während du auspackst, gehe ich durchs Haus und öffne systematisch alle Türen, bis auf die eine, für die ich noch nicht bereit bin. Die Fensterläden kreischen, als ich sie aufstoße. Dahinter kommen gruselige Haufen fetter schwarzer Fliegen auf den Fensterbänken zum Vorschein. Im hereinfallenden Licht schwebt der aufgewirbelte Staub.

Zum Schluss nehme ich allen Mut zusammen und sehe mir den Brandschaden an. Ich weiß, dass das Feuer in der Spülküche ausgebrochen ist – *la souillarde* –, einer kleinen Kammer mit einem Spülbecken, einem Abtropfbrett und ein paar Schränken mit Vorhängen davor, in der es auch bei größter Hitze immer kühl bleibt. Das Fenster ist nicht größer als ein Blatt Papier, und statt einer Scheibe ist feiner Maschendraht in den Rahmen gespannt.

Es riecht zwar ziemlich verbrannt, als ich die Tür öffne, aber es ist nicht so schlimm, wie ich es mir ausgemalt habe. Zwei der weiß getünchten Wände haben jetzt schwarze Striemen. An einigen Stellen reichen die Spuren bis auf Augenhöhe. Man kann kaum sagen, was verkohlt ist und was Schimmel, beides geht dunkel ineinander über. Aber was auch immer hier passiert ist, das Feuer muss schnell gelöscht worden sein. Sonst wäre das ganze Haus abgebrannt.

*

Als der Abend sich um das Haus senkt, fragst du, ob wir ins Dorf gehen und etwas essen können. Wir laufen den zehnminütigen Weg zu Fuß, der Asphalt unter unseren Füßen fühlt sich weich an, und unsere Beine glänzen von dem Insektenschutz, den wir in

Erwartung der am Abend auftauchenden Mücken aufgetragen haben. Die Sonne ist schon hinter den Hügeln versunken, als wir uns an einen Tisch draußen vor einer Pizzeria setzen, die es früher noch nicht gab. Wir blicken auf den Platz im Schatten der Bäume, wo die alten Männer mit ihren Kappen und Hosenträgern immer *boules* gespielt haben und es sicher immer noch tun, aber bisher ist von ihnen nichts zu sehen.

Du bittest mich, dir bei der Kellnerin eine Cola zu bestellen. Anscheinend hast du dein Französisch ebenso vergessen wie deine ersten vier Lebensjahre hier. Ich nehme ein Bier statt wie sonst Wein. Als sie es mir bringt, ist es so kalt, dass sich außen am Glas Kondenswasser bildet. Ich stürze es hinunter wie Wasser und bestelle gestikulierend ein zweites.

Als ich deinen missbilligenden Blick bemerke, lächele ich. »Das hab ich gesehen. Sei nicht so streng mit mir. Immerhin muss ich nicht mehr fahren.«

»Ist bestimmt komisch, wieder hier zu sein«, sagst du vorsichtig, nachdem du aufgegessen hast. Dabei rührst du mit einem Plastikstäbchen in deinem Colaglas.

Ich nicke, obwohl es nach dem zweiten Bier schon besser geworden ist.

»Fehlt es dir, jetzt, wo du wieder hier bist?«

Ich hebe den Kopf, überrascht von deiner Beobachtungsgabe. Als du vier warst und wir nach London gegangen sind, habe ich alles in einer tiefen Schublade mit der Aufschrift »Frankreich« verstaut, sie verschlossen und bald vergessen, wie viel es an meiner Heimat zu lieben gab.

»Tut mir leid, dass du meinetwegen so lange nicht in dem Haus warst. Immerhin bist du auch hier geboren. Es ist genauso dein Zuhause wie meins.«

Du strahlst. »Wirklich?«

Ich lächele und drücke deine Hand.

»Mum, bist du sicher, dass wir das Haus nicht doch behalten

können? Es ist so schön hier. Wir könnten jeden Sommer herkommen, oder nicht?«

Ich wedele eine Motte fort, die vor meinen Augen herumtanzt. »Das geht nicht, *chérie*. Dann müsste ich deiner Tante Camille ihren Anteil abkaufen, und das kann ich mir nicht leisten. Du weißt doch, wie sie ist.«

Du runzelst die Stirn und ziehst deine Hand weg, und für einen Sekundenbruchteil erinnerst du mich an deine Schwester. »Du würdest es doch sowieso nicht machen, selbst wenn du das Geld hättest.« Und dann, als hättest du meine Gedanken gelesen: »Es ist wegen ihr, oder?«

Ich grabe die Nägel in die Tischkante. »Emma, hast du eine Ahnung, wie schwer es für mich ist, wieder hier zu sein?« Durch den Alkohol klingen meine Worte scharf, und ich bereue sie sofort. »Hör zu, lass uns nicht streiten. Tut mir leid, dass ich noch nicht wieder mit dir hier war, aber jetzt sind wir ja da, oder?«

Du antwortest nicht, aber nach einer Weile stupst du entschuldigend gegen meine Hand. Auf einmal ist mir zum Weinen.

Auf dem Rückweg ist es dunkel. Nicht nur dunkel, stockdunkel. Die Sterne sind so gründlich von Wolken verdeckt, dass ich die schattenhaften Umrisse der Berge am Horizont erst erkennen kann, als wir an der Abzweigung sind.

Obwohl der Mond nicht zu sehen ist, erscheint mir La Rêverie wie von einem schummrigen Licht umgeben, als wir darauf zugehen. Aber vielleicht liegt das auch nur daran, dass meine Augen sich nach Jahren im Londoner Dauerleuchten erst noch ans Land gewöhnen müssen. Im Dunkeln sieht es größer aus, ein Ungeheuer von einem Haus, das sich aus seinem finsteren Graben namens Garten erhebt. Ich ignoriere die Fenster, als wir über den Pfad gehen, halte den Kopf gesenkt und tue so, als würde ich den Schlüssel in meiner Tasche suchen, obwohl ich ihn längst in der Hand habe.

Am Nachmittag habe ich die alte, weiche, leicht muffige Bettwäsche meiner Mutter ausgeschüttelt und uns beiden ein Bett bezogen: das quietschende aus Mahagoni, das Greg und ich einmal geteilt haben, nachdem es das Bett meiner Eltern gewesen war, und eins der beiden schmalen Einzelbetten im Zimmer nebenan für dich. In deinem alten Zimmer steht nur das Kinderbett, und außerdem will ich nicht, dass du dort schläfst.

»Die kenne ich noch«, rufst du beim Betreten des Zimmers, das, solange ich denken kann, nie benutzt worden ist, und deutest auf die verblasste blaue *Toile-de-Jouy*-Tapete, die an einer Ecke anfängt, sich zu lösen. »Als ich klein war, hab ich hier auf dem Boden gesessen und mir Geschichten über die Leute ausgedacht.« Du trittst näher heran und fährst mit dem Finger über die Männer in Strumpfhosen und die Damen mit ihren Pompadour-Frisuren und Fächern. »Ich erinnere mich an sie.«

*

Ich erwache um genau drei Uhr morgens, als die schwach beleuchteten Zeiger meines Reiseweckers ein perfektes L formen. Unten kann ich gerade noch die vergoldete Uhr im Salon die Stunde schlagen hören. Das helle, metallische Klingen ist ein Geräusch älter als alle Erinnerungen, das mich schon durch unzählige Nächte meiner Kindheit begleitet hat, und ich drehe mich beruhigt um. Ich fange gerade an, davon zu träumen, wie meine Mutter sie aufzieht, als ich mich aufsetze und das Bett unter der plötzlichen Bewegung ächzt. Ich habe die Uhr nicht aufgezogen.

*

Am nächsten Morgen sehe ich dich vor den Terrassenstufen barfuß im hohen Gras stehen. Ich schirme die Augen gegen die erstaunlich helle Sonne ab, der Schlafmangel bereitet mir Kopfschmerzen.

»Ich hab den Pool gefunden«, rufst du mir begeistert zu. »Ich wusste gar nicht, dass es einen gibt. Wie cool.«

Du weißt es nicht mehr. Ich versuche zu lächeln: Das ist doch was Gutes.

»Vielleicht können wir Wasser reinlassen, falls die Pumpe noch funktioniert«, presse ich hervor. Du kannst ausgezeichnet schwimmen, dafür habe ich gesorgt. Ich habe dir jahrelang Schwimmunterricht in einem total verchlorten städtischen Bad in der Nähe unserer Londoner Wohnung bezahlt.

Du wirfst mir einen merkwürdigen Blick zu. »Er ist schon voll.«

Ich weiß, dass das Wasser vor zehn Jahren abgelassen wurde, als wir weggezogen sind. Weder Camille noch ich haben den Pool seitdem angerührt.

Aber du hast recht. Das Wasser schimmert geheimnisvoll durch die Reihe der Mittelmeerkiefern, die mein konservativer Vater in den Fünfzigern gepflanzt hat, damit niemand seinen Töchtern was wegguckt. Es ist nicht so blendend türkisblau wie in Hotelanlagen, sondern dunkeljadegrün. An bewölkten Tagen sah es immer aus wie grüne Tinte, erinnere ich mich.

Ich knie mich an den Rand und tauche die Hand ein. Das noch kaum von der Sonne aufgeheizte Wasser gleitet mir durch die Finger wie kühle Seide. Auf der Oberfläche schwimmen nur ein paar Blätter und Insekten, die sich alle am Beckenrand sammeln. Jemand hat den Pool vor Kurzem gereinigt.

Ich frage mich, ob Olivier Lagarde das arrangiert hat. Vielleicht hat er auch die Uhr im Salon aufgezogen. Dennoch habe ich immer noch das eigenartige Gefühl, dass das Haus uns auf diese Weise willkommen heißen will. Und zum Bleiben bewegen.

Ich schaue auf mein nacktes Handgelenk. »Wie spät ist es?«

»Ungefähr halb elf, glaube ich.«

Ich richte mich wieder auf. »Um elf treffe ich mich im Dorf mit dem Anwalt.«

»Ich bleib hier.«

Ich überlege. »Ich dachte, du willst zum Supermarkt. Dann musst du schon mitkommen. Ich will auf dem Heimweg einkaufen.«

Du folgst mir grummelnd zum Haus, aber ich weiß, dass es dir eigentlich nichts ausmacht. Du hast noch nie auf deinem Willen beharrt. Mein liebes, gehorsames Mädchen.

*

Im Café im Dorf ist nur ein weiterer Tisch besetzt – ein Pärchen, wahrscheinlich aus Holland, langbeinig und mit Wanderausrüstung.

»Süße, geh doch mal da drüben im *tabac* stöbern.« Ich reiche dir einen nagelneuen Zehnfrancschein. »Kauf ein paar Postkarten. Der Anwalt und ich werden uns auf Französisch unterhalten.«

Du blinzelst leicht geknickt, gehst aber trotzdem, genau in dem Moment, als der Kellner auftaucht.

Olivier Lagarde erscheint, als du gerade in dem Lädchen auf der anderen Seite des Platzes verschwindest. Er sieht viel besser aus, als ich ihn mir der dunklen Erinnerung an seinen Vater nach vorgestellt habe. Es ist jetzt schon heiß, er hat die Ärmel seines Hemdes hochgekrempelt, und seine gebräunten Arme bilden einen strengen Kontrast zu der weißen Baumwolle und dem Chrom seiner Armbanduhr. Sein Händedruck ist fest und warm. Als er sich setzt, mustert ihn die Holländerin eingehend. Bei dem Gedanken, dass sie uns vielleicht für ein Paar hält, erschauere ich leicht.

»Madame Winters, danke, dass sie sich heute mit mir treffen«, sagt er auf Französisch. Er lächelt offen und liebenswürdig und sieht mich aufmerksam an.

»Bitte nennen Sie mich Sylvie«, sage ich und wende zuerst den Blick ab. *»Außerdem heiße ich wieder Durand. Ich bin geschieden.«*

»Bien sûr, dann also Sylvie. Mittlerweile haben Sie den Schaden gesehen, nehme ich an, und dass er wirklich nur oberflächlich ist. Ich hoffe, das ging aus meinem Brief auch so hervor. Ich wollte sie nicht unnötig beunruhigen. Aber Sie hatten noch Glück. Es hätte

auch …« Er hebt die Hände, braucht gar nicht auszusprechen, was alles hätte passieren können.

»Weiß die Polizei, wer es war?«

Er zuckt die Schultern. *»Gelangweilte Jugendliche, wer sonst? So was passiert andauernd auf dem Land. Erst recht, wenn die Leute wissen, dass ein Haus leer steht.«*

»Wurde schon jemand verhaftet?«

Er schüttelt den Kopf. *»Für die Polizei ist es nur eine Lappalie. Sie haben auch keine Einbruchsspuren gefunden. Tut mir leid, Mada… Sylvie, das Ganze hat sie nicht sonderlich interessiert. Einer meinte, es wären wahrscheinlich die Gattaz-Jungs gewesen.«*

Ich nicke. An den Namen habe ich seit meiner Kindheit nicht mehr gedacht. Das und das Französisch, das mir so leichtfällt, fühlt sich gleichermaßen befreiend und vertraut an. Und dann wieder: einengend. Ich frage mich, ob es so weitergehen wird, eine erbarmungslose Reise in die Vergangenheit, während die Jahre in England aufflackern und am Horizont verschwinden.

Ich nehme einen Schluck von meinem Kaffee: winzig, bitter und köstlich. *»Ich erinnere mich gar nicht an Sie. Von früher, meine ich.«*

»Nein, ich bin in Avignon zur Schule gegangen und habe die Woche über bei meiner Tante gewohnt. Mein Vater hat darauf bestanden, aber Sie sehen ja, was dabei rausgekommen ist.« Er lächelt verschmitzt. *»Ich bin trotzdem wieder hier gelandet.«*

»Monsieur Lagarde«, setze ich an.

»Bitte, wenn ich Sie Sylvie nennen soll, dann nennen Sie mich Olivier.« Er lächelt wieder, als hätten wir über etwas Vertrauliches gesprochen. Mir kommt der Gedanke, dass er vielleicht flirtet, aber da bin ich so eingerostet, dass ich es einfach nicht sagen kann.

»D'accord«, sage ich und lege den Kopf schief. *»Olivier. Ich habe Ihnen ja schon am Telefon gesagt, dass es vielleicht Zeit wird, La Rêverie zu verkaufen. Wir schieben das schon lange vor uns her, meine Schwester und ich, und langsam weiß ich nicht mal mehr,*

warum. Vielleicht ist das, was passiert ist, ja ein Zeichen, es endlich anzupacken.«

»*Ich kann Ihnen beim Verkauf behilflich sein, wenn Sie das wollen. Ich könnte Ihnen jemanden bei Century 21 vermitteln. Martine. Sie ist gut. Aber Sie sollten auch wissen, dass am Markt gerade ziemliche Flaute herrscht. Der alte Pelletier-Hof steht jetzt schon seit zwei Jahren leer.*«

Er nimmt Blickkontakt mit dem Kellner auf, dann sieht er wieder mich an. »*Trinken Sie noch einen?*«

Ich nicke unwillkürlich, und er hebt zwei Finger.

»*Immerhin ist gerade Urlaubszeit*«, fährt er leichthin fort. »*Vielleicht beschließen ja Leute wie die dort*« – er deutet mit dem Kopf auf die beiden in Wanderkluft – »*dass sie gern ihr eigenes Stückchen Frankreich hätten. Fünf relativ große Schlafzimmer, großer Garten mit Pool … Das wäre schon ein tolles Ferienhaus für eine Familie. Wobei wir hier natürlich etwas ab vom Schuss liegen. Wenn wir nur eine Stunde näher an der Küste wären, wäre es natürlich einfacher … Genau das Gleiche habe ich auch Ihrer Schwester gesagt, als wir uns unterhalten haben.*«

Die Sonne ist weitergewandert und knallt mir jetzt auf den Kopf. Ich rücke ein bisschen an Olivier heran, um ihr zu entkommen, und stoße dabei gegen den Tisch. Er hält ihn fest.

»*Désolée*«, murmele ich und merke, wie ich rot anlaufe.

Absurderweise frage ich mich, wen von uns beiden er wohl attraktiver fände, Camille oder mich. Deine Tante war schon eine typische Pariserin, bevor sie tatsächlich eine war. Sie hat die alternden Hausfrauen im Dorf schon immer für ihre breiten Hüften und schlecht gefärbten Haare verachtet. Ich habe sie noch nie ohne perfekt geschminktes Gesicht gesehen, seit sie achtzehn ist. Ich fahre mir mit der Hand durch das ungekämmte Haar, dann zwinge ich mich, damit aufzuhören.

Gegenüber schleichst du dich aus dem *tabac*, bleibst davor stehen und drehst einen Postkartenständer.

»Sylvie, was ich Ihnen noch sagen wollte …«

Ich warte und hoffe, dass er nicht auf das hinauswill, was ich befürchte.

Er wirkt zum ersten Mal unsicher. *»Ich wollte nur sagen, wie leid mir Ihr … Verlust tut. Ich hoffe, Sie gestatten mir die Bemerkung, aber nach allem, was in dem Haus passiert ist, hätte ich es seltsam gefunden, es nicht zu erwähnen.«*

Genau deswegen wollte ich niemandem begegnen, der mich von früher kennt. Olivier scheint zwar ehrlich Anteil zu nehmen, aber ich weiß, wie die Leute im Dorf sind. Stets auf neuen Klatsch und Tratsch aus, und Lücken werden gern mit Spekulationen und Mutmaßungen gefüllt. Ich frage mich, was sie sich über uns ausgedacht haben, welche Gerüchte sich gehalten und mit der Zeit zu unerschütterlichen Wahrheiten verfestigt haben.

»Danke, das ist nett von Ihnen«, sage ich. *»Aber …«* Ich unterbreche mich. *»Ich fände es besser, wenn Sie das Ganze nicht vor meiner Tochter ansprechen. Vor Emma. Sie weiß nicht alles, was … hier passiert ist. Das mit dem Feuer – dem von damals.«*

Er nickt, und wir trinken schweigend unseren Kaffee aus. Ich bin froh, als du herübergeschlendert kommst. Dein Haar glänzt in der Sonne, und du hast eine Papiertüte in der einen und ein Schokoeis in der anderen Hand.

»Hey, es ist noch nicht mal Mittag«, rufe ich auf Englisch. Olivier lacht, wahrscheinlich ist er dankbar, dass die Anspannung sich gelöst hat. Ich lächele ihn an, und plötzlich ist die unangenehme Stimmung verflogen. Ich kann mir nicht helfen, ich mag ihn.

»Es ist so schön hier«, sagst du, und deine Augen leuchten beschwörend. »Hoffentlich dauert das mit dem Haus ewig.«

Olivier grinst dich an. *»Pas de problème, Mademoiselle.«* Dann spricht er auf Englisch mit starkem Akzent weiter. »Das tut es in Frankreich immer.«

*

Erschöpft von der schieren Größe des *hypermarché,* liegen wir beide nachmittags gegen zwei am Pool. Die Sonne brennt und drückt wie ein tonnenschweres Gewicht, raubt mir noch die letzte Kraft. Ich weiß, dass ich eine Menge zu erledigen habe, aber meine Glieder sind zu Pudding geworden. Meine Hoffnung, hier bis Ende der Woche fertig zu sein, löst sich immer mehr in Wohlgefallen auf.

Ich ziehe den einzigen funktionierenden Sonnenschirm heran, damit du geschützt bist, und zerre meine eigene Liege in den gesprenkelten Schatten des Oleanders. Als ich die Augen schließe, sehe ich immer noch hellrote Lichtflecken durch die Lider. Ich bin gerade dabei einzuschlafen, als ich einen Schrei höre. Unwillkürlich springe ich auf und eile zu dir, mein Herz rast, aber du hast dich keinen Millimeter bewegt. Du döst immer noch, und Musik dringt leise und blechern aus deinen Kopfhörern.

Bestimmt habe ich es mir nur eingebildet, vielleicht schon geträumt. Ich lege mich wieder hin, komme aber nicht zur Ruhe, weil das Echo des geisterhaften Geräuschs immer noch in der schweren Luft hängt. Ich habe den Schrei erkannt. Es ist die gleiche Stimme, die mir auf der Fahrt gen Süden ins Ohr geraunt hat. Eine mädchenhafte Stimme, melodisch und doch durchsetzt mit Stahl.

Ich gehe wieder ins Haus, und mein Blick wird von der Tür zur *souillarde* angezogen. Die kalten Fliesen dahinter sind nach dem schwülheißen Garten ein Schock für meine nackten Füße. Die Luft ist so kühl, als würde ich durch einen Fluss waten, und ich bekomme eine Gänsehaut an den Armen. Ich sehe mir noch einmal den Schimmel an, versuche, Hinweise in seinen Mustern zu finden.

Ich bin mir sicher, dass es über Nacht schlimmer geworden ist, die schwarzen Spuren breiten sich jetzt um das kleine Fenster herum aus wie dunkle Ranken mit verwischten Blättern. Ich habe ein Spray gekauft, das sie wegbleichen soll, aber ich will es jetzt nicht benutzen, nicht länger hier drinbleiben als nötig. Ich spüre ein Prickeln im Nacken, fühle mich plötzlich nicht mehr allein, doch das bin ich mit Sicherheit.

Als ich gerade die Tür hinter mir schließe, sehe ich durchs Fenster eine Bewegung. Sie ist so flüchtig, dass ich keine Gestalt wahrnehmen kann, eher eine Veränderung im Lichtmuster draußen an der Scheune.

Am Rand der Wiese verbirgt sich ein altes Tor in der überwucherten Hecke. Es ist zugerostet, und die weiße Farbe blättert ab; als ich es mit einem Ruck aufreiße, quietscht es. Es scheint nicht so, als hätte es jemand benutzt, solange wir weg waren. Das sollte mich eigentlich beruhigen, tut es aber nicht. Es verstärkt nur das traumartige Befremden, das mich nicht loslässt, als wäre der Ort gleichzeitig verlassen und lebendig, wie abwechselnd warme und kalte Stellen im Meer.

Die Erde zwischen dem Haus und der Scheune ist wahrscheinlich noch heißer und trockener als der Garten. Ich gehe nicht in die Scheune. Ich weiß ja, wie es innen aussieht, wie zerstört sie ist.

Ich beschatte mir die Augen und betrachte den Pfad hinüber zur Einfahrt. Es sind keine Fußabdrücke zu sehen, aber weiter hinten hat irgendetwas eine ockerfarbene Staubwolke aufgewirbelt. Vorne auf der Straße verklingt der brummende Motor eines Mopeds langsam in der Ferne. Als die Luft wieder klar ist, ist alles wieder still und brütet in der Nachmittagssonne. Die einzige Bewegung ist das Flirren der Hitze, die die blauen Hügel in der Ferne verschwimmen lässt.

*

In der Dämmerung verliert der Garten seine Farbe. Wir sind gerade mit unserem ausgedehnten Abendessen aus Tomaten, Käse und Brot fertig. Ein Außenstehender würde denken, da machen es sich Mutter und Tochter im Urlaub gemütlich, aber meine Schultern sind vor Anspannung ganz steif.

Glücklicherweise scheinst du es nicht zu bemerken. Oder vielleicht doch, denn du reckst die Arme in die Luft und gähnst laut.

»Daran könnte ich mich gewöhnen«, sagst du mit der Altherrenstimme, die mich immer zum Lachen bringt. »Was meinst du, mein Schatz? Bleiben wir hier?«

Es ist unser Lieblingsspiel, so zu tun, als wären wir ein altes Rentnerehepaar, das sich an Kleinigkeiten erfreut; wir spielen es auch zu Hause, wenn ich Essen mache. In letzter Zeit hattest du weniger Lust dazu, und sie hat mir gefehlt, deine exzentrische Seite, die du sonst niemandem zeigst.

»Wenn es dir hier gefällt, mein Bärchen, dann gefällt es mir auch«, sage ich und versuche, nicht zu eifrig zu klingen.

»Gutes Mädchen. Ich hätte mir all die Jahre keine bessere Frau wünschen können.«

Da fangen wir an zu kichern, können auf einmal nicht mehr an uns halten und sind den Tränen nahe. Ich ziehe meinen Ärmel herunter, um mir über die Augen zu wischen, und wir verfallen in ein Schweigen der angenehmen Art.

»Glaubst du an Geister?«, fragst du plötzlich, und der abrupte Stimmungswechsel nimmt mir schlagartig die gute Laune. Ich greife nach dem Rosé aus Bandol, den ich seit heute Nachmittag trinke. In London trinke ich sonst nur gelegentlich.

»Geister?« Meine Stimme zittert ein wenig. »Nein, ich glaube nicht. Wieso, hast du einen gesehen?« Ich will unbeschwert klingen, schaffe es aber nicht ganz, das Fragezeichen ist zu laut.

»Nein, ich hab mich das nur gefragt.«

»Hast du was Komisches gehört? Denk dran, das Haus ist alt, und jetzt ist auch noch Sommer. Bei Temperaturveränderungen knarrt und quietscht es überall.«

»Das ist es nicht.«

»Sondern?«

Du zuckst die Schultern. »An manchen Orten ist es einfach so … Ich weiß nicht. Wie hier. Klar, das Haus ist alt, aber daran liegt es nicht. Unsere Wohnung ist auch aus dem letzten Jahrhundert. Da spukt es nicht.«

»Und hier schon?«

Du zuckst wieder die Achseln.

»Fängst du morgen an, die alten Sachen durchzugucken?«, fragst du nach einer Weile. »Ich kann dir helfen, wenn du willst.«

»Das ist lieb von dir, Süße, aber das wird bestimmt eine ziemlich langweilige und staubige Angelegenheit. Ich dachte, du willst dich sonnen.« Ich versuche weiter, beiläufig zu klingen, weil ich nicht will, dass du all die Sachen siehst. Ich weiß nicht, worauf du stoßen könntest oder was ich dir auf die Fragen antworten soll, die du möglicherweise haben wirst.

Du tippst dir auf den Arm. »Meine Haut ist so käsig, die wird doch eh nie braun. Ich bin jetzt schon so rot wie Dad.« Du fixierst mich. »Willst du nicht, dass ich dir helfe?«

So nachzubohren sieht dir gar nicht ähnlich. Wir haben die unausgesprochene Übereinkunft, nur indirekt über sie zu sprechen. Aber ich habe dich schon oft dabei ertappt, wie du das Foto zu Hause im Flur betrachtet hast, das einzige Bild deiner Schwester, das bei uns an der Wand hängt. Ich nehme an, du sagst nie etwas, weil du mich nicht traurig machen willst, und ich habe dich glauben lassen, dass es wirklich so einfach ist. Aber hier liegen die Dinge anders. Vielleicht ist das erst der Anfang, die tektonischen Platten verschieben sich gerade so weit, dass ein erstes Beben droht.

»Du kannst mir helfen, wenn du möchtest«, sage ich hölzern.

»Ist noch viel von ihren Sachen übrig?«

Du siehst mich nicht an, sondern blickst in den immer dunkler werdenden Garten. Du hast dir auch einen Schluck Rosé eingeschenkt, ich habe gar nicht mitbekommen, wann.

»Ich … ich weiß nicht«, sage ich ehrlich. Ich erinnere mich nicht genau, was wir weggeschafft haben und was nicht. Während viele meiner Erinnerungen von vor zehn Jahren noch taufrisch sind, sind andere verschwommen.

»Ich weiß, dass du nicht gerne über sie redest, Mum«, sagst du und trinkst deine heimlich abgezweigten zwei Zentimeter Wein mit einem Schluck aus. »Aber ich weiß nicht, wie das gerade gehen soll. Es wäre doch merkwürdig, oder, jetzt, wo wir hier sind? Sie war meine Schwester, aber ich weiß so gut wie nichts über sie. Sie ist gestorben, du und Dad, ihr habt euch getrennt, und wir sind nach London gezogen. Das wars.«

Ich antworte nicht. Ich kann nicht mehr klar denken, weil das Blut mir so laut in den Ohren rauscht.

Du stehst auf und legst die Arme um mich. »Bitte sei nicht traurig«, sagst du, und ich spüre deinen warmen Atem am Ohr. »Du kannst mit mir reden, weißt du. Ich bin mittlerweile auch älter.«

»Aber du bist noch lange keine Erwachsene«, sage ich schärfer, als ich wollte. Eigentlich wollte ich sagen: »Du bist immer noch mein kleines Mädchen. Deine Schwester war mit dreizehn viel älter als du.«

Du richtest dich beleidigt wieder auf und ziehst deine Hand weg, als ich sie festhalten will.

Ich weiß, dass ich dir alles richtig erklären sollte. Man denkt immer, es käme noch ein besserer Zeitpunkt, bis es irgendwann zu spät ist. Aber ich fühle mich nicht dazu in der Lage, nicht jetzt.

Wir schweigen beide, und ich lausche auf die leisen Geräusche des Gartens, der sich auf die Nacht vorbereitet.

Du musterst mich eine Weile und streichst mit dem Finger über den Rand deines Glases. »Meinst du, ihr Geist lebt vielleicht hier in La Rêverie?«

Deine schauerlichen Worte wirbeln hell durch die Dunkelheit wie Nachtleuchten. Um uns herum, und das hört man nur, wenn man ihn so gut kennt wie ich, stößt der Garten ein leises Seufzen aus.

1968

Ich werde in Paris schwanger, während um uns herum die Studentenunruhen toben. Greg sagt, unser erstes Kind könne ja nur aus Feuer und Funken sein – schließlich wurde es gezeugt, während das alte, konservative Frankreich in Flammen aufgegangen ist.

Wir sind selbst Studenten oder waren es zumindest bis vor Kurzem – mit gemieteten Zimmern in der vierten Etage eines Hauses im sechsten *arrondissement*, von dessen Belle-Époque-Fassade der Putz abbröckelt. Greg hat bereits seinen Abschluss in Politikwissenschaft in der Tasche, während ich mein Studium in London abgebrochen habe, um hier bei ihm zu sein, nachdem er mich überzeugt hat, dass ein Abschluss sowieso nicht zählt. Es sei doch nur ein Blatt Papier, sagt er, wenn ich mal wieder darüber nachgrüble, und lässt seine langen Pianistenfinger meinen Nabel umkreisen, nur ein weiterer Trick des Establishments, um Leute dazu zu bringen, sich in eine konventionelle Halbexistenz zu begeben. Was zähle, sei das hier. Er deutet in Richtung der Stadt hinter unseren hohen, verstaubten Fenstern. Das echte Leben.

Wir waren nach Paris gekommen, weil er angeblich mein Heimatland besser kennenlernen wollte. Er hatte Französisch in der Schule immer gemocht und als Kind einige Urlaube in Frankreich verbracht: anregende Wochen an der Küste der Nordbretagne, wo er sein erstes erotisches Erlebnis hatte. Ich denke manchmal über sie nach, diese Madeleine von damals, die in den frühen Sechzigern einen jugendlichen Greg verführte. Seit ihr hat er diese Schwäche für Französinnen, die ihn eines dunklen Winternachmittags zielsicher zu mir führte, als ich an einem milden Ale nippend in einer Studentenbar saß und versuchte, den Eindruck zu vermitteln, dass ich in London weder Kälte noch Heimweh verspürte und englisches Bier mochte. Ohne Madeleine wäre er vielleicht geradewegs an mir vorbeigelaufen und hätte stattdessen eine Engländerin geheiratet. Und ich? Ich wäre wieder nach Hause gegangen, hätte einem netten Jungen aus meinem Heimatdorf das Jawort gegeben, und London hätte sich so leicht von mir gelöst wie Dreck unter der Dusche. Wenn ich darüber nachdenke, über das Schicksal und seine Launen und wie wir uns um ein Haar verpasst hätten, wird mir ganz schwindelig.

Greg wollte auch wegen der zunehmenden Unruhen nach Paris. Er hatte von Nanterre gehört, wo nach dem Konflikt zwischen Behörden und Studenten die Universität geschlossen worden war. Ich necke ihn oft wegen seines Versuchs, seine bürgerliche Herkunft abzuschütteln und sich gefährlicher zu geben, als er ist. Seine armen Eltern sind entsetzt darüber, dass ihr gescheiter Sohn auf die schiefe Bahn geraten und mit einer ausländischen Geliebten nach Paris durchgebrannt ist.

Bald ist Juli, und während sich die Stadt wie üblich allmählich mit Touristen füllt und in der Hitze zu glühen beginnt, gehen die Aufstände weiter. Wir kündigen unsere Studentenbuden und nehmen den Zug nach Süden, wo Greg meine Eltern kennenlernen soll. Wir rattern durch das weite Landesinnere meiner Heimat, und mein Mund schmeckt nach alten Münzen, denn ich bin inzwischen im dritten Monat schwanger. Ich greife nach der Hand meines frischgebackenen Ehemannes. Wir sind seit zweiundzwanzig Stunden verheiratet. Sein Vorschlag zu heiraten, als er von meiner Schwangerschaft erfuhr, hat mich überrascht. Ich hatte erwartet, er würde auf solche Konventionen pfeifen.

Genauso überrascht mich, dass er La Rêverie, das Dorf und sogar meine Eltern ins Herz schließt. Ich hatte insgeheim befürchtet, er würde sie für biedere Konformisten halten und beim Abendessen mit meinem Vater über Katholizismus streiten. Aber das tut er nicht, ihre exotische Ausstrahlung und der sanfte Zauber des Hauses schlagen ihn mühelos in ihren Bann.

Die Monate ziehen friedlich dahin, und eine Rückkehr nach Paris oder London wird mit keinem Wort erwähnt. Stattdessen bleiben wir im Haus meiner Kindheit. Während Silberstreifen meinen wachsenden Bauch überziehen und dunkle Tupfer auf meinen Wangen sprießen, schwebe ich in einer Art Himmel, vertrödle still die Tage – ein wattiertes, mit funkelnden Regenbogen überzogenes Leben. Meine Mutter strickt winzige Kleidungsstücke aus der weichsten Wolle, und ich bemale die Wände des künftigen Kinderzimmers mit Dschungeltieren.

Als der Sommer langsam in den Herbst und dann in den Winter übergeht, kann ich es kaum mehr erwarten, sie kennenzulernen. Ich weiß mit Sicherheit, dass es ein Mädchen wird. Wenn sie tritt, ziehe ich meine Bluse hoch und betrachte, wie meine Haut unter ihren Fersen wogt. Vorfreude durchströmt mich bei dem Gedanken, dass ich schon bald diese kleinen Füße in meinen Handflächen halten werde.

Ich habe keine Angst, sondern freue mich einfach. Eines Nachts finde ich keine bequeme Schlafposition. Ich denke wieder einmal daran, wie sehr ich mir wünsche, dass sie schön und intelligent wird. Ich will, dass sie etwas Besonderes wird, und drücke mir unter der Decke selbst die Daumen. Am Morgen drehe ich mich zu Greg und gebe ihm einen Kuss auf die nackte Schulter. »Mir ist ein Name für sie eingefallen«, sage ich und streiche ihm die langen Strähnen aus den Augen. »Ich habe ihn geträumt. Wir nennen sie Élodie.«

1993

Vielleicht ist es das, was du über Geister gesagt hast, was mich nach dem Abendessen in ihr Zimmer zieht. Ich habe zu viel getrunken, auf der Treppe wird mir leicht schwindelig. Ich spüre ein Kribbeln im Bauch, als ich den Treppenabsatz erreiche.

Ich habe noch einen alten Vorrat an Glühbirnen in der Küche gefunden, und mir gelingt es, die Birne in der Flurlampe unfallfrei zu ersetzen, denn aus den umliegenden Zimmern fällt genügend Licht hinein. Mir kommt der flüchtige Gedanke, dass ich mit der Birne in Élodies Zimmer bis morgen warten sollte, aber ich kann mich nicht länger zurückhalten, und der Alkohol spornt mich zusätzlich an.

Wie selbstverständlich trage ich einen Stuhl in ihr Zimmer, klettere summend darauf, um meine Nervosität zu überspielen, eine Hand tastet im Halbdunkel nach der Lampenfassung. Als ich gegen das alte Bakelit stoße und das Kabel zu schwingen beginnt, zucke ich zusammen, und als ich versuche, es wieder zu fassen zu bekommen, berühre ich für den Bruchteil einer Sekunde ein nicht isoliertes Stück Kabel. Ein gewaltiger Stoß durchzuckt mich, wie ein heftiger Knall in meinem Innern.

Als ich die Augen wieder aufschlage, liege ich rücklings auf dem Boden, über mir schwingt die Lampenfassung hin und her, von unten dringt gedämpfte Musik zu mir. Ich frage mich gerade, ob mein elektrogeschocktes Hirn sie sich einbildet, da drehst du sie lauter. Natürlich kannst nur du es sein, aber einen Augenblick lang gerate ich ins Zweifeln.

Ich kenne dieses Lied in- und auswendig, auch wenn ich es seit Jahren nicht gehört habe. Die sehnsüchtigen ersten Zeilen von

»Good Vibrations«, *sunlight, hair, perfume*. Einmal bin ich mitten beim Einkaufen aus dem Laden gerannt, als es auf einmal aus den Lautsprechern drang. Zu sehr schmerzen die Erinnerungen. Die Erinnerungen an sie. Sie, deren Lieblingslied es war. Jetzt, da ich es nach so langer Zeit wieder höre, schweben die Akkorde zu mir empor, umschmeicheln mich wie Geister, die um Einlass bitten. Ich stürme die Treppe hinunter und hebe die Nadel so hektisch an, dass sie kreischend über die Schallplatte rutscht.

»Mum, was machst du denn da?«, fragst du halb überrascht, halb genervt.

»Tut mir leid. Ich …«

Das Telefon ist meine Rettung. Sein schrilles Klingeln lässt mich zusammenfahren. Als ich den Hörer abhebe, zittert meine Hand, in meinem Kopf regt sich ein pochender Schmerz. Ich hoffe, Oliviers ruhige Stimme zu hören, selbst Camilles vertraute Schroffheit würde mir jetzt guttun. Aber es ist dein Vater, der mir in Krisen noch nie eine große Hilfe war.

»Was ist los?«, fragt er. »Du klingst irgendwie angeschickert.«

»Ich bin bloß hingefallen. Ich wollte eine Glühbirne wechseln.«

Er lacht. »Warum überrascht mich das nicht?«

»Hast du wirklich nur angerufen, um mir zu sagen, was für ein Trottel ich bin?«

»Nein.« Er klingt, als würde er sich angegriffen fühlen. »Ich rufe an, weil du dich nicht gemeldet hast. Du hast gesagt, du würdest Bescheid sagen, wenn ihr da seid. Das ist jetzt zwei Tage her.«

Zwei Tage? Es kommt mir vor, als wären es Wochen. »Tut mir leid«, ringe ich mir ab. »Wir hatten viel zu tun. Ich habs vergessen.«

»Okay«, sagt er zögerlich. »Wie ist es?«

»Genau wie früher.«

»Und kommen nur die schlechten Erinnerungen hoch, oder ist es dir gelungen, auch ein paar gute wieder vorzukramen?«

Ich sehe mich um, aber du bist in der Küche verschwunden. »Du sagst das, als wollte ich nur das Schlechte sehen.«

»Manchmal kam es mir so vor.«

»Uns trifft keine Schuld, Greg«, sage ich leise. »Nichts davon ist unseretwegen passiert.«

Ich höre, wie er tief Luft holt, und erwarte halb, dass er genervt aufstöhnt, als ich das Zittern in seiner Stimme wahrnehme. Er ist den Tränen nahe.

»Willst du deine Tochter sprechen?«, frage ich. »Sie ist hier.«

Stille am anderen Ende, ich weiß, sekundenlang denkt er, ich hätte Élodie gemeint. Wahrscheinlich habe ich deshalb »Tochter« gesagt und nicht deinen Namen: Ich verspüre den Drang, ihm etwas von der Atmosphäre in diesem Haus durch die Telefonleitung zu schicken, ihm ins Ohr zu zischen.

Du nimmst mir den Hörer aus der Hand. »Nicht viel«, höre ich dich noch sagen, als ich zur angelehnten Terrassentür hinübergehe, durch deren Spalt kühle Abendluft dringt. »Eigentlich nur am Pool rumliegen.«

Ich gehe in den Garten, er duftet nach Oleanderblüten und heißem Staub. Eine schmale Mondsichel steht am Himmel, sie erinnert mich an die Narbe über Élodies rechter Augenbraue.

Ich habe mein Bestes gegeben, sage ich in Gedanken zu deinem Vater, spule die Unterhaltung ab, die wir schon unzählige Male geführt haben, ein uraltes Skript, das seit Jahren das gleiche ist.

Ich setze mich auf die dritte Stufe, und meine Finger wandern automatisch zu dem kleinen Blutfleck, der sonst niemandem auffallen würde. Wie viele andere Orte hier beherbergen düstere Erinnerungen? So viele winzige Stolpersteine, denen ich unmöglich ausweichen kann, Glassplitter, die sich unter der Haut festsetzen.

Der Pool ist vom Mondlicht gesprenkelt. Ich sehe nicht zu der Lücke unter dem Oleander. Etwas von ihr ist hier oder war es vor Kurzem. Der Nachhall ihrer Anwesenheit hängt wie Schießpulver in der Luft. »Élodie«, flüstere ich. »Bist du zurückgekommen?«

Die Zikaden, die bis eben noch still waren, fangen ohrenbetäubend an zu zirpen.

1969

Sie flutscht aus mir heraus wie ein Fisch, nach nur fünf Stunden. Noch ehe ich begreifen kann, dass sie da ist, wird sie fortgebracht, aus vollem Halse schreiend, die Fäustchen so fest geballt, dass sie zittern, und ich falle in Tiefschlaf wie in ein weich gepolstertes schwarzes Loch.

Auf französischen Wöchnerinnenstationen ist Routine das alleroberste Gebot. Die Neugeborenen werden zu festen Zeiten zum Stillen gebracht und verschwinden dann wieder im Säuglingszimmer, damit die Mütter sich ausruhen und an die Tatsache gewöhnen können, dass ihr Leben nun von Grund auf anders ist. Acht Tage und Nächte spiele ich die Vorzeigepatientin, halte mich genau an die Anweisungen der Krankenschwestern. Ich bettele nicht um mehr Zeit zum Stillen oder Kuscheln mit meinem Baby. Ich esse, was man mir vorsetzt, die übrige Zeit schlafe ich. Ironischerweise komme *ich* mir vor wie ein verhätscheltes Kind.

Sie sind zufrieden mit mir. »Eine ganz Vernünftige«, sagt die Schwester zu Greg, als er mich abholt. Während der Heimfahrt sitze ich auf der Rückbank und beobachte mein schlafendes Baby. Ich bin Mutter, denke ich. Wie kann das sein? Sie wirkt so in sich versunken, ihre muschelrosa Augenlider vollkommen reglos, dass ich mich über sie beuge, um nachzusehen, ob sie noch atmet.

»Träumen Babys eigentlich?«, frage ich flüsternd Richtung Fahrersitz, und Greg lächelt.

Meine Freude ist von Angst durchzogen, aber es ist die Freude, die alle Eltern erfüllt, eine, die im Herzen schmerzt und einem die Welt ebenso großartig wie gefährlich erscheinen lässt.

Ich bin Mutter.

1993

Um kurz nach zwei kommst du in mein Bett gekrochen. Als du dich an mich kuschelst und mit deinen kalten Füßen meine berührst, fällt mir der starke Wind auf. Irgendwo quietscht ein loser Fensterladen. Es ist der im Zimmer am Ende des Flurs.

»Ich hatte einen Albtraum«, flüsterst du, »und dann konnte ich nicht mehr einschlafen. Es ist so dunkel hier.«

Ich schlinge die Arme um dich. Deine Haut ist kühl und riecht leicht nach den muffigen Laken. »War doch nur ein Traum«, sage ich und hoffe, dass du nicht vorhast, ihn mir zu erzählen.

Der Fensterladen schlägt mit lautem Knall zu, und du zuckst zusammen. »Ich glaube, davon bin ich wach geworden.«

»Ich kümmer mich drum.« Ich schlage die Decke zurück, es ist frisch im Zimmer. Bald wird es regnen. Als Kind habe ich es geliebt, wenn mitten in tiefster Nacht die Temperatur unvermittelt abstürzte. Wenn der Regen die Luft reinigte, am nächsten Morgen der Himmel blendend kristallblau war und der Garten vor Leben strotzte.

Ich will das Licht im Flur anschalten, aber es geht nicht, trotz der neuen Birne. Wahrscheinlich müssen die Leitungen im ganzen Haus neu verlegt werden – daran wurde seit den Fünfzigern nichts mehr gemacht. Ich taste mich vorwärts und erlebe schon wieder einen Anfall von Déjà-vu. Als würde ich geradewegs in die Vergangenheit hineinstolpern. Der gebohnerte Holzboden unter meinen Füßen und der Winkel der dunklen Treppe zu meiner Rechten sind mir so unglaublich vertraut, dass es mir vorkommt, als hätte ich mir die Jahre dazwischen nur eingebildet.

Auf der Schwelle zu ihrem Zimmer bleibe ich zögernd stehen, da knallt der Fensterladen wieder gegen den Rahmen. Die Tür knarrt laut, als ich sie öffne. Das einzige Licht kommt vom Gewitter draußen, das immer wieder aufblitzt, während der Fensterladen auf- und wieder zuschwingt. In der Ferne grollt der Donner.

Ich drehe den Fenstergriff, und eine Windbö drückt mir den ganzen Flügel entgegen, sodass die dünne Scheibe im losen Kitt zittert. Ich muss mich weit herauslehnen, um an den Fensterladen zu kommen, und vertraue dabei ganz darauf, dass die hölzerne Querstange mein Gewicht hält. Ich habe ihn fast, als ich den Kopf auf einen plötzlichen Instinkt hin wieder zurückziehe und einen Schritt rückwärts ins Zimmer mache. Kurz war ich mir sicher, dass jemand hinter mir steht.

Beim zweiten Versuch bekomme ich den Haken des Ladens zu fassen, als er gerade wieder zufliegt. Schwer atmend versuche ich, ihn zu befestigen. Endlich gelingt es mir, die Fenster wieder zuzuschieben und mit dem Griff zu verschließen. Der Regen ist mittlerweile noch heftiger geworden, und der Donner antwortet lauter als zuvor. Ich höre dich vom anderen Ende des Hauses nach mir rufen und eile los. Die Schatten in der Ecke beim Bett würdige ich keines Blickes.

»Was ist denn, *chérie*?«, frage ich, als ich wieder bei dir ankomme. Ich will mir nicht anmerken lassen, wie außer Atem ich bin. Du stehst am Fenster. Der Regen draußen hat noch eine Schippe draufgelegt, und von der Steinterrasse erklingt ein zischendes Geräusch. Ein Blitz blendet uns kurzzeitig.

Du drehst dich mit weit aufgerissenen Augen zu mir um. »Da draußen ist jemand. Ich habs genau gesehen.«

Im Garten scheint alles in Bewegung: Wasser und Wind peitschen die Blätter und biegen die Äste. Ich spähe angestrengt in die Dunkelheit, zwischen die Sträucher und Bäume, sehe aber nichts.

»Ist ja gut, das ist nur das Unwetter. Da ist niemand.«

Ich drehe mich wieder zum Fenster, und genau in diesem Augenblick erleuchtet ein perfekter rosa Blitz die Umgebung, als würde jemand ein Foto mit starkem Blitzlicht aufnehmen. Es donnert krachend, jetzt direkt über dem Haus, und ich muss an den Fotoapparat denken, den Greg ihr gekauft hat, als du zur Welt kamst, und an den letzten entwickelten Film daraus. Diese fürchterlichen Fotos, auf jedem dasselbe kleine Gesicht mit roten Pupillen wie Stecknadelköpfe. Ein Wort kam mir dabei in den Sinn: *Beweis.*

Das Unwetter zieht weiter, die Abstände zwischen Blitz und Donner werden immer größer, bis ich die Sekunden nicht mehr zählen kann. Du bist schon wieder eingeschlafen, und ich dämmere gerade weg, als ich es höre – das Aufheulen von Mopedmotoren, mindestens vier oder fünf, alle auf einmal, als würden sie ein Rennen fahren. Das Geräusch schwillt verstärkt durch die nasse Straße an, wird wieder leiser, schwillt wieder an. Erst denke ich, dass es nur der Wind ist, der es hin und her trägt. Aber inzwischen ist es beinahe windstill. Mir wird klar, dass da jemand immer wieder auf demselben Stück Straße auf und ab fährt.

Ich schleiche zu einem Fenster in Richtung Straße und sehe, wie eins der Mopeds von der Straße in die Auffahrt zum Haus biegt. Zu uns. Ich kann mich nicht rühren, während es langsam näher kommt, erstarre ich völlig. Gerade sieht es aus, als würde es gleich mit unserem Auto zusammenstoßen, da dreht es um und rast dröhnend zurück zu den anderen. Ich weiß nicht, wie lange ich dort stehe, während das kalte weiße Licht ihrer Scheinwerfer immer wieder die dunklen Felder, das Haus und meine Hände streift, mit denen ich mich an der Fensterbank festklammere.

1969

Obwohl wir bei meinen Eltern wohnen, ist es, als wären wir drei – Mutter, Vater, Kind – die letzten Menschen auf der Erde. Wir sind unzertrennlich, selbst nachts: Greg hat ihr Bettchen zu uns ins Schlafzimmer geholt. Meine Mutter missbilligt das auf ihre sanfte Weise, meint, wir würden uns ins eigene Fleisch schneiden, aber wir lächeln nur. Wir wissen es besser, denken Greg und ich insgeheim.

Ich habe so viel Liebe in mir, bin so ausgefüllt von ihr, dass ich mich immer wieder daran erinnern muss, etwas zu essen, ein großes Glas Wasser zu trinken, wenn ich Milch abgepumpt habe. Das ist das einzige Wölkchen am strahlend blauen Himmel: Ich kann Élodie nicht stillen. Sie dockt einfach nicht an. Sie dreht den Kopf weg, selbst wenn ihr winziger Magen vor Hunger knurrt. Ich habe deswegen schon mehrfach weinend in Gregs Armen gelegen, mich von ihm trösten und wiegen lassen, als wäre ich das Baby. Er erinnert mich daran, dass es trotzdem meine Milch ist, die wir füttern, auch wenn Élodie sie nur aus dem Fläschchen akzeptiert.

Ich beobachte ihn, wenn er mit unserem Kind allein ist, und bin überrascht, was für ein guter Vater er ist, obwohl ich das niemals laut aussprechen würde, um ihn nicht zu verletzen. Ich wusste ja, dass er sie lieben würde, aber ich hatte eher damit gerechnet, dass er es mit Sicherheitsabstand tun würde. Das habe ich bei Freunden von ihm mit Kindern beobachtet: Hippiemänner mit langen Haaren und radikalen Einstellungen, die behaupten, sie wären ganz anders als ihre Väter, natürlich nur so lange, bis sie irgendetwas im Haushalt tun sollen.

Aber so ist er nicht. Er liebt sie wohl einfach. Ich dachte immer, ich würde es nicht ertragen, dass er jemanden so sehr liebt wie mich, aber bei ihr stört es mich überhaupt nicht.

1993

Als ich am nächsten Morgen aufwache, ist das Bett neben mir leer, nur ein einzelnes langes Haar ringelt sich auf dem Kissen. Ich setze mich auf und drehe den Wecker zu mir. Schon wieder so spät.

Draußen ist herrliches Wetter, ein paar tote Zweige auf dem Rasen sind die einzigen Spuren des Unwetters. Alles wirkt erfrischt, der Garten vibriert förmlich vor Leben. Ich muss an die Mopeds denken, aber nachdem sie nachts so bedrohlich wirkten wie ein Wolfsrudel, das mich umzingelt, kommt mir das Ganze jetzt bei strahlendem Sonnenschein nur noch halb so schlimm vor. Jetzt sind es wieder gelangweilte Teenager.

Auf dem Weg zum Pool höre ich dich reden und erschrecke kurz, weil außer uns niemand da ist. Einen schrecklichen Augenblick lang erinnere ich mich an unsere ersten Monate in London zurück, als mich eines Nachmittags eine Vertretungslehrerin ins Klassenzimmer bat. »Emma hat eine Fantasiefreundin und spricht ständig mit ihr«, sagte sie, als wir uns an den unbequemen Kindertisch gesetzt hatten. »Angeblich heißt sie Élodie.« Da musste ich ihr erklären, dass es eine ältere Schwester gegeben hatte, und die arme Frau errötete bis zum Haaransatz.

Als ich am Pool ankomme, sehe ich, dass du dich mit einem Jungen unterhältst. Ihr habt mir beide den Rücken zugewandt, und er ist mit einem Kescher an einer langen Stange bewaffnet. Er ist einen Kopf größer als du und offensichtlich älter: wahrscheinlich achtzehn oder neunzehn. Er bemerkt mich und dreht sich um, sein Gesicht kommt mir äußerst bekannt vor.

»*Je suis Luc*«, sagt er, und ich stehe stumm da. »*Luc Martin.*« Er streicht sich die Haare aus dem Gesicht und kommt auf mich zu, um mir auf englische Art die Hand zu schütteln.

»Das mit dem Pool war Luc«, sagst du freudig. »Er spricht sehr gut Englisch.« Du prüfst mit einem verstohlenen Blick, ob er geschmeichelt ist, aber er ist immer noch damit beschäftigt, mich zu mustern. Ich frage mich, was man ihm über die Nachbarin erzählt hat, die ihr Haus so lange hat leer stehen lassen.

»Luc. Natürlich. Bist du groß geworden! Als ich dich zuletzt gesehen habe, warst du noch ein kleiner Junge.«

Er lächelt etwas verlegen, und du schaust abwechselnd ihn und mich an, fragst dich, was ich gesagt habe.

»Sehr nett von dir mit dem Pool, aber woher wusstest du, dass wir kommen?«

Sein Lächeln gefriert. *»Ach, von meinem Vater«*, sagt er nach einer Weile. Erst da fällt mir auf, dass seine Haare feucht sind, seine Shorts auch. Er muss schwimmen gewesen sein, bevor du runtergekommen bist. Ich weiß nicht, ob mir das recht ist oder nicht.

»Ja, genau«, sagt er mit mehr Nachdruck. *»Er hat gehört, dass Sie zurückkommen. Er fand, wir sollten ihn sauber machen und Wasser reinlassen.«* Er fährt sich durchs Haar, und die Geste erinnert mich so sehr an Laurent im gleichen Alter, dass ich innerlich ins Wanken gerate und wieder in eine andere Zeit abzugleiten drohe.

»Ich sollte dich für den Aufwand entschädigen.«

Er schüttelt den Kopf, ist jetzt wieder ganz gelöst. *»Schon gut, hab ich gern gemacht. Papa würde das eh nicht erlauben. Und wenn ich nicht hergekommen wäre, hätte er mich auf dem Feld arbeiten lassen. Da ist mir das hier viel lieber.«*

»Na gut, wenn du meinst. Danke. Wie geht es Laurent denn? Und deiner Mutter natürlich.«

Annette Martin hat mich nie gemocht. Als wir gemeinsam zur Schule gingen, war sie eifersüchtig, weil Laurent mich lieber mochte und ich seine erste Freundin war – schon damals war sie in ihn verliebt. Später missfiel ihr dann wohl, dass ich nach England gegangen und mir einen Engländer geangelt habe, als hielte ich mich für etwas Besonderes, zu gut für die Männer zu Hause. Eine Weile versuchten wir alle, Freunde zu sein: Als Élodie noch klein war, bin ich mit deinem Vater vielleicht ein halbes Dutzend Mal über das Feld zwischen unseren Grundstücken gegangen, Élodie im Tragetuch auf Gregs Rücken, die Sonne schräg über den akkuraten Reihen der Weinreben.

Eines Abends gestand ich ihr im Versuch, Small Talk zu machen, dass ich von den vielen Nächten mit unterbrochenem Schlaf furchtbar erschöpft war. Damals hatten sie und Laurent noch keine Kinder – Luc kam erst später. Sie reagierte verständnislos. »*Dachtest du etwa, dir würde es nicht so gehen wie anderen Frauen mit Neugeborenen?*«, meinte sie und schob sich an mir vorbei ins Esszimmer, wo die Männer saßen. Sie hatte leise genug gesprochen, dass sie es nicht hören würden. An dem Abend flirtete sie schamlos mit Greg, obwohl es ihm eindeutig unangenehm war.

Ich blinzele, komme wieder in der Gegenwart an und bemerke, dass Luc mich taxiert. Normalerweise wäre es dir peinlich, wie abwesend ich bin, aber du bekommst es gar nicht mit, weil du ihn unentwegt anstarrst. Ich kann es dir nicht verdenken: Er ist schön, wie es Jungs manchmal ein oder zwei Jahre lang sind, bevor die Männlichkeit ihre Züge derber macht.

Wahrscheinlich wird er dein erster richtiger Schwarm, und ich weiß nicht, was ich davon halten soll. In erster Linie bin ich wohl nostalgisch, ich denke an früher, als du noch ein Baby warst, wie es war, als ich so für Laurent empfand, an die Zeit, bevor Greg und ich einander verloren haben. Bevor all das passiert ist.

1969

Ihre Augen hatten bei der Geburt ein milchiges Dunkelblau. Das war nicht weiter ungewöhnlich, im Gegenteil, aber ich kannte keine anderen Babys und hatte diese Farbe noch nie gesehen. »Unergründlich«, dachte ich unweigerlich, nicht nur unergründlich, wie Ozeane unvorstellbar tief sind, sondern eher im übertragenen, abstrakten Sinne. Undurchschaubar. Ein Mysterium.

Als sie sich noch in meinem Bauch drehte und wand, wusste ich, dass sie mit mir verbunden war, eine Erweiterung meiner selbst. Jetzt, da sie seit mehreren Monaten auf der Welt ist, wird mir bewusst, dass sie eine vollständig von mir losgelöste Person ist, auch wenn ihr Überleben von mir abhängt. Neuerdings habe ich das sonderbare Gefühl, sie würde mir diese Abhängigkeit übel nehmen, obwohl sie noch nicht einmal den Kopf anheben kann.

In gewisser Weise gibt mir das Muttersein noch immer genauso viele Rätsel auf wie vor der Geburt. Ich hatte angenommen, ihr Ein und Alles zu sein: die verschwommene Silhouette, der sie mit Blicken folgt, die Stimme, die sie augenblicklich beruhigen kann. Ich hätte gedacht, mein Instinkt würde das Ruder übernehmen, mein Alltag würde von Glück, Erschöpfung und dem übermächtigen Drang geprägt sein, dieses hilflose Wesen zu beschützen. Und so ist es auch. Ich hatte nur nicht mit dieser Energie gerechnet, dieser unendlichen Stärke, die sie ausstrahlt. Manchmal habe ich das Gefühl, ich müsste sie umgarnen, um ihre Gunst buhlen.

Vor einigen Wochen veränderte sich plötzlich die eine Iris. Ein bernsteinfarbener Sprenkel, wie eine funkelnde Münze auf dem Grund eines Brunnens, breitete sich aus, bis kein Säuglingsblau mehr übrig war. Das andere Auge ist unverändert, und doch sehe ich jeden Tag nach. Ganz gleich welche Farbe, ihre Augen bleiben völlig ausdruckslos. Sie scheinen nirgends hängen zu bleiben, nicht an mir und auch an sonst nichts. Es bereitet mir so große Sorgen, dass ich mit ihr ins Krankenhaus fahre, um ihr Augenlicht untersuchen zu lassen.

»*Alles in bester Ordnung*«, sagt der Arzt, nachdem ich zwei Stunden gewartet habe, unter den missbilligenden Blicken der Sprechstundenhilfe, weil ich den Dienstweg nicht eingehalten habe. »*Sie müssen sich keine Sorgen machen. Obwohl …*« Er hält inne, den Kopf geneigt.

»*Was?*«, frage ich erschrocken nach und versuche, seinen Gesichtsausdruck zu ergründen.

Élodie liegt auf dem Rücken, auf einer kleinen Schaumstoffmatratze mit Segelbooten darauf. Der Arzt antwortet nicht, wir betrachten sie schweigend, auch wenn ich nicht weiß, worauf wir warten.

Nach einer endlos scheinenden Minute greift er nach einem von Élodies winzigen Füßen. »*Babys bewegen sich die ganze Zeit. Ist Ihnen das schon mal aufgefallen? Sie sind immer aktiv. Deshalb brauchen sie auch so viel Schlaf und müssen so oft gefüttert werden.*« Er lässt das Füßchen wieder fallen. »*So ein ruhiges Baby habe ich noch nie gesehen.*«

»*Ist das schlimm?*«, frage ich und hätte ihn am liebsten am Ärmel gezupft, weil er sich mit seiner Antwort wieder Zeit lässt.

»*Das gibt sich bestimmt noch*«, sagt er schließlich mit einem verstohlenen Blick auf die Uhr, der mir nicht entgeht. »*Vielleicht hinkt sie einfach etwas hinterher. War sie zu früh?*« Er geht zum Schreibtisch und sieht in ihrer Akte nach.

»*Nein, zwei Tage über den Termin.*« Ich lege sie zurück in ihren Kinderwagen, und sie fühlt sich schwer, reglos, wie ohne Knochen an, jedenfalls nicht wie etwas, das erst so kurz auf der Welt ist. »*Glauben Sie, dass mit ihrer Entwicklung etwas nicht stimmt, wollen Sie das damit sagen?*«

Noch ein Blick auf die Uhr. Er klappt ihre Akte zu. »*Madame Winters, es ist ganz normal, dass frischgebackene Mütter sich Sorgen machen. Aber Ihr Baby ist gesund. Sie sieht gut. Fahren Sie nach Hause und bitten Sie Ihren Mann, Ihnen ein schönes heißes Bad einzulassen. Trinken Sie ein Gläschen Wein.*« Mit einem Lächeln sind wir entlassen.

»*Bin ich hysterisch?*«, frage ich Camille abends am Telefon. Greg ist nicht da, um mir ein Bad einzulassen. Stattdessen rufe ich meine Schwester an, das tue ich ohnehin alle paar Tage.

»*Natürlich nicht*«, sagt sie müde, genau wie ich gehofft hatte. Es beruhigt mich, wie sie meine Sorgen abwimmelt, anders als die tiefschürfenden Gespräche über das Elterndasein, die Greg und ich bis spät in die Nacht führen. »Du musst aufhören, so viel nachzudenken. Schlaf lieber mal oder geh aus. Komm doch ein paar Tage mit ihr nach Paris.«

Aber das tue ich nicht. Ich rede mir ein, ich hätte nicht genug Energie, aber daran liegt es nicht. Ich will nicht, dass meine Sorge plötzlich meiner Schwester ins Gesicht kriecht. Irgendwie will ich lieber weiter glauben, ich bilde mir das alles nur ein.

1993

Als du ins Arbeitszimmer kommst, sortiere ich gerade alte Bücher aus – größtenteils vergilbte Taschenbücher, die ich bestimmt nie wieder lesen werde. Staubpartikel schweben und wirbeln in unsichtbaren Strömen durch die Luft. Ich bin schon den ganzen Nachmittag hier drin; es hat allein schon Stunden gedauert, die alten Briefe meines Vaters durchzugehen und in Mülltüten zu stecken.

»Mum?«

Ich greife mir an die Brust. »Meine Güte, hast du mich erschreckt. Ich war gerade ganz woanders.«

Du kratzt an einem Mückenstich, wirkst irgendwie abwesend. »Können wir spazieren gehen oder so?«

Ich werfe einen Blick zum Fenster und sehe, dass es schon Abend ist. Da fällt mir auf, dass ich bereits eine ganze Weile die Augen zusammenkneifen muss, um die Titel auf den Buchrücken lesen zu können.

»Alles in Ordnung? War bestimmt langweilig heute, so ganz alleine.« Ich folge dir in die Küche, wo der uralte Kühlschrank laut vor sich hin brummt. »Em?«

»Nein, ich wollte nur …« Du unterbrichst dich, und deine Nägel drücken sich fest in den Stich. Ich ziehe deine Hand sanft weg und widerstehe dem Drang, nach deinem Kinn zu greifen, dein Gesicht nach oben zur Lampe zu drehen und dich noch einmal zu fragen, ob mit dir alles in Ordnung ist, ob du dich an irgendwas erinnert hast.

Die Atmosphäre zwischen uns oder um uns herum, da bin ich mir nicht ganz sicher, wird leichter, als wir den Garten hinter uns lassen. Die Felder rings um das Haus gehörten früher einmal zu La Rêverie, aber mein Vater hat das letzte Stück Land noch kurz vor seinem Tod verkauft. Es gehört inzwischen seit über zwanzig Jahren Laurent, und die Carignan-Trauben, die er Ende der Siebziger gepflanzt hat, sehen prall und gesund aus. Genau wie in meiner Erinnerung liegen die Reben unter der tief stehenden Sonne wie breite, gewundene Bänder in Braun und Grün.

»Du hast doch dein Skizzenbuch dabei, oder?«

»Ja, warum?«

»Ich meine nur, du könntest hier draußen ja ein bisschen zeichnen, oder im Garten. Von da drüben hat man einen guten Blick aufs Haus.« Ich deute in die Richtung und schäme mich für meinen eifrigen Ton. Du schaust nicht einmal hoch. Seit ein paar Jahren weiß ich nie, welche Seite von dir im nächsten Moment zum Vorschein kommt, ob ich dich gleich einfach nur überreden oder richtig anbetteln muss.

»Vielleicht«, sagst du.

»Wenn du Lust hast, könnten wir ja auch nach einem richtigen Kunstkurs für dich suchen, wenn wir wieder zu Hause sind.«

Du überlegst kurz, dann strahlst du mich an; die Sonne kommt wieder zum Vorschein. »Echt? Das wäre cool. Laura geht dienstagabends immer zu einem Kurs. Kann ich da auch hin?«

»Wenn es nicht zu teuer ist.«

»Kann ich sie nachher anrufen? Dann kann ich fragen, was es kostet.«

Ich nicke, und du hakst dich bei mir unter.

»Also, warum wolltest du rausgehen, *chérie*?«, frage ich nach einer Weile vorsichtig. »Ich kann mich nicht erinnern, dass du jemals freiwillig spazieren gehen wolltest. Was hast du mit meiner Tochter gemacht?«

Der Scherz verunglückt irgendwie, und du ignorierst ihn, löst dich von mir und bist wieder ganz verschlossen.

»Emma?«

»Weiß nicht. Hab mich heute Nachmittag irgendwie komisch gefühlt. Als ich mit Kopfhörern am Pool gelegen hab, dachte ich immer mal wieder, dass jemand mit mir redet, aber wenn ich die Musik dann ausgemacht hab …« Du trittst mit der Fußspitze in die Erde, und ich biege auf den Weg, der um das Feld herum führt.

Ich berühre dich leicht am Arm. »Wahrscheinlich weil wir gestern über Geister gesprochen haben. Ich war als Kind genauso. Ich hatte auch ständig ein komisches Gefühl wegen solcher Sachen. Camille hat immer die Augen verdreht und gesagt, ich sei total dramatisch.«

Am anderen Ende des Feldes verwandelt sich eine verschwommene Gestalt beim Näherkommen in Laurent. Sein Bart ist grau meliert, und sein Hemd spannt ein wenig am Bauch, wodurch er etwas plump wirkt.

»Siehst gut aus, Sylvie«, brummt er mir ins Ohr, als wir uns umarmen. *»Ich hatte gehofft, dass du mal rüberkommst. Ich wollte nicht einfach reinplatzen.«* Seine Augen sind immer noch dieselben, und ich hatte die mulmige Mischung aus Zuneigung und Schuldgefühlen vergessen, die sie immer in mir auslösten.

Ich lächele. *»Tut mir leid, dass ich es bis jetzt nicht geschafft habe. Ich …«*

»Macht doch nichts.«

Ich lege den Arm um dich. Du runzelst leicht die Stirn, fühlst dich wahrscheinlich aus dem Gespräch ausgeschlossen.

»Und das ist meine Emma«, sage ich auf Englisch.

Er nimmt deine Hand in seine großen und tätschelt sie. »Du bist eindeutig eine Durand«, sagt er mit starkem Akzent. »Das gleiche …« Er deutet auf seinen Mund.

»Lächeln?«, sage ich.

Dabei siehst du meinem Teil der Familie gar nicht ähnlich. Mit den Sommersprossen und der Neigung zum Rotwerden kommst du eher nach deinem Vater. Élodie sah mir ähnlich, mit ihrem herzförmigen Gesicht, wenngleich meine Züge in ihrem viel feiner ausgeprägt und beinahe unheimlich symmetrisch waren. Das einzig Asymmetrische war das Grübchen in der linken Wange, genau wie bei mir. Ein Makel, den die Leute hübsch finden.

»Sie muss jetzt genauso alt sein wie ihre Schwester, als …«

»Vielen Dank, dass du Luc gebeten hast, sich um den Pool zu kümmern«, unterbreche ich ihn auf Französisch. *»Emma ist kaum noch da raus zu bekommen.«*

Laurent zuckt die Schultern. *»Da muss Luc von selber drauf gekommen sein. Er ist ein guter Junge, meistens zumindest. Er hilft mir mehr, als andere es tun würden.«*

»Und wie gehts Annette?«, frage ich.

Er legt den Kopf schief und sieht etwas betrübt aus. *»Ach, du weißt schon. Annette ist eben Annette.«*

Ich werfe dir einen Blick zu, aber du schaust woandershin, schon wieder ausgeschlossen durch das schnelle Französisch. Ich bin nicht sonderlich erpicht darauf, dass du Annette kennenlernst. Bei ihr weiß man nie, was sie als Nächstes sagt, was sie aus Spaß mal eben auskramt, das war schon damals so. Sie kann auch besser Englisch als Laurent.

»Wer ist Annette?«, fragst du, als wir außer Hörweite sind.

»Lucs Mum.«

»Ihr habt euch wohl nicht gut verstanden?«

Ich lache und zupfe dir spielerisch an einer Haarsträhne. »Wie bist du denn darauf schon wieder gekommen?« Ich spähe über die Schulter, aber Laurent ist nicht mehr zu sehen.

»Die Art, wie du ihren Namen gesagt hast.«

Ich seufze. »Laurent war meine Sandkastenliebe, und das hat sie mir nie verziehen. Einmal hat sie sogar versucht, deinen Vater zu küssen.«

Es ist nicht richtig von mir, dir das zu erzählen. Ich weiß genau, wie fesselnd diese Feinheiten des Erwachsenenlebens für dich sind, von denen du sonst normalerweise nichts erfährst.

»Was?«, sagst du genauso erregt und empört, wie ich erwartet habe. Jugendliche sind fast immer konservativ eingestellt, die ganze Lockerheit ist nur aufgesetzt, eine dünne Fassade. »Ich glaube, Laurent steht immer noch auf dich. Hab ihn beobachtet.«

Ich verberge mein Lächeln über deinen altklugen Tonfall, indem ich mich der untergehenden Sonne zuwende. Sie überzieht die Weinreben mit einem dunklen Kupferton. Am apricotfarbenen Himmel über uns schießen Fledermäuse hin und her, schwarze Pfeile, so schnell, dass man ihnen nicht folgen kann.

Im Supermarkt habe ich ein Dutzend Dosen Panaché gekauft – du wolltest das Zeug gern haben, weil Alkohol drin ist, wenn auch nur minimal –, und du läufst los und holst uns je eine, damit wir sie im Garten trinken können. Hier draußen kann ich dem Drang, einfach unsere Sachen zu packen und zu verschwinden, besser widerstehen.

Seit unserer Rückkehr nach La Rêverie fühlen sich meine Sinne geschärft an, ein bisschen wie während der Schwangerschaft. Wohin ich auch schaue, überall werde ich von Schönheit und neuen Eindrücken übermannt. Ich hatte vergessen, wie sich die grauen Steine des Hauses in der Abendsonne golden färben und wie sich der helle, rutschige Kies unter den Füßen anfühlt. Das Haus kommt mir vor wie ein früherer Geliebter, dem ich nicht trauen sollte, der mich aber zurückerobern will. Du spürst diese Verführungsversuche ebenfalls, glaube ich, würdest jeden Hauch einer Chance ergreifen, dass wir länger hierbleiben könnten.

»Ich war heute Nachmittag in ihrem Zimmer«, sagst du, als wir ausgetrunken haben.

Ich merke, wie ich die Schultern ein kleines Stück hochziehe. »Oh.« Mehr bringe ich nicht heraus.

Mir fällt auf, wie viel älter du hier wirkst, ohne deine Londoner Schuluniform. Da entdecke ich die Halskette. Du musst sie unters T-Shirt gesteckt haben, aber jetzt ist sie hervorgerutscht und glitzert auf deiner Haut: eine zarte Silberkette mit winzigen türkisen Steinen, die ich überall wiedererkennen würde.

Als du meinen Gesichtsausdruck siehst, greifst du danach, als hättest du Angst, ich könnte sie dir vom Hals reißen. »Du willst nicht, dass ich sie trage, oder?«

Ich schlucke. »Schon gut, wenn du möchtest«, sage ich. »Aber ich dachte, wir wollten ihr Zimmer gemeinsam ausräumen.«

»Du warst so beschäftigt mit den Büchern. Außerdem habe ich nur in die Kommode geguckt, und da war nicht viel drin. Die Kette lag dahinter.«

Das hätte ich auch so gewusst. Ich erinnere mich noch lebhaft, wie sie dorthin gekommen ist, wie sie über das Holz rutschte und verschwand. Kurz danach haben wir ihr Zimmer weitgehend leer geräumt. Greg und ich konnten es nicht ertragen, es so zu lassen, wie es war: ein Schrein, der Unheil über das ganze Haus brachte.

»Erzähl mir was von ihr«, sagst du in sanftem Ton, als wolltest du eine ängstliche Katze vom Baum locken. »Etwas, was ich noch nicht weiß.«

Widerwillig durchforste ich mein Gedächtnis nach etwas, was ich dir erzählen kann, nach etwas, was dich zufriedenstellen wird.

»Sie mochte die gleiche Musik wie ich«, sage ich schließlich und lächele, weil mir diese Verbindung zwischen uns viel bedeutet hat. »Deshalb habe ich auch so überreagiert, als du gestern Abend die Platte aufgelegt hast.« Ich streichele dir entschuldigend über die Wange. »Jedenfalls hat es deinen Dad immer genervt, dass sie Popmusik mochte. Er hat ihr seine Frank-Zappa-Alben vorgespielt, aber meine Musik hat ihr immer besser gefallen.«

So war es wirklich, eigentlich erstaunlich, weil sie es Greg ansonsten immer recht machen wollte. Sie strahlte jedes Mal, wenn die Leute sagten, sie sei ja so ein Papakind. *Fille à papa.*

»Sobald Musik lief, fing sie an, sich zu bewegen, schon als Kleinkind, als sie noch ziemlich wacklig auf den Beinen war. Sie konnte wohl einfach nicht anders.«

Du lächelst im Dunkeln. »Ist dein Musikgeschmack deshalb in den Sechzigern hängen geblieben?«

»Also, ich bin der Meinung, ich habe einen ziemlich vielseitigen Geschmack.« Ich ziehe eine Augenbraue hoch. »Ich höre durchaus auch Sachen aus den Siebzigern.«

Aber es stimmt schon, dass meine eselsohrigen Platten zu den wenigen Dingen gehören, die aus dieser Zeit überlebt haben. Sie wollte ich nicht auch noch verlieren, selbst die desillusionierenden Alben von später habe ich behalten, die die Kehrseite des Paradieses enthüllten und auf denen nicht mehr Drive-ins besungen wurden, sondern Desperados. Damals träumte ich manchmal, ich wäre in Kalifornien, würde durch die üppigen Canyons stolpern, eingehüllt in blassorangen Smog.

Davon erzähle ich dir nicht, auch nicht, wie glücklich es mich machte, wenn ich sah, wie sie sich zu der Musik bewegte und im Kreis drehte, die etwas in meinem Innern zum Leuchten brachte. Ich erzähle dir auch nicht, wie ich sie einmal beim Tanzen zu einem »unserer« Lieder beobachtete und dass ihr Körper dabei eng an einen Mann gepresst war, der zu alt war, um sie anzufassen. Das alles bringt mich fast zum Weinen, also versuche ich, uns wieder in ruhigere Gewässer zu steuern.

»Damals trug ich immer Kleider und Röcke aus leichtem Leinen. Meine Haare gingen mir fast bis zur Hüfte, und gekämmt hab ich sie auch selten. Maman gefiel das nicht – sie sagte immer, das sei nicht *chic,* dass ich aussehen würde wie eine schmuddelige Bäuerin.« Bei der Erinnerung muss ich lächeln, also imitiere ich sie, um dich zum Lachen zu bringen. Ich brumme: »*Mon Dieu!*«, genau wie sie es früher aus der Küche heraus getan hat, wenn wieder einmal die fremdartigen Geräusche und Gerüche die Treppe herunterwaberten: Räucherstäbchen und Joni Mitchells inbrünstiges Klagen.

Und dennoch, obwohl ich mit dir mitlache, muss ich die ganze Zeit an deine Schwester denken, daran, wie sie sich ganz instinktiv zur Musik bewegte. Auf einmal ist sie da, quicklebendig wie wir beide, atmet dieselbe violette Beinahenachtluft, und ihre nackten

Füße mit den schmutzigen Sohlen stampfen im Takt. Ich weiß, wenn ich mich umdrehe, wird sie unter dem Oleander kauern und mir genau den gleichen feindseligen Blick zuwerfen wie beim letzten Mal, als ich sie sah.

1970

»Ça va, cherie?«

Meine Mutter ist eine Woche zu Besuch. Sie reißt die Fensterläden auf, bleibt dann am Fußende des Betts stehen. Sie glaubt, sie hätte mich ausschlafen lassen, dabei liege ich seit Sonnenaufgang wach. Mein Vater ist seit einem Monat tot, das neue Jahrzehnt war ihm nicht vergönnt. Ich hatte erwartet, dass Maman bei uns wohnen bleibt, aber sie bestand darauf, zu meiner Tante Mathilde in deren beengte Wohnung in Toulouse zu ziehen. Sie meinte, es sei an der Zeit, dass Greg, Élodie und ich das Haus endlich für uns hätten.

»Aber ich werde dich vermissen«, hatte ich gesagt, zu stolz, das auszusprechen, was ich wirklich meinte: *Aber ich brauche dich doch.*

»Mach dir nichts draus, wenn du dich dann und wann überfordert fühlst«, sagt sie jetzt sanft und legt mir ihre kühle Hand auf die Stirn. *»C'est normal. Das ging mir bei dir und Camille genauso. Mit der Zeit wird es einfacher.«*

Das Licht blendet mich, und ich beschatte die Augen mit meiner Hand. *»Ich glaube, das ist es gar nicht.«*

Sie setzt sich auf die Bettkante und beginnt, mein Haar zu entwirren. *»Quoi, alors?«*

»Ich weiß nicht. Nichts. Wahrscheinlich grüble ich zu viel. Aber … wie ging es dir, als wir klein waren?«

Sie legt nachdenklich den Kopf schief. *»Die meiste Zeit war ich müde. So müde, dass ich zeitweise kaum einen klaren Gedanken fassen konnte. Und ständig habe ich grundlos losgeheult.«* Sie schüttelt lächelnd den Kopf. *»Dein armer Vater war mit seinem Latein am Ende.«*

Ich klappe den Mund auf und wieder zu. Ich möchte glauben, dass das, was ich jetzt empfinde, das Gleiche ist, was meine Mutter damals empfunden hat. Was viele junge Mütter empfinden. Aber das stimmt nicht. Das Unbehagen, das anfangs nur leise an mir genagt hat, verwandelt sich langsam, aber sicher in ein schwarzes Samenkorn der Angst, das sich in mir festgesetzt hat. Ich dachte, mit der Zeit würde es einfacher statt schwerer. Ich dachte, nach ein paar Monaten würde sich die Beziehung zu meinem Kind natürlicher anfühlen, normaler.

Vielleicht spielt auch die Trauer um meinen Vater mit hinein. Letzte Woche hatte ich kurz vergessen, dass er tot ist. Ich ging aufs Feld hinter dem Haus und hielt zwischen den Weinstöcken Ausschau nach seiner hageren Gestalt, um ihm ein kühles Getränk anzubieten, aber da war niemand. Die Erkenntnis raubte mir den Atem: Das Feld gehörte jetzt Laurent, und Papa war für immer fort.

Meine Gedanken schweifen ab. Weg von dem Schmerz und zurück zu dem, worüber ich nachdenke, seit es mir aufgefallen ist: Ich kann mich nicht erinnern, dass Élodie je gelacht hätte, dabei ist sie inzwischen ein Jahr alt. Und obwohl sie schon ein paar Wörter sprechen kann, schweigt sie meist. Neulich kam mir ein sonderbarer Gedanke: Wenn sie kein Baby wäre, sondern ein Mann, mein Geliebter, dann würde ich annehmen, sie würde nichts für mich empfinden. Dass ich mich deshalb so schlecht fühle, weil ich offensichtlich den Aufwand nicht wert bin.

Ich sehe meiner Mutter zu, wie sie mit geschickten Handgriffen die Fläschchen und Pinsel auf meinem Frisiertisch zusammenräumt. Sie müsste nur etwas mehr nachbohren, und ich würde ihr alles erzählen. Da dreht sie sich wieder zu mir um, und ich erwarte, dass sie etwas sagt, doch stattdessen beugt sie sich vor und küsst mich auf die Stirn.

»Ich kümmere mich um Élodie«, sagt sie. *»Zieh du dich in Ruhe an.«*

Ich nicke, bin teils erleichtert. Solange ich meine Ängste – und die Schuldgefühle, die wie ein Schatten daran kleben – verbergen kann, besteht die Möglichkeit, dass ich mich täusche. Dass ich nur eine Art verlängerten Babyblues habe und falschliege mit meinem Gefühl, dass etwas zwischen uns nicht stimmt. Mit *mir* nicht stimmt.

Doch egal, wie sehr ich versuche, sie zu unterdrücken, mir drängt sich immer wieder eine noch dunklere Frage auf. Im Flüsterton, damit die Schuldgefühle es nicht hören: Vielleicht stimmt auch etwas mit *ihr* nicht?

*

Meine Mutter kehrt nach Toulouse zurück, und Greg ist immer noch in London. Élodie und ich sind wieder allein.

Es fällt mir immer schwerer, unter dem kühlen Blick meines Kindes den Alltag zu bewältigen. Ich lege sie auf den weichen Teppich, um ihr die Windel zu wechseln, und gerate ins Schwitzen, weil die frische Windel Falten wirft und sich partout nicht glätten lässt. Aus Versehen pikse ich Élodie mit der Sicherheitsnadel in die glatte Haut an ihrem Oberschenkel.

»*O nein, tut mir leid!*«, rufe ich, obwohl sie nicht einmal zusammengezuckt ist. Nur ein winziges Blähen ihrer Nasenlöcher zeigt mir, dass sie es überhaupt bemerkt hat. Ich drücke einen Kuss auf die rosa Stelle, die ich mit der Nadel hinterlassen habe.

»*Ich bin so dumm*«, flüstere ich. »*Dumm und ungeschickt.*«

Ich nehme eine saubere Mullwindel und halte sie mir vors Gesicht. Mit dem Spiel habe ich es seit Monaten nicht mehr bei ihr versucht, aber jetzt zwinge ich mich dazu: eine sonderbare Strafe für die Sache mit der Sicherheitsnadel.

»*Coucou!*«, sage ich und lasse das Tuch sinken.

Sie zeigt keine Regung, geschweige denn ein Lächeln, trotzdem mache ich es noch einmal und dann ein drittes Mal. Sie blinzelt nicht einmal, und mir dämmert, dass sie die Sekunden, in denen ich das Tuch hochhalte, als Erleichterung empfindet … der Vorhang, der das alberne Schauspiel unterbricht.

Sie starrt mich ausdruckslos an, und ich frage mich, ob kleine Kinder schon zu Verachtung fähig sind. Dieser Gedanke ist so gemein, dass ich sie auf den Arm nehme und an mich drücke, den Löwenzahnflaum an ihrem Hinterkopf streichle und ignoriere, wie schlaff ihr Körper bleibt, wie schnell ihre Ärmchen an meinem Hals abrutschen und nach unten hängen.

Ich liebe Élodie schrecklich, ja, ich glaube, das ist das richtige Wort. Aber besser als mit Worten kann ich es mit einem Bild beschreiben: Da ist ein Beutel neben all der Liebe, die ich für sie hege, unsichtbar, aber dennoch da. Jedes Mal wenn sie sich von mir abwendet, jedes Mal wenn sie schreit, minutenlang und mit trockenen Augen, plumpst ein neuer Stein hinein. Der Beutel schlägt an mein Bein, wird schwerer und schwerer.

1993

Das Telefon weckt mich am nächsten Morgen nach einer unruhigen Nacht voller Träume von einer vorzeitigen Abreise, in denen sich das Surren des alten Ventilators, den ich angelassen habe, in das Dröhnen von Flugzeugturbinen beim Start verwandelte. Ich stolpere die Treppe hinunter und reiße den Hörer hoch.

»*Sylvie? C'est Olivier Lagarde.*« Seine Stimme dringt durch meine morgendliche Benommenheit.

»*Ich habe hier ein paar Unterlagen, die Sie unterschreiben müssten. Haben Sie heute Nachmittag Zeit? Dann könnte ich damit vorbeikommen. Das wäre kein Problem.*«

Ich höre das Lächeln in seiner Stimme und muss selber lächeln. »*Ja, natürlich. Ich bin da. Wir sind da.*«

Ich bleibe zögernd neben dem Telefon stehen, als er aufgelegt hat, dann wähle ich Camilles Nummer im Büro.

»*Du bist also wirklich hingefahren?*«, fragt sie, als ich anfange zu erzählen. »*Ich hätte nicht gedacht, dass du es machst. Ist Emma bei Greg?*«

»*Nein, sie musste mitkommen. Er konnte sie nicht nehmen.*«

»*Na, so eine Überraschung. Also hast du es ihr endlich erzählt?*«

Ich schweige.

»*Zut, Sylvie. Also doch nicht?*«

»*Ich werde ihr alles erklären, wenn die Zeit dafür gekommen ist, aber …*«

»*Du bist doch verrückt*«, fällt sie mir ins Wort. »*Hör zu, ich muss jetzt ins Meeting. Erzähl es ihr, ja? Sie wird langsam erwachsen.*«

»*Meinst du, du kannst mal vorbeikommen und uns besuchen?*«, frage ich noch, aber sie hat schon aufgelegt.

Ich lege den Hörer ab und wünschte, ich hätte sie nicht angerufen. Es ist eine alte Angewohnheit, Camille anzurufen, um mir Bestätigung oder einen energischen Rat einzuholen, aber diesmal hat sie nicht mitgespielt.

Ich mache mir einen Kaffee und gehe damit in den Garten, wo die Hitze und Helligkeit des Tages mich wie ein Schlag treffen. Im Dickicht des Oleanders streiten sich unsichtbar zwei Vögel, und im Pool platscht es. Ich gehe langsam, schiebe den lächerlichen Drang beiseite, sofort nach dir zu sehen. Mein Herz zieht sich zusammen, als ich etwas Rotes entdecke, das sich hinter den Kiefern bewegt, eine lange verdrängte Erinnerung, die aufleuchtet wie eine Fackel, aber es ist nur dein Strandtuch, das vom Liegestuhl rutscht und auf der Erde landet.

Du schwimmst sauber und kerzengerade deine Bahnen, und ich sehe dir eine Weile lang zu. Ich lege mich auf einen Liegestuhl und strecke mich, schließe unter der aufsteigenden Sonne die Augen und spüre, wie die Wärme langsam meine verspannten Muskeln lockert.

»Morgen«, rufst du.

Ich setze mich auf. Du hast die Ellbogen auf den Poolrand gestützt, und deine Haare fließen dir über die Schultern. Wenn sie nass sind, wirken sie viel dunkler.

»Hallo, Süße. Gut geschlafen?«

Du zuckst mit einer Schulter. »Eigentlich nicht. Es ist so heiß. Ich hatte einen komischen Traum.«

Ich schweige, trinke meinen Kaffee aus und überlege, ob ich nachfragen soll, was du geträumt hast, aber dann, als wolltest du ohnehin nicht antworten, verschwindest du plötzlich unter der Wasseroberfläche, sodass ich nur noch deine gespreizten Finger auf dem steinernen Rand und ein paar aufsteigende Luftblasen sehe.

»Komm, ich stoppe die Zeit«, sage ich, als du wieder auftauchst. Das haben wir früher immer gemacht, wenn du in der Badewanne warst.

»Okay«, sagst du, tust mir den Gefallen, holst tief Luft, hältst dir mit einer Hand die Nase zu und umklammerst mit der anderen weiter den Beckenrand, dann tauchst du wieder ab. Ich stoppe die Zeit nicht, sondern schätze nur ungefähr, wie lange du unter Wasser warst, aber das scheint dir nicht aufzufallen. Vielleicht spürst du, dass es mir heute Morgen nicht so gut geht und dass wir das hier eher für mich machen als für dich: ein tröstliches altes Ritual.

Die zänkischen Vögel sind fort, und im Garten ist es wieder still. Ich versuche, mich auf deinen untergetauchten Körper zu konzentrieren, verzerrt, schwebend und verwischt, aber plötzlich ist sie überall – pulsiert in der Luft um mich und schimmert im jadegrünen Wasser um dich herum. *Élodie. Élodie. Élodie.*

*

Olivier taucht später als erwartet auf, um kurz vor sechs, als die Schatten im Garten schon länger werden und sich blau färben. Auf der Türschwelle geben wir uns die obligatorischen drei Küsschen, *faisons la bise*, und obwohl man das in Frankreich ab dem zweiten Treffen eben so macht, entsteht doch ein unleugbares Knistern, als sich unsere Wangen berühren. Seine Finger streifen meinen Rücken, als wir uns voneinander lösen, so sacht, dass es ein Versehen gewesen sein kann, aber das glaube ich nicht. Als ich ihn durchs Haus und auf die Terrasse führe, fasse ich mir automatisch ins Gesicht, wo wir uns berührt haben. Die Stelle ist ganz warm.

Ich schenke den Weißwein ein, den er mitgebracht hat, die Flasche ist immer noch beschlagen vor Kälte. Über uns haben die Schwalben ihre tägliche Vorführung begonnen und drehen mühelos ihre Runden zwischen dem Haus und den Bäumen.

»Ich habe mich schon gefragt, ob Sie überhaupt noch kommen«, sage ich und lächele, damit er weiß, dass mir seine Verspätung nichts ausmacht.

»Ja, tut mir leid. Mal wieder einer dieser Tage. Das hier habe ich mir extra bis zum Schluss aufgehoben. Damit ich mich auf was freuen kann.« Er beugt sich mit leichtem Lächeln vor, und wir stoßen an. Ich sehe, wie sein Blick meine nackten Schultern streift, und setze mich zurecht.

»Ich habe heute noch mal bei der Polizei angerufen«, fährt er fort, *»weil ich wissen wollte, ob sie wegen des Feuers mit den Gattaz-Jungs gesprochen haben. Anscheinend waren die an dem Abend woanders. Einer von ihnen wurde wegen Geschwindigkeitsübertretung auf der A7 bei Montélimar verhaftet. Das ist kilometerweit entfernt.«*

»Wenn die es nicht waren, hat die Polizei irgendwelche anderen Vermutungen, wer es gewesen sein könnte?«

»Es gab an dem Abend wohl tatsächlich einen Anruf. Ein Lkw-Fahrer, der an der Hauptstraße zwischen hier und dem Dorf Rast gemacht hat, hat eine Gruppe Jungs gemeldet. Die sind mit ihren Mopeds Rennen gefahren und haben ihn damit geweckt.«

Ich schlucke und denke an die Nacht mit dem Gewitter. Gerade als ich nach meinem Glas greife, schießt mir ein stechender Schmerz in den Fuß, und es tut so weh, dass ich aufschreie. Ich ziehe die Sandale aus, und darunter kriecht die Wespe hervor, die mir gerade in die empfindliche Haut am Spann gestochen hat. Sie fliegt davon, auf die Seite des Hauses zu, wo der schiefe Fensterladen an Élodies Zimmer wieder aufgesprungen ist. Das Quietschen ist mir schon vorhin aufgefallen, als ich den Lavendel gestutzt habe.

Olivier kniet sich vor mich, hebt meinen Fuß an und inspiziert ihn. Dann drückt er den Bauch der kalten Weinflasche dagegen und hält mit der anderen Hand meinen Knöchel umfasst. Ich rieche seinen Duft, Zitrus und noch etwas Schärferes, zerstoßener Pfeffer oder so. Langsam schwindet der Schmerz zu einem schwachen Pochen.

Er schaut hoch, sein Gesicht nah an meinem. »*Ça va mieux?*«

Ich nicke, seine Nähe macht mich langsam verlegen, nachdem der Schmerz schwächer wird. »*Gehen wir lieber rein. Hier draußen werden wir noch bei lebendigem Leib aufgefressen.*«

Humpelnd führe ich ihn durch die Terrassentür in den Salon. Als ich sie zumachen will, damit die Insekten draußen bleiben, huscht genau in dem Sekundenbruchteil, bevor ich mich wieder Olivier zuwende, etwas Helles im Dunkeln hinter der Scheibe entlang. Angestrengt spähe ich nach draußen, aber da ist nichts.

1971

Seit Wochen will Élodie nichts essen, was ich für sie zubereitet habe. Sie ist erst zweieinhalb, aber ihre Willenskraft ist erstaunlich. Sosehr ihr Magen auch knurrt, sie schiebt den Teller unbeirrt von sich.

»*Na und, Kinder sind eben wählerisch*«, sagt Camille am Telefon, und ich kann mir ihr Schulterzucken bildlich vorstellen. »*Warst du früher auch. Mein Gott, jedes Mal das gleiche Theater wegen der Fettaugen auf Mamans Cassoulet.*«

Die Erinnerung bringt mich zum Grinsen. »*Ich weiß ja, dass das normal ist. Natürlich essen Kinder in dem Alter nicht alles. Aber …*«

»*Was aber?*«

»*Bei Greg macht sie das nicht. Nur bei mir. Ich mache mir einfach Sorgen. Wenn er auf Geschäftsreise ist, dann isst sie kaum was. Und ich kann und will sie nicht zwingen.*«

»*Das gibt sich wieder.*« An der kleinen Pause vor ihrer Antwort höre ich, dass Camille nicht mehr bei der Sache ist. Ich frage mich, was sie mit ihrem freien Nachmittag anstellen wird. Ganz Paris steht ihr offen.

*

Doch als Camille zu Besuch kommt – ich habe die Tage gezählt, auch wenn ich das nie zugeben würden, denn Camille hasst es, wenn man klammert –, hat es sich immer noch nicht gegeben. Im Gegenteil, ich bin überzeugt, dass Élodie abgenommen hat. Was sagt das bloß über meine Fähigkeiten als Mutter aus, wenn ich nicht mal in der Lage bin, mein Kind zu ernähren?

Camille kommt gegen Mittag, und als wir uns zum Essen auf die Terrasse setzen, hat die Angst paradoxerweise mir auf den Magen geschlagen. Ich wünschte, sie würde Élodie beobachten, aber stattdessen konzentriert sich meine Schwester auf Greg und lobt ihn auf ihre typische kühle Art.

»*Ich habe gehört, du bist in letzter Zeit viel unterwegs?*«, fragt sie ihn mit hochgezogener Augenbraue. »*Das Antiquitätengeschäft scheint ja wirklich zu boomen.*«

Ich schenke mir noch ein Glas Wein ein, und er lächelt flüchtig. »*Es läuft ganz gut, ja. Ich wäre natürlich viel lieber hier*« – er streicht Élodie über den Kopf – »*aber wir brauchen das Geld.*«

Camille schiebt den Rest ihrer Quiche an den Tellerrand.

»*Mal wieder auf Diät?*«, fragt Greg.

Camille antwortet nicht. Stattdessen wendet sie sich an Élodie. »*Und was ist mit dir, ma petite? Iss deinen Teller leer, damit du groß und stark wirst.*«

Élodie hat ihr Essen nicht angerührt, und zum Glück ist es Camille aufgefallen.

»*Eigentlich ist sie eine richtig gute Esserin.*« Greg nimmt Élodie auf den Schoß. Er spießt ein Stückchen Quiche auf die Gabel und steckt es ihr in den Mund, dabei isst sie nichts mit Ei. Sie scheint zu überlegen, ich warte – wir warten alle –, aber dann kaut sie los. Nach weiteren drei Bissen geht Greg ins Haus und holt eine neue Flasche Wein.

Camille entfernt sich ein Stück vom Tisch, um eine Zigarette zu rauchen, und da öffnet Élodie den Mund und spuckt den Essensbrei wieder aus. Er landet feucht auf ihrem Kleid. Mit schief gelegtem Kopf reibt sie die halb zerkaute Quiche in den Stoff und lässt mich dabei nicht aus den Augen. Sie hat nicht bemerkt, dass Camille zurück an den Tisch getreten ist.

»*Arrête, Élodie! Arrête.*« Sie zieht Élodies Hand weg. »*Das macht man nicht.*« Camille und ich sehen uns an, und diese Bestätigung nimmt mir kurz den Druck, der sich in mir aufgebaut hat, wie bei der Farbe der Fensterläden, die an heißen Tagen Blasen wirft und abplatzt.

Greg kommt mit einer Flasche Rotwein aus dem Haus. »*Was ist los?*«

Élodie fängt an zu heulen und hält die Hand hoch, die Camille weggezogen hat. »*Sie hat mich gehauen!*« Greg nimmt sie auf den Arm und küsst ihr die Wangen. Er scheint nicht zu merken, dass sie trocken sind, aber das ist mir auch schon egal.

»*Hab ich nicht!*«, schnaubt Camille. »*Ich habe ihr bloß gesagt, dass sie ihr Kleid nicht schmutzig machen soll.*« Sie drückt ihre Zigarette aus und schenkt sich Wein nach. »*Kinder müssen lernen, dass sie sich nicht alles erlauben können. Mit Essen spielt man nicht, das ist Verschwendung.*«

»*Ach, bist du neuerdings unter die Erziehungsexperten gegangen?*«, fragt Greg.

Ich sehe von einem zum anderen. Ich sollte dazwischengehen, wie ich es sonst auch tue, wenn die beiden aneinandergeraten, aber diesmal geht es ausnahmsweise nicht um Politik.

»*Ich habe zwar keine Kinder, aber ich weiß, dass Kinder Grenzen brauchen*«, sagt sie unbekümmert und zündet sich eine neue Zigarette an. Sie hält Greg die Packung hin, aber er ignoriert sie. »*Französische Kinder werden nach festen Regeln erzogen –*«

»*Ja, ja, feste Regeln*«, unterbricht er und verdreht die Augen. »*Ihr Franzosen mit eurem autoritären Quatsch. Da kann man die Kinder auch gleich in einen Käfig stecken. Wie soll sie Kreativität entwickeln, wenn sie alle fünf Minuten korrigiert und gemaßregelt wird? Kinder entwickeln ihre eigenen Regeln, wenn man sie lässt.*«

Camille lacht. »*Du alter Hippie. Überleg mal, wie das erst wird, wenn sie fünfzehn ist. Sie tanzt euch doch jetzt schon auf der Nase herum.*«

Gregs Miene verfinstert sich, aber sie hat recht. Er würde es natürlich abstreiten, aber er behandelt Élodie wie ein Politikum: ein Experiment, von dem er hofft, dass es ihn und seine Ansichten über persönliche Freiheit und ein Leben ohne Zwänge bestätigt. Er will, dass sie genauso frei aufwächst wie die Kinder seiner Boheme-Freunde in Hampstead. Élodies Kindheit soll auf keinen Fall so erdrückend, langweilig und furchtbar uncool sein wie seine eigene damals in Surrey.

Ich sage nichts, aber es tut so gut, Camille aussprechen zu hören, was ich mir immer zu sagen verkneife, weil ich ihn liebe. Weil ich nicht möchte, dass wir über die Tochter streiten, die ein Produkt unserer Liebe ist.

Ich schaue Élodie an, die wieder auf Gregs Schoß sitzt, und meinen Blick ausdruckslos erwidert. Als wäre nichts gewesen. Sie schmiegt sich an Gregs Brust, und als ich sehe, wie sie einschläft, in den sorglosen Schlummer der Unschuldigen fällt und ihre langen Wimpern zarte Schatten auf ihre Mandelmilchhaut werfen, bin ich erleichtert. Jetzt kann ich sie wieder lieben. Je tiefer sie atmet, desto leichter wird mir ums Herz. Meine Schultern entspannen sich. Greg nimmt eine von Camilles Zigaretten.

Als Camille ins Haus geht, um sich hinzulegen – sie und Greg haben zwei Flaschen Wein geleert –, fragt er: »Sie fährt morgen wieder, oder?« Er lächelt, um seine Worte abzumildern. »Irgendwann treiben wir uns noch gegenseitig in den Wahnsinn. Zum Glück habe ich die einfachere Schwester abbekommen.« Er streckt die Hand aus, und ich greife danach. Da wacht Élodie auf. Ihre Augen klappen sofort auf, wie bei einer Puppe, wenn man sie hinsetzt. Sie bleckt ganz kurz die weißen Zähnchen, dann fegt sie Camilles Lesebrille vom Tisch.

Ich hebe sie wieder auf. Eins der Gläser ist gesprungen. Ich zeige es Greg, und zu meiner Überraschung hebt er Élodie von seinem Schoß und stellt sie unsanft auf dem Boden ab.

»Was sollte das denn?«

Sie schnappt nach Luft und fängt an zu kreischen. Er kniet sich vor sie und streicht ihr übers Haar, denn wieder gibt es keine Tränen, die er trocknen könnte.

»Entschuldige, es tut mir leid«, säuselt er. »Dumme Camille. Selbst schuld, wenn sie die Brille liegen lässt, oder?«

Und weil ich keinen Keil zwischen Greg und mich, zwischen uns drei als Familie treiben will und weil Camille morgen wieder fährt, schweige ich. Ich ignoriere es, bis es sich in der Nachmittagshitze in Wohlgefallen auflöst.

1993

Über Nacht ändert sich das Wetter. Die Wolken, die sich sonst ängstlich an die fernen Berge klammern, sind über die ganze Ebene gezogen, verhüllen den gasblauen Himmel, der nun gräulich und gespenstisch aussieht. Es hat etwas Tröstliches, Gedämpftes, das an England erinnert. Ich öffne die Fensterläden, und mir fällt wieder ein, dass ich von deiner Schwester geträumt habe. Den alten, seltenen Traum, von dem ich immer wollte, dass er wahr wird: Élodie, die Sonne hinter ihr wie ein Heiligenschein, ihre Haare schimmern, und sie streckt die kleinen Hände nach meinen aus.

Draußen ist die Sonne immer noch hinter ihrem dicken Vorhang versteckt, und im Garten fallen Licht und Schatten flacher aus als sonst. Du liegst im Badeanzug und einem übergroßen Soundgarden-T-Shirt im Salon und döst, eine vergilbte übersetzte Ausgabe von *Bonjour Tristesse* aufgeschlagen und umgedreht auf dem Bauch. Ich widerstehe dem Drang, es gegen ein harmloseres Buch auszutauschen. Zumindest riechst du, als ich mich über dich beuge, um dir einen Begrüßungskuss zu geben, wieder wie du: nicht nach Chlor und Sonnencreme, sondern einfach nach meinem Londoner Mädchen.

Ich muss mich immer noch gegen den Impuls wehren, dich ins Auto zu packen und nach Norden zu fahren, bevor die Sonne wieder brennt und ihre langen, dunklen Schatten durch den Garten schickt, und meine überschüssige Energie nutze ich, um in der Küche zur Tat zu schreiten. Ich hole gerade uralte Gläser und Dosen aus einem Schrank, als es an der Tür klopft.

Durch die Ätzglasscheiben in der Diele sehe ich, dass es eine Frau ist.

»*Camille!*« Es gelingt mir nicht, die Überraschung in meiner Stimme zu verbergen.

»Zum Glück seid ihr noch nicht wieder nach Hause gefahren. Ich habe meinen verdammten Schlüssel in Paris vergessen.«

Eine dichte Parfumwolke kommt mir entgegen, als sie hereinschneit. Sie trägt schon so lange den gleichen moschusartigen Duft, dass er ebenso ein Teil von ihr geworden ist wie der glänzende Bob und ihre hartnäckige Streitlust.

Sie ist schon fast auf dem Weg in die Küche, als sie doch noch daran denkt, sich umzudrehen und mich zur Begrüßung zu küssen, ihre trockenen, leuchtend geschminkten Lippen berühren meine Wangen nur beinahe.

»*Gut siehst du aus*«, sage ich, weil ich unmöglich gegen die alte Gewohnheit ankomme, meiner gebieterischen großen Schwester zu schmeicheln. Außerdem ist es wahr: Sie hat ein paar Pfund zugelegt, aber es steht ihr. Ihr Gesicht sieht nicht mehr so ausgemergelt aus, und die Linien um ihren Mund sind weicher.

Sie schenkt mir einen zornigen Blick, der mir so vertraut ist, dass ich mich kurz nach der Zeit sehne, als ich diesen Ausdruck noch andauernd zu Gesicht bekam und unsere Eltern noch lebten.

»*Fett sehe ich aus*«, sagt sie energisch. *»Die Arbeit ist ein echter Albtraum.«*

Mehr braucht sie gar nicht zu erklären. Ich weiß immer noch, welche Verbindungen ihr Gehirn zieht, ohne dass sie die Lücken für mich füllen muss. Sie ist momentan zu gestresst und beschäftigt, um ihre übliche Hungerkur durchzuhalten. Wenn sie nicht gerade von einem Verehrer zum Essen eingeladen wird, lebt Camille für gewöhnlich von Salat ohne Dressing, einfachem Omelett und schwarzem Kaffee. Von Natur aus ist sie nicht gerade dünn. Als Kind war ich die Schlankere von uns beiden, die essen konnte, was sie wollte, während meine fülligere Schwester von unserer Mutter auf eine Diät nach der anderen gesetzt wurde. Das hat mir Camille nie ganz verziehen.

Ich lächele tapfer und lasse mich nicht auf den alten Konkurrenzkampf ein. »*Ich wusste gar nicht, dass du kommst. Emma wird sich freuen. Was für eine schöne Überraschung.*«

Sie zieht skeptisch eine Augenbraue hoch. »*Ich habe angerufen, aber es ist niemand rangegangen.*«

»*Wahrscheinlich waren wir gerade draußen. Emma ist quasi ununterbrochen im Pool.*« Ich deute auf den Kühlschrank. »*Ich hole dir was zu trinken. Was möchtest du? Ein Glas Wein?*«

Sie lächelt durchtrieben. »*Ja, ein Gläschen nehme ich gerne. Vielleicht fühlst du dich dann weniger schlecht, weil du so früh schon trinkst.*«

Wer trinkt mehr, wer isst weniger – altbekanntes Terrain. Ich verkneife mir die Bemerkung, die ich auf den Lippen habe, und hole zwei Gläser. Ganz automatisch halte ich sie gegen das gedämpfte Licht, das vom Garten hereinfällt, und sehe nach, ob sie auch nicht verschmiert sind. Camille lässt keine Gelegenheit aus, Kritik zu üben.

»*Bleibst du über Nacht?*«

»*Hast du was dagegen?*«

Ich seufze. »*Natürlich nicht. Ich habe mich nur gefragt, ob du es vorhast. Schließlich tust du das sonst auch nicht, und am Telefon hast du nicht mal erwähnt, dass du herkommen willst. Ich beziehe dir ein Bett.*«

»*Ich kann auch ein Zimmer im Laussac buchen. Dort habe ich schon mal übernachtet.*«

Ich drehe mich zu ihr um. »*Sei nicht albern. Es ist doch genauso dein Haus. Und es ist fast zwei Jahre her, dass du uns in London besucht hast. Ich würde mich freuen, wenn du hierbleibst.*«

Als ich es ausspreche, merke ich, dass es stimmt. Der Spruch »Gemeinsam sind wir stark«, kommt mir absurderweise in den Sinn.

»*Na schön*«, sagt sie und lächelt kaum merklich. »*Aber nur für ein paar Tage. Ich bin nicht nur deinetwegen da. Ich will auch Ma-*

mans Porzellan durchsehen, und Olivier Lagarde will ich auch einen Besuch abstatten.«

Ich reiche ihr das Glas.

»*Weißt du, was gefährlich ist?*«, fragt sie.

»*Nein, was meinst du?*«

»*Ein attraktiver Mann. Der Unterschied zwischen einem gut aussehenden und einem attraktiven Mann ist minimal. Wenn das gewisse Etwas fehlt, reicht gutes Aussehen nicht. Aber Olivier hat es.*«

Ich ziehe eine Augenbraue hoch, eine winzige Geste, aber sie entgeht ihr nicht. Prompt setzt sie ein freches Grinsen auf.

»*Ach, du hast ihn also auch schon gesehen?*«

»*Los, komm*«, sage ich und greife nach dem Wein. »*Gehen wir nach draußen.*«

»*Wie auch immer*«, sagt sie, als wir uns hingesetzt haben, »*wie geht es dir? Du schläfst nicht besonders gut, oder?*«

»*So schlimm sehe ich also aus, ja?*«

Sie schnalzt mit der Zunge. »*Dass du immer so empfindlich sein musst. Du hast ein paar dunkle Ränder unter den Augen, das ist alles. An deiner Stelle würde hier sicher keiner ein Auge zumachen.*«

»*Es ist doch nur ein Haus*«, sage ich, obwohl ich weiß, dass das Unsinn ist. Hier riecht es überall nach der Vergangenheit: nach den Jahren mit Élodie und auch nach meiner Kindheit.

Als sie sich vorbeugt, weiß ich schon, was sie sagen will.

»*Nein, bevor du fragst*«, komme ich ihr zuvor. »*Ich habe es ihr noch nicht erzählt. Ich warte auf den richtigen Moment.*«

»*Mein Gott, Sylvie. Müssen wir uns schon wieder deswegen streiten? Sie ist jetzt ein Teenager und hat immer noch keine Ahnung. Was glaubt sie denn, was passiert ist?*«

Ich schlucke. Ich spüre, wie die Wut in mir aufsteigt, aber das liegt nur daran, dass sie recht hat. »*Sie glaubt immer noch das, was sie als Kind schon geglaubt hat. Dass Élodie gestorben ist, weil sie krank war. Als wir nach London gezogen sind, hatte der kleine Bru-*

der einer ihrer Klassenkameradinnen Leukämie. So etwas in der Art stellt sie sich vor.«

»Das hat sie einfach angenommen, und du hattest natürlich nichts dagegen. Als ich zu Besuch war, hat sie mich ununterbrochen über den Himmel ausgefragt …« Camille schüttelt den Kopf. *»Ich habe nie verstanden, wieso sie denkt, Élodie wäre im Himmel gelandet.«*

Ich erwidere nichts, aber niemand auf der Welt kennt mich besser als Camille. Nicht die Mutter oder die Ehefrau, mich.

»Du hoffst, das Ganze erledigt sich von selbst, nicht wahr? Dass jetzt, wo ihr hier seid, ihre Erinnerung zurückkommen und dir die Arbeit abnehmen wird.« Sie setzt den Camille-Blick auf, der mich schon immer wahnsinnig gemacht hat: als Missbilligung getarnter Triumph.

»Weißt du, wenn wir das Haus schon vor Jahren verkauft hätten, wäre ich gar nicht erst in diese Lage gekommen. Aber wir konnten uns ja noch nie besonders gut auf etwas einigen, oder?«

»Ach, ich hätte es wissen müssen. Es ist meine Schuld, dass du schon ihr ganzes Leben lang Geheimnisse vor deiner Tochter hast. Nein, den Schuh ziehe ich mir nicht an, Sylvie. Du hattest Jahre Zeit.«

Natürlich hat sie recht. Es waren zehn. Unzählige Tage, die wir alleine in London verbracht haben und an denen du das Foto von ihr mit einem sehnsüchtigen Blick von der Seite betrachtet hast. Ich habe keine Ahnung, warum ich nicht einfach deine Hände genommen habe. »Ich muss dir was erklären, Süße«, hätte ich beginnen können. »Wegen dem, was in Frankreich passiert ist. Warum wir fortmussten.«

Das Kratzen des Metallbeins von Camilles Stuhl auf der Terrasse holt mich in die Gegenwart zurück. Die Wolke löst sich ganz langsam und Schritt für Schritt auf. Während der Himmel immer heller wird, werden die Schatten immer dunkler, wie Schraffuren auf Stein und Gras. Camille kramt in ihrer Tasche, setzt eine große Sonnenbrille auf und zündet sich eine Zigarette an.

»Tja, ist wahrscheinlich ein Segen, wenn sie sich wirklich an nichts erinnern kann.« Ihr Tonfall ist jetzt sanfter. *»Meine Güte, ist das heiß hier unten. Vergisst man schnell.«*

Ich beschatte mir die Augen. *»Es sei denn, sie verschweigt mir etwas. Das glaube ich aber nicht. Sie hat nur erzählt, dass sie es hier nachts unheimlich findet. Das Einzige, was sie wiedererkannt hat, war die Tapete im blauen Zimmer. Sie hat sich immer Geschichten über die Leute darauf ausgedacht, weißt du noch?«*

Camille bläst eine Rauchwolke aus. *»Das mit der Erinnerung ist schon seltsam. Aber vielleicht ist es Selbstschutz. Da hat das Gehirn clevere Tricks drauf. Und sie war ja auch erst vier, als ihr weg seid, oder? War sie schon in der Nähe der Scheune?«*

Camille wusste ziemlich gut, was damals los war. Eine Zeit lang habe ich sie regelmäßig spätabends angerufen, und sie hörte sich dann alles an, was den Tag über passiert war. Sie kam zwar nicht so oft zu Besuch, wie ich es gern gehabt hätte, aber sie hat mich auf ihre Art unterstützt. Wahrscheinlich haben wir uns nie so nahegestanden wie zu der Zeit. Seit London haben wir uns auseinandergelebt, wahrscheinlich weil ich sie dort weniger gebraucht habe.

»Liegt es an mir?«, habe ich sie so gut wie jedes Mal gefragt. *»Bin ich schuld?«*

Und dann sagte sie immer Nein, auf ihre herrlich nachdrückliche Art. *»Das Mädchen ist schon so zur Welt gekommen. Du hättest nichts daran ändern können.«*

So unterschiedlich wir auch vom Wesen her sind, während der Zeit hat sie mich davor bewahrt, den Verstand zu verlieren, sie und die Tasche, die ich heimlich – und voller Schuldgefühle – für dich und mich gepackt und hinter einem Stapel Decken im Wäscheschrank versteckt hatte.

Jetzt sehe ich Camille flehend an. *»Weißt du noch, wie Emma immer ins Bett gemacht hat, als wir aus Frankreich weggezogen sind? Dieser üble Nachtschreck? Ihr Asthma war auch schlimm.«*

»Ja, der Umzug war die eine Sache. Das habe ich ja verstanden. Das heißt aber noch lange nicht, dass man es ihr jetzt nicht erzählen sollte …«

Ich hebe abwehrend die Hände. »*Damals wusste ich einfach nicht, wie ich ihr am besten helfen sollte. Ich habe gehofft, es würde sich alles auf wundersame Weise klären, wenn wir in England sind, und in gewisser Weise war es ja auch so. Sie liebte ihre Schule, ihr Asthma war auf einmal unter Kontrolle. Sie hat zwar immer noch über Élodie gesprochen, aber es war so, als hätte sie eine ganz andere Person erfunden, ein Mädchen aus Versatzstücken aus den großen Schwestern ihrer Freunde. Das hat sie nicht nur gespielt. Das weiß ich. Du hast es ja selbst gesehen, als du da warst. All die bösen Erinnerungen waren einfach … weg.*

Aber nachts hat sie immer noch ins Bett gemacht, hat im Schlaf geschrien und Albträume gehabt. Als sie mich fragte, ob das mit Élodie genauso war wie mit dem kleinen Bruder ihrer Freundin, der an Leukämie gestorben ist, dachte ich, es könnte vielleicht eine Tür in ihrem Kopf verschließen. Vielleicht hat es das auch, oder es lag nur an der Zeit, die vergangen ist, ich weiß es nicht. Aber die darauffolgenden Monate wurde es immer besser, nicht wahr? Mein Gott, ich war so erleichtert. Tagsüber akzeptierte ich die Fantasieversion von Élodie. Irgendwann habe ich selbst schon fast an sie geglaubt, und nachts war alles gut mit Emma. Sie sah nicht mehr so müde aus, so verängstigt. Sie hat zugenommen. Dafür hätte ich ihr jede Lüge erzählt.«

Ich unterbreche mich, weil mir zum Weinen zumute ist, die zurückgehaltenen Tränen brennen mir im Hals.

Camille trinkt ihren Wein aus und schenkt uns beiden noch ein Glas ein.

»*Das mit Élodie war immer so viel schlimmer für mich als für Greg*«, sage ich schließlich, nachdem ich mir eine ihrer Zigaretten angezündet habe, natürlich nicht, ohne erst auf dein Planschen im Pool zu lauschen.

Sie wirft mir einen schiefen Blick zu. »*Ihr geliebter Papa.*« Sie nimmt die Sonnenbrille ab und reibt sich die Nasenwurzel.

»*Komm schon, Sylvie. Du weißt genau, warum es leichter für Greg war. Er war doch kaum da. Er konnte sich länger als du was vormachen, aber am Ende musste auch er der Wahrheit ins Auge sehen, oder? Élodie konnte einfach nicht anders, als dir alle Facetten von sich zu zeigen, nicht nur die charmante Seite, die sie für andere aufgesetzt hat. Die meisten Menschen wollen, dass man sie kennt und versteht, aber Élodie …*« Sie schüttelt den Kopf. »*Ich kenne niemanden, der so verschlossen war wie dieses Kind, so unbeirrbar. Manchmal hat sie sogar mir Angst gemacht.*«

1972

Still liege ich im Garten in der Hitze. Es weht kein Lüftchen, die Schatten der spitzen Oleanderblätter liegen reglos wie Klauen auf meinen nackten Beinen. Genau wie die Luft schaffe ich es nicht, mich zu regen. Die gnadenlose Sonne hat den morgendlichen Wolkenschleier längst weggesengt.

Hinter mir im Haus läuft ein Charlie-Parker-Song. Oder ist es John Coltrane? Ich weiß es nicht, es ist Gregs Musik, aber durch die unbewegte Luft dringt jede einzelne Note zu mir herüber. Er hat heute Morgen noch nicht mit mir gesprochen. Wir vollführen inzwischen einen seltsamen Tanz durchs Haus, bewegen uns von Zimmer zu Zimmer, das der andere gerade verlassen hat, meiden jedes Aufeinandertreffen.

An Tagen wie diesem wünschte ich, ich könnte für immer schlafen. Ich kann mich kaum noch daran erinnern, wie es ist, sich frisch und munter zu fühlen. Der Kaffee, den ich mir wie in Trance koche, verfehlt seine Wirkung, lässt mein Herz jagen, ohne die Watte in meinem Kopf zu vertreiben.

Manchmal denke ich an den einzigen Londoner Winter, den ich vor Greg erlebt habe – eisiger Regen, stockfinster ab vier, meine Fingerspitzen rot und gefühllos. Damals waren meine Gedanken klar und scharf wie der Wind. Hier lähmt mich die Sonne, die heftige *canicule* dieses Jahres. *Canicule* heißt Hitzewelle. Hundstage. In den Nachrichten überall Watergate, Nixons unsteter, streitlustiger Blick flackert schwarz-weiß über die Mattscheibe. Greg kann nicht aufhören, vorm Fernseher über Faschisten zu wettern, aber ich bekomme kaum mit, worum es geht. Die meiste Zeit verbringe ich draußen, warte darauf, dass die Sonne untergeht, ein weiterer

Tag geschafft ist. Der Garten meines Vaters ist knochentrocken und braun, dabei ist erst Anfang Juli.

Eine Eidechse streift meine Hand, die ich auf die warmen Steine gelegt habe, und ich zucke zusammen, die erste Bewegung seit Langem. Eine Stunde, eine halbe, keine Ahnung, wie lange ich hier schon liege. Das Fleisch an meinen Beinen ist bald gar. Es muss auf Mittag zugehen.

Wie das gedämpfte Klingeln einer Gabel auf gesprungenem Glas kommt mir der Gedanke, dass ich nicht weiß, wo Élodie ist. Ihr Haar reicht ihr inzwischen bis zu den Schulterblättern, sonnengebleicht an den Spitzen, karamellbraun an den Wurzeln. Eine laue Brise bewegt die Oberfläche des Pools, das Kräuseln spiegelt sich an der dunklen Unterseite des Oleanders, winzige Wellen in alle Richtungen. Im Geiste durchsuche ich Haus und Garten nach meiner Tochter, erfüllt von der nagenden Sorge, was sie nun schon wieder angestellt haben mag. Dann rappele ich mich hoch.

Ich entdecke sie auf der anderen Seite des welken Rasens, sie hockt in einem dunklen, trockenen Beet auf der Terrasse, wo nichts so richtig gedeiht. Mit einem spitzen Stock bewaffnet, belauert sie so konzentriert etwas hinter einem großen Stein, dass sie mich nicht kommen hört.

Ich will sie gerade fragen, was sie da macht, als der Stock hinabsaust, einmal, zweimal, dreimal, wie ein Speer, präzise und zielgerichtet.

»Élodie?« Ich laufe die Stufen zur Terrasse hinauf. *»Was machst du da?«*

Sie dreht sich um, als sie meine Stimme hört, und in ihrem Blick liegt etwas so Wildes und gleichzeitig Leeres, dass ich wie angewurzelt stehen bleibe. An der Spitze des Stocks steckt eine kleine Eidechse, ihr Bauch aufgerissen, die Eingeweide quellen heraus. Als ich näher komme, entdecke ich das Nest voller Eier, die sie zuvor zermatscht haben muss.

»Oh, Élodie«, sage ich und versuche, das Zittern in meiner Stim-

me zu unterdrücken. »*Warum hast du das gemacht? Man – man darf Tieren nicht weh…*«

Aber sie hat sich schon wieder zu der aufgespießten Eidechse umgedreht. Die Glieder des Tieres zucken grotesk, und ich greife unwillkürlich nach dem Stock, breche ihn entzwei und werfe die Stücke ins Gebüsch.

Sie schreit wutentbrannt auf, ihr Blick lodert, sie springt auf, und ich fürchte kurz, sie könnte sich auf mich stürzen. Aber zu meiner Überraschung, denn eigentlich ist sie nicht tollpatschig, verfehlt sie eine Stufe und wäre beinahe die Treppe zur Terrasse hinuntergefallen. Sie taumelt, kann sich jedoch fangen, aber gerade als ich die Arme ausstrecke, um sie außer Gefahr zu bringen, sieht sie mir seelenruhig in die Augen und tritt ins Leere.

»Was hast du gemacht?« Greg schreit mich an und nimmt sie auf den Arm. Ihr Weinen hat ihn aus dem Haus gelockt. »Herrgott noch mal, du schaffst es nicht mal, auf deine Tochter aufzupassen, dabei sitzt du doch sowieso nur rum!«

Ohne einen Blick über die Schulter verlässt er die Terrasse, Élodie steif auf seinem Arm, das Blut aus ihrem Ellbogen sickert in sein blaues Hemd und färbt es lila. Sie hält schreiend meinen Blick, ihr Mund wie ein kleines rundes O geformt, die Augen weder verkniffen noch feucht. Ich versuche, mich zu erinnern, wann ich sie zum letzten Mal richtig habe weinen sehen, mit echten Tränen, aber es gelingt mir nicht.

Ich würde für sie sterben, ohne auch nur zu zögern. Ich bin ihre Mutter. Nur wünschte ich manchmal, ich wäre es nicht. Für mich liegt kein Widerspruch in diesen Aussagen. Beide existieren parallel in meinem Kopf, gleichwertige Überzeugungen, die ich vor mich hin flüstere wie ein eigenartiges Mantra.

1993

Weil Camille darauf besteht, essen wir im Esszimmer zu Abend, wo Mamans geliebter Leuchter – ganz stumpf vor Staub und mit einigen kaputten Birnen – uns in sein schmeichelhaftes Licht taucht. Der Rest des Raumes mit dem dunklen Holz und dem Marmorkamin liegt im Schatten. Motten fliegen leise gegen die Fenster.

»*Weißt du, wer auch gefährlich attraktiv ist?*«, fragt meine Schwester. Sie hat schon ein paar Gläser Wein intus und ist in Höchstform, überschüttet dich mit Aufmerksamkeit und isst sogar eine ansehnliche Menge des Omeletts, das ich gemacht habe. »*Luc Martin.*«

Bei seinem Namen horchst du auf.

»*Es war merkwürdig, ihn zu sehen*«, sage ich. »*Er hat sich umgedreht und sah fast genauso aus wie Laurent, bevor ich nach London an die Uni gegangen bin.*«

Camille schnalzt mit der Zunge. »*Er ist ganz anders als Laurent. Laurent war wie ein kleiner Hund, ist dir mit raushängender Zunge nachgelaufen. Ich kann mir nicht vorstellen, dass Luc das bei einem Mädchen macht. Nein, er hat genug von Annette an sich, dass es nicht langweilig wird.*«

»Worüber redet ihr?«, jammerst du fast.

»Jungs, was sonst«, sagt Camille und zwinkert dir zu. »Hat Luc dir gefallen?«

Du senkst den Blick auf deinen Teller, lächelst aber. »Ja, er ist nett.«

Camille wendet sich wieder mir zu. »*Sylvie, erinnerst du dich noch an Julien Lefèvre? Seinem Vater hat die Citroën-Werkstatt in der rue d'Alès gehört.*« Sie kann nicht anders, als wieder in rasend schnelles Französisch zu verfallen. *»Ich hab ihn in der Metro gesehen, er sah uralt aus. Hat keine Haare mehr auf dem Kopf. Gott, wie ich ihn damals angebetet habe.«*

Ich lache, und da löst sich etwas in meiner Brust. *»An den habe ich seit Jahren nicht mehr gedacht. Er sah mit seinen großen blauen Augen ein bisschen aus wie Alain Delon, wusste das aber auch ganz genau.«*

»Ha, und ob, ich hatte keine Chance. Ich bin ständig an seinem Klassenzimmer vorbeigegangen und hatte meinen Rock dabei oben so oft umgeschlagen, dass man fast meinen Schlüpfer sehen konnte. Papa wäre ausgeflippt.«

Ich beuge mich zu dir. »Camille erzählt, dass sie früher in einen Jungen namens Julien verknallt war. Er sah umwerfend aus, alle mochten ihn. Er hat Gitarre gespielt.«

»Wie alt warst du, als du mit Laurent ausgegangen bist?« Du hast mir eigentlich noch nie Fragen dazu gestellt, wie es war, als ich jung, als ich in deinem Alter war. Irgendwie genieße ich es, deine Neugier geweckt zu haben – indem ich dir vor Augen geführt habe, dass ich mehr bin als nur deine Mutter.

»Nur ein bisschen älter als du, würde ich sagen.«

»Er hat diese scheußliche Francine geheiratet, weißt du noch?«, unterbricht mich Camille. *»Julien. Was für einen Riesenhintern sie hatte. Sie hat ihn doch nur gekriegt, weil sie die Beine b…«*

Sie verstummt, als ich ihr einen strengen Blick zuwerfe, obwohl du sie gar nicht verstehst. Ich betrachte sie liebevoll, als sie nach dem Wein greift. In dem weichen Licht sieht sie jünger aus, und ich denke an all die gemeinsamen Mahlzeiten in diesem Raum. Wir haben uns beide automatisch auf genau dieselben Plätze gesetzt wie als Kinder.

Dann werden ihre Züge wieder schärfer. *»Hat Élodie sich nicht eine Weile mit dem Lefèvre-Sohn und Konsorten rumgetrieben?«* Ihr roter Lippenstift ist etwas verschmiert, und mir fällt auf, dass sie schon reichlich angetrunken ist. *»Waren die nicht ein ganzes*

Stück älter? Und ziemlich wild. Da gab es doch auch diese Party, oder? Kurz bevor …«

Wieder werfe ich ihr einen Blick zu, kann nicht sitzen bleiben und räume hektisch die Teller ab. Sie nickt mir kaum merklich zu. Ich mache mich darauf gefasst, dass du fragst, warum wir Élodies Namen erwähnt haben, aber du lächelst Camille nur schüchtern an.

»Meinst du, Luc hat eine Freundin?«

Du hast es nicht gehört. Ich atme auf.

Camille lächelt dich an und zieht die Augenbrauen hoch. »Wieso fragst du, *petite*? Hast du etwa ein Auge auf ihn geworfen?«

Du lachst, und die Schatten in den Ecken bleiben, wo sie sind.

Nach dem Essen spielen wir Karten, und zu meinem Erstaunen lässt Camille dich gewinnen. Als wir schlafen gehen, gebe ich ihr aus einem Impuls heraus oben auf der Treppe einen Kuss, dabei sind wir uns sonst nicht so körperlich nahe, nicht wie andere Schwestern. Sie fasst sich überrascht an die Wange.

»Ich bin froh, dass du da bist«, sage ich, und obwohl sie die Achseln zuckt, weiß ich, dass sie sich freut. Es geht nicht nur darum, dass noch eine dritte Person hier ist, die das Summen der Vergangenheit von La Rêverie absorbiert, wodurch die Luft weniger schwer zu werden scheint. Es liegt an Camille selbst. Ich habe es ihr nie gesagt, und das werde ich auch nie, aber besser als meine Schwester hat noch nie jemand die Dunkelheit vertreiben können.

*

Am nächsten Morgen schläft Camille aus, und wir geben uns alle Mühe, sie nicht zu wecken. Nach dem Frühstück gehst du nicht wie sonst mit Musik und Büchern bewaffnet nach draußen, obwohl es so gleißend hell und brüllend heiß ist wie eh und je, sogar die Fliesen in der Küche sind warm, wo die Sonne sie berührt.

»Alles okay bei dir?«, frage ich und lege dir die Hand auf die Stirn. Sie ist kühl, aber du wirkst blass.

»Ich hab meine Tage«, murmelst du, und deine Wangen laufen leicht rot an, weil *les règles* immer noch ziemlich ungewohnt für dich sind. Nicht nur neu, sie bereiten dir auch Unbehagen. Als es letzten Winter zum ersten Mal so weit war, hattest du es nicht nur mit ein paar Tropfen zu tun, sondern direkt mit einer dramatischen Sturzflut, genau wie ich damals. Du hast geweint. Aber es waren nicht das Blut oder die Krämpfe, die dich zum Weinen gebracht haben, sondern der langsame Abschied von deiner Kindheit. Du warst gerne Kind. Ganz anders als Élodie.

»Weißt du, was französische Mütter machen, wenn ihre Töchter ihre erste Periode bekommen?«, frage ich und versuche, deine Verlegenheit zu lindern.

Du schüttelst den Kopf, meidest aber weiterhin meinen Blick.

»Ihnen eine Ohrfeige geben.«

Du siehst mich erstaunt an.

»Nicht so, dass es wehtut. Aber es ist Tradition. Meine Mutter hat es bei mir und Camille getan und ihre Mutter bei ihr.«

Du lächelst fast. »Aber warum?«

»Das weiß niemand so genau. Eine Theorie besagt, dass der Abdruck nach dem Klaps das rote Blut symbolisiert.«

»Das ist doch bescheuert.«

Ich lache. »Ja, stimmt schon. Hör zu, leg dich doch wieder hin, wenn du dich nicht gut fühlst. Ich bringe dir Schmerztabletten.« Du zögerst. »Na los, später scheint auch noch die Sonne.«

Ich sehe zu, wie du langsam die Treppe hochgehst. Élodie hat mir gar nicht erzählt, dass sie ihre Periode bekommen hatte. Ich habe es erst erfahren, als ich einen Anruf aus der Dorfapotheke bekam. Ein Kunde hatte beobachtet, wie sie eine Packung Binden geklaut hat, zusammen mit einem Fläschchen Nagellack. *»Scheinbar hat sie sich nicht mal Mühe gegeben, es heimlich zu tun«*, sagte die Frau am Telefon. *»Sie hat einfach alles in die Tasche gesteckt und ist rausgegangen.«*

»Ich hätte dir hundert Packungen gekauft, wenn du gefragt hät-

test«, sagte ich später zu ihr, nachdem ich der Apotheke fünfhundert Francs bezahlt hatte, damit sie nicht die Polizei einschalten. *»Hast du dich geschämt, weil du deine Regel bekommen hast?«*

»Nein«, sagte sie und fixierte einen Punkt über meiner Schulter. *»Ich hatte einfach Lust, es zu tun.«*

Ich warte, bis ich die Federn deiner Matratze quietschen höre, als du dich hinlegst, dann gehe ich ins Arbeitszimmer. Mit den Büchern und den Unterlagen meines Vaters bin ich fertig, aber Gregs Sachen sind immer noch alle da. Er war ein richtiger Messie, und der Schreibtisch und ein hässlicher alter Aktenschrank sind voll mit Quittungen, Auktionskatalogen und Rechnungen. Das Ganze hat keinerlei System, und nach einer Weile werfe ich einfach alles auf den Altpapierstapel, ohne richtig hinzuschauen. Der kleine Schlüssel zwischen einem Packen uralter Rechnungen wäre mir gar nicht aufgefallen, wenn er nicht klimpernd auf dem Holzboden gelandet wäre. Ich erkenne ihn sofort und stecke ihn in die Hosentasche. Nach etwa einer Stunde tun mir allmählich die Schultern weh, also gehe ich nach draußen, um eine Pause zu machen, verkneife es mir aber, mir ein Glas Wein einzuschenken. Es ist wahnsinnig heiß und windstill, und die Erde unter dem vertrockneten Rasen bekommt schon Risse. Ich stehe am Pool, als ich aus den Augenwinkeln eine Bewegung hinter der seitlichen Begrenzung des Gartens sehe.

Vom Pool führt ein alter Pfad dort hinten zur Scheune, am Rand des Grundstücks entlang. Von hier aus ist man schneller, wenn man ihn nimmt, als wenn man außen herum durch das Tor mit der abplatzenden Farbe geht. Den Weg bin ich, seit ich hier bin, noch nicht gegangen, und er ist nicht so zugewuchert, wie ich erwartet habe, das Unkraut ist ziemlich platt getreten.

Ich habe die vernachlässigte Scheune mit all den vergessenen Geräten noch nie gemocht. Als Kind fand ich den großen fensterlosen Kasten unheimlich, und die Ereignisse, die Jahre später folgen sollten, bestätigten meine bösen Vorahnungen nur. Als ich näher komme, sehe ich, dass eine Hälfte des großen Tores nur angelehnt ist. Ich spähe durch den Spalt, aber bei dem strahlenden Sonnenschein ist es drinnen zu dunkel, um etwas zu erkennen, die alten Rußflecken zum Beispiel.

»Sylvie.«

Ich drehe mich um, mein Herz rast, und hinter mir steht Luc. *»Mein Gott, hast du mich erschreckt. Was machst du denn hier?«*

Er schaut nach unten auf seine Turnschuhe, und seiner Lässigkeit haftet etwas Heimlichtuerisches an, als er mit dem Fuß in der trockenen Erde scharrt. *»Ich habe was für den Pool gebraucht.«*

»Was denn? Die Sachen für den Pool sind da nicht drin.«

»Okay. Tut mir leid. Dann schaue ich mal im Schuppen nach.«

Er geht los, bevor ich noch etwas erwidern kann, und ich frage mich, was mir entgangen ist. Fast drücke ich die Tür auf, weil ich wissen will, was ihn da drin interessieren könnte, aber ich fühle mich nicht in der Lage dazu. Eigentlich wollte ich das Ding längst abreißen lassen.

Ich taste in meiner Tasche nach dem Schlüssel, den ich im Arbeitszimmer gefunden habe, und das Metall drückt sich hart und unnachgiebig gegen mein Bein. Die Scheune hat etwas in mir geweckt, ein masochistisches Verlangen, nicht ganz unähnlich dem, das ich nach dem Wein im Kühlschrank verspüre. Die gleiche Mischung aus Abstoßung und Anziehung, die Élodie immer in mir ausgelöst hat.

Zurück im Haus höre ich Camille duschen, als ich mich Élodies Zimmer nähere. Ich schließe die Tür leise hinter mir. Dann stecke ich den Schlüssel in die Schranktür und versuche, dabei nicht in den Spiegel zu sehen. Es ist ein altmodischer Eichenschrank, den Greg irgendwoher mitgebracht hat, die Kleiderstange ist von vorn nach hinten angebracht, nicht quer. Élodie hat sich immer darüber beschwert, angeblich hatte sie nicht genug Platz.

Als die Tür aufgeht, treffen mich zuerst der Staub und der Geruch von Mottenkugeln aus der verblichenen Auskleidung aus changierender Seide. Dann ein Hauch ihres eigenen Duftes, worauf ich nach so langer Zeit nicht vorbereitet bin. Ein Schluchzen steigt mir in die Kehle, das herunterzuschlucken schmerzhaft ist. Als ich das Gesicht gegen die Kleidungsstücke presse, schwingen sie sacht hin und her, und die Kleiderbügel quietschen träge auf der eisernen Stange. Ganz vorn hängt das kurze weiße Sommerkleid, das sie liebte und ich hasste, weshalb sie es im letzten Jahr natürlich ununterbrochen trug.

Ich sehe sie darin vor mir, als sei es gestern gewesen – als würde ich am Fenster stehen und sie darin auf der Wiese beobachten. Ich schließe die Augen, sehe das Weiß vor dem Grün des Gartens aufschimmern, wie die untergehende Sonne durch den dünnen Stoff scheint und ihre Gestalt sichtbar macht, die plötzlich immer weiblicher wird, obwohl ihre Glieder noch dünn und fohlenhaft sind. Ihre nackten Füße sind leicht schmutzig, und die Kombination aus Göre und Verführerin ist zutiefst verstörend.

»*Qu'est-ce que tu fais, Sylvie?*«

Ich fahre herum. Einen Moment lang habe ich geglaubt, sie sei es: Zum Schluss hatte sie sich geweigert, mich Maman zu nennen. Aber natürlich ist es Camille, in ein Handtuch gewickelt.

Sie tritt heran und befühlt das Kleid, die scharlachroten Nägel wie Blut auf dem Weiß. »*Daran erinnere ich mich noch. Ihr Lolita-Kleid.*« Sie mustert mich. »*Wieso hast du das alles behalten? Wieso willst du dich immer unbedingt selbst bestrafen?*«

Ich antworte nicht, beuge mich tiefer in den Schrank und schiebe die schweren Kleider von meiner Schulter. Meine Finger schließen sich um eine Leclerc-Plastiktüte. Sie knistert, als ich sie heraushole, ist nach all den Jahren des Nichtangerührtwerdens ganz brüchig.

»*Was ist da drin?*«

Ich stecke die Hand hinein und ziehe sie heraus, die winzigen Jäckchen und Schühchen, die meine Mutter vor über einem Vierteljahrhundert für sie gestrickt hat. Die Wolle ist immer noch weich, aber das Weiß ist inzwischen vergilbt. Ich weiß noch, wie ich Élodie die Sachen angezogen habe, als wir aus dem Krankenhaus kamen; es war Februar und eiskalt im Haus. Ich hatte solche Angst, dass sie frieren würde. Ich schüttele die Tüte vorsichtig aus, als könnten die Sachen zerfallen, und schon wieder erschüttert ein Schluchzen meine Brust. Diesmal kann ich es nicht zurückhalten.

»*Ah, merde*«, murmelt Camille, als ich mir die Jacke gegen das Gesicht drücke. Sie riecht immer noch ganz leicht nach Babypuder und Élodies eigenem Neugeborenengeruch.

Sanft nimmt Camille mir das Jäckchen weg. »*Das bringt doch nichts, Sylvie. Ich habe noch nie verstanden, warum du dir selbst gegenüber so erbarmungslos bist, wenn es um sie geht.*« Sie steckt die winzigen Sachen wieder in die Tüte und legt sie vorsichtig zurück.

Dann schließt sie schnell die Schranktür, dreht den Schlüssel im Schloss und hält ihn hoch. Ich will danach greifen, aber sie schüttelt den Kopf. »*Den behalte ich. Und jetzt geh runter zu Emma. An sie solltest du denken. Lass die Vergangenheit ruhen.*«

1974

Greg baut am Pool ein Stativ auf. Er hat schon ein Familienporträt von uns fünf aufgenommen: Seine Eltern, Margaret und Charles, sind eine Woche zu Besuch. Meinem Gefühl nach läuft es nicht sonderlich gut. Margaret ist schweigsam, vorsichtig, Charles hingegen übertreibt es mit seiner Herzlichkeit und Dankbarkeit so sehr, dass es gekünstelt wirkt, dabei ist es das gar nicht, das weiß ich. Die latent angespannte Stimmung zehrt an Gregs Nerven. Ein paarmal ist er schon hochgegangen wie ein gereizter Teenager.

»Papa, jetzt Fotos von mir«, hatte Élodie gesagt, als wir mit den Gruppenfotos fertig waren. *»Nur von mir, nicht von den anderen.«*

Nun ist er bereit, und sie setzt sich auf das flache Sprungbrett über dem tiefen Ende des Pools und kräuselt die Wasseroberfläche mit den Zehen, die dunklen Mittelmeerkiefern im Hintergrund lassen ihre Haare golden aufleuchten. Er will sie im Profil fotografieren, erst von links, dann von rechts, aber es dauert länger als gedacht, weil sie sich immer wieder umdreht und frontal in die Kamera schaut.

Als sie mich neben Charles stehen sieht, wie immer im Hintergrund, eine Komparsin ohne Sprechrolle oder eine Dienerin, die auf Anweisungen wartet, zieht sie einen Schmollmund. Dieser Gesichtsausdruck ist neu, ich habe gesehen, wie sie ihn vor dem Spiegel geübt hat.

»Arrête, Maman.« Dann spricht sie auf Englisch weiter, damit ihre Großeltern sie verstehen. »Hör auf, mich anzustarren. Ständig starrst du so.«

Charles stößt einen Lacher aus. »Ach komm, Élodie, Schätzchen. Deine Mutter findet dich eben hübsch.«

Sie schenkt ihm ein strahlendes Lächeln, wirft ihr glänzendes Haar zurück und nimmt ihre Pose wieder ein. Dankbar drücke ich stumm den Arm meines Schwiegervaters. Unweigerlich muss ich daran denken, wie Élodie sich jedes Mal, wenn Greg von einer Geschäftsreise zurückkommt, in seine Arme wirft. »*Non, Maman, pas toi!*«, sagt sie dann über seine Schulter hinweg und wedelt energisch mit der Hand in meine Richtung. »*Du nicht. Dich will ich nicht. Nur Daddy.*« Und dann dreht er sich zu mir um und lächelt mir aufmunternd zu. Doch es tut trotzdem weh.

Ich gehe zurück ins Haus. Margaret ist vorhin hineingegangen, um ihren Hut zu suchen, aber nun ist sie schon seit einer ganzen Weile verschwunden. Ich finde sie in Élodies Zimmer, sie schaut entgeistert auf den weißen Strohhut in ihrer Hand. Er ist ausgefranst und zerknittert, mit schmutzigen kleinen Fußabdrücken darauf und etwas Dunklem, das ich nicht gleich identifizieren kann. Da entdecke ich eine benutzte Binde auf dem Fußboden – sie muss sie aus dem kleinen Badmülleimer geholt haben. Der Strohhut ist mit altem Blut beschmiert.

»O Gott, das tut mir so leid«, sage ich, und Schamesröte schießt mir ins Gesicht. Ich kann Margaret nicht in die Augen sehen. »Ich weiß wirklich nicht, was da in sie gefahren ist.«

Wir starren den besudelten Hut an, dann greife ich danach. Kurz fürchte ich, Margaret würde ihn nicht loslassen. Ihr Gesicht ist ebenfalls rot.

»Tut mir wirklich leid. Ich kaufe dir morgen auf dem Markt einen neuen Hut – ich kenne einen Stand, der genau solche verkauft.«

Sie sieht mich mit ihren hellblauen Augen an. »Es ist nicht nur der Hut«, sagt sie leise und lässt den Blick durchs Zimmer schweifen.

In Élodies Zimmer herrscht immer Chaos. Eine Zeit lang habe ich es jeden Tag aufgeräumt, aber ich könnte genauso gut gegen Windmühlen ankämpfen – sie zerrt ja doch wieder alles aus den

Regalen. Wobei, wenn ich ehrlich bin, kann ich einfach den Anblick ihres Spielzeugs nicht ertragen, das unbenutzt herumliegt und oft sogar zerstört ist. Zerquetscht, zertreten, zerfetzt. Diese Gewalt beunruhigt mich zutiefst.

Ich glaube, auf Greg hat es dieselbe Wirkung. Einmal habe ich ihn beobachtet, in der Hand das Kaleidoskop, das er als Kind so geliebt hat, kaputt. Er wirkte am Boden zerstört. »Er hat als Kind immer so gut auf seine Sachen aufgepasst«, erzählte mir Margaret, als wir uns kennenlernten. Ich weiß, dass ihn ihre destruktive Ader, die sie von keinem von uns geerbt hat, ebenfalls beunruhigt.

Doch es ist nicht das x-te kaputte Spielzeug, das meine Schwiegermutter hat innehalten lassen. Es ist ein Skizzenbuch, das ich Élodie vor Ewigkeiten gekauft habe, das sie aber bisher nicht angerührt hat, soweit ich weiß.

Ich schiebe die Wachsmaler beiseite, damit ich die Bilder richtig erkennen kann, und sie rollen über ihren Schreibtisch und fallen einer nach dem anderen laut zu Boden. Auf den ersten Blick wirken ihre Bilder wie ganz gewöhnliche Kinderzeichnungen: Strichmännchen mit großen, runden Köpfen. Doch auf den zweiten Blick fällt mir auf, dass eines der Männchen auf dem Boden liegt, mit heraushängender Zunge und schwarzem Gekrickel, wo sein Bauch sein sollte. Ein zweites Männchen sticht mit einem riesigen Messer auf ein anderes ein. Als ich umblättere, entdecke ich ein krakeliges Regal mit einer Flasche darauf. Auf dem Schild der Flasche prangt, sorgfältiger gezeichnet als alles andere, ein Totenkopf mit gekreuzten Knochen, den sie irgendwo abgemalt haben muss – vielleicht von der Flasche mit Bleiche auf dem obersten Regalbrett in der *souillarde*. Danach seitenweise Feuer: Menschen, Tiere, Bäume, Häuser, alles wird von knallroten und orangefarbenen Flammen verschlungen. Stellenweise hat sie so fest aufgedrückt, dass das Papier gerissen ist. Da fällt mir auf, dass zwei Figuren immer wieder auftauchen: ein Mann in blauem Hemd und eine Frau mit langem Rock und Haaren bis über die Schulter.

Später zeige ich Greg das Buch. Lange Zeit sagt er gar nichts.

»Ich habe als Kind auch ständig Pistolen und Explosionen gemalt«, sagt er schließlich betont unbekümmert.

»Mit fünf?«

»Ach Gott, was weiß ich. Vermutlich.«

»Deine Mutter wirkte aber ziemlich –«

»Ziemlich was?«, unterbricht er mich. »Warum ziehst du sie da mit rein?«

»Tu ich doch gar nicht. Sie hat das Buch gefunden. Du hast ihren Hut doch gesehen. Sie macht sich Sorgen. Ich mache mir Sorgen. Das ist was anderes als Explosionen und Monster. Ich glaube, diese Leute sollen wir sein.«

Er reibt sich übers Gesicht. »Lass uns einfach diesen Besuch hinter uns bringen, und dann reden wir noch mal drüber, okay?«

Tun wir natürlich nicht. Am nächsten Tag reiße ich die Seiten aus dem Skizzenbuch und verstecke sie ganz unten im Papierkorb. Ich will es ja selbst gar nicht so genau wissen.

Als der Film von jenem Tag entwickelt ist, blättere ich durch die Gruppenfotos zu denen von Élodie am Pool. Stundenlang sehe ich sie mir an. Das Mädchen mit dem bernsteinfarbenen Auge und das mit dem blauen Auge wirken auf mich wie zwei völlig unterschiedliche Personen, trotz ihrer symmetrischen Gesichtszüge und dem gleichen Hintergrund. Ich lasse das Bernsteinfarbene rahmen. Das Blaue verschwindet in einer Schublade.

Ich habe eine geheime Theorie. Das Mädchen mit dem bernsteinfarbenen Auge ist die Tochter, die irgendwann, irgendwo verloren gegangen ist, mir aber manchmal noch in meinen Träumen erscheint. »*Maman!*«, ruft sie dann. Und wenn ich mich nach ihr umdrehe, streckt sie strahlend die Arme nach mir aus.

1993

Abends, als wir eigentlich in den Zirkus gehen wollen, bist du immer noch blass. Dein Essen hast du kaum angerührt.

»Bist du sicher, dass du da hinwillst?« Ich stehe hinter deinem Stuhl und streiche dir die Haare aus dem Gesicht. »Wir können doch ein andermal gehen. Er ist noch eine Woche da.«

»Aber Luc hat gesagt …« Du schüttelst den Kopf, und das Haar fällt dir wieder ins Gesicht. Du errötest leicht. »Na ja, dass er vielleicht heute hingeht.« Du stehst auf und schiebst deinen Stuhl zurück. »Ich gehe mich umziehen.«

Camille wirft mir einen strengen Blick zu, als du nach oben verschwunden bist. *»Ich hab dir doch gesagt, dass er ihr gefallen wird.«*

»Ja, anscheinend ist sie verknallt. Heute habe ich ihn übrigens gesehen, wie er bei der Scheune rumgelungert hat. Er meinte, er sucht was für den Pool.«

»Und? Vielleicht hat er nur Zeit totgeschlagen, bis er wieder nach Hause musste. Würdest du nicht auch lieber draußen herumlungern, wenn du so eine Mutter hättest?«

Ich lächele knapp. *»Ja, vermutlich schon.«*

»Hör zu, ich glaube, ich komme heute lieber nicht mit«, fährt sie fort. *»Ich will mit Mamans Sachen auf dem Dachboden weitermachen. Außerdem mag ich diese Provinzzirkusse nicht. Die sind irgendwie unheimlich.«*

»Ich bin auch nicht unbedingt scharf drauf, aber Emma möchte hingehen.«

*

Wir hören die Zirkusmusik, sobald wir hinaus in die Dämmerung treten und uns auf den Weg ins Dorf machen. Nach der Ruhe in La Rêverie sind die Anzeichen von so viel Leben am Ende der Straße fast schon zu viel. Ich spüre ein Kribbeln im Bauch, ähnlich wie Lampenfieber.

An diesem Abend scheint beinahe das ganze Dorf zusammenzukommen. Genau wie in meiner Kindheit ist der Zirkus nördlich des Marktplatzes aufgebaut, wo inzwischen ein Parkplatz ist. Die Straße dorthin ist gesäumt von Ständen, an denen Senegalesen in *dashikis* Sonnenbrillen, Gürtel und gefälschte Designerhandtaschen verkaufen.

Ein ganz bestimmter Stand, der Freundschaftsbändchen aus Nylon in allen erdenklichen Farben im Angebot hat, zieht dich magisch an. Sie kosten zehn Francs für drei Stück, und du brauchst ewig, um dich für die Kombinationen zu entscheiden, die dir am besten gefallen, hältst dir die Bänder ans Handgelenk und legst die wieder zurück, die dich deiner Meinung nach blass wirken lassen.

Während du überlegst, mustere ich verstohlen die Gesichter um uns herum. Einige kommen mir bekannt vor, bei einer Mundpartie und dem Klang einer Stimme zucke ich zusammen, aber ich scheine niemandem aufzufallen. Da wird mir klar, dass dein englisches Geplapper und deine roten Schultern uns unsichtbar machen. Die Dorfbewohner tun uns als Touristinnen ab und würdigen uns keines zweiten Blickes.

Da entspanne ich mich ein wenig und denke erstmals darüber nach, wie verwunschen das Ganze auf dich wirken muss: das Licht, das durch die Platanen fällt, die weiche, atemwarme Luft, die lärmende Verlockung des Zirkus vor uns. Aus den Lautsprechern dröhnt ein Dance-Track, den ich schon in London ständig aus weißen Transportern und von Baustellen schallen hörte, jetzt findet er mich also auch in Frankreich, der unverkennbare Bass und der eingängige Refrain haben sich mir ins Gedächtnis gebrannt. »What Is Love« heißt er. Wie passend.

Anders als in England gibt es kein Zirkuszelt: Hier rechnet niemand mit Regen. Hinter der Manege erkenne ich schattenhaft die an der Seite offenen Wagen mit den Tieren und spüre eine vertraute Angst im Nacken prickeln. Als kleines Mädchen weigerte ich mich, in den Zirkus zu gehen, nachdem Camille mir von einem Tiger erzählt hatte, der ausbrach, eine alte Frau zerfleischte und dann erschossen wurde.

Ich hätte erwartet, dass man sich auch hier inzwischen von dieser Art der Tierhaltung verabschiedet hat, genau wie in England, aber die klapprigen Käfige sehen noch genauso aus wie in meiner Kindheit und genauso wie zu der Zeit, als Greg darauf bestand, dass wir mit dir und Élodie in den Zirkus gehen – schon damals trennten uns nur abgenagte Holzstäbe von den Raubkatzen. Einmal – das letzte Mal, dass wir als Familie dort waren – schlich sich Élodie ganz nahe an einen alten Tiger in seinem Käfig heran, schnitt Grimassen und schlug mit der flachen Hand gegen die Gitterstäbe.

Sie wusste, dass ich Angst hatte: Genau wie ein wildes Tier konnte auch Élodie Angst bei Menschen wittern, besonders bei mir.

»*Attention, Élodie! Attention!*«, äffte sie mich nach, strich mit den Händen über die Stäbe und wiederholte meine panischen Bitten, sie solle aufpassen und vom Käfig weggehen.

Greg war gerade Getränke kaufen, und weil ich dich auf dem Arm hatte, konnte ich sie nicht schnell genug festhalten. Immer wenn ich es versuchte, tanzte sie lachend davon.

Der Tiger, der sie aufmerksam aus dem Schatten heraus beobachtet hatte, machte plötzlich einen Satz Richtung Gitter, streckte die Pranke heraus, die so groß war wie ihr Kopf, und verfehlte ihr Gesicht mit seinem Hieb nur um Zentimeter. Ich schrie auf. Du brachst in verängstigtes Schluchzen aus, und Élodie fuhr herum, ihr Gesicht leuchtete vor Aufregung. Sie war nicht einmal zusammengezuckt.

»Gibt es auch Tiere im Zirkus?«, fragst du jetzt, als du die Käfige siehst. »Ist das nicht Tierquälerei?«

»Ja, hier gibt es das noch«, erwidere ich knapp.

Wir gehen weiter in Richtung der Tribüne, und ich entdecke Laurent, der mit dem Rücken zu uns steht. Annette ist auch da, anscheinend feilscht sie um eine Lederhandtasche. Sie sieht eigentlich noch genauso aus wie immer, vielleicht sogar noch dünner. »Das ist die ganze Missbilligung für Frauen wie dich«, sagte Greg immer. »Das verbrennt Kalorien.«

Sie schaut hoch und bemerkt mich. Laurent folgt ihrem Blick und dreht sich um. Seine Miene hellt sich auf, als er uns sieht, und ich wünschte wie früher schon, er würde sich nicht so offensichtlich verhalten.

»Luc ist auch da«, sagt er in bemühtem Englisch zu dir, als er bei uns ankommt, und seine Augen leuchten. *»Annette, komm her und sag Sylvie und Emma Hallo.«*

Wir verteilen Luftküsse neben unseren Wangen. Sie riecht nach Lufterfrischer mit Kieferndurft und den Plastikbezügen, die sie schon damals immer auf dem Sofa hatte.

»Bleibt ihr noch länger hier?«, fragt sie, nachdem ich ihr wegen Lucs Hilfe mit dem Pool gedankt habe. Irgendwie habe ich sie schon immer um ihre Dreistigkeit beneidet.

»Wahrscheinlich nicht.« Mein Tonfall ist neutral. *»Camille ist auch da, wir wollen das Haus verkaufen.«*

Annette mustert dich mit schief gelegtem Kopf. *»Sie ist ganz anders als ihre Schwester, oder?«* Sie wendet sich an Laurent. *»Du sagtest doch, sie sehen sich ähnlich. Davon kann ich nichts erkennen. Sie sieht durch und durch englisch aus.«*

Ich schaue dich an und bin erneut dankbar, dass du nichts verstehst. Du hast dich sogar abgewandt, also siehst du auch nicht, wie Annette dich anstarrt.

»Zumindest dafür müsstest du ja dankbar sein«, fährt sie fort und fasst nach dem Kruzifix, das sie schon immer um den Hals trägt. *»Dass der Blitz nicht zweimal eingeschlagen hat.«*

»Arrête, Annette«, raunt Laurent. *»Ça suffit.«*

»Mum, wir müssen los«, sagst du. Auch wenn du das Gesagte nicht verstanden hast, hast du die gespannte Atmosphäre mitbekommen. Mir wird klar, dass du mich retten willst. Meine liebe Tochter, denke ich, du verstehst schon so viel. Ich hasse Annette, obwohl ich ihr recht geben muss. Ich bin wirklich dankbar, dass du anders bist.

»Ich mag sie nicht«, sagst du unverblümt, als wir uns entfernt haben. »Scheint eine fiese Zicke zu sein.«

»Emma!«, rufe ich aus, aber ich muss lächeln, vor allem vor Erleichterung, die Konfrontation relativ unbeschadet überstanden zu haben.

Du grinst zurück. »Haben wir noch Zeit, uns ein Eis zu holen?«

*

Gegen Ende des ersten Aktes bittet der Zirkusdirektor Freiwillige nach vorn. Die französischen Kinder um uns herum heben die Hände und recken sich in Richtung der Scheinwerfer, damit sie ausgewählt werden, aber du scheinst neben mir zusammenzuschrumpfen. Du hast noch nie gern im Mittelpunkt gestanden.

Der Zirkusdirektor lässt den Scheinwerfer ins Publikum richten, und sein scharfer Blick sucht die Reihen ab, bis du angeleuchtet wirst. Irgendwie hatte ich es schon im Gefühl: Deine blasse Haut und Schüchternheit lassen dich aus der Masse hervorstechen.

»*Mademoiselle*«, ruft er und deutet auf dich. »*Viens!*«

Du schüttelst den Kopf. »Mum, ich will nicht«, flehst du, aber der dicke Mann zu deiner anderen Seite schiebt dich schon ans Ende der Reihe. Alle klatschen und jubeln, als du blinzelnd an den Rand der Manege trittst und der Zirkusdirektor die Hand nach dir ausstreckt und dich in die Mitte befördert.

»*Comment tu t'appelles, mademoiselle?*«, will er wissen und beugt sich vor, aber du siehst ihn nicht an, deine Augen suchen die Menge nach mir ab. Er packt dich noch fester. »*Du bist wohl beson-*

ders schüchtern, was? Willst du mir nicht bei dem Kunststück helfen?«

»*Je suis anglaise*«, sagst du mit zitternder Stimme ins Mikrofon – den Satz habe ich dir für den Fall beigebracht, dass dich jemand mit einem Schwall rasend schnellem Französisch überschüttet und du nichts verstehst.

Die Menge brüllt vor Lachen.

»*Voilà, la petite anglaise*«, verkündet der Zirkusdirektor mit einem Tusch. »*Will uns ihren Namen nicht verraten.*«

Zum Glück ist deine Aufgabe nicht schwierig. Es werden noch zwei etwas kleinere Kinder in die Manege geführt, und ihr bekommt alle einen Satz Bälle. Clowns mit Eimern bedeuten euch, die Bälle hineinzuwerfen, während sie umherhüpfen und stolpern. Du machst deine Sache gut, und ich verspüre beim Zusehen einen absurden Stolz. Dein Gesicht ist rot und konzentriert, du verabscheust das Ganze, bist aber zu höflich, um einfach wegzugehen.

Als du dich wieder neben mich setzt, flüstere ich dir ins Ohr: »Nach der Nummer hast du dir noch ein paar Freundschaftsbänder verdient, meinst du nicht auch?«

Du schenkst mir ein kurzes, ängstliches Lächeln, und genau in dem Moment, als ich deinen Mut mit einem Lächeln quittiere, glaube ich, sie zu sehen. Mein Herz bleibt stehen und die Welt auch.

1974

Am leichtesten ist es, wenn wir beide zusammen am Meer sind. Élodie ist gern dort, genauso gern, wie sie zu meiner Musik tanzt. Am Meer entsteht ein seltenes, zartes Band zwischen uns, das ich mit allem, was ich habe, zu beschützen versuche. Deshalb will ich heute mit ihr dorthin.

Gregs Eltern sind gestern Abend gefahren, Margaret konnte mir beim Abschied kaum in die Augen sehen. Eigentlich hatten sie vorgehabt, erst am Wochenende abzureisen, dann aber gesagt, sie wollten den Feiertagsverkehr meiden. Das war natürlich nur ein Vorwand. Margaret hatte den gleichen Gesichtsausdruck, den ich von meinem Spiegelbild kenne, ein geistesabwesendes Unbehagen, das sie ausgezehrt wirken lässt.

Auf der Fahrt gen Süden werfe ich Élodie immer wieder verstohlene Blicke im Rückspiegel zu. Sie sitzt mit wehenden Haaren auf der Rückbank, das Fenster ganz heruntergekurbelt, und ihr Blick huscht über die vorüberziehende Landschaft. Als ich das Radio anschalte, läuft ein Lied von Elton John, das im Augenblick hoch und runter gespielt wird. Der Refrain ist so fröhlich, dass ich einen Kloß im Hals bekomme und schlucken muss. Sie tippt mit der Fußspitze im Takt gegen meinen Sitz. Ich drehe nach und nach lauter, weil ich weiß, dass sie aufhört, wenn sie mich dabei erwischt.

Eins der Strichmännchen auf ihren Bildern kommt mir in den Sinn. Es trug einen langen Rock, genau wie ich es oft tue – auch jetzt gerade –, und lag mit geschlossenen Augen in einem Pool, das Wasser mit grellgrüner Farbe darübergemalt. Ich verscheuche das Bild vor meinem inneren Auge und trete aufs Gaspedal.

Élodie mag es, wenn wir auf der *autoroute* schnell fahren, vor allem, wenn wir einen der riesigen transkontinentalen Lastwagen überholen, deren Räder sich auf ihrer Augenhöhe drehen. Auf diesen Fahrten fühlt es sich endlich mal so an, als wären wir Komplizinnen oder sogar Verbündete. Niemand beobachtet uns, niemand weiß, wo wir sind.

Die Saison ist schon fast vorbei, die Urlauber fast alle abgereist. Der Ferienort sieht müde aus, bereit für den Winterschlaf, denke ich, als wir ankommen. Als wir vom halb leeren Parkplatz zum Strand gehen, Élodie immer zwei Schritte vor mir, pfeift der Mistral trostlos durch die Metallfensterläden der verlassenen Apartmentblocks. Es hat etwas Beunruhigendes an sich, aber ich reagiere mittlerweile so übersensibel auf winzige Veränderungen in der Atmosphäre und Stimmung, dass ich mich zwinge, es zu ignorieren.

Beim Baden wirken wir auf Außenstehende vermutlich ganz normal, wie Mutter und Tochter eben. Élodie will so lange planschen, dass wir beide ganz erschöpft sind, als wir endlich aus dem Wasser kommen. Ich rolle zwei Strandmatten aus Stroh aus, damit wir uns hinlegen und trocknen können.

Sie scheint augenblicklich einzuschlafen, und auch ich muss eingenickt sein, denn auf einmal bin ich allein. Außer ihren Armbändern und einem feuchten Abdruck auf ihrer Matte fehlt von Élodie weit und breit jede Spur.

Ich springe panisch auf. Ich suche den Strand mit Blicken ab, kann sie aber nirgends entdecken. Laut rufend laufe ich am Wasser auf und ab. Auf einmal nehme ich alles in Zeitlupe wahr, wie eine dramatische Filmszene, und zwischen Angst, Panik und Horror schimmert so etwas wie Erleichterung auf, still und leise. Ich bin so entsetzt von mir selbst, dass ich fürchte, mich auf den Sand übergeben zu müssen.

Eine andere Mutter findet sie schließlich. Sie hält Élodies kleine Hand, und ich renne auf sie zu, falle vor ihr auf die Knie und suche sie nach Verletzungen ab. Sie schaut mich unverwandt an, mit trockenen Augen, unsere Gesichter sind auf gleicher Höhe. Meine Hände zittern, sie hingegen wirkt völlig ungerührt.

»*Sie meinte, sie wüsste nicht, wo ihre Maman hingegangen ist*«, sagt die Frau. Der Vorwurf schwingt deutlich in ihrer Stimme mit. Hinter ihr buddeln drei kleine Jungs stoisch im Sand.

Ich stehe auf. »*Sie lag direkt neben mir. Ich hab nur eine Sekunde die Augen zugemacht.*«

Die Frau nickt nachsichtig und tätschelt Élodie den Kopf. Ich warte darauf, dass sie den Kopf wegzieht und die Frau grimmig anschaut, weil sie nicht gern angefasst wird. Aber das tut sie nicht. Sie schaut zu ihrer Retterin auf und schenkt ihr ein tapferes Lächeln.

»*Eine ganz Hübsche ist das*«, sagt die Frau, als ich Élodie an die Hand nehme. »*Passen Sie gut auf sie auf.*«

»*Warum bist du weggelaufen? Du hast mir einen Riesenschreck eingejagt. Dir hätte sonst was passieren können*«, sage ich auf dem Weg zu unseren Matten, mit zitternder Stimme, weil ich die Tränen mühsam zurückhalten muss. Sie versucht, sich von mir loszureißen, aber ich halte sie fest. »*Warum hast du mich nicht geweckt?*«

Aber sie antwortet nicht. Sie sagt kein Wort, bis wir wieder zu Hause sind und Greg uns an der Haustür empfängt, um uns zu fragen, wie unser Strandtag war. Und plötzlich findet sie ihre Sprache wieder.

1993

Inmitten des Zirkuspublikums, in der aufgestauten Hitze, schließe ich die Augen, aber als ich sie wieder öffne, ist sie immer noch da. Sie steht weiter hinten und schaut in die Mitte der Manege, wo die ganze Truppe jetzt im Kreis herumstolziert, während die Zuschauer aufgestanden sind und applaudieren, und auch sie klatscht langsam im Takt der Musik.

Ich recke den Hals, um an all den nichts ahnenden Menschen vorbeisehen zu können, die mir die Sicht versperren. Ob ich das spitze Kinn noch einmal erspähe, ihre lange Mähne, die mir so vertraut ist? Nehme ich die hypnotisierende Stille wahr, die sie schon immer ausstrahlen konnte, wenn sie wollte?

»Los komm, wir gehen«, sage ich und nehme deine Hand. Ich ziehe dich hinter mir durch die Reihe und trete in der Eile anderen auf die Füße. Dein Widerstreben zerrt an mir und verlangsamt uns wie ein platter Reifen.

»Mum, was soll das denn?«

Du reißt dich los, aber ich stolpere trotzdem weiter nach hinten die erhöhten Sitzreihen entlang, will sie unbedingt sehen, habe Angst davor, sie zu sehen. Aber jetzt setzen sich alle in Bewegung, weil sie vor dem allgemeinen Aufbruch hinauskommen wollen. Ich drängele mich durch eine Großfamilie, die zu blöd und zu langsam ist, um mich vorbeizulassen, und rieche den Knoblauchschweiß des Vaters, als unsere Körper sich kurz berühren. Er brummt: *»Attention, Madame! Doucement«*, aber ich gehe einfach weiter.

Trotz der Menschenströme, die sich plötzlich zurück auf den Platz bewegen, ist eine merkwürdige Lücke an der Stelle entstanden, an der ich sie zu sehen glaubte, als hätte sie ein kleines Kraftfeld zurückgelassen. Ich schaue nach unten ins Stroh, als müsste sich dort irgendein Zeichen finden, wie im Märchen. Einer der Ringe, den Greg ihr von seinen Reisen mitgebracht hat, vielleicht – es waren Ringe verschiedener Formen und Stile, aber immer mit einem türkisfarbenen Stein, genau wie die Kette, die du dir angeeignet hast.

Natürlich ist da nichts. Élodie ist überhaupt nicht da gewesen. Ich werde sie nicht finden, nicht wie vor beinahe zwanzig Jahren am Strand. Es muss jemand gewesen sein, der ihr ähnlich sah, oder es lag an der Erinnerung mit dem Tiger, oder ich verliere endgültig den Verstand.

Ich schaue mich um, kann dich aber nirgendwo entdecken. Als ich versuche, mich wieder unter die Menge zu mischen, werde ich zurückgestoßen, kann die unerbittliche Mauer aus Schultern und Hüften einfach nicht durchbrechen. Hilflos verharre ich in dem kleinen Hohlraum, den Élodies Doppelgängerin hinterlassen hat, und eine irrationale Panik breitet sich in mir aus. Ich werfe einen Blick über die Schulter zu den Käfigen. Die Tiger und Bären sind jetzt sicher wieder eingesperrt und werden über Nacht dort bleiben. Da meldet sich die alte Furcht zurück: der defekte Riegel, der kaputte Gitterstab, der entlaufene Tiger.

»Emma!«, rufe ich so laut und verzweifelt, dass sich ein paar Leute umdrehen. »Emma!«

Eine Hand an meinem Arm lässt mich herumfahren. Es ist Olivier. Besorgt schaut er auf mich herab. Er wirkt auf einmal größer.

»Sylvie«, sagt er. *»Qu'est-ce qu'il y a?«*

»Ich habe sie gesehen«, sage ich atemlos. *»Sie war hier, und jetzt ist sie weg.«*

»Da drüben ist sie doch. Da.« Er zeigt hin.

Ich bekomme immer noch keine Luft. *»Wo?«* Alles geschieht wie in Zeitlupe, die Geräusche sind gedämpft. Und dann sehe ich dich, nicht sie, wie du dich ungefähr fünfzehn Meter entfernt mit Laurent unterhältst.

Ich schließe erleichtert die Augen, und die Anspannung fällt von mir ab.

Olivier berührt mich an der Schulter. »*Sehen Sie? Ihr geht es gut. Lassen Sie uns einfach kurz hier warten. An den vielen Leuten kommen wir jetzt sowieso nicht vorbei.*«

Ich nehme einen Zug der viel zu warmen Luft und zwinge mich, langsam wieder auszuatmen, während die Panik sich verflüchtigt. Oliviers Hand an meiner nackten Schulter ist kühl und trocken. Er ist so nahe, dass ich die goldenen Sprenkel in seinen braunen Augen sehen kann.

»*Doucement*«, sagt er und ahmt damit unbewusst den Mann von vorhin nach, aber bei ihm klingt es ganz anders, langsam und schmeichelnd. »*Alles ist gut. Sie brauchen nur frische Luft.*«

Er schiebt mir eine feuchte Haarsträhne hinters Ohr. Ich spüre die Hitze, die er ausstrahlt. Er kommt mir immer noch größer vor als in meiner Erinnerung, und ich nehme seine harten Muskeln und starken Knochen in mich auf. Mein Herz rast in meiner Brust, und eine neue Angst – oder vielleicht auch Aufregung – verbreitet sich bis in alle Nervenenden. Für beinahe Fremde stehen wir zu dicht beieinander, aber ich weiche nicht zurück, und er auch nicht. Als er mir über die empfindliche Innenseite des Armes streicht, spüre ich ein Pochen tief in meinem Innern. Er sieht mich so aufmerksam an, dass ich rot werde und mich abwende, weil ich seinem Blick nicht länger standhalten kann. Ich winke dich heran.

*

Olivier kauft uns Eis in der neuen *gelaterie* gleich neben dem Marktplatz, die lange geöffnet hat, um die Zirkuskundschaft mitzunehmen. Dann gehen wir langsam zurück zu den Ständen, weil du weiterstöbern möchtest, und das kalte Eis gleitet mir angenehm die Kehle hinunter. Ich bin mir Oliviers Anwesenheit neben mir deutlich bewusst.

»Wieder gut?«, fragt er leise, damit du es nicht hörst.

»Danke für die Rettung dadrin«, murmele ich. *»Dafür schulde ich Ihnen was.«*

»Gern geschehen. Vielleicht möchten Sie zum Dank mit mir essen gehen?«

»Das dürfte kein Problem sein.«

Er lächelt und führt mich an einer Gruppe vorbei, seine warme Hand liegt unten an meinem Rücken, und meine Haut kribbelt.

Ich schaue wieder nach dir und erstarre, weil du nicht mehr allein bist.

Er ist zehn Jahre älter als beim letzten Mal und so sonnenverbrannt, dass es eher nach zwanzig Jahren aussieht, aber ich erkenne ihn sofort. Marc Lesage. Er hat den *tabac* geführt, als ich klein war. Er ist schon immer ein unangenehmer Zeitgenosse gewesen, mit dem man sich lieber nicht anlegt, aber vor Élodie hatte er es nie auf mich abgesehen gehabt.

Du suchst über seine Schulter meinen Blick, und ich sehe, wie unwohl du dich fühlst. Er hält deinen Arm mit seiner alten Klaue fest, und das Eis läuft dir übers Handgelenk, weil er nicht loslässt.

»*… ta sœur*«, höre ich ihn sagen, als ich schnell auf dich zugehe. *Deine Schwester.*

»Bonsoir«, sage ich und trete zwischen euch, damit er dich loslassen muss. *»Ça fait longtemps, Marc.«*

»Ich sagte gerade, dass sie ihrer Schwester nicht sonderlich ähnlich sieht.« Er lallt, und sein Atem stinkt nach Anis und saurem Pastis. *»Wahrscheinlich besser so, was? Noch so eine kann ja keiner wollen.«* Er lacht, bleckt die gelben Zähne und erinnert mich unwissentlich an Annettes spitze Bemerkung von vorhin.

Er greift wieder nach dir, gerät ins Stolpern, als er sein Gewicht verlagert, und ich schiebe dich in Richtung Olivier, der noch zögert, ob er eingreifen soll. Bevor er dazwischengehen kann, beuge ich mich so nah an Marc heran, wie ich es aushalte.

»Du bist betrunken, wie immer. Ich habe dir schon vor zehn Jahren gesagt, dass du dich um deinen eigenen Kram kümmern sollst. Lass mich und meine Tochter in Zukunft bloß in Ruhe.«

»Was willst du überhaupt wieder hier?«, ruft er mir nach, als ich gehe. *»Wir waren froh, dich los zu sein. Vous nous avez apporté encore une brebis galeuse?« Hast du uns noch ein schwarzes Schaf mitgebracht?*

Und dann spricht er auf Englisch weiter, und zwar so laut, dass du es auch ja hörst. »Schwarzes Schaf«, ruft er mit starkem Akzent, aber man versteht es. Ich ziehe dich eilig fort. »Sie ein schwarzes Schaf.«

Menschen drehen sich nach uns um, das Hintergrundrauschen der Menge ist plötzlich verstummt. Ein paar Jungs, die mit ihren Mopeds unter den Platanen stehen, lachen und pfeifen, und ich glaube, wir bemerken beide gleichzeitig, dass Luc unter ihnen ist, auch wenn er stumm bleibt und nicht lächelt. Ich sehe gerade noch den erschrockenen Ausdruck in deinem Gesicht, da drehst du dich auch schon um und rennst in Richtung Marktplatz davon.

Ohne ein Wort zu Olivier zu sagen, folge ich dir. Die Menschen bummeln und bleiben immer wieder stehen, achten nicht darauf, ob jemand hinter ihnen ist. Du entfernst dich immer weiter, schlängelst dich irgendwie viel geschickter durch die Leute als ich.

Kurz vor dem Marktplatz, wo die Menschentraube sich endlich zerstreut, verliere ich dich aus den Augen, genau wie vorhin. Du bist mir ebenso leicht entschlüpft wie die Fata Morgana von Élodie zwischen den Sitzreihen, schon wieder eine verschwundene Geistertochter. Ich bleibe stehen und habe keine Ahnung, was du jetzt vorhast.

Dann gehe ich hinüber zur anderen Seite des Platzes, wo hinter den Absperrungen für den Zirkus die Straße zurück zu La Rêverie führt. Als ich ihn zur Hälfte überquert habe, sehe ich aus den Augenwinkeln wieder das vertraute Haar schwingen. Ich wünschte, es wäre deins, aber das ist es nicht. Ich schlage mir die Hände vors Gesicht und zwinge mich, nicht zu schreien. Irgendwie kommt mir der Gedanke, dass ich schleunigst einen Drink brauche.

Als ich die Hände wieder sinken lasse, ist sie verschwunden, wer auch immer sie war. Tatsächlich befindet sich fast niemand mehr auf meiner Seite des Platzes.

»Komm schon«, sage ich laut. *»Reiß dich zusammen.«*

Ich setze mich wieder in Bewegung, fest entschlossen, mich nicht noch einmal aufhalten zu lassen. Jenseits der Dorfgrenze, wo es plötzlich dunkel ist, renne ich die Hauptstraße entlang und ignoriere, so gut ich kann, die Scheinwerfer der Autos. Aus einem schallt wieder dieser Dance-Song, ein Wagen voller Teenager hupt mich an, und ihr schrilles Gelächter verwandelt sich durch den Dopplereffekt in etwas Tiefes und Bedrohliches, als sie vorbeirasen – so nah, dass mir die Haare gegen die Wange peitschen.

»Mon dieu, Sylvie!«, ruft Camille von der Salontür aus. Sie hält eine der antiken Kaffeetassen unserer Großmutter in der Hand. *»Was für ein Drama. Du benimmst dich in letzter Zeit wie eine richtige Engländerin. Emma ist oben. Sie hat keinen Ton zu mir gesagt, ist einfach nach oben gerannt. Was zum Teufel ist passiert?«*

Ich nehme zwei Stufen auf einmal die Treppe hinauf, aber du bist nicht in deinem Zimmer. Eine Sekunde lang ist die Panik wieder da, und ich will wieder los. Dann bemerke ich den schmalen Lichtstreifen unter der Tür am anderen Ende des Flures. Natürlich. Du bist in Élodies Zimmer.

In das Messingschild der Türklinke sind ein halbes Dutzend winzige *E*s geritzt, die man nur sieht, wenn man weiß, wo sie sich befinden. Ich greife nach der Klinke und spüre das Grauen, das mich auf dieser Schwelle jedes Mal packt. Drinnen sitzt du im Schneidersitz auf dem staubigen Boden, umgeben von Haufen ihrer Kleidung, die du von der Stange im Schrank gerissen hast. In der offenen Tür steckt der Schlüssel.

Du hebst den Kopf, deine Augen sind rot. »Den habe ich neben Camilles Zigaretten gefunden.«

Du siehst eher ängstlich als wütend aus, was bei deiner Schwester nie vorgekommen ist. Sie hatte vor überhaupt nichts Angst, schon gar nicht vor mir.

Ich eile zu dir, knie mich hin und ziehe dich an mich, zerdrücke die Klamotten unter mir. »Ach, Emma, ich habe mir solche Sorgen gemacht! Du hättest nicht einfach weglaufen sollen. Es ist doch gefährlich im Dunkeln auf der Straße.«

Du reißt dich nicht los, aber du erwiderst die Umarmung auch nicht. Als ich mich zurücklehne, um dich richtig anzusehen, rollt dir eine einzelne Träne über die Wange und tropft auf das ausgeblichene blaue T-Shirt auf deinem Schoß.

»Süße, was der schreckliche Mann gesagt hat …«

»Er sagte, sie war ein schwarzes Schaf.« Du schaust auf das Shirt auf deinem Schoß und legst den Stoff mit den Fingern in Falten, drückst so fest zu, dass deine Nägel weiß werden. »Ich weiß, was das bedeutet, aber wie hat er das gemeint?«

Ich betrachte das Zeug um dich herum und entdecke das weiße Sommerkleid. Der kleine Rotweinfleck am Saum ist mittlerweile rosa verblasst, aber immer noch da. Ich nehme einen alten Flipflop in die Hand und fahre mit dem Finger den Abdruck entlang, den ihr Fuß vor langer Zeit hinterlassen hat. Das ist irgendwie noch intimer, als die Kleidungsstücke zu berühren.

Ich hole Luft. »Em, du weißt doch, dass sie von der Schule genommen wurde, als sie zehn war?«

Du nickst.

»Nun ja, das lag nicht daran, dass wir sie zu Hause unterrichten wollten, wie ich dir erzählt habe. Sie wurde von der Schule verwiesen.«

Du reißt die Augen auf. »Was hat sie getan?«

»Sie war nicht nett zu einem Mädchen in ihrer Klasse.«

»Das ist alles?«

Du hörst dich an wie Greg, der nie wahrhaben wollte, dass Élodie etwas Falsches tun könnte, und da verliere ich die Geduld. »Es war schlimm, Emma. Das Mädchen war ernsthaft verletzt. Ich will damit sagen, dass das hier ein kleines Dorf ist. Alle wussten, was Élodie getan hat, und manche erinnern sich heute noch. Darum ging es dem Mann. Er hätte das mit dem schwarzen Schaf nie zu dir sagen dürfen, aber ich wollte dir den Grund dafür erzählen, damit du es verstehst. Leider vergessen die Leute an Orten wie diesem hier nicht so leicht.«

Du deutest auf die um dich herum verstreuten Klamotten. »Kann ich etwas davon behalten?«

Ich schüttele den Kopf. »Nein, ich glaube nicht, dass das …«

»Wieso nicht?«, unterbrichst du mich. »Sie war meine Schwester. Du wolltest nie, dass ich was von ihr habe.« Du greifst nach der Kette mit dem Türkis. »Dir passt es ja nicht mal, dass ich die hier trage.« Da höre ich das Pfeifen aus deiner Brust.

Ich stehe auf. »Dann such dir ein paar Sachen aus. Und räum den Rest bitte wieder weg. Ich hole dein Asthmaspray.«

Ihr Schulverweis trübt dein Bild von ihr nicht, wie mir klar wird. Dass sie jemanden verletzt hat, ist nur ein abstraktes Detail. Es macht sie nur noch faszinierender.

»Mum?«

Ich bin schon fast an der Tür, denke an dein Asthma und daran, dass es sich nach Jahren ohne Symptome gerade langsam wieder einschleicht. Und ich denke an den Wein unten im Kühlschrank.

»Was denn, Em?«

Du holst tief Luft, und bei dem Geräusch zucke ich zusammen. »Ich habe heute noch was anderes gefunden. Im Arbeitszimmer.«

Ich warte. Das Zimmer habe ich schon komplett durchgesehen, zumindest glaube ich das.

»Es ist alles auf Französisch, aber ich glaube, ich verstehe trotzdem ein bisschen was. Ich glaube, es ist ihre Krankenakte.«

1975

Es ist Nachmittag, Élodie ist drinnen, und Greg und ich nehmen auf der Terrasse den Streit wieder auf, den wir seit dem letzten Jahr so regelmäßig führen, dass es mir manchmal vorkommt, als hätten wir einen Sprung in der Platte. Wir spulen ihn jedes Mal ab, wenn er wieder eine seiner Geschäftsreisen ankündigt, fast immer ohne großen Vorlauf. Dieses Mal will er schon am nächsten Tag abreisen und bis zum darauffolgenden Wochenende wegbleiben.

»Für dich ist es ganz einfach. Du kannst deine Sachen packen und losfahren, wann immer du willst«, sage ich, während ich Élodies verschmähtes Mittagessen esse, das in der Sonne vor sich hin schwitzt. »Du kannst einfach nach Paris oder London fahren, das Fenster runterkurbeln, die Musik aufdrehen und ganz allein deinen Gedanken nachhängen. Dich mit deinen interessanten Freunden treffen und über *Kunst* reden. Was meinst du, wie ich mich hier abstrample, wenn du weg bist oder dich mal wieder in deinem Arbeitszimmer einschließt, wenn ich allein mit Élodie bin, die nicht schlafen oder essen will und mich keines Blickes würdigt? Du hast keine Ahnung, wie das ist.«

Diese Ausbrüche erleichtern mich. Sie lenken mich von der Angst ab, die darunter schlummert. Alles, was ich sage, ist wahr, jedes Wort, aber was ich wirklich meine, ist: »Bitte lass mich nicht damit allein.« Wahrscheinlich würde er sogar bleiben, wenn ich ihn darum bitten würde, aber dafür bin ich zu stolz.

Er streckt die Hand aus und massiert mir den Nacken, eine vertraute Geste der Zuneigung, die ich normalerweise genieße, aber nicht heute. Meine Schultern versteifen sich, und er lässt die Hand sinken.

»Macht doch einen Ausflug. Fahr mit Élodie ans Meer, da gefällt es euch doch immer so gut.«

Ich will gerade antworten, als Laurent plötzlich im Garten steht. Er schlendert über den Rasen auf die Stufen zur Terrasse zu, den kleinen Luc auf dem Arm, der zappelt und abgesetzt werden will.

»*Salut*«, ruft er. »*Stör ich?*«

Ich schüttele den Kopf und winke ihn zu uns. Ich habe ihn gern um mich. Irgendwie schafft er es, eine Seite von mir zum Vorschein zu bringen, die ich mag.

»*Bonjour Laurent*«, sagt Greg knapp und steht auf. »*Dann lass ich euch beide mal allein. Hab noch Papierkram zu erledigen.*«

Laurent schenkt ihm ein bedauerndes Lächeln. »*Nur zu, wobei ich eigentlich deinetwegen komme. Ich bräuchte mal deine Expertenmeinung.*«

Solche schmeichelnden Bemerkungen macht Laurent häufiger, fast als wüsste er, dass Greg ihm unsere gemeinsame Vergangenheit übel nimmt. Mir kommen sie immer furchtbar platt vor, aber meist haben sie tatsächlich eine beschwichtigende Wirkung auf Greg.

»*Okay, klar, ich helfe gern.*« Auch diesmal lässt er sich erweichen.

»*Annette hat mir eine Brosche mitgegeben, die sie gern schätzen lassen würde. Sie hat ihrer Großtante gehört.*«

Er setzt Luc auf die andere Hüfte, um an seine Hosentasche zu kommen. Das Baby windet sich auf seinem Arm, reckt sich nach dem Tisch mit den Resten unseres Mittagessens.

»*Gib ihn mir ruhig*«, sage ich und strecke die Arme aus. Ich liebe Luc. Er ist ein friedliches Kind, unkompliziert und fröhlich. Ich habe ihn gern auf dem Schoß. Sein Gewicht gibt mir Substanz, erdet mich.

Plötzlich steht Élodie in der Terrassentür. Ihr Blick fällt auf Luc, der meine Kette in seinem speckigen Fäustchen hält, dicke Bernsteinperlen von der gleichen Farbe wie Élodies linkes Auge.

Sie schleicht zu Greg, legt ihm eine Hand in den Nacken und zieht seinen Kopf zu sich herunter.

»Was ist denn, Süße?«

Sie flüstert ihm etwas ins Ohr, den Blick fest auf mich gerichtet. Sie hat mir das rechte Auge zugewandt, das blaue, dessen Iris im hellen Sonnenlicht beinahe so dunkel wirkt wie die Pupille. Greg richtet sich wieder auf.

»Sylvie, sie kann ihre Marienkäfertasche nicht finden. Kannst du sie suchen gehen? Ich unterhalte mich solange mit Laurent.«

Ich reiche Luc vorsichtig an seinen Vater zurück. *»Bin gleich wieder da.«* Dann frage ich Élodie: *»Weißt du noch, wo du sie zuletzt gesehen hast?«*

Sie zuckt die Achseln, wendet den Blick ab.

Ich muss mir ein Seufzen verkneifen und stapele die Teller aufeinander, um sie mit ins Haus zu nehmen. Als ich die Tasche endlich in ihrem Kopfkissenbezug gefunden habe und die Treppe wieder hinunterkomme, ist Élodie verschwunden. Eine Sekunde später fällt mir auf, dass auch das Baby nicht mehr da ist.

»Wo ist Luc?«, frage ich scharf. Laurent und Greg sitzen mit zwei Bier am Tisch, die Brosche liegt in einem Samtkästchen zwischen ihnen.

»Élodie wollte mit ihm spazieren gehen«, sagt Greg und zeigt Richtung Rasen. Sein leicht gereizter Tonfall fällt nur mir auf.

»Seit er laufen kann, ist er kaum zu bändigen«, sagt Laurent. *»Er kann keine zwei Minuten stillsitzen. Sie tut mir einen Gefallen, wenn sie sich um ihn kümmert.«*

Ich laufe die Stufen hinunter, aber auf dem Rasen sind sie nicht. Außer Sichtweite der Terrasse gibt es ein schattiges Plätzchen, das Élodie mag, und ich bin mir so sicher, die beiden dort zu finden, dass ich eine ganze Weile dastehe und ins Leere starre, bis ich feststelle, dass ich mich getäuscht habe. Da höre ich ein Geräusch, so hoch und flüchtig, dass es auch ein Vogelschrei hätte sein können. Es kam vom Pool.

Ich sprinte auf die Mittelmeerkiefern zu, die das Becken vom Rest des Gartens abschirmen, und sehe etwas Leuchtendes durch die Blätter blitzen, rubinrot. Élodie trägt heute ihr rotes Kleid.

Ich erreiche das flache Ende des Pools in dem Moment, als Luc ins tiefe Wasser fällt. Das Becken ist nicht klein, und trotzdem bin ich sofort da, als hätte ich einen Zeitsprung gemacht. Ich ziehe ihn so schnell aus dem Wasser, dass seine Augen vor Schreck noch ganz aufgerissen sind. Er fängt erst an zu weinen, als ich nachschaue, ob er sich verletzt hat, und seine nachträgliche Angst lässt uns beide zittern.

Sein Atem geht ganz normal, ich höre kein Rasseln, kein Gurgeln. Mein Herzschlag schaltet einen Gang zurück. Während er sich auf meinem Arm ausweint, fällt mir auf, dass Élodie mich ansieht. Ich erwidere ihren Blick, der so gar nichts Kindliches an sich hat.

Sie bemerkt Greg und Laurent, bevor ich es tue. Als Laurent mit kreidebleichem Gesicht vor uns stehen bleibt, zeigt sie auf Luc, dessen Schreien inzwischen zu einem erschöpften Wimmern abgeebbt ist.

»*Il est tombé*«, sagt sie mit noch babyhafterer Stimme als sonst zu ihrem Vater. »*Der dumme Luc ist in den Pool gefallen.*«

Nein, ich habe natürlich nicht gesehen, dass sie ihn geschubst hat. Ich kann es nicht *beweisen*, genau wie Greg mir später vorhält. Aber ich habe gesehen, dass sie direkt an der Stelle stand, wo er hineingefallen ist. Und ich habe den Ausdruck auf ihrem Gesicht gesehen.

»Herrgott noch mal, wahrscheinlich stand ihr die Angst ins Gesicht geschrieben«, sagt Greg, als ich es ihm beschreibe. »Sie stand unter Schock, vergiss das nicht.«

Aber er weicht meinem Blick aus und klingt nicht sonderlich überzeugend. Ich sage nichts dazu, aber ich weiß, dass es keine Angst war. Wie es um ihren Mund zuckte. Und ihre Augen – ich hatte sie noch nie so leuchten sehen.

In der Nacht können weder Greg noch ich schlafen. Bis nach zwei Uhr liegen wir im Dunkeln wach. Ich lege die Hand auf seine Flanke – eine Einladung, sich zu mir umzudrehen, darüber zu sprechen –, aber er liegt still da und atmet ruhiger, als würde er längst schlafen. Wie ein Kind, das sich die Hände vor die Augen hält, um sich vor einem Monster zu verstecken. *Was ich nicht sehe, passiert auch nicht.*

Ich ziehe die Hand zurück.

1993

Ich weiß nicht mehr, wann ich mir die Frage zum ersten Mal gestellt habe. Es muss wohl ein erstes Mal gegeben haben, aber sie begleitet mich schon so lange, kreist über mir wie ein Greifvogel, dessen schattenhafte Schwingen die Sonne verdunkeln, dass ich es unmöglich sagen kann.

Lag es an mir?

Da waren noch andere Fragen – *Kam sie schon so zur Welt, oder hat die Welt sie erst so gemacht?* –, aber es waren bloß Varianten der ersten, der uralten Frage, die sich alle Mütter von Kindern wie Élodie stellen: *Ist es meine Schuld?*

Du hast die Krankenakte im alten Schreibtisch gefunden, einem riesigen dunkel lackierten Monstrum mit geschnitzten Schubladen auf beiden Seiten. Das tiefe Fach, ganz unten auf der linken Seite, war verschlossen, als ich hineinsehen wollte, keine Spur vom Schlüssel. Eigentlich wollte ich danach suchen, aber dann habe ich es vergessen. Du gibst zu, dass du das Schloss mit einer verbogenen Haarnadel geknackt hast, womit du einen ziemlich beunruhigenden Erfindungsreichtum unter Beweis stellst.

Die Mappe, die du jetzt aus deinem Zimmer holst, ist dick und landet dumpf auf dem Boden von Élodies Zimmer.

Eine Ecke gelbes Papier ragt aus dem Stapel hervor, darauf sind ein paar eng geschriebene Wörter in schwarzer Tinte zu erkennen. Morels Handschrift. Docteur Hubert Morel. Sein Bild steigt vor meinem inneren Auge auf: die Kerbe, die seine Pfeife an seinen unteren Schneidezähnen hinterlassen hatte, die kalten, trockenen Hände, die freundlichen braunen Augen, die einen nie verurteilten.

Langsam ziehe ich die Mappe zu mir heran und versuche, mir den Schrecken nicht anmerken zu lassen.

»Lass uns in den Garten gehen«, sage ich und stehe auf, bevor du protestieren kannst. Ich will an die frische Luft. Camille taucht im Türrahmen auf, ohne dass du es bemerkst, mit fragendem Ausdruck im Gesicht, und ich schüttele knapp den Kopf.

Die Luft draußen fühlt sich an wie ein warmes Bad. Du setzt dich neben mich, und wir blicken beide in die Leere des dunklen Gartens. Camille kommt herüber, drückt mir wortlos ein kaltes Glas Wein in die Hand, dreht sich um und geht wieder ins Haus. Die Zikaden sind heute Abend still, aber irgendwo in der Nähe, vielleicht in dem ausgetrockneten Bach zwischen Garten und Feld, quakt ein einsamer Ochsenfrosch.

Ich lege die Hand flach auf die Mappe. »Wir waren mit ihr bei einem Spezialisten. Kurz nach deiner Geburt. Ich … *Wir* haben uns solche Sorgen gemacht.«

»Dann muss es ja was Ernstes gewesen sein.« Du hebst die abgenutzte Ecke der Mappe an. »1975, 1977, 1979. War sie die ganze Zeit über krank?«

Ich zögere. »Sozusagen. Aber nicht so, wie du denkst. Der Arzt, bei dem wir waren, war … eine andere Art Spezialist.«

»Wie meinst du das?« Du drehst dich um und siehst mich an. Im Schein des Lichtes vom Haus hinter dir kann ich den Schwarm aufgeregter Insekten in der Luft erkennen, die dicht gedrängt wie wild hin und her fliegen, unglaublich viele, also stehe ich auf und zünde eine Moskitospirale an. Du kratzt schon den ganzen Tag an deinen Mückenstichen.

»Mum, bitte«, sagst du sanfter, als ich fertig bin. »Das ist nicht fair. Ich bin kein kleines Kind mehr.«

Für mich schon, will ich sagen, aber ich beiße mir auf die Zunge. »Es gab verschiedene Phasen«, beginne ich schwach.

»Phasen?« Du schüttelst den Kopf. »Was denn für …«

»Élodie war schwierig«, unterbreche ich dich, und bei der lächerlichen Untertreibung droht sich leichte Hysterie in mir Bahn zu brechen. »Sie hatte ziemlich ernste Verhaltensprobleme.«

Du denkst schweigend nach. »Was – weil sie krank war?«

Ich schlucke und muss daran denken, wie viel einfacher es war, dich glauben zu lassen, Élodie sei körperlich krank gewesen.

»Nicht direkt«, sage ich.

Dann will ich dich am liebsten warnen, dir sagen, dass es nicht immer besser ist, alles zu wissen, dass du dieses Wissen nie wieder loswerden wirst. Dass eine Erkenntnis dein ganzes Leben auf den Kopf stellen kann, Mauern niederreißen kann, die man für unüberwindbar gehalten hat, hinter denen Räume zum Vorschein kommen, die man nicht betreten möchte. Aber ich bin müde und leicht angetrunken, und Élodie wird wieder da sein, wenn ich unter dem Oleander nachsehe, mit ihrem langen Haar, das schimmernd ins Mondlicht fließt wie ein kleiner Bach. *Sag es ihr*, wird sie flüstern. *Sag es ihr, sonst mache ich es.*

»Élodie war auf eine andere Art krank, als du bis jetzt gedacht hast.« Meine klare Stimme durchbricht die Dunkelheit. Ich glaube, ich sage das nicht nur um deinetwillen. »Sie hatte keine Leukämie oder so. Ihre Krankheit betraf ihren Geist. Wenn ich sage, dass sie schwierig war, dann meine ich nicht, dass sie ein bisschen … ungezogen war. Es war viel schlimmer, viel komplizierter. Sie kam so zur Welt, oder die Welt hat sie so gemacht …« Ich gerate ins Stocken. »Es gab kein Heilmittel dagegen, keine Medikamente. Dein Vater wollte das lange Zeit nicht wahrhaben. Ich vermutlich auch nicht. Aber dann, als ich endlich mit ihr bei Dr. Morel war«, ich deute auf die Mappe, »und er uns erklärt hat, dass es … eine Störung ist, dass dafür zwar niemand etwas kann, man aber auch nichts dagegen tun kann, da mussten dein Dad und ich uns irgendwie damit abfinden.« Ich verstumme, weil ich manchmal denke, dass Greg sich der Wahrheit nie voll und ganz gestellt hat. Tatsächlich hat er das alles in den zehn Jahren, seit wir sie verloren haben, noch weiter von sich weggeschoben als je zuvor.

»Tut mir leid, Süße, dass wir dir das nicht schon früher erzählt haben, aber du warst zu klein, um es zu verstehen. Ich wollte dich nicht daran erinnern, wie schwierig es war, als wir hier alle zusammengelebt haben. Es war so eine schwere Zeit.«

Ich habe so schnell gesprochen, dass ich ganz außer Atem bin. Ich will eine Zigarette. Wenn Camille doch nur hier wäre.

»Aber, Mum, ich erinnere mich an so gut wie nichts von hier, das weißt du doch.« Deine Stimme ist voller Emotionen. »Ich erinnere mich überhaupt nicht mehr an Élodie. Nur von Fotos.«

Ich winke dich zu mir, und überraschenderweise kommst du rüber. Ich nehme dich in den Arm, und du quetschst dich neben mich auf den Stuhl. Du fühlst dich warm und fest an, vollkommen lebendig.

»Wieso hast du mir nie was davon gesagt? Und Dad auch nicht? Er hat mir immer mehr von ihr erzählt als du.«

»Wir waren uns einig, dass wir damit lieber warten. Wir dachten, so wird es leichter für dich.« Laut ausgesprochen hört es sich furchtbar an. Mir wird schwindelig vor lauter Schuldgefühlen.

»Jetzt kommt mir alles falsch vor«, sagst du nach einer Weile. »Als wäre alles, was ich je über unsere Familie gedacht habe, gar nicht wahr. Nur ausgedacht.«

»Tut mir leid, Süße«, sage ich in dein Haar.

»Was hatte sie denn genau?« Deine Stimme ist kaum mehr als ein Flüstern.

»Das ist schwer zu erklären. Ihr Gehirn hat nicht so funktioniert wie das anderer Menschen. Sie konnte nicht …«

»Was konnte sie nicht?«

»Ich glaube, sie konnte nicht fühlen, was andere Menschen fühlen. Das hört sich erst mal nicht so wild an, aber es hat große Probleme verursacht, uns allen. Sie konnte nichts dafür, aber … es war schwer, Emma. Manchmal unerträglich schwer.« *Und beängstigend*, könnte ich noch sagen, aber ich tue es nicht.

Du verstummst. Ich betrachte dein Profil, als der Mond zum

Vorschein kommt und den Garten in sein kühles Licht taucht. Du lässt dir alles durch den Kopf gehen, und ich kann deinen Gesichtsausdruck nicht deuten, aber ich klammere mich an die Tatsache, dass du dich nicht wegsetzt, dass dein Kopf immer noch auf meiner Schulter liegt.

»Aber ich dachte immer …«

»Du dachtest immer, sie sei perfekt gewesen. Klug, schön, die Erstgeborene eben. Das war sie auch, aber sie war auch sehr … unberechenbar.« Fast hätte ich gesagt *gestört*, aber ich will dir keine Angst machen. Die Wahrheit lässt sich nur schwer mit meinem Beschützerinstinkt vereinbaren. »Als Kind hatte sie immer … Wutanfälle. Als sie älter wurde und sich besser unter Kontrolle hatte, ist sie sehr … na ja, sehr gefühlskalt geworden.« Ich nehme deine Hand und streichele sie. Du ziehst sie weg, immerhin langsam.

»Erzähl weiter«, sagst du, siehst mich direkt an, und einen Sekundenbruchteil erkenne ich einen Hauch von Élodie in deinem Gesicht. Wahrscheinlich liegt es am strengen Ausdruck: Du willst mich auf keinen Fall wie sonst davonkommen lassen. Dann schaust du wieder teilnahmslos in den Garten und wartest wie eine erfahrene Verhörspezialistin darauf, dass ich das Schweigen breche.

»Élodie war sehr gut darin, Menschen zu manipulieren«, sage ich schließlich. »Das war Teil der Störung. Sie wusste, dass dein Vater sie machen ließ, was sie wollte, wenn sie sich beim ihm charmant und wohlerzogen gab. Also tat sie das meistens auch. Aber ich war jeden Tag ununterbrochen mit ihr zusammen. Ich kannte sie besser als alle anderen. Ich habe auch ihre anderen Seiten zu sehen bekommen, wenn sie sich nicht … verstellt hat.«

Du schweigst nachdenklich, und ich mustere dich. Meine Nerven sind zum Zerreißen gespannt, ich fürchte, zu viel gesagt zu haben. Normalerweise kann ich deinen Gesichtsausdruck lesen, aber es ist mittlerweile zu dunkel. Ich frage mich, ob in deinem Gedächtnis irgendwelche Erinnerungen aufflackern, und bete stumm, es möge nicht so sein.

»Deshalb ist sie also von der Schule geflogen?«

»Genau. Danach ist sie zu Hause bei mir geblieben. Bei dir und mir.«

Du lässt den Kopf hängen. »Ich kann mich nicht erinnern. Ich kann mich fast gar nicht an sie erinnern.«

»Na ja, du warst ja auch erst drei. Ich kann mich auch so gut wie nicht mehr daran erinnern, wie es war, als ich so klein war.«

Jetzt kennst du die Wahrheit, wenn auch nicht die ganze, längst nicht. Und als wir nach drinnen zu Camille gehen, bin ich wahnsinnig erleichtert. Nach allem, was du gerade erfahren hast, bist du gar nicht auf die Idee gekommen zu fragen, woran deine körperlich gesunde Schwester eigentlich gestorben ist. Und die Freude darüber erfüllt mich von Neuem mit Scham.

1975

Ich vereinbare den Termin mit Hubert Morel am Tag nach dem Vorfall mit Luc am Pool. Inzwischen ist es mir egal, was passiert, wenn Greg oder Dr. Bisset, der mich seit Jahren abwimmelt, davon erfahren. Der alte Dorfarzt hält mich für hysterisch, das weiß ich. Als ich ihm die Zeichnungen zeigen wollte, hat er abgewinkt, ohne sie sich überhaupt anzusehen, *»Meine Liebe«*, hat er gesagt, die Hände vor dem Bauch verschränkt, als sei er in Gedanken schon beim Mittagessen. *»Mag sein, dass sie ein schwieriges Kind ist. Aber das verwächst sich mit der Zeit.«*

Morel ist Kinderpsychologe und seine Praxis in einer Seitenstraße in Avignon die nächste, die ich finden konnte. Südfrankreich ist nicht London oder Paris, hier gibt es nicht an jeder Ecke Psychologen, geschweige denn einen, der auf Kinder spezialisiert ist.

Auf dem Weg zur Praxis bin ich nervös, gar nicht mal so sehr, weil ich niemanden kenne, der zu einem »Seelenklempner« geht, wie Greg es nennt, sondern weil ich Angst habe, dass er mein Problem abtun wird wie Bisset. Mir sagt, es sei alles nur Einbildung.

Morel ist groß und unglaublich dünn, denke ich, als er ins Wartezimmer kommt und uns aufruft.

»Madame Winters? Unterhalten wir uns doch kurz allein. Jeanne passt solange auf Ihre Tochter auf.« Er deutet auf die eulengesichtige Sprechstundenhilfe.

Im Wartezimmer gibt es eine Kinderecke mit Büchern und Spielzeug, Stiften, Papier und einem kleinen Holztisch mit Stühlchen. Élodie sucht sich ein Buch aus und setzt sich artig damit hin. Als ich Morel durch den Flur zum Sprechzimmer folge, werfe ich einen verwunderten Blick über die Schulter, denn zu Hause liest Élodie nie. Sie sieht mir nach, der kleine Kiefer angespannt, und mir fällt auf, dass sie das Buch verkehrt herum hält.

Im Sprechzimmer, das mit seiner hohen Decke großzügig und einladend wirkt, schiebt Morel mir eine Taschentuchbox über den Tisch, obwohl ich gar nicht weine. Noch nicht.

»Darf ich fragen, wie lange Sie sich bereits Sorgen um Élodie machen?«

Ich stoße einen trockenen Lacher aus, der sich in ein Schluchzen verwandelt. *»Seit ungefähr sechs Jahren?«* Ich greife nach einem Taschentuch.

Er wartet, die langfingrigen Hände verschränkt.

»Mein Mann weiß nicht, dass ich hier bin. Bei ihm ist sie sowieso völlig anders.«

Ich zupfe an einem Stück Nagelhaut. Was, wenn ich es ihm nicht begreiflich machen kann?

»Inwiefern anders?«

»Ich habe das Gefühl, bei ihm verstellt sie sich und bei mir ist sie ehrlich«, sage ich mit einem zittrigen Seufzer, weil meine Worte einfach so schwammig und unzureichend sind. *»Ich sehe sie jeden Tag, wir sind die ganze Zeit zusammen. Ich sehe, wie hasserfüllt ihr Gesicht manchmal ist oder, und das ist fast noch schlimmer, wie es völlig ausdruckslos wird.«*

Ich zittere jetzt, und die Tränen strömen nur so. Ich bohre die Fingernägel in meine weiche Handfläche, aber es hört nicht auf.

»Können Sie mir ein Beispiel nennen? Wann passiert das?«

Ich erzähle ihm von der Eidechse und ihren Eiern, die sie zerquetscht hat.

»Und das hat sie nicht gemacht, um mir Angst einzujagen. Sie dachte, sie wäre allein.« Ich schlucke hörbar. *»Sie hat es aus Spaß gemacht. Aus Spaß an der Freude.«*

Er nickt und überlegt. Dann sieht er mich an. *»Madame Winters, würden Sie sagen, dass Sie Angst vor Ihrer Tochter haben?«*

Ich zucke zusammen. Das hat mich noch nie jemand gefragt. Ich will nach dem nächsten Taschentuch greifen, aber die Box ist leer. Er reicht mir ein perfekt gebügeltes Stofftaschentuch mit blauem H in einer Ecke.

»*Meine Mutter* …«, sagt er mit verlegenem Lächeln, und ich denke, wie gern ich für immer in diesem Sprechzimmer bleiben und der sanften Stimme von Hubert Morel lauschen würde.

»*Bin ich der erste Psychologe, den Sie konsultieren?*«, fragt er, als ich mich wieder etwas gefangen habe. Er setzt sich wieder.

»*Ja.*«

»*Gab es einen bestimmten Vorfall, der Sie dazu gebracht hat, mich aufzusuchen? Sie sagten ja, die Sache mit der Eidechse sei schon eine Weile her.*«

Ich hole tief Luft. »*Es passiert jetzt öfter. Ich habe das Gefühl, als würde es schlimmer. Da war diese tote Taube … Élodie sagte, sie hätte sie schon tot im Garten gefunden. Greg – mein Mann – meinte, das wäre ein anderes Tier gewesen, vielleicht ein Raubvogel oder ein Fuchs, aber ich …*«

»*Sie glauben, Élodie hat sie getötet?*«

Ich fange an zu stammeln. »*Ich … ich weiß nicht. Aber da war kein Blut, keine Wunde. Ihre Flügel waren gebrochen, als hätte jemand versucht, sie ihr auszureißen. Und ich habe eine Feder bei ihr im Zimmer gefunden.*« Ich blicke auf. »*Ich glaube, sie wurde erwürgt. Oder ist vor Schreck gestorben.*«

Er macht sich Notizen, dann lässt er den Stift sinken. »*Was noch?*« Er legt die Finger zusammen. »*Erzählen Sie.*«

Also erzähle ich ihm von Luc.

Hinterher will er sich allein mit Élodie unterhalten. Ich sitze im Wartezimmer und blättere durch alte Zeitschriften, aber nichts darin dringt zu mir durch.

»*Und, wie lautet das Urteil?*« Ich versuche, mich betont unbeschwert zu geben, als ich wieder hineingerufen werde, scheitere jedoch kläglich. Ich zittere schon wieder.

»Haben Sie schon mal von der Rorschachmethode gehört?«, fragt er. *»Manche kennen sie auch als Tintenkleckstest.«*

Bei dem Wort klingelt es ganz leise: eine verschwommene Erinnerung an etwas, das einer von Gregs Londoner Freunden erzählt hat, der sein praktisches Jahr in der Tavistock Clinic machte. Rotwein und ein orangefarbenes Habitat-Sofa. Damals waren Greg und ich noch glücklich.

»Sie wurde in den Zwanzigern entwickelt, um Patienten auf Schizophrenie zu testen, findet inzwischen aber auch breitere Anwendung für andere ... Beschwerden. Die Leute meinen immer, es gäbe nur eine richtige Antwort darauf, was die einzelnen Tintenkleckse darstellen. Dass man normal wäre, wenn man eine Fledermaus oder einen Schmetterling sieht. Dabei ist es wesentlich komplexer. Ich berücksichtige beispielsweise, wie lange die Testperson für die Antwort braucht und wo genau im Bild sie etwas zu sehen glaubt. Außerdem schaue ich mir immer an, wie sehr das, was sie zu sehen glaubt, der tatsächlichen Abbildung ähnelt. Natürlich gibt es noch viele andere Faktoren.«

»Und was haben Sie herausgefunden? Was hat Élodie gesehen?«

Er spreizt die Finger, dreht die Handflächen nach oben. *»Ich habe hierbei lediglich erste Beobachtungen angestellt. Ich muss mehr Zeit mit ihr verbringen, vielleicht kann ich in einem Monat mehr sagen. Es gibt noch einige weiterführende Untersuchungen, die ich gern vornehmen würde.«*

Ich beuge mich vor. *»Aber Sie müssen doch irgendeinen Eindruck haben. Sie war doch über eine Stunde bei Ihnen drinnen.«* Sein hübsches Stofftaschentuch habe ich inzwischen zu einem feuchten Ball zusammengeknüllt.

Er atmet langsam durch die Nase aus. *»Es waren einige ... ungewöhnliche Antworten dabei. Es gibt ein paar Bilder – die Fledermaus erwähnte ich ja bereits –, in denen die meisten Menschen das Gleiche sehen. Weicht eine Testperson hier ab, kann das aufschlussreich sein.«*

»*Was hat sie gesehen?*«, flüstere ich und befürchte und erwarte gleichzeitig, dass sie Monster und Feuersbrünste erkennt, wo andere Blumen sehen.

»*Es geht eher darum, was sie nicht gesehen hat. Offensichtlich ist sie ein kluges Kind, aber sie hatte trotzdem Probleme damit, Gesichter oder Tiere in den Formen zu erkennen. Wissen Sie, welche Funktion die Amygdala in unserem Hirn hat?*«

Ich schüttele den Kopf.

»*Die Amygdala ist wie ein Mandelkern geformt. Sie liegt tief im Innern der Temporallappen. Vereinfacht ausgedrückt finden dort unsere emotionalen Reaktionen statt. Dort werden Gefühle erkannt und verarbeitet. Aber gelegentlich, bei manchen Menschen, leuchtet dieser Teil des Hirns nicht auf, wenn er es tun sollte. Er bleibt dunkel und inaktiv.*«

»*Und Sie glauben, Élodie gehört zu diesen Menschen?*«

Er spreizt wieder die Finger. »*Ich halte es für möglich, ja. Menschen, bei denen die Amygdala nicht so wie bei den meisten anderen arbeitet, gehen häufig höhere Risiken ein. Sie sagten vorhin, Élodie zeige nie Angst. Das ist etwas anderes als Mut. Mut bedeutet, seine Angst zu überwinden und vom Dreimeterbrett zu springen. Es könnte sein, dass Élodie gar nicht erst Angst verspürt.*«

»*Aber was ist mit den anderen Sachen, über die wir gesprochen haben? Sind die alle Teil desselben Problems?*«

»*Madame, bedenken Sie immer, dass Élodies Hirn noch im Wachstum begriffen ist. Ihre Entwicklung ist noch nicht abgeschlossen. Daher würde ich zu diesem Zeitpunkt – genau wie jeder andere Psychologe – zögern, eine Diagnose wie Psychopathie zu stellen. Sie …*«

»*Psychopathie?*« Alle Luft scheint auf einmal aus dem Raum zu entweichen. »*Sie glauben, Élodie könnte eine Psychopathin sein?*«

»*Das habe ich nicht gesagt. Wie ich bereits betonte, schreiben wir Kindern in so jungem Alter nur ungern eine entsprechende Störung zu, die derart negativ konnotiert ist.*«

»*Und wenn sie achtzehn wäre? Herr Doktor, ist … ist es meine*

Schuld? Haben wir sie falsch erzogen?« Diese Frage habe ich mir selbst schon so oft gestellt, und plötzlich ist da jemand, der sie womöglich mit Ja beantworten wird. *Ja, es ist Ihre Schuld.* Ich habe das Gefühl, mich gleich übergeben zu müssen.

Aber Morel schenkt mir nur ein bedauerndes Lächeln. »*Es gibt zwei Gruppen von Kindern, die hartherziges oder gefühlloses Verhalten an den Tag legen, wie Sie es mir beschrieben haben. Erstere waren ihr Leben lang Gewalt und Missbrauch ausgesetzt. Sie entwickeln diese extreme Gefühlskälte als eine Art Schutzmechanismus, um diese schreckliche Lebenssituation zu ertragen.«*

»Aber wir …«

Morel hebt die Hand. »*Ich sagte ja, es gibt zwei Gruppen. Mir ist völlig klar, dass Élodie nicht in die erste fällt. Die Eltern dieser bedauernswerten Kinder würden sich nie bei jemandem wie mir Hilfe suchen. Ich spreche hier nicht von Ehestreitigkeiten oder einem Klaps auf den Po. Diese Kinder werden sexuell und körperlich missbraucht und vernachlässigt und sind dadurch bereits in sehr jungen Jahren völlig auf sich allein gestellt. Die zweite Gruppe unterscheidet sich stark von der ersten. Diese Kinder, die im Übrigen wesentlich seltener sind, scheinen ganz anders gepolt zu sein. Ihr Verhalten ist genetisch bedingt, nicht erlernt.«*

Ich drücke die Hand auf meinen Magen. »*Es ist vererbt?«*

»Das ist nicht gesagt. Vielleicht. Ich würde Élodie gern wiedersehen, am besten in einem Monat. Wie gesagt gibt es noch einige Tests, die ich gern durchführen würde.« Er steht auf.

»Aber was soll ich tun? Kann ich irgendetwas tun, um ihr zu helfen? Was, wenn sie noch mal versucht, jemandem wehzutun? Ich habe solche Angst, dass sie …«

»Nicht alle Kinder mit diesen Eigenschaften sind aggressiv. Einige sind lediglich manipulativ und darauf aus, ihren Willen zu bekommen. Häufig tun sie Dinge nur, um zu sehen, was passiert. Sie werden nicht auf die gleiche Weise stimuliert wie wir. Erwachsene dieses Persönlichkeitstyps haben normalerweise einen sehr niedri-

gen Puls, sogar in gefährlichen oder hochemotionalen Situationen. Eine Theorie besagt, ihr Drang, Dinge zu tun, von denen sie wissen, dass sie falsch sind und Menschen verletzen, entstehe aus dem Bedürfnis, mehr zu fühlen, überhaupt etwas zu fühlen. Damit lässt sich natürlich nur schwer umgehen, aber wenn man gut aufpasst, muss dieses Verhalten nicht zwingend gefährlich sein.«

»Aber es kann gefährlich sein?«

Er legt den Kopf schief. *»Wenn sie aggressiv wird, sorgen Sie dafür, dass sie nichts davon hat. Versuchen Sie, nicht überzureagieren oder großes Aufheben darum zu machen, denn das könnte sie genießen oder interessant finden. Auch Strafen funktionieren bei diesen Kindern nicht. Sie wirken nicht abschreckend. Diese Kinder kümmert es nicht, wenn man wütend auf sie ist. Sie fühlen keine Scham, wenn sie jemanden verärgert haben. Vielmehr hat sich gezeigt, dass das Gegenteil die beste Wirkung zeigt, also gutes Verhalten zu belohnen statt falsches zu bestrafen.«*

Ich muss an Greg denken, an die Geschenke, die er ihr kauft, die Belohnungen, die ich immer als pure Bestechung empfunden habe. Und doch ist seine Beziehung zu ihr wesentlich unproblematischer.

»Aber was, wenn sie etwas Gefährliches macht? Sollen wir es ignorieren?«

»Genau genommen, ja. Ein Kind wie Élodie reagiert nicht wie andere Kinder. Das werden Sie nicht gern hören, aber sie empfindet nichts dabei. Sie ist vielmehr fasziniert von der Wirkung, die ihr Verhalten auf Sie hat: von Ihren Tränen oder Ihrem Wutausbruch. Ich habe ihr einige Fotografien gezeigt. Zum Beispiel das Bild einer Frau, die sehr aufgebracht und ängstlich aussieht, so als würde sie gleich weinen. Als ich Élodie fragte, was diese Frau ihrer Ansicht nach gerade fühlt, hatte sie Schwierigkeiten damit, eine Antwort zu finden, dabei können Kinder solche Gefühle eigentlich bereits in viel jüngerem Alter sicher benennen. Wissen Sie, was sie schließlich gesagt hat?«

Ich schüttele den Kopf. Einerseits will ich es gar nicht wissen, andererseits verspüre ich den makabren Wunsch, alles zu erfahren.

»Sie sagte: ›Sie sieht aus wie Maman.‹«

Ich schließe kurz die Augen. *»Sie sagen, dass ich sie nicht zu dem gemacht habe, was sie ist, und dass sie selbst auch nichts dafür kann?«* Meine Stimme ist tränenerstickt.

Er nickt.

Meine Angst hat kein bisschen abgenommen – vielleicht sogar zugenommen –, trotzdem fällt mir ein riesiger Stein vom Herzen.

»Sie wollen also noch mehr Tests durchführen«, sage ich und spüre schwache Hoffnung in mir aufkeimen. *»Damit Sie wissen, wie Sie ihr helfen können? Gibt es irgendein Medikament dagegen? Oder hilft eine Gesprächstherapie?«*

Zum ersten Mal weicht Morel meinem Blick aus. Der Adamsapfel an seinem dünnen Hals hüpft, als er schluckt. *»Ich fürchte, so einfach ist es nicht. Sie ist, wie sie ist. Es gibt keine Heilung. Aber vielleicht kann ich Ihnen dabei helfen, sie besser zu verstehen, besser mit ihrem Verhalten umgehen zu können.«*

Er sieht, wie meine Gesichtszüge entgleisen, und beeilt sich fortzufahren: *»Es besteht Grund zur Hoffnung, Madame Winters. Wie bereits gesagt, sind die Gehirne von Kindern noch nicht vollständig ausgebildet. Sie sind formbar. Das heißt, es könnte sich noch verwachsen. Man geht davon aus, dass das bei vier von fünf dieser Kinder der Fall ist.«*

Ich überlege. Vier von fünf klingt gut. Achtzig Prozent. Ich ignoriere das nervöse Flattern beim Gedanken an das übrige Fünftel. Ich verdränge das Bild ihres wilden blauen Auges.

»Aber es muss doch etwas geben, das wir bis dahin tun können. Etwas, das die Chance erhöht, dass sie zu diesen vier von fünf gehört.«

»Es gibt eine Studie, von der ich vor Kurzem gelesen habe. Die Ergebnisse deuten darauf hin, dass elterliche Zuneigung etwas bewirken kann, auch wenn es nicht erwiesen ist. Aber wenn Sie ihr

viel Wärme und Liebe zukommen lassen, könnte das helfen. Schaden kann es auf keinen Fall.«

»Aber sie will keine Zuneigung, zumindest nicht von mir. Das war schon immer so. Inzwischen sucht sie nicht einmal mehr die Nähe von Greg. Schon als Baby schien sie so etwas wie Zuneigung nicht wirklich zu brauchen.«

»Versuchen Sie es weiter. Was haben Sie schon zu verlieren?«

Er hat recht, und ich höre nicht auf die innere Stimme, die mir sagt, dass es nichts bringen wird.

*

Auf der Rückfahrt schweigt Élodie, und ich sehe kaum die Straße vor Augen. Ich habe solche Angst vor dem, was vor mir liegt – es Greg zu sagen und mit einem Kind zu leben, das womöglich *psychopathische Züge* trägt. Ich bekomme die Worte nicht aus dem Kopf.

Und doch bin ich tief im Innern schrecklich erleichtert. Ich bilde mir das Ganze nicht ein, obwohl Greg mir seit Jahren das Gefühl gibt. Womöglich stimmt wirklich etwas nicht mit ihr, womöglich versteckt sich ein biologischer Makel hinter all der Schönheit.

Ich bin nicht verrückt. Ich bilde es mir nicht ein.

Es ist nicht meine Schuld.

Als ich sie im Rückspiegel anschaue, wie sie scheinbar ruhig aus dem Fenster schaut, wo die Ausläufer der Stadt allmählich in Felder und Wiesen übergehen, überkommt mich eine so heftige Gefühlswelle, dass mir die Kehle schmerzt. Still weine ich vor mich hin, die Tränen tropfen mir in den Schoß, und mir wird klar, was für ein gänzlich unvertrautes Gefühl das ist.

Trauer, tiefe und echte Trauer. Nicht meinetwegen, sondern um ihretwillen.

Obwohl ich keinen Ton von mir gegeben habe, muss sie meine heftige Regung gespürt haben, wie ein Beben. Oder vielleicht kann sie Traurigkeit wittern. Unsere Blicke begegnen sich im Rückspiegel, und ich weiß, dass sie die Tränen und die verschmierte Wimperntusche sehen kann, die roten Flecken auf meinen Wangen, weil ich so angestrengt versucht habe, nicht laut loszuschluchzen. Sie mustert mich, dann wendet sie den Blick ab, zurück auf die Straße.

1993

Am Morgen nachdem du mir Élodies Krankenakte gebracht hast, riecht die Luft, die durch mein Fenster hereinströmt, seltsam, irgendwie säuerlich und nach Kräutern, aber der Geruch ist so schwach, dass ich ihn nicht zuordnen kann.

Ich finde Camille im Salon, neben sich eine Schale schwarzen Kaffee und umgeben von halb gepackten Kisten.

»*Du bist ja früh auf*«, bemerkt sie, ohne hochzuschauen.

»*Es ist so heiß. Es kommt mir vor, als hätte ich die ganze Nacht wach gelegen.*«

»*Hör zu, Sylvie, ich denke, ich fahre heute Nachmittag wieder nach Hause. Nach dem Mittagessen will ich los.*« Das Sonnenlicht, das durch den geöffneten Türspalt hereinstrahlt, schneidet sie entzwei. »*Ich habe getan, was nötig war, und ich kann im Notfall ja wiederkommen. Außerdem ertrage ich die Hitze hier nicht, und ich wollte ja sowieso nur ein paar Tage bleiben.*« Sie lächelt schief, als sie mein Gesicht sieht. »*Mon dieu, ich dachte, du wärst froh, mich los zu sein.*«

»*Nein.*« Ich suche nach den richtigen Worten. »*Ich finde es schön, wenn du da bist. Emma auch.*«

»*Ich fand es auch schön.*«

Auf einmal ist mir der Gedanke unerträglich, dass Camille dich und mich allein im Haus zurücklassen will. Ihre unbeirrbare, kompromisslose Art hat etwas wahnsinnig Beruhigendes. Sie kommt mir vor wie ein Bollwerk gegen all die Unsicherheit.

Sie seufzt. »*Hör mal, sei nicht sauer, aber ich habe viel darüber nachgedacht, und ich fühle mich nicht ganz wohl hier, solange Emma nicht die ganze Geschichte kennt. Ich verstehe ja, warum du ihr nicht die Wahrheit sagst, und wahrscheinlich würde ich dasselbe tun, aber ich kann ihr kaum in die Augen sehen.«*

»*Camille.*« Der Ton in meiner Stimme lässt sie ihren Kaffee abstellen. »*Ich habe Angst.*«

»*Ach komm, Sylvie, hier ist doch so gut wie alles erledigt. Du kannst bald wieder nach England zurück. Wenn du willst, können wir auch einfach jemanden für eine Haushaltsauflösung engagieren. Dann machen wir halbe-halbe.*«

Ich seufze schwach, und sie mustert mich nachdenklich mit schief gelegtem Kopf.

»*Ich glaube, du bist noch nicht ganz bereit loszulassen. Ich habe ja selbst Zweifel. Immerhin ist es unser Elternhaus. Aber du hast hier viel mehr durchgemacht als ich. Jetzt bist du wieder da, und schon nagt die Geschichte wieder an dir.*«

»*Hier ist nun mal alles schiefgegangen.*«

Camille seufzt. »*Und vielleicht kannst du nur hier alles wiedergutmachen. Erzähl es ihr, Sylvie. Okay?*«

Ich nicke, kann nichts mehr sagen, weil mir plötzlich die Tränen kommen.

»*Also darf ich gehen?*« Sie lächelt und reicht mir ein Taschentuch.

»*Ja, natürlich. Tut mir leid.*«

»*Schon gut. Du warst schon immer nah am Wasser gebaut. Das hast du von Maman. Du kannst nichts dafür.*«

»*Ich habe Angst, dass Emma mir nie verzeihen wird.*«

Camille zuckt die Schultern. »*Schon möglich, aber das ist noch viel wahrscheinlicher, wenn sie es auf anderem Weg herausfindet.*«

Nach dem Gespräch geht es mir etwas besser, und im sonnendurchfluteten Garten, wo die Tauben wieder gesellig zanken, scheint sich die Last der Vergangenheit ein wenig zu heben. Plötzlich bin ich voll und ganz überzeugt, dir alles erklären zu können. Heute nach dem Abendessen werde ich endlich die richtigen Worte finden.

*

Nachdem Camille fort ist, mache ich mich daran, den Garten in Ordnung zu bringen. Ich hole den alten Rasenmäher hervor und schiebe ihn in der immer heftiger brütenden Hitze hin und her, bis ich schweißgebadet bin und die Haare mir auf der Haut kleben. Es dauert eine gefühlte Ewigkeit, das Gras ist zu lang, um es sauber abzuschneiden, und die Klingen des Rasenmähers sind rostig und stumpf.

Nach ungefähr der Hälfte hocke ich mich hin und stecke den Finger in eine Spalte im ausgetrockneten Boden. Ich denke an Camille, die sich über die Hitze beklagt hat, und wünschte, sie wäre noch eine Nacht geblieben.

Als ich das letzte Stück geschafft habe, lasse ich den verdammten Rasenmäher einfach stehen und springe in den Pool, ohne vorher Shorts und T-Shirt ausziehen. Das Wasser ist herrlich kühl, und ich bleibe lange darin, lasse mich einfach treiben, statt zu schwimmen, und sehe den smaragdgrünen, durch die Luft fliegenden Wassertropfen hinterher, als ich die Arme zum Himmel ausstrecke.

Du bist den Großteil des Tages in deinem Zimmer geblieben und nur heruntergekommen, um Camille zu verabschieden, und ich sage mir, dass die Sonne dich wohl endlich von deinem Wunsch abgebracht hat, braun zu werden, denn heute Nachmittag ist es noch heißer. Aber wahrscheinlich liegt es nicht nur daran. Als ich gegen sechs an deine Tür klopfe und dich überreden will, etwas zu essen, lehnst du ab, drehst dich zur Wand und sagst, du hättest wieder Bauchschmerzen.

Ich wasche ein paar dunkelrote Tomaten ab, sie sind so saftig, dass die Kerne herausquellen, als ich sie aufschneide. Dann arrangiere ich sie in Scheiben auf einem Teller und verteile frisches Basilikum und runzlige schwarze Oliven darauf, die so salzig sind, dass mir das Wasser im Mund zusammenläuft. Das Ganze spüle ich mit einer halben Flasche Wein herunter, keine gute Idee auf fast leeren Magen, aber bei der Hitze habe ich keinen großen Appetit. Als ich am Telefon vorbeikomme, denke ich darüber nach, mich beim Fährunternehmen nach Rückfahrtzeiten zu erkundigen, aber dann fällt mir ein, was Camille sagen würde. *Du willst dich nur davor drücken, ihr die ganze Geschichte zu erzählen.* Stattdessen gehe ich nach oben und lege mich hin, lasse mich von dem Gefühl nebliger Distanz treiben, die ich dem Wein verdanke.

Als ich aufwache, ist das Licht hinter den Fensterläden schwächer. Von unten höre ich Musik, eine Jazzplatte, von der ich nicht gedacht hätte, dass du sie auflegst. Ich weiß, dass ich immer weiterschlafen könnte, wie an den dumpfen Tagen, als Élodie noch klein war, und bei dem Gedanken stehe ich sofort auf. Ich öffne die Fensterläden und sehe, dass der sengende Nachmittag endgültig der sanften Erleichterung des Abends gewichen ist. Der Rasen unten ist in violettes Licht getaucht. Hinter den Mittelmeerkiefern glitzern die letzten Sonnenstrahlen auf dem Pool. Sie sind gerade noch zu sehen. Ich höre ein glockenhelles, mädchenhaftes Lachen, und im selben Moment sehe ich eine Bewegung.

Die Luft im Garten ist weich und angenehm. Ich rieche noch das frisch gemähte Gras, fast überdeckt vom Duft der Oleanderblüten. Als ich das Lachen wieder höre, hoch und flötend, überläuft es mich kalt, obwohl es so warm ist. Als hätte der Gang in den Garten ein Loch ins Raum-Zeit-Gefüge gerissen. Das kannst nur du sein, aber es klingt nicht wie dein Lachen.

Es fällt mir nicht schwer, mich anzuschleichen, so ohne Schuhe. Durch die dichten bläulichen Zweige der Kiefern sehe ich ein ausgestrecktes nacktes Bein. Die Zehennägel sind blassrosa lackiert und lassen die weiche Haut an ihrem Fuß golden wirken. *Sie.* Ich bewege mich weiter auf sie zu, das Blut rauscht in meinen Ohren.

Sie trägt Weiß, und es schimmert gespenstisch in der aufziehenden Dämmerung. Sonst sehe ich niemanden, weil ich den Blick nicht von ihr losreißen kann.

»Élodie«, sage ich und trete zwischen den Bäumen hervor, das Wort klingt leise und gequält.

Aber dann dreht sie sich um, und eine Sekunde lang wirkt alles so verzerrt wie unter bewegtem Wasser. Denn es ist nicht sie. Sondern du. Natürlich bist du es – als hätte dich ein sicherer Instinkt dazu getrieben, mich zu verstören –, in dem Sommerkleid deiner Schwester. Ihrem Lolita-Kleid.

Du sitzt am Fuß deiner Liege und hast die Beine in Richtung des Jungen angewinkelt, der flach ausgestreckt auf den warmen Steinen am Pool liegt. Luc.

Du schaust fragend zu mir auf, und ich bin froh, dass du nicht gehört hast, was ich gesagt habe. Unter deiner Liege stehen ein paar leere Bierdosen, und sie klappern, als du mit der Ferse dagegen stößt.

»Was macht ihr hier, trinken?«, frage ich streng. »Luc? Was machst du so spät noch hier?«

Er stützt sich auf einen Ellbogen. »*Salut, Sylvie.*« Er lacht, und das quittierst du mit einem Kichern. *Worüber lachst du?* Ich könnte heulen. Ich spüre die nervöse Energie, die von dir ausgeht wie ein Duft, genau wie im Zirkus. Es kommt mir vor, als wäre es Jahre her.

»Em, geh doch schon mal ins Haus«, sage ich.

Du rührst dich nicht.

»Du bist zu jung für … das alles. Bitte geh rein und zieh dir was anderes an.«

»Was hast du für ein Problem?«, fragst du und lallst dabei ein kleines bisschen. Ich weiß, dass du dich vor Luc nur aufspielen willst, aber in diesem Moment macht mich deine Verwandlung in jemanden wie deine Schwester rasend, die Tatsache, dich in diesem aufreizenden, halb durchsichtigen Kleid zu sehen – das zumindest im Fall Élodies immer zu kurz und an der Brust zu eng war. Ich gehe zu dir und ziehe dich hoch.

»Aua, Mum, du tust mir weh!«, sagst du, dabei habe ich dich nur an der Hand gepackt. Du reißt dich los und setzt dich wieder hin, dein Gesicht stur und wütend.

Da wende ich mich an Luc. *»Du solltest lieber nach Hause gehen. Und nimm das restliche Bier mit.«*

Ich würde ihm zwar am liebsten eine Ohrfeige verpassen, aber in dem schwindenden Licht sieht er ziemlich schön aus, seine Glieder sind perfekt geformt und gebräunt, sein Mund weich und verletzlich, das Haar mit goldenen Spitzen. Aber er sieht nicht aus wie ein Junge, nicht mehr. Auch Laurent erkenne ich jetzt nicht mehr in ihm.

Er entfernt sich, aber da fällt ihm etwas aus der Tasche. Er dreht sich um und will es aufheben, aber ich bin schneller. Es ist ein Polaroid-Foto, und obwohl ich es noch nie gesehen habe, kenne ich jeden Millimeter seines Motivs. Ich registriere das Geheimnis, das es offenbart. Lucs Gesicht liegt tief im Schatten, als ich ihn wieder ansehe.

»Wo hast du das her?«

Er streckt die Hand danach aus, aber ich ziehe meine weg.

Er zuckt die Schultern. *»Gefunden.«*

»Das gehört dir nicht.« Ich stecke es in die Tasche. *»Du solltest jetzt gehen.«*

Er setzt sich in Bewegung, aber dann wirft er noch einen Blick über die Schulter. »*À bientôt,* Emma. Vergiss nicht, ich habe eine Überraschung für dich zum Geburtstag. *Un petit cadeau.«*

»Vas-t'en, Luc.« Das klingt fast wie ein Knurren, und er entfernt sich mit erhobenen Händen, aber seine Mundwinkel sind spöttisch verzogen. Ich atme erst wieder durch, als die Dunkelheit ihn verschluckt hat.

»Das war so peinlich!«, rufst du aus, als ich mich wieder zu dir umdrehe. Du bist fuchsteufelswild, und die Worte brechen als abgehacktes Schnauben aus dir hervor. Du gehst zum Beckenrand, trittst ins Wasser, und eine Fontäne spritzt auf die Steine.

»Zeig mal, was er da hatte.« Du hältst die Hand auf.

Ich halte schützend die Hand über meine Tasche. »Nichts. Nur ein altes Foto.«

»Mum, gib es mir. Wenn es nur ein altes Foto ist, wieso kann ich es dann nicht sehen?«

»Weil ich es sage«, blaffe ich zurück, weil mir keine andere Antwort einfällt.

Du lässt dich schwer und leicht schwankend hinplumpsen. Wahrscheinlich bist du zum ersten Mal in deinem Leben angetrunken. Ich hocke mich neben dich und halte die Hand ins dunkle Wasser. Es hat fast exakt Körpertemperatur, deshalb spüre ich es kaum. Ich will nach deinem nackten Fuß greifen, weil er mir am nächsten ist, aber du ziehst ihn unter dich und schlingst schützend die Arme um den Körper.

Ich sehe dich an, kann mir nicht mehr erklären, wie ich dich mit deiner Schwester verwechseln konnte. Du siehst ihr überhaupt nicht ähnlich, an deinem kindlichen Körper wirkt das weiße Kleid unschuldig, und dein armes Gesicht ist von dem Versuch, nicht zu weinen, ganz verzerrt. Dein Anfall von Aufmüpfigkeit war nur von kurzer Dauer.

Ich muss an meinen Optimismus von vorhin denken, an das Versprechen, das ich Camille gegeben habe, dir alles zu gestehen. Das Foto knistert in meiner Tasche, als ich mich mit ausgestreckten Armen auf dich zubewege. *Jetzt,* denke ich mir. *Jetzt ist der richtige Zeitpunkt, ihr den Rest zu erzählen.* Mit dem Foto sollte es leichter sein – ein visuelles Hilfsmittel, das mir die Götter in den Schoß geworfen haben –, aber nun, da der Moment da ist, traue ich mich nicht zu springen. Ich weiß nicht, wo wir aufkommen würden.

Du sperrst dich erst, aber dann gibst du langsam nach, wie ein Seufzen, legst mir den Kopf auf die Schulter, und ich spüre dein weiches Haar an den Lippen, als ich dir einen Kuss auf den Kopf drücke. Dein warmer Atem riecht säuerlich, du drehst dich um und legst dich auf meinen Schoß. Ich denke mir gerade ganz dankbar, dass deine Benommenheit mich rettet, als du nach meiner Tasche greifst. Ich drehe mich weg.

Du richtest dich wacklig auf. »Du bist heute so was von scheiße, echt«, sagst du, und ich bin so geschockt, dass ich nichts erwidern kann – so etwas hast du noch nie zu mir gesagt. Ich strecke die Hand nach dir aus, aber du hast dich schon abgewendet. Ich sehe zu, wie du davonstolzierst, und diesmal lasse ich dich gehen.

Ich ziehe das Foto heraus. Es ist schwer zu erkennen. Die Nacht hat den Tag fast vollständig abgelöst. Dass es ein Polaroid ist, erschwert die Sache zusätzlich, das Bild ist leicht verschwommen, und der Kontrast ist zu stark, aber selbst ein normaler Abzug würde merkwürdig aussehen. Ihre Haut wirkt wächsern, ihre Augen sind halb geschlossen und dunkel, und sie wird von unten vom Schein der Geburtstagskerzen angeleuchtet. Wer auch immer das Foto gemacht hat, hat sie genau in dem Moment erwischt, bevor sie die Kerzen ausbläst: Sie hat sich nach vorn gebeugt und hält ihr langes Haar mit einer Hand von den achtzehn kleinen Flämmchen zurück.

Selbst im Halbdunkeln erkenne ich das Herausfordernde in ihrem Blick. Nicht die Art, die sie bei mir so oft an den Tag gelegt hat, verschlossen und steinhart, sondern verspielt, ein einstudiertes Schäkern. Hinter der Kamera steht ein Mann, da bin ich mir sicher.

Nachdem Élodie mit den Jahren zum Geist geworden ist, scheinen die Ereignisse sie jetzt wieder in die Realität holen zu wollen: die Krankenakte, das Polaroid, selbst die Erscheinung, die ich im Zirkus gesehen habe. Es kommt mir vor, als würde die Silhouette meiner ersten Tochter immer deutlicher, als kehrte sie in lebhaften Farben zurück. Es klingt absurd, wie ein düsteres Märchen, aber ich habe das Gefühl, als würden ihr diese Offenbarungen nach und nach Macht verleihen. Dass sie irgendwo Kraft sammelt.

1975

Die Angst hat mich fest im Griff. Ich bekomme kaum Luft. Heute feiern wir Kindergeburtstag. Nicht Élodies, sondern den eines kleinen Mädchens, das mit ihr in die Dorfschule geht. Greg war irgendwann beim Zigarettenkaufen im *tabac* mit ihrem Vater, einem Beamten, ins Gespräch gekommen. Gestern hat Greg dann gehört, dass die kleine Marie-Laure untröstlich ist, weil ihre Poolparty wegen des kaputten Filters ausfallen muss, und hat ihnen unseren Pool angeboten.

»Aber Élodie war doch nicht mal eingeladen«, sagte ich verdattert, als er es mir erzählte. »Darf sie jetzt an der Party teilnehmen, nur weil sie bei uns im Garten stattfindet?« Meine angespannten Nerven ließen mich zickiger klingen, als ich es meinte, dabei war es häufig so: Élodie blieb als Einzige außen vor.

»Wahrscheinlich kennen sie sich gar nicht«, sagte Greg unbekümmert.

»Sie sind gerade mal zu elft in der Klasse.«

Ich erwischte ihn dabei, wie er die Augen verdrehte.

»Du musst doch gar nichts machen. Monique bereitet das Essen vor. Wir helfen ihnen einfach nur aus der Patsche. Yves und sie kümmern sich um alles, wir stellen nur den Garten und unseren Pool zur Verfügung. Du weißt doch, dass wir außer ihnen die Einzigen im Dorf mit einem einigermaßen großen Pool sind.«

»Na, wenn du es ihnen schon angeboten hast, kann ich doch sowieso nichts mehr dagegen sagen, oder?«

An seinem Kiefer zuckte ein Muskel, und ich wünschte, er könnte mich noch genauso lesen wie früher.

Ich habe nicht viel mit den Frauen im Dorf zu tun. Das hatte ich mir anders vorgestellt: Als ich aus Paris nach Hause kam, hatte ich erwartet, meine Freundschaften aus Kindertagen wieder aufnehmen zu können. Aber mit Élodie war das nicht so einfach. Sie war anders als die anderen Kinder, und die missbilligenden Blicke waren es einfach nicht wert. Gelegentlich wechsele ich mit einer von ihnen ein paar Worte auf dem Markt, aber darauf scheint es sich bei diesen Frauen, die ich teilweise schon mein ganzes Leben lang kenne, zu beschränken. Greg und ich werden auch nur selten eingeladen, es sei denn, Laurent sorgt heimlich dafür. Seit Élodie zur Schule geht, ist es schlimmer geworden. Gleichgültigkeit hat sich in Verachtung verwandelt: Ich weiß, dass sie hinter unserem Rücken tuscheln, wenn sie uns sehen. Sie missbilligen Élodie, aber noch mehr missbilligen sie Greg und mich und unsere angeblich gescheiterte Erziehung, mit der wir sie zu dem gemacht haben, was sie ist.

Einmal musste ich ein Gespräch zwischen zwei Müttern am Schultor mit anhören, die nicht bemerkt hatten, dass ich noch einmal zurückgekommen war, um Élodies Jacke zu holen. *»Sylvie Durands Tochter kann ganz schön gemein sein«*, sagte die eine.

»Also, das ist aber noch nett ausgedrückt, oder?«, erwiderte die andere. *»Hübsche Fassade, aber hinter diesen Augen verbirgt sich gar nichts. Nichts Gutes jedenfalls.«* Und dann schauderte sie. Dieses Schaudern erfüllte mich mit einer Wut, die seltsam befreiend war. Es kam nicht oft vor, dass ich für meine Tochter in die Bresche springen wollte – dieser scheinbar normale Mutterinstinkt war mir völlig neu. Dennoch verkniff ich mir einen Kommentar, obwohl ich mich später dafür schämte. Sie hatten meine eigene Angst in Worte gefasst, und ich fürchtete, sie würden mir genau das ansehen, wenn ich es wagte, ihnen zu widersprechen.

Inzwischen ist es einen Monat her, dass Luc in unserem Pool gelandet ist, einen Monat her, dass ich mit Élodie zu Morel gegangen bin. Mittwoch ist der nächste Termin. Annette hat seit dem Vorfall kein Wort mehr mit mir gesprochen. Sie kam an jenem

Abend noch vorbei, als ich gerade Élodie ins Bett brachte. Sie wollte mit mir sprechen, aber Greg, das muss ich ihm zugutehalten, sagte ihr, ich sei schon im Bett. Also brüllte sie stattdessen ihn an, und obwohl ich die Fenster schloss, verstand ich jedes Wort und wusste, dass auch Élodie sie hörte.

Ich beobachtete sie verstohlen, wie sie sich in ihrem frischen Schlafanzug im Bett aufsetzte, blitzsauber und mit roten Bäckchen vom Baden, konnte in ihrer Miene jedoch keinerlei Gefühlsregung feststellen.

»Annette ist ganz aufgebracht wegen dem, was Luc heute am Pool passiert ist«, sagte ich vorsichtig.

Sie sah mich mit ihren unglaublichen Augen an, und das Nachtlicht über ihrem Kopf ließ ihre langen Wimpern noch länger wirken. *»Er ist dumm. Ein dummes Heulbaby.«*

»Hast du ihn deshalb geschubst?« Ich versteckte meine Hände unter der Decke, so sehr zitterten sie. *»Du kannst mir die Wahrheit sagen. Ich verrate es auch nicht Papa.«*

Ein Lächeln huschte über ihr Gesicht, kaum mehr als ein Aufblitzen perlweißer Zähnchen, und schon war es wieder verschwunden. *»Er ist reingefallen«*, sagte sie monoton und drehte sich zur Wand, sodass ihre Nase nur Zentimeter davon entfernt war. Doch als ich das Nachtlicht ausschaltete – sie brauchte es sowieso nicht, Élodie kannte keine Angst im Dunkeln –, sah ich, dass sie mit offenen Augen dalag, ohne zu blinzeln. Ihr Lächeln war zurück.

Als Annette endlich weg war, ging ich nach unten und fand Greg am Küchentisch, wo er mit hochrotem Gesicht ein großes Glas Cognac trank.

»Dieses blöde Weib«, stieß er hervor.

Ich massierte ihm die verspannten Schultern. Er griff nach meiner Hand, und so verharrten wir eine ganze Weile. Ich hatte das Gefühl, er wollte wütend sein, brachte aber vor lauter Erschöpfung keine Wut mehr auf. Komischerweise hatte uns der explizite Vorwurf einer Außenstehenden, Élodie sei nicht wie andere Kinder, zusammengeschweißt. Zumindest einen Abend lang. Er war ausnahmsweise behandelt worden wie ich, und das machte uns kurz wieder zu Verbündeten.

Jetzt verstecke ich mich im Schlafzimmer, obwohl die Party für Marie-Laure schon angefangen hat. Stimmen dringen vom Garten zu mir hoch, wie das Summen eines Hornissenschwarms. Greg war schon zweimal oben, um nachzuschauen, warum ich so lange brauche. Ich hoffe inständig, er versteht, dass ich nicht unhöflich oder eingeschnappt bin, weil es seine Idee war, sondern Angst habe – Angst vor der kollektiven Verurteilung der Mütter, wenn etwas passiert.

Der Gedanke an Élodie, die unbeobachtet herumläuft, treibt mich schließlich die Treppe hinunter und hinaus in den blendenden Tag. Die ersten zwei Stunden vergehen ohne Zwischenfall. Ich trinke ein paar Gläser von dem Crémant de Bourgogne, den Yves für die Eltern mitgebracht hat. Er schäumt blass aus der Flasche, kommt kalt genug aus der Kühlbox, dass das Glas beschlägt. Meine Muskeln entspannen sich langsam, und ich nehme zum ersten Mal die Schönheit des Tages wahr: das Glitzern des sonnenbeschienenen Pools, die dunkel glänzenden Oleanderblätter, die ungewohnten Geräusche einer großen Gruppe von Menschen, die sich amüsieren. Das habe ich zuletzt als Kind erlebt, wenn ich auf den Partys meiner Eltern runde Tabletts mit Horsd'œuvres herumgereicht habe.

Zunächst hebt sich der Schrei kaum von der übrigen Geräuschkulisse ab. Herumrennende Kinder, die in den Pool hopsen, sind laut. Es dauert eine Sekunde, vielleicht zwei, bis der Klagelaut mir die feinen Nackenhaare zu Berge stehen lässt. Sofort legt sich Stille über alles, hüllt uns ein wie Nebel. Und dann, als wäre der Bann gebrochen, setzt hektische Betriebsamkeit ein. Ein kleiner Junge – Jean-Claude – wird aus dem Wasser gezogen. Sein Vater packt ihn unter den Achseln und hebt ihn aus dem Pool.

Als ich auf sie zustürze, entdecke ich den langen Kratzer, der sich über seinen gesamten Oberschenkel zieht. An der Luft färbt sich die Strieme lila, doch zum Glück ist die Haut nur an einer Stelle aufgerissen, an der sich Blutstropfen wie hellrote Stecknadelköpfe bilden. Dennoch wird sie sich verfärben und verschorfen. Vielleicht bleibt sogar eine Narbe zurück.

Ich suche im Pool nach einer Ursache, vielleicht einer kaputten Kachel, aber dort ist nichts zu sehen. Der Junge schluchzt.

»*Qu'est-ce qui s'est passé, chéri?*«, ruft seine Mutter Claire, ohne sich darum zu kümmern, dass ihr Kleid nass wird. Sie kniet in der Pfütze, die ihr Sohn hinterlassen hat, das Wasser rinnt von seinem kleinen Körper auf den Boden.

Ich halte nach Élodie Ausschau und entdecke sie am anderen Ende des Pools. Sie sieht nicht in meine Richtung, sondern beobachtet Jean-Claude. Mit schief gelegtem Kopf mustert sie ihn ganz genau. Ihre Hände bewegen sich unter Wasser, blass und verzerrt, und ich sehe, dass sie etwas in der Hand hält, bleistiftdünn, aber kürzer. Langsam gehe ich um den Pool herum auf sie zu. Sie war das, denke ich, und der Gedanke ist glasklar. Ich versuche, ihn wegzuschieben, wie immer, ihretwegen, Gregs wegen und auch meinetwegen, schließlich bin ich ihre Mutter. Ich will wegschauen, damit niemand meinem Blick folgt und meine Gedanken liest, aber ich muss es wissen. Ich bin noch einen oder zwei Meter entfernt, als sie sich aus dem Pool stemmt, ihre geschmeidigen Schultermuskeln angespannt.

Ich schaue über die Schulter zum anderen Poolende, aber die Eltern haben eine Traube um Jean-Claude gebildet, alle Augen sind auf ihn gerichtet. Ich schnappe mir Élodie und ziehe sie in den Schatten des Oleanders, greife nach der Hand, mit der sie etwas hinterm Rücken versteckt. Doch bevor ich es ihr abnehmen kann, wirft sie es mir vor die Füße und windet sich aus meinem festen Griff. Ich höre ein dumpfes metallisches Geräusch auf Stein und lasse sie los.

Es ist ein Dartpfeil. Die Jungs sind gerade ganz verrückt nach den hübschen bunten Dingern und tauschen sie untereinander. Einer von ihnen muss welche mitgebracht haben, denn ich würde Élodie nie erlauben, damit zu spielen. Dieser hier, himmelblau und silbern, hat meinen nackten Fuß nur um Haaresbreite verfehlt. Jetzt liegt er zwischen den toten Blättern am Baumstamm, und unwillkürlich schiebe ich ihn tiefer ins Laub und drehe mich wieder zum Pool. Von Élodie ist weit und breit keine Spur.

Jean-Claude hört endlich auf zu weinen, aber seine Brust hebt und senkt sich noch immer. Claire ist eine praktisch veranlagte Frau, die mit drei Brüdern aufgewachsen ist. Sie hat das Blut mit einem Taschentuch abgetupft.

»Schon wieder gut«, sagt sie jetzt und gibt ihm einen Kuss auf die Stirn. »Indianerherz kennt keinen Schmerz.«

Seine Lippe zittert, aber nachdem er einen Schokokeks bekommen hat, ist alles vergessen. Ich trinke noch ein Glas Crémant, behalte jedoch den Pool genau im Auge und bemerke, dass auch Greg wachsam ist.

Und dann, der Nachmittag ist fast vorüber, geschieht es wieder. Ein paar der Familien sind schon gegangen, der Pool liegt nahezu vollständig im Schatten. Kuchenkrümel sind auf den Steinen um ihn herum verstreut. Es sind nur noch vier Kinder im Wasser, darunter Élodie. Jean-Claude ist auch dabei. Ich bin ins Haus gegangen, um Watte und Desinfektionsmittel zu holen, weil ein Kind sich das Knie aufgeschürft hat. Greg verabschiedet gerade Gäste an der Haustür.

Diesmal ist kein Schrei von Jean-Claude zu hören. Eins der anderen Kinder schlägt Alarm und ruft laut: *»Papa! Papa! Viens ici!«*

Mit dem Desinfektionsmittel in der Hand renne ich die Stufen hinunter und über den Rasen und treffe als Letzte am Pool ein. Was ich sehe, kommt mir vor, als hätte sich jemand aus unerfindlichen Gründen entschieden, die Ereignisse von vorhin nachzustellen, nur dass diesmal ein anderer Vater Jean-Claude aus dem Pool zieht.

Diesmal ist der kleine Junge still, seine Augen sind geschlossen, seine Lippen blau. Angst verzerrt Claires Gesicht zur Fratze, als sie nach seiner Hand greift. Der Vater legt ihn vorsichtig auf die Steine und will gerade zur Mund-zu-Mund-Beatmung ansetzen, als Jean-Claude rasselnd hustet und Poolwasser seitlich aus seinem Mund läuft. Ganz schwach vor Erleichterung sinke ich auf die Knie, die Flasche, die ich immer noch in der Hand halte, rutscht mir klirrend aus der Hand. Automatisch blicke ich mich nach Élodie um und entdecke sie wieder am gegenüberliegenden Ende des Pools, wo der Schatten am dichtesten ist. Ihr Mund bewegt sich auf eigentümliche Weise, als würde sie Selbstgespräche führen oder – bei dem Gedanken setzt mein Herz aus – sich das Lachen verkneifen.

Mein Blick ist so fest auf sie gerichtet, dass ich fast nicht mitbekommen hätte, wie das Mädchen, das seinen Vater gerufen hat, mit dem Finger auf sie zeigt.

»*Sie wars*«, sagt sie mit hoher, fester Stimme. »*Élodie wars. Sie hat ihn unter Wasser gedrückt. Er hat sich gewehrt und gestrampelt, aber sie fand es lustig. Sie hat gelacht.*« Der unverstellte Schock und die Entrüstung dieses kleinen Mädchens geht allen Eltern durch Mark und Bein.

Die anderen Mütter – wie immer sind es die Mütter, die sich instinktiv zusammengeschart haben – sehen nicht Élodie an. Stattdessen drehen sie sich synchron zu mir um, die noch immer am Boden kauert wie eine Büßerin. Claire, natürlich, und Pascale, deren Name im Klassenbuch über meinem gestanden hat, Adèle, mit der ich Federmäppchen getauscht habe, als wir sieben waren, Jeanne Dubois, die eine Zeit lang Camilles beste Freundin gewesen ist. Sie starren mich an, diese Frauen, und ich weiß, dass ich für sie nicht mehr Sylvie Durand bin. Ich bin keine Mutter wie sie mehr. Sie haben nichts mehr für mich und meine Familie übrig als Missbilligung und Entsetzen, vielleicht sogar Angst.

1993

Am nächsten Morgen ruft Olivier an und schlägt vor, dass wir uns wieder im Café treffen. Mein Herz macht einen Hüpfer bei dem Gedanken, ihn zu sehen – und das Haus zu verlassen, was wir seit dem Zirkus nicht mehr getan haben. Erst weigerst du dich glatt, vom Pool wegzukommen. Zwar bist du nach der Sache gestern Abend mit dem Polaroid demonstrativ böse auf mich, aber ich vermute, dass du außerdem hoffst, Luc könnte auftauchen, wenn du hierbleibst.

»Aber ich glaube, der Filter verstopft langsam«, sagst du mit weinerlich kratzender Stimme, als ich dich überzeugt habe, ins Auto zu steigen. Dann untersuchst du deine heller werdenden Haarspitzen. »Luc sollte auf jeden Fall vorbeikommen und sich das ansehen. Da sind lauter Zweige drin.« Du schielst zu mir rüber, aber ich reagiere nicht.

»Mum, hörst du mir überhaupt zu? Wir könnten ja auf dem Rückweg bei ihm klingeln.«

»Mal sehen.«

Vor uns erstreckt sich die Straße ins Dorf, und die entgegenkommenden Autos schimmern im Hitzeschleier. Durch das Fenster bläst die staubtrockene heiße Luft herein wie ein Föhn, auch dann noch, als ich aufs Gas trete. Beim Anblick einer Gestalt, die auf dem befestigten Randstreifen entlanggeht, zieht sich alles in mir zusammen, aber als wir näher kommen, ist es eindeutig nur ein alter Mann mit Baskenmütze, der mit einem Korb am Arm vor sich hin schlurft. Ich halte an.

»*Bonjour, Monsieur*«, rufe ich über dich hinweg durchs offene Fenster. »*Vous allez au village?*«

Er schaut mich ausdruckslos an und nickt.

»Na los«, dränge ich dich, auszusteigen und ihn auf dem Beifahrersitz Platz nehmen zu lassen, du gehorchst missmutig. Ich weiß gar nicht genau, warum ich ihn mitnehme, wahrscheinlich wieder so ein Anfall von Aberglaube. Den Göttern Respekt zollen.

Dir gefällt es gar nicht, auf den Rücksitz verbannt zu werden, es setzt dem Ganzen die Krone auf, und deine Miene im Rückspiegel ist finster, während ich den alten Mann in ein Gespräch zu verwickeln versuche. Keiner von euch beiden lässt sich herab, auf mein zweisprachiges Gequatsche einzugehen, und als wir den Rand des Dorfes erreichen, habe ich aufgegeben, bedrückendes Schweigen macht sich breit.

Die Straße zum Platz ist gesperrt, und da fällt mir ein, dass Samstag ist: Markttag. Ich bete, dass wir nicht schon wieder auf Marc Lesage treffen.

Es dauert ewig, einen Parkplatz zu finden, und mein Blutdruck steigt, als ich die Zeit auf der Uhr im Armaturenbrett vergehen sehe, ich habe Angst, Olivier zu verpassen. Schließlich sehe ich, wie ein orangefarbenes Wohnmobil mit deutschen Kennzeichen aus einer Lücke fährt und nehme den Parkplatz.

Olivier ist ein Ruhepol inmitten des Trubels auf dem Marktplatz, und er sieht so frisch und lässig-elegant aus wie eh und je. Er steht auf, um mich zu begrüßen, und das Sonnenlicht, das in Sprenkeln durch die Platanen fällt, tanzt über sein Gesicht. Seine Haut riecht nach Limetten, und ich habe wieder dasselbe Gefühl wie im Zirkus, ein warmes Zerfließen in meinem Innern.

»Désolée d'être en retard«, sage ich. *»Ich hatte den Markt vergessen.«*

Er lächelt und rückt dir einen Stuhl zurecht. *»Macht doch nichts. Ich habe es genossen, hier zu sitzen und dem ganzen Treiben zuzuschauen.«*

Als der Kellner auftaucht, bestelle ich ein Perrier für mich und eine Limo für dich. Du schweigst immer noch, aber Oliviers lockere Art ist ansteckend, und du wirkst längst nicht mehr so rebellisch wie vorhin. Auch ich entspanne mich ein bisschen und lasse erst einmal den Markt auf mich wirken.

Ganz in unserer Nähe verkauft ein Stand eine große Auswahl an Salami und Käse, ein kräftiger und herzhafter Duft weht zu mir herüber. Ein Stück weiter gibt es Seife, große Stücke Savon de Marseille in Pastelltönen: Rose, Lavendel, Rosmarin und Olivenöl, Seife, wie sie meine Mutter einst benutzt hat. Ich sehe, wie deine Augen von dem bunten Schachbrett magisch angezogen werden.

»Ich gehe mal gucken.«

»Na gut. Aber lauf nicht weg. Bleib auf dieser Seite des Platzes.«

Du machst »Ts«, und ich bin mir plötzlich nicht mehr sicher, ob du auf mich hören wirst. Bis jetzt konnte ich immer darauf vertrauen.

Ich schaue dir nach, während du zu dem Marktstand hinüberschlenderst.

»Ist doch ein gutes Zeichen, oder?«

Ich schaue Olivier fragend an.

»Die Seife. Die ganzen schönen Farben. Alles für die Touristen! Der Markt hat sich die letzten paar Jahre verändert. Er wird immer mehr wie die Märkte in den touristischeren Dörfern im Süden. Das wird beim Verkauf von La Rêverie helfen.«

Mein Blick ist immer noch auf dich geheftet, als ich Oliviers warme Hand auf meiner spüre. *»Hören Sie, Sylvie, wegen neulich Abend …«*

»O Gott«, sage ich und bin plötzlich wieder ganz aufmerksam. *»Es tut mir so leid, dass ich ohne Erklärung losgerannt bin.«*

Er hebt die Hände. *»Bitte nicht entschuldigen. Mir tut es nur leid wegen Emma. Lesage war noch nie ein netter Mensch, und mit dem Alter wird er noch schlimmer. Aber lassen Sie uns von was anderem reden, ich habe Neuigkeiten.«*

Mein Herz krampft sich zusammen. *»Neuigkeiten?«*

»Nichts Schlimmes, es möchte sich nur jemand das Haus ansehen.«

Ich zögere, dann setze ich ein dankbares Lächeln auf. *»Ach so, eine Besichtigung. Ich dachte schon … Ja, das ist gut, toll, dass Sie jemanden gefunden haben. Wer ist es denn? Jemand aus der Gegend?«*

»Nein. Ein Pärchen aus Amiens mit zwei kleinen Töchtern. Sie sind auf der Suche nach einem Ferienhaus im Süden. Irgendwo, wo es sonniger ist.«

Amiens. Ganz in der Nähe von dort, wo Élodie hinmusste. Ich erinnere mich, wie ich an der Stadt vorbeigefahren bin, als ich sie das letzte Mal besucht habe: Der Himmel berührte fast die Straße; die Regentropfen und die quietschenden Scheibenwischer; und dann, als das Gewusel von Amiens im Rückspiegel verschwand und das Land flacher wurde, nur noch Schilder zu Schlachtfeldern und Strommasten in Reih und Glied am Horizont zu sehen.

»Martine kann leider nicht, also habe ich gesagt, dass Sie es ihnen gerne selbst zeigen. War das in Ordnung?«

Ich nicke und sehe zu, wie die Bläschen in meinem Glas nach oben steigen. Dann schaue ich wieder zum Seifenstand. Du stehst immer noch da, riechst abwechselnd an allen Sorten und lächelst die Verkäuferin schüchtern an.

»Sylvie.«

Ich wende mich wieder Olivier zu, er nimmt die Sonnenbrille ab. Seine Augen sehen müder aus als der Rest von ihm, und das macht ihn weniger einschüchternd gut aussehend, aber irgendwie noch anziehender.

»Ich fand es echt schön mit dir und Emma bis … zu dem Vorfall«, sagt er, er duzt mich jetzt und spricht so leise, dass ich mich automatisch zu ihm beuge. Er erwidert meinen Blick ein paar Sekunden zu lange, und ich spüre jeden Zentimeter meines Körpers.

Ich lächele und schaue nach unten auf den Tisch. *»Ja, ich auch. Schade, dass es so … plötzlich vorbei war.«*

»Also, das Essen, von dem ich sprach, im Routier, wo sie die schöne Außenbeleuchtung draußen haben?« Er sieht mich immer noch

an, und ich muss mich zwingen, mir nicht ins Haar zu fassen oder die dünnen Träger meines Kleids zu richten.

»Ja, warum nicht.«

Er lächelt. *»Schön.«* Dann streckt er die Hand aus, und ich glaube schon, dass er mir über die Wange streichen will, aber ein winziges Insekt hat sich in meinen Haaren verfangen. Es ist lange her, dass mir jemand ein solches Körpergefühl gegeben hat. Ich hatte ganz vergessen, wie berauschend das sein kann.

»Glauben Sie … Glaubst du echt, das Haus verkauft sich?«, platze ich heraus.

»La Rêverie ist magisch. Diese Leute wären bescheuert, es nicht zu kaufen.«

»Danke. Es ist etwas Besonderes, ja. Aber nicht jeder sieht das so, nicht wahr? Für jeden, der sich verzaubern lässt, gibt es jemanden, dem das Dach auffällt, das in ein paar Jahren erneuert werden muss.«

»Dann hoffen wir einfach, die Leute sind genauso romantische Seelen wie ich. Aber bist du auch wirklich sicher, dass du es nicht behalten willst? Ich glaube nicht, dass ich mich von so einem Haus trennen könnte. Es wäre … na ja, es wäre auch schön zu wissen, dass du jeden Sommer wieder herkommst.« Zum ersten Mal, seit wir uns begegnet sind, wirkt er ein bisschen unsicher. *»Mit meinen Kollegen habe ich nicht sonderlich viel gemeinsam.«*

»Was machst du überhaupt hier? Es ist schon ein ziemliches Kaff.«

»Im Gegensatz zu London.«

Ich will mich schon entschuldigen, falls das herablassend rüberkam, aber dann merke ich, dass er mich nur aufzieht. *»Ich wollte nicht unhöflich sein. Es ist einfach ungewöhnlich. Du hast doch erzählt, du wärst in Avignon zur Schule gegangen. Es kehren nicht viele Menschen aus der Stadt zurück ins Dorf, zumindest nicht vor der Rente.«*

Er zögert. *»Ich habe es aus einem Grund getan, aus dem viele dumme Entscheidungen getroffen werden.«* Er wendet den Blick ab und schaut über den Platz. »*Es ging um eine Frau. Meine Ex-Frau. Sie ist immer noch in Avignon. Und ich bin hier gestrandet.*«

Ich empfinde ein absurdes Maß an Eifersucht, und einen Teil davon sieht man mir bestimmt an.

»*Das ist lange her. Ich weiß gar nicht mehr, was wir aneinander fanden. Wir haben einander nur unglücklich gemacht. Im Nachhinein erscheint mir unsere Ehe wie die Beziehung zweier Fremder, wie ein Film. Ein deprimierender Film.*«

Ich lache. »*Ja, ich weiß, was du meinst.*«

Er sieht mich aufmerksam an. »*Ach wirklich? War das bei dir auch so? Ich denke mir immer, es muss ja so viel schwerer sein, wenn man gemeinsame Kin… ein Kind hat. Ich konnte einfach neu anfangen.*«

Ich wende mich ab und spüre, wie die Stimmung sich verändert. Er stellt seine Kaffeetasse zurück auf die Untertasse. Plötzlich will ich dringend zurück in die Gegenwart. Sein Unbehagen lässt mich mutiger werden. Ich lege ihm die Hand auf den Arm, er schaut zu mir hoch.

»*Hör zu*«, sage ich, »*Camille ist ja jetzt wieder in Paris, und ich bin mit Emma alleine, also wäre es vielleicht einfacher, wenn du wieder zu uns kommst. Vielleicht am Montag, nach der Besichtigung. Dann kann ich … dann kann ich dir ja erzählen, wie es gelaufen ist.*«

Er lächelt, und da weiß ich, dass er einverstanden ist, dass die Stimmung wieder normal ist.

»*Komm am Montag vorbei*«, wiederhole ich. »*Ich würde mich sehr freuen.*« Er streckt die Hand aus und richtet den verdrehten Träger meines Kleides. Die flüchtige, aber intime Geste bringt mein Blut in Wallung.

»*Dann mache ich das.*«

*

Den ganzen Sonntag denke ich so gut wie gar nicht an Élodie. Die verführerische Aussicht auf Oliviers Besuch hat das scheinbar Unmögliche geschafft und sie aus meinen Gedanken vertrieben. Ich gehe nach draußen, um dem Gitarrengejaule im Salon zu entfliehen, wo du dieselbe Nirvana-Kassette in Endlosschleife hörst, und mir fällt auf, dass es noch stiller ist als sonst. Man hört nur Insekten und die Kirchenglocken, deren Echo sich über die Felder zwischen uns und dem Dorf verstreut, es passt nicht zum Takt deiner Musik, klingt dunkel und leicht disharmonisch.

Der Zustand, in den Olivier mich versetzt hat – warm und weich, voller Vorfreude –, lässt mich auch an deinen Vater denken. Wenn du älter bist, Emma, wirst du verstehen, dass etwas, nur weil es am Ende nicht funktioniert hat, nicht von Anfang an falsch gewesen sein muss. Vielleicht war es bei Olivier so, aber bei Greg und mir nicht.

Ach, die ersten Tage damals in London! Was für ein Glück ich hatte, im Jahr 1967 dort anzukommen, als Twiggy in der *Vogue* war und die Beatles gerade ihre Apple Boutique eröffnet hatten, deren nüchterne alte Backsteinfassade in der Baker Street mit psychedelischen Farbwirbeln bemalt war.

Das alles bekam ich allerdings eher als unbeteiligte Zuschauerin mit: ich, die wohlerzogene kleine Französin, die jedes Mal die mahnende Stimme ihrer *maman* im Ohr hatte, wenn sie ohne Strumpfhose vor die Tür ging. Unbeteiligt, zumindest bis ich Greg traf. In den Wintermonaten, bevor er mich überredete, meinen Abschluss sausen zu lassen und wieder nach Frankreich zu gehen, fühlte ich mich so lebendig wie nie zuvor.

Ich kann mich noch genau an unser erstes richtiges Date erinnern. Es war wie im Film: Wir beide spazierten gemeinsam durch verschiedene liebevoll ausgeleuchtete Szenen. Meine Sinne waren so geschärft, dass ich wusste, ich würde mich an alles erinnern, nicht nur an die ernsten Gespräche oder den Pub, in dem wir später etwas tranken, sondern auch, wie sich die Flusen aus meinen

Manteltaschen unter den Fingernägeln anfühlten oder wie mein atemfeuchter Schal meine Lippen berührte.

Die Stadt um uns herum war in verschiedene Grautöne getaucht und entsprach so vollkommen dem winterlichen London, das ich mir in Frankreich ausgemalt hatte, die eiskalte Luft wie Scharen von Geistern, der taubengraue Himmel, der sich schwer nach unten neigte, bevor es zu regnen begann. Er beugte sich beim Reden zu mir, und ich roch die Wolle seines Dufflecoats und die Mischung aus Salz und Seife an seiner Haut. Seine Augen funkelten über den windgeröteten Wangen, als ich mich zu ihm umdrehte.

Greg Winters. Selbst sein Name war perfekt. Ich wollte alles über ihn wissen, und alles an ihm faszinierte mich. Ich wollte mit dem Zug in sein Heimatdorf fahren und all die Orte sehen, an denen er als Kind gewesen war.

Ich werde diesen Menschen lieben, dachte ich, dabei hatten wir uns noch nicht einmal geküsst.

Selbst als es geschehen war, als wir schon miteinander schliefen, jagte ich mir in den Stunden vor Sonnenaufgang gern selbst Angst ein, wenn ich vor Aufregung und Verliebtheit nicht schlafen konnte, malte mir Szenarien aus, in denen wir uns um Haaresbreite verpassten: Wie er an jenem Tag in der Studentenbar eine andere angesprochen hatte, die nun an meiner Stelle im Dunkeln neben ihm lag, wie ihr gemeinsamer Atem die Luft verbrauchte und er seinen warmen Arm um ihren Bauch schlang statt um meinen.

Kurz vor Sonnenuntergang schreckst du mich aus meinen Erinnerungen hoch.

»Woran denkst du?«, fragst du, aber ich verrate es dir nicht. Vielleicht ein andermal.

Ich stehe auf, reinige den uralten gemauerten Grill auf der Terrasse und kippe einen halben Sack Kohle hinein. Als sie sich orange und grau färbt, mache ich einen Salat und hole eine Packung dünner paprikaroter Merguez-Würste aus dem Kühlschrank.

Durch den Grillrauch bemerke ich erst, nachdem wir aufgegessen und die Teller mit Brot sauber getupft haben, den anderen Geruch, der in der Luft liegt. Er ist anders als unser kleines Feuer, brennt irgendwie im Rachen und fühlt sich überhaupt nicht angenehm an. Er ist beißend, beinahe ätzend.

Wir riechen es beide im selben Moment, du runzelst die Stirn und lehnst dich auf deinem Stuhl zurück, um nachzusehen, ob der Grill irgendetwas in Brand gesteckt hat. Ich brauche nicht hinzusehen: Ich kenne den Geruch von früher, und genau wie die Tiger im Zirkus weckt er eine so lebhafte und existenzielle Angst in mir, dass mein Herz zum ersten Mal an diesem Tag kurz aus dem Takt gerät.

»Ist das …?«

»Komm mit«, sage ich und strecke die Hand aus. Du ergreifst sie, die gestrige Missstimmung ist endlich vergessen.

Unsere nackten Füße schlagen dröhnend auf die staubigen Holzstufen, als wir die Treppe hochrennen. Ich zerre die Fensterläden in meinem Zimmer auf, die ich wegen der Hitze geschlossen hatte. Im Westen ist der Himmel immer noch einigermaßen hell, aber ich richte den Blick gen Osten, in Richtung der Hügel, die sich immer noch grün dahinwellen, auch wenn die Felder und Gärten im Tal von der Sonne braun versengt sind. Was wir auf der Terrasse gerochen haben, sind brennende Pinien. Irgendwo dort draußen steht ein Wald in Flammen.

Du beugst dich aus dem Fenster, und ich packe dich automatisch am Arm.

»Wie nah ist es?«

»Ziemlich weit weg.« Ich ziehe dich sanft ein paar Zentimeter zurück. »Mach dir keine Sorgen. Es kommt nicht hierher.«

»Warum zittert deine Stimme dann so?«

Ich zwinge mich zu lächeln. »Als Kind hatte ich immer Angst vor den Feuern, das ist alles. Es hat fast jeden Sommer gebrannt – du hast bestimmt die Schilder gesehen, ›*Attention au Feu*‹ mit dem

Baum und dem Streichholz? Das Schlimmste, was passiert, ist, dass sie ein paar Waldstraßen sperren.«

»Und was ist mit den Tieren?«

Ich streiche dir übers Haar. Deine Empfindsamkeit überrascht und rührt mich immer wieder. Sie erleichtert mich auch: ein Beweis, dass ich als Mutter doch irgendetwas richtig gemacht haben muss.

»Die ziehen weiter in einen anderen Teil des Waldes, bevor es richtig brennt«, sage ich. »Er ist riesengroß, kilometerweit nichts als Bäume. Denen passiert nichts.« Ich weiß nicht, ob das stimmt.

»Und wenn das Feuer doch bis hierherkäme, was würden wir dann machen?« Du wühlst unter dem Bett und ziehst deinen Inhalator heraus.

»Das wird nicht passieren, Süße«, sage ich, und du nimmst ein paar Züge. Als du wieder normal atmest, nehme ich deine Hand und führe dich hinaus in den Flur. Es ist noch dunkler geworden, während wir aus dem Fenster geschaut haben, und ich muss nach dem Lichtschalter tasten.

»Aber was, wenn doch?«, beharrst du. »Wir könnten in den Pool gehen, bis die Feuerwehr da ist, oder?«

Ich lächele über die Schulter, und du folgst mir nach unten.

»Gute Idee, aber so weit wird es nicht kommen. Mach dir keine Gedanken wegen des Rauches – der hat sich bis morgen früh verzogen.«

*

Aber das tut er nicht. Er ist über Nacht sogar noch dichter geworden. Gegen Mittag hängt eine Rauchwolke über dem Garten wie schmutzige Gaze, und das ansonsten so malerische und gestochen scharfe Licht ist gedämpft und wie nikotinschwanger. Als ich mich vor dem Spiegel für die Besichtigung schick mache, sehen meine Augen hohl aus. Ich habe wieder nicht gut geschlafen.

Familie Bernard erscheint genau zur Mittagszeit. Die beiden kleinen Mädchen sind unscheinbarer als ihre Eltern und tragen aufeinander abgestimmte Kleidung. Sie sagen kaum ein Wort. Ihr Vater dagegen bombardiert mich wie befürchtet mit praktischen Fragen: Wann wurde die Heizung eingebaut, was kosten Wartung und Pflege des Pools, hört man im August den Lärm von der Hauptstraße bis in den Garten?

La Rêverie ist abgenutzt und altmodisch, aber dem richtigen Käufer wird das egal sein. Der wird einfach zugreifen und das sehen, was Olivier als den ganz eigenen Zauber des Anwesens erkannt hat. Manche Häuser sind beinahe lebendige Wesen, ihre Herzen schlagen, auch wenn wir sie nicht hören können, und auch wenn ich meinem Elternhaus gegenüber gemischte Gefühle haben mag, La Rêverie ist so ein Haus.

»Und was ist mit den Bränden hier unten?«, fragt Monsieur Bernard im Garten und fixiert mich durch seine randlose Brille. *»Der Rauch ist schlimmer als bei den anderen Häusern, die wir uns angesehen haben. Sie liegen wohl ziemlich tief hier, da zirkuliert die Luft nicht so gut.«*

»Das ist eigentlich ganz untypisch. Bis morgen ist der Rauch bestimmt weggezogen.«

»Hmm.« Er wirkt skeptisch. *»Peut-être.«*

Sie folgen mir zurück zum Haus, keiner sagt mehr etwas, weil sie keine Fragen mehr haben und ich keine Energie. Du schwimmst deine täglichen Bahnen, als wir am Pool vorbeikommen, und zum ersten Mal entdecke ich so etwas wie Interesse in den ausdruckslosen Gesichtern der Bernard-Mädchen, als sie dich betrachten, deinen Körper, der geschmeidig und effizient durch das grüne Wasser gleitet.

»Ist das Ihre Tochter?«, fragt Madame Bernard. Es ist das erste Mal seit ihrem gemurmelten *bonjour*, dass sie etwas sagt.

»Ja, das ist Emma. Sie findet es toll hier.«

»Dann sollten Sie es vielleicht nicht verkaufen.« Sie lächelt ner-

vös, wahrscheinlich befürchtet sie, mir zu nahe getreten zu sein. *»Vielleicht sollten Sie es ihretwegen behalten, meine ich. Bis sie selbst mal Kinder hat.«*

»Lassen Sie sie das bloß nicht hören. Dann liegt sie mir ewig damit in den Ohren«, sage ich plötzlich ganz heiter, weil sie jeden Moment wieder in ihrem Stadtauto sitzen und wir wieder allein sein werden. Dann kann ich zu dir ins seidenweiche Wasser springen.

Als sie gefahren sind, tue ich genau das und bin froh, dass die unangenehme Episode vorbei ist und Olivier bald kommt. Ich frage mich, ob meine Erleichterung auch an meiner Überzeugung liegt, dass die Bernards kein Angebot machen werden. La Rêverie gehört vorerst immer noch uns. Ich will so bald wie möglich nach Hause. Wirklich. Aber irgendwie will ich auch bleiben, das Verlangen hat sich ganz verstohlen eingeschlichen. Die Gleichzeitigkeit dieser Widersprüche erinnert mich an die Gefühle, die ich immer für Élodie empfunden habe, Liebe und Angst, so eng verschlungen, dass sie untrennbar waren.

1977

Es ist Hochsommer, ein stickiger Augusttag, an dem die Hitze ins Haus kriecht wie Teer, Milch sauer und Fliegen dösig werden. In trägen Häufchen sammeln sie sich unter den Fenstern. Ich suche nach Élodie, die mal wieder verschwunden ist. Mein T-Shirt klebt mir schweißnass am Körper.

»*Élodie, s'il te plaît!*«

Ich rufe sie schon seit einer ganzen Weile, aber sie antwortet nicht, dabei weiß ich genau, dass sie mich hört, dass sie irgendwo im Haus ist. Ich spüre, wenn sie in der Nähe ist, als wären wir immer noch miteinander verbunden, Bauch zu Nabel, mit einer Schnur, die sich nicht durchtrennen lässt.

Ich finde sie im Schlafzimmer, wo sie mit einer Nagelfeile ein großes E in mein antikes Schmuckkästchen ritzt.

»*O nein, nein!*« Ich laufe zu ihr und reiße ihr die Feile aus der Hand, werfe das Ding auf den Boden, wo es klappernd gegen die Fußleiste rutscht.

Das Schmuckkästchen ist aus Palisanderholz mit zarten blattförmigen Perlmuttintarsien. Papa hat es mir gekauft, als ich siebzehn war – das einzige Geschenk, das er je selbst ausgesucht hat, denn normalerweise kümmerte sich meine Mutter um solche Dinge. Dabei hatte ich nicht einmal Geburtstag. *»Ich hab es gesehen und gleich an meine Sylvie gedacht«*, hatte er gesagt und verlegen die Achseln gezuckt, nachdem ich es ausgepackt hatte.

Trauer und Wut kochen in mir hoch, es fühlt sich an, als hätte sie mir die Nagelfeile ins Fleisch gerammt. Ich ziehe Élodie hoch und stelle sie unsanft auf die Füße. Sie ist inzwischen acht, und wir waren noch zweimal bei Morel, also insgesamt viermal. Dabei bringt es ohnehin nichts. Morels Meinung, so vorsichtig er sich auch ausdrückt, bleibt die gleiche: »*Abwarten. Haben Sie Geduld.*« Entweder verwächst es sich oder auch nicht.

Bisher gibt es keinerlei Anzeichen dafür, dass es sich verwachsen wird, und obwohl sie häufig Dinge zerstört, trifft mich dieser Vorfall besonders. Sie hat mich so oft dabei beobachtet, wie ich den Inhalt des Kästchens sorgfältig poliere und sortiere. Ich beiße die Zähne zusammen, um nicht in Tränen auszubrechen, und öffne den Deckel. Sie hat das alte und ohnehin schon brüchige Samtfutter aufgeschlitzt. Meine Bernsteinperlen sind weg. Sie waren ein Geschenk von Greg, das mir heilig ist, jede Perle so groß wie eine Murmel. Er hatte sie mir geschenkt, als ich nach der Geburt mit Élodie aus dem Krankenhaus nach Hause gekommen war.

»*Was hast du mit ihnen gemacht?*« Ich knie vor ihr, auf Augenhöhe, und meine Stimme zittert, so sehr muss ich mich beherrschen, nicht loszuschreien. »*Wo sind meine Perlen?*« Ich zeige auf das Kästchen. »*Hasst du mich wirklich so sehr?*«

Sie meidet meinen Blick, aber es ist nicht so, als würde sie zerknirscht zu Boden schauen. Mit ihren ungleichen Augen, eins warm, eins kalt, folgt sie einer Fliege, die in trägen Kreisen um die Deckenlampe summt.

»*Schau mich an*«, zische ich. »*Schau mich an, wenn ich mit dir rede. Wo sind sie?*«

Ihr Mund verzieht sich zu einem Schmunzeln. »*Weg.*«

»*Wie, weg?*« Verzweifelt durchsuche ich das Zimmer, aber sie ist schon eine ganze Zeit lang hier oben. Vielleicht hat sie erst die Perlen genommen und ist dann noch einmal zurückgekommen, um das Kästchen kaputt zu machen.

Ich wünschte, sie hätte etwas anderes gestohlen, nicht diese Perlen, die mir nicht nur so viel bedeuten, weil sie aus glücklichen Zeiten stammen, sondern auch aus einem anderen Grund: Die dunkelsten sehen fast aus wie ihr linkes Auge. Es ist natürlich Unsinn, aber es kommt mir vor, als hätte sie all meine Hoffnung, die ich in diese andere Élodie gesetzt habe, zunichtegemacht, als wollte sie mir sagen, dass es sich niemals verwachsen wird. Dass die Élodie mit dem blauen Auge die einzig wahre Élodie ist.

Da verliere ich die Beherrschung. Ich packe sie unter den Achseln und halte sie von mir weg, weil ich ihren heißen, starren Körper nicht an meinem spüren will. Sie ist schwer, vor allem, wenn sie sich wie jetzt komplett hängen lässt, aber ich schaffe es trotzdem die Treppe hinunter, auch wenn ich sie die letzten paar Meter hinter mir herschleifen muss und mein Rücken mich umbringt.

In der *souillarde* ist es angenehm kühl, und ich wünschte, ich könnte statt Élodie einfach mich selbst darin einschließen. Meine Mutter hat Camille und mich früher manchmal zur Strafe darin eingesperrt, obwohl es im drückenden Sommer eher eine Erleichterung war. Es ist merkwürdig, wie wir das Verhalten und sogar die Standardausdrücke unserer Eltern nachahmen, sobald wir selbst Kinder haben. Vielleicht geschieht es reflexhaft, so oder so tröstet es mich manchmal, so zu tun, als wäre ich meine *maman* und Élodie ich. Die Beziehung zwischen uns hat mir nie Rätsel aufgegeben.

»Ich will dich nicht mehr sehen, deshalb bleibst du jetzt zehn Minuten hier drin und denkst darüber nach, was du getan hast«, sage ich durch die Tür und zucke innerlich angesichts dieses Klischees und meiner zittrigen Stimme zusammen.

Ich weiß natürlich, dass diese Strafe zu nichts führt. Als Kind hat es mich getroffen, wenn ich glaubte, bei meiner Mutter in Ungnade gefallen zu sein, dass sie mich, egal wie kurz, nicht mehr mochte. Doch Élodie empfindet nichts dabei, kann vielleicht gar nichts empfinden. Mir ist bewusst, dass ich gegen Dr. Morels Empfehlung verstoße, aber wenn sie sich so extrem verhält wie jetzt, ist es mir schlicht unmöglich, sie zu befolgen. Es läuft meinem Bedürfnis nach Gerechtigkeit völlig zuwider. Ich schätze, die Strafe hilft mir mehr als ihr.

Erschöpft gehe ich in die Hocke, stütze die Stirn gegen die Tür und frage mich, ob sie genau wie ich auf der anderen Seite hockt, mein Spiegelbild, unsere Gesichter so nah, dass wir uns küssen könnten, wenn da nicht die dünne Schicht Holz zwischen uns wäre.

Oben im Schlafzimmer schaue ich mir das Schmuckkästchen noch einmal genauer an. Sie hat den Lack bis aufs nackte Holz abgekratzt, die Oberfläche zersplittert, was sie einige Kraft gekostet haben muss. Ich nehme das Kästchen mit ins Bett und ziehe mir die Decke über den Kopf, obwohl es viel zu heiß dafür ist. Ich kauere mich ganz klein zusammen, lasse den Tränen freien Lauf, bis lautes Schluchzen mein kleines dunkles Nest erfüllt. Ich habe solche Angst, denke ich, und wie zum Beweis stolpert mein Herz und setzt aus; als wäre Greg hier und würde mich mit diesem Blick ansehen, der besagt: »Du übertreibst.«

Nach zehn Minuten trotte ich zur Schlafzimmertür. Ich schaffe es nicht, zu ihr hinunterzugehen.

»Élodie, du kannst rauskommen«, rufe ich.

Sie antwortet nicht, aber ich höre, wie die Tür der *souillarde* quietschend aufgeht. Kurze Zeit später wird der Fernseher im Wohnzimmer angeschaltet. Ich gehe wieder ins Bett und verkrieche mich unter der Decke.

Plötzlich rüttelt Greg mich unsanft wach. Meine Augen fühlen sich geschwollen und verkrustet an, als ich sie öffne.

»Steh auf«, sagt er über mir, mit eiskalter Stimme. »Steh endlich auf, verdammt, und erklär mir, warum du unsere Tochter so lange in die *souillarde* gesperrt hast, dass sie sich in die Hose gemacht hat.«

Verwirrt drehe ich mich zum Nachttisch und schaue auf den Wecker. Seit ich zu ihr hinuntergerufen habe, sind erst vierzig Minuten vergangen.

»Sie war bloß zehn Minuten da drinnen, Greg, und du weißt doch, dass die Tür kein Schloss hat. Sie hat ferngesehen, ich hab genau gehört, wie sie rausgekommen ist und den Fernseher angeschaltet hat.«

»Sie hat gesagt, sie hat den Türknauf nicht gedreht bekommen.«

»Ich hab sie doch gehört! Ich hab gehört, wie sie rausgekommen ist und den Fernseher angemacht hat.«

»Du bist also nicht runtergegangen und hast sie rausgelassen?«

»Ich hab gehört, wie sie rausgekommen ist, Greg.«

»Und du meinst, sie hat sich einfach so in die Hose gemacht, oder was?«

»Ehrlich gesagt schon, ja.« Mein Herz rast, als ich das ausspreche.

Er verstummt, sein Blick bleibt an dem kaputten Schmuckkästchen auf dem Bett hängen, und einen Moment hoffe ich, er würde mir vielleicht recht geben, aber da macht er auch schon wieder dicht. Es ist ja auch viel einfacher, auf mich wütend zu sein. Mit angewidertem Gesichtsausdruck schüttelt er den Kopf und knallt die Tür hinter sich zu.

Als ich später nach den beiden schaue, sitzen sie zusammen vorm Fernseher – irgendein alter Monsieur-Hulot-Film läuft. Er bemerkt mich nicht, aber sie. Wieder schmunzelt sie, hebt einen Mundwinkel und zeigt ihr hübsches kleines Grübchen. Eine Muskelanomalie, die sich als Zeichen von Schönheit ausgibt.

Wir wissen beide, was Morel gesagt hat. Greg hat die Nachwirkungen des Vorfalls am Pool gespürt, als sie den kleinen Jungen fast ertränkt hätte. Aber er würde Morel nie zustimmen, zumindest würde er es nie laut aussprechen. Morel »stigmatisiert ein kleines Kind«. Jean-Claude »hat sie nur einen kleinen Schrecken eingejagt«. »Sie ist eigensinnig, das stimmt«, hat er neulich gesagt. »Aber ich glaube, das liegt vor allem daran, dass sie so schlau ist. Sie ist schnell frustriert und kann nicht anders damit umgehen.« Ich verkneife mir eine Antwort, und er schweigt, obwohl er früher einen Streit deswegen angefangen hätte. Aber ja, er weiß es.

Nachdem ich Haus und Garten nach den Perlen abgesucht habe, gehe ich wieder nach oben und stopfe ein paar Kleider und meinen Kulturbeutel in eine Tasche. Auch die hundert Francs, die ich ganz hinten in der Sockenschublade aufbewahre, nehme ich mit.

Wahrscheinlich ist es unverzeihlich egoistisch, ein Kind verlassen zu wollen, aber es fühlt sich nicht so an. Es fühlt sich lebensnotwendig an.

Ich gehe zu Fuß ins Dorf, weil ich nicht will, dass Greg das Auto hört. Neben den Kleidern und dem Geld habe ich auch ein paar Fotos eingepackt, die Laurent im Sommer, bevor ich nach London gegangen bin, von mir gemacht hat. Als ich auf dem Dorfplatz sitze und auf den Bus warte, der mich fortbringt, presse ich sie wie einen Talisman an mich: der Beweis, dass ich früher einmal gelassen durch die Welt gegangen bin. Ich habe noch nicht darüber nachgedacht, wo ich hinwill. Ich denke überhaupt nicht nach. Eigentlich will ich nur mein altes Leben zurück, sonst nichts.

Nach einer ganzen Weile, ich weiß nicht, wie viele Stunden vergangen sind, schaut die uralte Madame Perrot gegenüber aus dem Fenster. Ihre Locken hüpfen in der warmen Brise auf und ab.

»Sylvie Durand, bist du das?«, ruft sie. »Heute fährt kein Bus mehr, petite. Da kannst du noch bis Montag hier sitzen.«

Langsam schlurfe ich durch die trockene Erde am Straßenrand zurück nach La Rêverie, weil mir die Energie fehlt, die Füße zu heben. Sie hat mich Durand genannt, nicht Winters, als wäre ich zurück in die Zeit gereist, als ich noch keine verheiratete Mutter war, als noch alles vor mir lag und ich vor nichts und niemandem Angst hatte.

Ich öffne die Tür und bleibe im Flur stehen, aber niemand kommt. Ich bin wie das Kind, das nach einer schrecklichen Ungerechtigkeit kurz weggelaufen ist: Weder Greg noch Élodie haben bemerkt, dass ich weg war.

1993

Diesmal kommt Olivier nur ein bisschen zu spät und hat zwei Glasflaschen in der Hand: einen lachsrosafarbenen hellen Wein und Pschitt!-Limonade für dich. Du prustest los, als du das Etikett siehst, und er grinst zurück.

Ich bin erleichtert. Vorhin, als ich mich fertig gemacht habe, hast du mir im Spiegel einen beinahe vernichtenden Blick zugeworfen.

»Mein Gott, Mum, übertreib doch nicht so. Was soll das überhaupt bringen, wenn wir eh bald wieder nach Hause müssen?«

Jetzt, als ich Olivier den Wein abnehme und unsere Hände sich kurz berühren, sehe ich, wie du die Augen verdrehst. Ausnahmsweise hoffe ich, dass du nach oben gehst, mitsamt deiner jugendlichen Geringschätzung. Ich brauche diesen Abend.

»*Und, wie war die Besichtigung?*«, fragt er.

»*Ich glaube nicht, dass wir bald mit einem Angebot rechnen dürfen, aber den hier mache ich trotzdem auf. Sieht teuer aus. Danke.*«

Er zuckt die Schultern. »*Selbst schuld, wenn sie es nicht kaufen. Was haben sie denn gesagt?*«

»*Nicht viel. Er hat natürlich nach dem Rauch gefragt. Die Waldbrände sind diesmal richtig schlimm, oder?*«

»*Oui, ils sont très graves.*«

Du hältst beim Limonade-Einschenken inne. »Wie schlimm? Ihr redet doch über das Feuer, oder?«

Ich werfe Olivier einen strengen Blick zu.

»Alles in Ordnung, Emma«, sagt er zögerlich. »Sie schicken morgen Flugzeuge her. Weißt du, mit Wasser? Das holen sie aus dem Meer. Wenn der Wind …«

»Süße«, unterbreche ich ihn. »Wir sind nicht in Gefahr, das verspreche ich dir. Glaubst du wirklich, dann würden wir auch nur eine Minute länger hierbleiben?«

»Ich habe keine Angst«, sagst du und zuckst genau wie Olivier mit den Schultern. Aber dafür, dass dir das alles angeblich nichts ausmacht, leuchten deine Augen zu sehr. Du hast ein bisschen Angst, bist aber auch elektrisiert. Du senkst den Kopf, damit ich dein Gesicht nicht sehe. »Ich gehe jetzt nach oben.« Ich widerstehe dem Drang, dich zu fragen, ob du dein Asthmaspray hast. Du wärst nur sauer, also lasse ich es lieber.

Als du mit der Limoflasche verschwunden bist, spazieren Olivier und ich durch den Garten, bis wir am Pool ankommen. Hier ist der Rauch etwas dichter, als würden die Kiefern ihn einpferchen, aber die Nähe des Wassers macht es erträglicher.

Olivier lässt sich auf einem Liegestuhl nieder, lehnt sich zurück und seufzt tief. *»Ah, nicht übel.«*

Ich lächele und reiche ihm ein Glas. *»Vielleicht hätte ich netter zu ihnen sein können.«*

»Zu wem?«

»Den Leuten, die sich das Haus angeguckt haben.«

»Vielleicht willst du es ja doch nicht verkaufen. Vielleicht solltest du einfach für immer hierbleiben.«

Ich lache und setze mich auf die Liege neben seiner, ziehe die Sandalen aus und spüre, dass er mir dabei zusieht.

»Wie war das eigentlich?«, fragt er, als ich mich genau wie er zurückgelehnt habe. Er dreht den Körper so, dass er mich ansehen kann. *»Hier aufzuwachsen, meine ich? Wo jeder jeden kennt.«*

»Genau so, wie man es sich vorstellt. Furchtbar inzestuös. Man konnte unmöglich etwas geheim halten, aber das war gleichzeitig seltsam tröstlich. In London hat man nicht das Gefühl, irgendwelche Spuren zu hinterlassen. Es ist, als würde man nur durch die Stadt schweben, und wenn man weggeht und nie zurückkommt, vermisst einen niemand. Hier bedeutet man etwas, ob das nun gut oder

schlecht ist. Man ist jemand.« So viel wollte ich eigentlich gar nicht dazu sagen und schaue beschämt auf meine Hände.

»Vielleicht bin ich ja deshalb hier hängen geblieben«, sagt er. *»Um jemand zu sein.«* Er schenkt mir nach. *»Und jetzt erzähl mir mal, welche Jugendsünden du lieber geheim gehalten hättest.«*

Ich lächele und trinke einen Schluck Wein. Er betrachtet meinen Mund. Jetzt spüre ich den Alkohol im Blut.

»Komm schon, Sylvie. Hast du nicht Laurent Martin das Herz gebrochen, als du nach England abgehauen bist?«

»Woher weißt du das?« Ich frage mich, ob er sich meinetwegen umgehört hat, und bei dem Gedanken fängt mein Herz an zu rasen.

»Ihm gehört doch das Grundstück nebenan, oder? Hast du ihn früher nachts im Dunkeln ins Haus geschmuggelt?«

Ich ziehe missbilligend eine Augenbraue hoch, muss aber lachen. *»Das geht dich überhaupt nichts an. Außerdem gibt es hier im Garten auch so einige dunkle Ecken.«*

Er lächelt. *»Ich glaube, ich bereue gerade zum ersten Mal, dass ich woanders zur Schule musste. Stattdessen hätte ich hier sein und versuchen können, die schöne Sylvie Durand zu erobern.«*

Einen ausgedehnten Moment lang schauen wir einander schweigend an.

»Ich habe mir was überlegt«, sagt er schließlich. *»Morgen habe ich nur einen Termin, ganz früh. Soll ich euch beide danach abholen, und wir unternehmen was? Wir könnten uns die Ardèche-Schlucht anschauen.«*

»Das hört sich toll an. Aber morgen hat Emma Geburtstag.«

»Oh. Na ja, dann hast du natürlich was anderes mit ihr vor.«

»Nein, ich … Hör zu, ich frage sie einfach. Ich glaube, wir könnten beide einen Tapetenwechsel vertragen.«

Wir sitzen schweigend nebeneinander, ohne etwas sagen zu müssen, und ich denke darüber nach, wie natürlich es sich anfühlt, in seiner Nähe zu sein. Natürlich und trotzdem aufregend, genau wie bei Greg am Anfang.

»Sie glauben übrigens, dass es Absicht war«, sagt Olivier und reißt mich damit aus meinen Gedanken. Einen Augenblick lang dehnt und verformt sich die Zeit, wie es hier immer wieder vorkommt, und ich rechne fast damit, plötzlich Greg auf dem Liegestuhl gegenüber zu sehen. Beinahe höre ich Élodie im Pool planschen und Purzelbäume schlagen. *Regarde, Papa! Regarde-moi!*

»Wie bitte?« Ich versuche, meine Schroffheit durch ein Lächeln abzumildern.

»Der Waldbrand. Man nimmt an, dass es Brandstiftung war.«

»Brandstiftung?« Meine Stimme wird wieder schriller.

Auf einmal kommt es mir absurd vor, länger in diesem Haus zu bleiben. Mehr noch: leichtsinnig. Der altbekannte Fluchtreflex packt mich kalt und klamm.

»Was hast du?«, fragt Oliver. *»Du bist ja ganz blass. Mach dir keine Sorgen. Sie bekommen es sicher bald unter Kontrolle. So schlimm war es aber auch seit Jahren nicht. Nicht mal während der Dürre neunundachtzig. Waren bestimmt ein paar dumme Jugendliche. Genau wie hier.«*

»Ich weiß. Darum geht es nicht.«

Aber das ist gelogen. Genau darum geht es.

»Sylvie, alles in Ordnung?«

»Ist einfach ein komischer Tag. Und ich mag kein Feuer. Das war mir schon immer unheimlich.«

»Ein Grund mehr, morgen mal rauszukommen.«

Er streicht mir die Haare zurück und verharrt mit der Hand in meinem Nacken. Dann fängt er an, ihn sanft zu massieren, die Wärme aus seinen Fingern strömt durch meinen ganzen Körper, und meine Muskeln entspannen sich. Eine neue Form von Nervosität erfasst mich, ein helles, flatteriges Summen vertreibt das dunkle Pochen der Furcht. Er kommt noch näher, sodass ich seinen Atem auf der Schulter spüre.

»Weißt du, ich mache mir Sorgen um dich«, brummt er, sein Mund berührt jetzt mein Ohr. *»Ich denke ständig an dich.«*

Er hebt mein Gesicht zu seinem und streicht langsam mit dem Zeigefinger über die Vertiefung an meinem Schlüsselbein hinauf zu meinen Lippen.

»*Olivier*«, setze ich an, aber da küsst er mich schon, und dem will ich mich absolut nicht entziehen. Ich drehe mich zu ihm um, wir pressen uns aneinander, seine Hände an meiner Hüfte, er zieht mich auf seinen Schoß. Er riecht nach Sommer – heiße Haut und ein Hauch von Kokosnuss. Plötzlich ist er über mir. Kurz erwäge ich, ihm zu sagen, dass wir aufhören sollten, aber ich wüsste nicht, warum. Mir gefällt sein Gewicht auf mir, sein rauer Atem an meinem Ohr. Ich hatte fast vergessen, wie das ist. Ich lasse mich gehen.

»Mum!«, rufst du vom Haus her, ich weiß nicht, wie viel Zeit vergangen ist.

Olivier und ich haben uns endlos geküsst. *»Wie die Teenager«*, flüstert er und lächelt in mein Haar.

Jetzt rappele ich mich auf, Olivier rückt widerwillig von mir ab und streichelt meinen Oberschenkel, als ich unter der Liege nach meinen Sandalen angele.

Das Tageslicht ist komplett erloschen, und der Mond ist hinter dem Rauch verborgen, der wie schwarzer Chiffon über den Himmel schwebt.

»Mum, komm mal bitte hoch!«

»Moment noch, Em«, rufe ich in Richtung Haus.

»Trink doch noch ein Glas Wein«, sage ich zu Olivier. *»Bin gleich wieder da. Vielleicht sucht sie ihr Asthmaspray.«*

Als ich in dein Zimmer komme, stehst du am weit aufgerissenen Fenster. Zum Glück kannst du von da aus nicht die Liege sehen, weil die Kiefern die Sicht versperren. Du drehst dich um, als du mich hörst, und ich sehe wieder den leicht manischen Ausdruck in deinen Augen, Angst gemischt mit Aufregung.

»Da.« Du zeigst in eine Richtung, und deine Hand zittert wieder auf diese medikamentenbedingte Art, die ich nur allzu gut kenne. »Guck mal, da draußen.«

Jenseits des dunklen Gartens, hinter dem seidenglatten Pool, in einiger Entfernung, aber nahe genug, dass mir das Herz in die Hose rutscht, stehen die Hügel in Flammen, orangefarben zucken und tanzen sie in der Dunkelheit. Ich muss an das denken, was Olivier vorhin gesagt hat, dass Jugendliche die Feuer aus Spaß gelegt hätten, und ich schaudere.

Als Élodie neun war, haben wir als Familie einen Campingausflug gemacht. Manchmal muss ich daran denken, oft in unerwarteten Situationen, und bei der Erinnerung gefriert mir immer noch das Blut in den Adern. Ich musste daran denken, als ich am ersten Tag in die *souillarde* kam und die Rußflecken an der Wand sah.

Im Englischen heißt es, »a memory is sparked«, eine Erinnerung wird entzündet – wie ein Funke, der einen zugewachsenen Pfad, der fast nicht mehr zu erkennen ist, plötzlich wieder zum Leuchten bringt. Wie passend, dass der Funke für diese Erinnerung das Feuer dort hinten in den Bergen ist.

1978

Die Reise ist Gregs Idee. Ich war noch nie ein großer Fan vom Zelten, aber schließlich lenke ich ein, und zwar ehrlich gesagt hauptsächlich, um Greg keine Munition zu liefern, indem ich seine Pläne durchkreuze.

Wir fahren nicht weit weg – müssen wir auch gar nicht: Eine halbe Autostunde entfernt fängt der Wald an. Bald schon schlängeln wir uns durch grüne Hügel und lassen die drückende Hitze des Flachlands hinter uns. Pinien säumen die Straße, mit unfassbar hohen, geraden Stämmen, die Wipfel dreißig Meter über uns spenden uns den ersten Schatten dieser Reise. Ich spüre, wie eine kleine Last von mir abfällt. Die Luft, die durch die Autofenster strömt, ist nicht nur kühl, sondern auch herrlich frisch. Vielleicht, gestehe ich mir ein, war es ja doch gar keine schlechte Idee.

Ich drehe die Musik lauter, ein leierndes Mixtape, das Greg für mich aufgenommen hat – meine Lieblingslieder komprimiert auf neunzig Minuten. Er hat Stunden damit zugebracht, nicht nur mit dem Überspielen der Lieder, sondern auch damit, die ganzen Titel in winzigen Großbuchstaben fein säuberlich aufzulisten, seine ganz persönliche Art eines Friedensangebots. Ich höre es schon den ganzen Sommer rauf und runter. Mein Ölzweig.

Der getragene Refrain von »California Dreaming« setzt ein, die ramponierten Lautsprecher des alten Citroën spielen die Backing Vocals lauter ab als den Gesang, lassen ihn in der Kathedrale des stillen Waldes um uns herum hallend und gleichzeitig flüchtig wirken.

Der Campingplatz ist klein, kaum mehr als eine Lichtung mit einfachem Duschhäuschen und Raum für fünfzig Zelte, ein Großteil davon nicht besetzt. Die Hochsaison hat noch nicht begonnen. Der Nachmittag verstreicht ohne Zwischenfälle, Greg und Élodie erkunden mit den Fahrrädern den Wald, während ich am Picknicktisch vor unserem Zelt lese. Auch das Abendessen verläuft friedlich. Die frische Bergluft ist so einschläfernd, dass wir um halb zehn in den Schlafsäcken liegen.

Das Erste, was ich höre, ist das hohe Schreien eines Babys. Kein normales Weinen, sondern ein schriller Ton, der die Dunkelheit zerreißt. Er wird von huschenden Lichtern begleitet, als immer mehr Leute ihre Taschenlampen anschalten. Greg kriecht zur Zeltklappe, und als er den Reißverschluss öffnet, dringt Rauch zu uns herein wie eine Welle, die uns zu erdrücken droht. Er tastet nach der Taschenlampe.

»Mist, wo ist die denn?«

»Hier. Ich hab sie.« Ich schalte die Lampe an und werfe sie ihm zu, dann bedecke ich Mund und Nase mit einem Tuch. Ich mühe mich mit meiner klammen Jeans ab, bekomme sie im Liegen nur schwer an, weil meine Füße auf dem glatten Nylon des Schlafsacks wegrutschen.

»Sylvie«, sagt Greg, und seine Stimme ist heiser vor Angst. »Wo ist Élodie?«

Er richtet die Taschenlampe auf ihren offenen, leeren Schlafsack. Ihre Kleider und Schuhe sind weg. *Sie* ist weg.

»O Gott.« Er fährt sich durchs Haar und kriecht aus dem Zelt. »Ich geh sie suchen. Pack du das Auto.«

Von der Rückseite des kleinen Zeltplatzes, wo der Wald dichter wird, kann ich das Feuer inzwischen sogar hören, ein Ton, der mehr ist als nur das Knacken und Fauchen brennenden Feuers, wie von einem brüllenden Monster. Ich bilde mir ein, die Hitze auf meinem Gesicht zu spüren, aber vielleicht ist das nur meine Panik. Der Rauch, schwärzer als die Nacht, umwabert mich.

Das Auto steht ganz in der Nähe, und auf dem Weg dorthin spreche ich ein Stoßgebet. »Bitte, bitte sei nicht irgendwo im Zelt vergraben. Bitte.« Und da ist er tatsächlich: Der Schlüssel steckt im Zündschloss, das Metall funkelt schwach im Feuerschein, der den Himmel inzwischen in ein apokalyptisches Orange taucht. »Wer klaut hier oben schon ein Auto?«, hatte Greg gesagt. Es kommt mir vor, als sei das Ewigkeiten her.

Ich hole so viel, wie ich tragen kann, aus dem Zelt und versuche, dabei nicht darüber nachzugrübeln, wo sie ist, wo Greg ist. Am liebsten würde ich sie auch suchen gehen, doch es ist vernünftiger, nicht vom Plan abzuweichen. Aber ich kann auf keinen Fall untätig im Auto sitzen und warten. Eine merkwürdige Mischung aus Angst und Wut regt sich in mir – Wut auf Greg, der im Ernst geglaubt hat, wir könnten ein Wochenende lang einen auf Bilderbuchfamilie machen, und auf Élodie, weil sie schon wieder tut, was sie immer tut, und weil sie ihren Vater und sich in ernsthafte Gefahr bringt. Mit dem Ärger kann ich besser umgehen als mit der Angst.

Ein paar Minuten später kommt Greg angerannt, mit Élodie auf dem Rücken. Erleichterung durchströmt mich, kalt und klar. Mit Blicken suche ich die beiden nach Verletzungen ab, aber Gott sei Dank sind sie nur schmutzig. Er lässt sie auf die Rückbank plumpsen, wirft sich auf den Fahrersitz und startet den Motor.

»Alles in Ordnung?«, fragt er mich, als er knirschend den Rückwärtsgang einlegt. Angst steht ihm ins Gesicht geschrieben, das in dem seltsamen Licht irgendwie kränklich wirkt, und sein Blick ist wild und verschwommen. Ich nicke nur, traue mich noch nicht zu sprechen, weil ich nicht weiß, was aus meinem Mund kommen würde: verängstigtes Schluchzen oder ein schrecklicher Vorwurf.

Ich habe Élodie beobachtet, als Greg mit ihr aufs Auto zurannte und sich zur Wagentür hinunterbeugte, konnte ihr perfekt herzförmiges Gesicht deutlich über seiner Schulter sehen, an die sie sich wie ein Äffchen klammerte. Ihr Haar war schmuddelig und verfilzt, und eine ihrer Wangen rußverschmiert, doch ihr Mund war zu einem leisen Lächeln verzogen. Ich kenne alle ihre Arten zu lächeln, und dies war ein Lächeln des Triumphs. Tief in mir drin hatte ich wohl schon vorher gewusst, dass es Brandstiftung war und dass sie das Feuer gelegt hatte.

1993

Olivier holt uns am nächsten Morgen um kurz nach zehn ab. Du hast das Geschenk schon ausgepackt, das ich aus London mitgebracht habe: ein silbernes Medaillon in Herzform. Innen befindet sich ein winziges Foto von dir auf der einen und eines von mir auf der anderen Seite, auf dem ich etwa in deinem Alter bin. Du hast es sofort angelegt, allerdings ohne Élodies Kette abzunehmen.

»Verheddern die sich nicht?«, wollte ich wissen, aber du hast den Kopf geschüttelt.

Als ich dich gestern Abend gefragt habe, ob du mit Olivier zu der Schlucht willst, wirktest du irgendwie erleichtert. Vielleicht bin ich ja nicht die Einzige, die die Vorstellung reizvoll findet, mal etwas Abstand vom Haus zu bekommen, vielleicht sogar voneinander: Durch Oliviers Anwesenheit dürfte die Stimmung entspannt bleiben. Außerdem habe ich das Gefühl, die Lücke zwischen Vergangenheit und Gegenwart vergrößern zu müssen. In La Rêverie scheinen die beiden sich immer wieder zu überschneiden, die Grenzen sind viel fließender, als mir lieb ist.

Olivier hat das Verdeck seines schicken Wagens heruntergeklappt, und beim Gedanken an den Rest des Tages macht mein Herz einen Satz.

»Hast du die Nachrichten gesehen?«, fragt er, nachdem er dir zum Geburtstag gratuliert hat und wir auf die Hauptstraße eingebogen sind. *»Sie sagen, das Feuer wird morgen oder spätestens übermorgen gelöscht sein.«* Er spricht auf Englisch weiter. »Emma, hast du das verstanden? Das Feuer brennt nicht mehr lange.«

Du siehst ihn überrascht an, er hat dich aus deinen Gedanken aufgeschreckt, und ziehst eine Schulter hoch. »Hat mich nicht weiter gestört.« Du meinst es nicht patzig. Tatsächlich wirkst du total abwesend und spielst mit den neonfarbenen Bändern an deinen Handgelenken.

Olivier wirft mir einen Blick zu, und ich schüttele knapp den Kopf. Du sitzt hinter mir, und ich sehe dein Gesicht im Seitenspiegel, es sieht heute klein und sehr jung aus, nicht so, als seist du gerade vierzehn geworden. Du liebst Geburtstage, aber du scheinst wie ausgewechselt, eine tiefe Falte in der glatten Haut zwischen deinen Augenbrauen, und du hast den Daumen am Mund und knabberst an der Nagelhaut. Das habe ich seit Jahren nicht mehr bei dir gesehen. Mein Magen zieht sich zusammen, als ich an das Polaroid denke. Ich habe es in der Seitentasche meines Koffers versteckt, aber vielleicht hast du es gefunden? Bestimmt nicht. Hättest du es gefunden und richtig angesehen, hättest du garantiert etwas gesagt. »Wie kann das sein, Mum? Das ergibt doch keinen Sinn.«

»Wird bestimmt schön, heute mal was anderes zu sehen, Feuer hin oder her«, sage ich heiter, damit Olivier uns nicht für undankbar hält. »Die Schlucht liegt in der anderen Richtung, Em, und sie ist wunderschön. Die spektakulärste in ganz Frankreich.«

Du nickst abwesend.

»Wie geht es deinem Asthma?«

»Gut, Mum«, sagst du abwesend. Nach dem Aufstehen hast du keuchend geatmet. »Ich hatte einen Albtraum«, mehr hast du nicht gesagt. Als ich die Hand zwischen Sitz und Tür nach deiner ausstrecke, drückst du sie nur kurz.

An der Schlucht angekommen, ist der staubige Parkplatz beinahe voll.

»Ah, dann sind die Massen also schon eingefallen«, meint Olivier. »Ich dachte, unter der Woche wäre weniger los.«

Da wird mir klar, dass ich zuletzt als Jugendliche an der Schlucht war. Irgendwie haben Greg und ich es nie geschafft, mit dir und Élodie herzufahren.

Sie ist ein unbelasteter Ort, genau das brauche ich heute, und du vermutlich auch. Die Sonne scheint auf den breiten Fluss. Er schlängelt sich durch die gewaltigen Felsmauern, die so hoch sind, dass sie das Sonnenlicht teilweise abhalten und das Wasser in ein dunkles Türkis verwandeln. An flachen Uferstellen werden bereits Picknicks veranstaltet, und eine Horde Kinder in Schwimmwesten paddelt in Kanus auf den Bogen zu, für den die Schlucht so berühmt ist: eine halbkreisförmige Felsformation, die den halben Himmel verdeckt. Die Gerüche von feuchtem Stein und den *gaufres au chocolat,* die es an einem Stand zu kaufen gibt, süß und vollmundig, ergeben eine eigenartige Mischung.

Ich erwische mich dabei, die Menge nach jemandem mit langem, welligem Haar und dieser gewissen Körperhaltung abzusuchen. Ich sage mir, dass das nur eine Angewohnheit ist, nicht etwa Intuition, und zwinge mich, damit aufzuhören.

Olivier hat ebenfalls ein Picknick dabei, das er vom Parkplatz aus in einer roten Kühlbox mitgeschleppt hat. Als er sie aus dem Kofferraum holte und kurz verlegen wirkte, weil er sich so offensichtlich Mühe gemacht hatte, drückte ich ihm den Arm, gerührt von seiner Aufmerksamkeit.

Er hat vergessen, Teller und Besteck mitzubringen, deshalb ist das Essen eine kleine Sauerei. Du kicherst, als er versucht, kalte Butter mit einem biegsamen Plastikmesser vom *gaufre*-Stand zu verteilen, wobei sich Baguette-Krümel auf seiner sauber gebügelten Kakihose verteilen. An den Flaschenöffner hat er allerdings gedacht, für dich gibt es wieder Pschitt! und für uns gekühltes Pelforth-Bier.

»Danke«, sage ich, als du dich auf die Suche nach einer Toilette gemacht hast.

»Wofür, das Sterne-Festmahl?«, fragt er und deutet auf die verstreuten Krümel und leeren Verpackungen um uns herum.

Ich lache und beuge mich näher zu ihm. *»Nicht nur für das Essen. Dafür, dass du uns so viel Gutes tust. Dank dir fühlt es sich heute an wie Urlaub.«*

Eine Haarsträhne weht mir ins Gesicht, und er schiebt sie mir hinters Ohr.

»*Es ist nur schade, dass dein Besuch hier bald zu Ende geht. Wenn ich dich noch irgendwie von dem Verkauf abbringen kann …*« Er streicht mit dem Finger an meinem Halsausschnitt entlang, meine Haut reagiert sofort, und ich bekomme trotz der Hitze eine Gänsehaut. Einen Augenblick lang sagt keiner von uns etwas, und ich glaube, dass er mich küssen will.

»*Ich kann nicht*«, sage ich leise, bevor er es tut. »*Aber ich habe noch keine Fähre zurück gebucht. Wir bleiben noch ein bisschen.*« Ich fange seinen Blick auf, erkenne das Begehren darin, und in mir verkrampft sich etwas. Ich verstumme, und er blickt mit zusammengekniffenen Augen auf das glitzernde Wasser.

»*Ach so. Dann habe ich das wohl neulich Abend missverstanden.*«

Bevor mich der Mut verlässt, beuge ich mich vor und küsse ihn. Einen Moment zögert er, und ich fürchte schon, dass er den Kopf wegziehen will, aber dann erwidert er den Kuss, sein Mund heiß und gierig. Seine Hand wandert an meine Hüfte, dann nach oben unter mein Oberteil, wo sie meine nackte Hand berührt.

Wir lösen uns einen Augenblick später voneinander, lächeln und sehen uns nach dir um. Ich erspähe dich nicht weit entfernt, ganz vertieft in eine Tafel mit Preisen für den Bootsverleih.

»*Wir haben meine arme Emma zur Anstandsdame gemacht.*«

»*Sie ist ein liebes Mädchen. Das macht ihr nichts aus.*«

»*Du hast sie ja auch mit Limonade bestochen.*«

»*Du bist es wert, finde ich*«, sagt er und lächelt. »*Und jetzt lege ich noch was drauf und miete uns ein Tretboot.*«

Ich schaue ihm nach, mein Herz pocht nach seinen Berührungen, ich schmelze dahin. In Gedanken bin ich schon bei heute Abend, wenn du oben schläfst und er und ich allein sind.

Am späten Nachmittag liegt die Schlucht im Schatten und ist ganz still, was sie noch beeindruckender macht. Unser Auto ist eines der letzten auf dem Parkplatz. Es ist fast sieben Uhr, als Olivier von der Straße in die Einfahrt von La Rêverie biegt. Wir sind alle drei müde und entspannt. Für mich ist der beruhigende Rhythmus der Fahrt fast zu schnell vorbei, meine Beine sind ganz schwer geworden, und Oliviers Hand liegt auf meinem Knie. Das Licht hat die Farbe von Goldrute, weich gezeichnet und gesättigt, wie eine Postkarte aus den Siebzigern. Die Sonne, die schräg durch die Buscheichen in der Einfahrt scheint, hat die perfekte Temperatur. Du bist auf dem Rücksitz hinter mir eingeschlafen, dein Kopf rollt mit den Bewegungen des Wagens hin und her, deine Lippen sind leicht geöffnet. Ich beobachte dich erneut im Seitenspiegel, sehe genau den Moment, als du wach wirst, dein Gesicht sich wieder mit Leben füllt und du dir über die Wange reibst. Langsam öffnest du die Augen, verschlafen, aber dann starrst du plötzlich etwas vor uns in der Einfahrt an.

Ich drehe mich und sehe eine Gestalt am Tor. Als wir näher kommen, dreht sie sich um.

Die Erdachse beginnt zu schwanken, und die Gedanken schießen mir wie Blitze durch den Kopf.

Da ist jemand.

Kann das sein?

Sie ist es.

Sie ist hier.

Élodie.

Élodie.

TEIL ZWEI

1993

Man sagt, wenn man sich etwas nur lange genug einredet, dann glaubt man es irgendwann, dann wird es zu einer nahezu perfekten Fälschung der Wahrheit. Aber während meine rationale Seite immer wusste, dass Élodie nicht tot war, kam es mir dennoch nach einer Weile so vor, als wäre sie nicht mehr am Leben. Sie war weder hier noch dort, gefangen in einer Art Schwebezustand zwischen den verschiedenen Ebenen der Existenz. Sie war die Bewegung im Spiegel in einem dunklen Zimmer, die Nackenhärchen, die mir zu Berge standen, das Unbehagen und die nagenden Schuldgefühle, die sich ohne ersichtlichen Grund in einen gewöhnlichen Tag stahlen. Sie hat mich verfolgt. Und wenn ich nicht mehr von den Gedanken an sie gequält werden wollte, dachte ich an sie als das Mädchen mit dem bernsteinfarbenen Auge, das keiner Fliege etwas zuleide tun konnte.

Es war leichter, als man annehmen würde, diese Riesenlüge aufrechtzuerhalten, vor allem im Dorf. Meine Eltern waren damals beide schon verstorben und die von Greg natürlich in England. Dein Dad war in Paris, und du und ich sind nach London gezogen. Und Élodie? Sie war ans andere Ende Frankreichs verschwunden, wo das Land flach und der Himmel bleiern war.

Also doch kein totes Mädchen. Ein Mädchen, das groß geworden ist, das auf dem Polaroid, das Luc hatte fallen lassen, gerade erwachsen geworden war. Ein Mädchen, das, nur wenige Tage nachdem das Foto aufgenommen worden war, aus dem Institut Médico-Éducatif abgehauen war, wo sie die letzten dreieinhalb Jahre verbracht hatte, und dann spurlos verschwand.

Das Wissen, dass sie dort draußen war, wurde ein chronischer

Schmerz, mit dem ich zu leben lernte. Er wurde akuter, als ich den Brief wegen des Feuers bekam, und bohrte sich immer tiefer, als wir in Calais von der Fähre fuhren und die Reise gen Süden antraten.

Vor sechs Jahren hatten sie Greg angerufen, als sie Élodie nirgends finden konnten – seine Pariser Nummer stand als Notfallkontakt in den Akten, nachdem ich mit dir La Rêverie verlassen und nach London gegangen war. Paris lag viel näher am Institut.

»Sie haben die Suche aufgegeben«, sagte er ein paar Monate später am Telefon, das weiß ich noch, die Stimme brüchig. »Sie sagen, es gibt keine Spur, und da sie jetzt volljährig ist, trägt das Institut sowieso keine Verantwortung mehr. Ich habe mich an die Abteilung für Erwachsene gewandt, aber die hat es nicht interessiert, das habe ich gemerkt. Sie hat sich die ganzen drei Jahre nichts zuschulden kommen lassen.«

Monatelang hatte ich damit gerechnet, dass sie auf einmal bei ihm vor der Tür steht, weil sie die Adresse kannte. Aber das tat sie nicht. Das hat Greg ziemlich mitgenommen, glaube ich, weil er wohl insgeheim hoffte, sie hätte ihm ihre Einweisung verziehen, weil es vor allem auf meine Initiative hin geschehen war, obwohl wir beide die Formulare unterschrieben hatten. Aber sie tauchte nie auf, und aus Wochen wurden Jahre. Und was auch immer Greg behaupten mag und wie viel gemischter meine Gefühle auch waren, mich erschütterte das Ganze ebenso wie ihn.

Ich habe mir einmal etwas gewünscht. Eine Tochter, die etwas Besonderes ist. Mir war nicht in den Sinn gekommen, mir bescheidenere Eigenschaften zu wünschen, zu bitten, sie möge normal oder liebenswürdig sein zum Beispiel. Und etwas Besonderes war sie auch, genau, wie ich es mir erhofft hatte. Sie war außergewöhnlich. Das ließ sich nicht bestreiten.

Merkst du, wie ich von ihr in der Vergangenheit spreche? Das ist schon vor langer Zeit zur Gewohnheit geworden. Sie *ist* etwas Besonderes, ebenso wie sie schön und intelligent ist. Aber irgendwie kann mein Geist ihre fortwährende Existenz noch nicht ganz verarbeiten, obwohl sie hier vor mir in der Einfahrt steht, La Rêverie sich hinter ihr erhebt und ihre Augen das Licht reflektieren, ihre Lunge Luft einsaugt. Sie ist genau wie jeder andere Mensch.

Nein, nicht wie jeder andere. Das war sie nie.

Meine wunderschöne Tochter. Meine wunderschöne Widersacherin.

1979

Beim zweiten Mal fühlte es sich anders an. Ich spürte es, noch bevor sie die Nabelschnur durchtrennten. Da warst du, mein süßes Mädchen: perlig weiche Haut und kristallklare Augen, eine glänzende Kastanie, deren schützende Hülle gerade aufgesprungen ist, begeistert von der Welt, vom tanzenden Sonnenlicht an der Wand und dem flauschigen Stoff deiner Decke hast du gestrampelt, nach dem Leben gelechzt. Und während Élodies Geburt ein *coup de foudre* war, Liebe auf den ersten Blick, die mich so heftig, beinahe gewaltsam traf wie ein Blitz, legte sich etwas in mir, kam zur Ruhe, als du geboren wurdest, Emma. Es war, als wäre ich aus einem brodelnden Sturm ins stille Dunkel getreten, einen Ort so sicher wie der Leib meiner eigenen Mutter.

Doch es ist nicht von Dauer, dieses Gefühl der Geborgenheit. Schon kurz darauf werde ich aus dieser sanften, gedämpften Nacht herausgerissen. Wie eine Taucherin, die zu schnell an die Oberfläche kommt, ringe ich nach Luft.

Eines Tages, als ich hochgehe, um dich zu wecken und nachzusehen, ob du eine neue Windel brauchst, steht deine große Schwester an der Tür zu deinem Zimmer. Ich frage sie, was sie da macht, aber sie stiehlt sich wortlos davon. Der Bluterguss, den ich später auf deinem winzigen Oberschenkel finde, ist wie ein Schmetterling geformt, tiefblau in der Mitte. Eine Zeit lang starre ich ihn an, während du zufrieden strampelnd auf der Wickelunterlage liegst. Halb frage ich mich, woher er stammen mag, halb sagt mir ein altvertrauter Instinkt, dass es ein Kneifmal ist, von Fingern, die kleiner sind als meine.

Irgendwo ganz tief in meinem Innern fürchte ich diesen Moment seit dem Tag vor zwei Monaten, an dem ich mit dir aus dem Krankenhaus nach Hause kam – nein, eigentlich schon seit dem Tag, an dem ich erfuhr, dass ich wieder schwanger war.

Élodie ist jetzt zehn und geht unter der Woche zur Schule. Wenigstens in dieser Zeit kann ich durchatmen. Wenn die beiden morgens das Haus verlassen – sie will immer, dass Greg sie bringt, wenn er da ist –, spüre ich, wie mein Körper nachgibt, und es kommt mir vor, als würde auch La Rêverie loslassen, die überspannte Atmosphäre löst sich wie angehaltener Atem.

»Greg«, rufe ich. »Komm mal und guck dir das an.«

Er schaut auf dich hinab. »Was denn? Das da?«

»Ja, das da.« Mir springt es ins Auge wie eine Seemannstätowierung auf deiner makellosen Haut. »Jetzt sag nicht, du siehst es nicht.«

Ich ziehe deinen Strampler hoch, suche dich nach weiteren Verletzungen ab. An deinem Oberkörper finde ich nichts, aber auf deinem linken Arm, direkt über dem Ellbogen, prangen Spuren wie Fingerabdrücke. Vier kleine Flecken, die sich nicht wegwischen lassen.

»Und was ist damit? Das ist dann wohl auch nicht der Rede wert?«

»Die paar blauen Flecken. Vielleicht hat sie sich irgendwo gestoßen.«

Ich drehe mich zu ihm um und muss mich zusammenreißen, um nicht die Stimme zu erheben. »Sie kommt doch noch gar nicht von der Stelle. Wie soll sie sich denn da stoßen? Sie kann sich noch nicht mal drehen, woher soll da bitte dieser blaue Fleck an ihrem Oberschenkel stammen?«

Er bedenkt mich mit einem nachsichtigen Blick. »Tut mir leid, Sylvie, aber ich weiß nicht, was du von mir hören willst. Ein kleiner blauer Fleck schadet ihr nun wirklich nicht.«

»Sag mal, stellst du dich mit Absicht dumm? Das sind Fingerabdrücke.«

Widerstreitende Gefühle huschen über sein Gesicht. Dann wird seine Miene hart. »Du weißt doch gar nicht, ob sie es war. Ich finde, sie ist ziemlich brav, seit das Baby da ist. Der Fotoapparat war eine gute Idee, sie macht ständig Bilder, vor allem von Emma. Im Zweifel für die Angeklagte, sage ich, aber das hast du bei Élodie ja noch nie gelten lassen.« Er schüttelt den Kopf.

Tränen laufen mir übers Gesicht, tropfen von meinem Kinn auf dein Bein, direkt unter dem Bluterguss.

»Na klar, und jetzt weinst du wieder«, sagt er. »Mir fällt einfach nichts mehr dazu ein, Sylvie. Wirklich nicht.«

Wieder ändert sich sein Gesichtsausdruck, wirkt feindselig und gleichzeitig fast gelangweilt, und zum ersten Mal erkenne ich Élodie in seinen Zügen.

1993

Alles hat sich verlangsamt, wie in den Sekunden vorm Aufprall bei einem Unfall. Es scheint endlose Minuten zu dauern, auf sie zuzugehen, aber meine Gedanken sind merkwürdig ruhig und geordnet. Sie hatte sich beim Geräusch des heranfahrenden Autos umgedreht, aber jetzt macht sie keine Anstalten, näher zu kommen. Ich zwinge mich dazu, weiterzugehen.

Als ich mich ihr nähere, sehe ich, dass ihr Gesicht hagerer geworden ist, ihre Wangenknochen treten deutlicher hervor, wodurch ihre verschiedenfarbigen Augen größer und noch faszinierender wirken. Ihre Haut ist brauner als in meiner Erinnerung, als würde sie die meiste Zeit im Freien verbringen. Sie hat ein wenig von der prallen und gefährlichen Anziehungskraft verloren, die ich noch beim letzten Mal an ihr gesehen habe, aber ihre Züge, in der Zwischenzeit schärfer in ihr Gesicht geprägt, sind auf noch unheimlichere Weise vollkommen als in meinen Träumen. Mein Herz hüpft und sinkt sogleich wieder: ein heftiger Schlag Mutterliebe gegen die Brust, der sofort wieder die alte Furcht wachruft. Ich spüre sie in mir hochsteigen.

Und dann lächelt sie, was mich völlig aus dem Konzept bringt, weil es keines der Élodie-Lächeln ist, die ich kenne. Es ist verhalten, fast ein wenig nervös, und einen flüchtigen Augenblick lang frage ich mich, ob sie eine Hochstaplerin ist.

Ich spüre eine Hand an meinem Arm und zucke zusammen. Du stehst hinter mir, hast mir die Finger in die Haut gegraben, siehst mich jedoch nicht an, nicht einmal auf der Suche nach einer Erklärung. Du reißt die Augen auf, starrst deine Schwester an, saugst sie in dich auf, als könntest du dich gar nicht sattsehen.

»Mum«, keuchst du. »Ich … Ist das …?« Ich kippe meine Tasche aus, Kleingeld, Taschentücher und Lippenstifte fallen zu Boden. Du hebst das Asthmaspray auf, als ich mich gerade danach bücken will. Niemand sagt etwas, während du die Medizin inhalierst, Élodie beobachtet dich, ihr Gesicht ist unergründlich.

»Das ist deine Schwester«, sage ich, als du es mir zurückgegeben hast. Ich wusste nicht, ob ich überhaupt sprechen kann, bis ich mich die Worte sagen höre. »Ich weiß, dass ich dir das erklären muss. Aber … das ist deine Schwester. Das ist Élodie.«

Als sie ihren Namen hört, huscht ihr Blick von dir zu mir, und als wir uns in die Augen sehen, scheint sie kaum merklich zusammenzuzucken, als würde es ihr Schmerzen bereiten. Ich sehe ihren Kehlkopf nervös hüpfen, als sie schluckt, und ich kann nicht anders, als fasziniert hinzustarren, wenn nicht gar schockiert, weil ich an Élodie noch nie Nervosität beobachtet habe, nicht einmal an dem Tag, als Greg sie fortgebracht hat.

Ich bin so gebannt, so tief greifend erschüttert, dass ich erst nach einer Weile registriere, wie groß deine Pupillen sind, auch nachdem du den Inhalator benutzt hast, deine Augen eher schwarz als blau. Du bist noch viel geschockter als ich, natürlich bist du das. Hier, genau vor dir, steht ein Geist aus Fleisch und Blut. Deine beinahe mythische Schwester, auf wundersame Weise wiederauferstanden. Ich schaue sie an, rechne fast damit, dass sie sich im goldenen Licht aufgelöst hat, und da erblicke ich Luc im Hintergrund, der sich über den Pfad in Richtung Scheune davonschleicht. Dann fällt mein Blick wieder auf sie, und er ist vergessen – genau wie Olivier, bis er mir sanft gegen den Arm tippt.

»Sylvie, ich gehe jetzt. Du brauchst jetzt Zeit alleine mit … mit deiner Familie …« Er unterbricht sich. *»Ich rufe dich an, ja?«*

Ich nicke abwesend, seine Worte haben keine Bedeutung. Als er davonfährt, fällt mir auf, dass ich sie noch nicht berührt habe. Ich habe es noch nicht einmal geschafft, etwas zu ihr zu sagen. Ich kann nicht klar denken.

Und dann tritt sie auf uns zu, und ich tue es ihr automatisch gleich. Als sie mich umarmt, fällt mir auf, dass wir genau gleich groß sind. Ihre Arme sind stark. Sie ist quicklebendig.

»Maman, du zitterst ja. Dein Herz schlägt ganz schnell«, sagt sie mir ins Ohr. Als sie mir so nah ist, wird mir alles zu viel, ich weiß nicht, ob ich weinen oder in Ohnmacht fallen soll. *Mein Kind*, denke ich, und die schlichten Worte gleiten mir reibungslos durch den Kopf. Sie riecht anders und doch wie immer – nach frischer Luft, dem Meer, Patschuli. Ihr Haar, ich taste nach einer Strähne davon, ist nicht mehr ganz so mädchenhaft weich, eher elastisch und stark wie ihr ganzer Körper. Ich zittere und bemerke, dass sie absolut ruhig ist.

»Lass uns reingehen«, höre ich mich sagen.

Ich drehe mich um, nachdem ich dich ins Haus geschoben habe, und ertappe sie dabei, wie sie auf der Türschwelle kurz zögert. Aber dann tritt sie ein, und wie immer, wenn man etwas Altes wiederaufleben lässt, ist es ebenso grundvertraut wie schwindelerregend seltsam.

Wir gehen in den Salon. Ich mache uns allen Kaffee mit Zucker, obwohl du gar keinen trinkst, bei Élodie habe ich keine Ahnung.

Ich werfe dir einen Blick zu, du hältst deine Kaffeetasse umklammert, als müsstest du dich daran festhalten. Du hast immer noch den verstörten Ausdruck im Gesicht; du siehst so aus, wie ich mich fühle. Gegenüber von uns sitzt Élodie in perfekt aufrechter Haltung im Sessel meiner Mutter und sieht sich im Zimmer um.

»Sieht alles noch genauso aus«, sagt sie, anscheinend verwundert. *»In der ganzen Zeit hat sich nichts verändert.«*

»Ich packe gerade zusammen«, sagt jemand. Ich. *»Ich will das Haus leer räumen.«* Die Absurdität der Unterhaltung macht mich wahnsinnig, das nichtssagende Geplänkel nach zehn Jahren.

»Pourquoi?« Ihre Augen sind sanft, verwundbar.

»Es wird verkauft. La Rêverie wird verkauft.«

»Oh. Wollt ihr es nicht mehr?«

Ich rutsche auf meinem Platz herum, schaue wieder nach dir. »Emma, Süße, du bist immer noch ganz blass. Geh doch eine Weile nach oben, bis es dir besser geht, ja? Ich komme bald zum Reden hoch, versprochen. Ich erkläre dir alles. Ich brauche nur etwas Zeit mit deiner Schwester.«

Du reagierst entrüstet. »Auf keinen Fall. Ich will hierbleiben. Ich will wissen …« Deine Augen füllen sich mit Tränen, und mich packen furchtbare Schuldgefühle. »Du hast mir erzählt, sie wäre tot!« Deine Stimme bricht, und ich sehe Élodie an, die zusammenzuckt, diesmal offensichtlicher. Das schlechte Gewissen darüber, dass sie das mit anhören musste, bringt mich ins Taumeln, obwohl ich sitze. Ich berühre mein Gesicht und stelle fest, dass es nass ist.

Élodie steht auf und kniet sich vor dich. Vorsichtig zieht sie deine Hände von deinem tränenüberströmten Gesicht, und ich wische mir über die Augen.

»Es tut mir so leid, Emma«, sagt sie sanft, melodisch, in leicht geschraubtem Englisch. Ihr Akzent ist stärker als früher, als hätte sie seit langer Zeit nur noch Französisch gesprochen. »Es ist meine Schuld.«

Du atmest zittrig aus. »Deine Schuld? Wieso denn deine Schuld?«

»Ich habe ihnen gesagt, dass sie mich nicht besuchen sollen. Ich habe gesagt: ›Ich bin jetzt tot für euch.‹ Und später verschwinde ich, damit sie denken, dass ich es wirklich bin. *Tu comprends?* Ich wollte, dass sie das denken.«

Ich sitze erstarrt da, und du lässt den Blick zwischen uns beiden hin und her wandern. »Aber warum?«

»Ich war wütend. Ich war damals ein böser Mensch. Ich habe nur an mich gedacht.« Sie legt sich die Hand aufs Herz.

Ich starre darauf, weil ich nicht weiß, was ich in ihrem Gesicht sehen würde. Sie übernimmt die Verantwortung, und mir wird ganz schwindelig.

»Emma, geh nach oben. Nur kurz.« Das ist nicht fair von mir, aber anders geht es jetzt nicht. Ich muss das klären. Ich hebe die

Hand, als du den Mund aufmachst, um zu widersprechen. »Bitte, geh einfach. Ich hole dich, wenn Élodie und ich uns unterhalten haben.«

Gott sei Dank gehorchst du, stampfst die Treppe hinauf und knallst deine Tür zu, was mir angemessen erscheint. Außerdem ist mir dein Zorn lieber als der ausdruckslose Schock.

Als ich mich wieder Élodie zuwende, gehen mir Hunderte andere Situationen mit ihr in diesem Raum durch den Kopf, wie in einer Laterna magica. Außerhalb der Abendsonne sieht sie jünger aus, weich gezeichnet, eher wie in dem Alter, als sie uns verlassen hat.

Wir brauchen etwas Richtiges zu trinken. In der Küche öffne ich mit immer noch zitternden Händen den Kühlschrank und nehme eine neue Flasche Wein heraus. Élodie greift nach oben in den Schrank mit den Gläsern, und genau diese beiläufige Geste, ihre unbewusste Vertrautheit mit der Küche, macht mir endgültig klar, dass sie zurück ist. Ich gerate wieder ins Wanken. Ich komme mir vor, als sei ich schon betrunken.

»Ça va?« Ihre Hand an meiner nackten Schulter ist kühl. Ich zucke zurück, dann erröte ich, ob vor Scham oder Verlegenheit weiß ich nicht genau.

»Tut mir leid«, sage ich, nachdem ich das erste Glas heruntergestürzt habe. *»Es ist nur … es ist nur so ein Schock, mehr nicht. Es gibt so viel zu sagen, dich zu fragen, dass ich gar nicht weiß, wo ich anfangen soll.«*

»Für mich ist es auch ein Schock.« Noch ein unentschlossenes Lächeln. *»Ich habe nicht damit gerechnet, dass jemand hier ist, aber dann habe ich das englische Nummernschild am Auto gesehen, und die Fensterläden waren offen. Ich wollte gerade gehen, als der andere Wagen angefahren kam.«*

Bei der Vorstellung wird mir schon wieder schwindelig. Hätte ich jemals erfahren, dass sie hier gewesen ist, wenn wir sie verpasst hätten? Vermutlich schon. Die Luft hätte sich anders angefühlt, hätte eine andere Farbe gehabt.

»Komm mit raus«, sage ich und wünschte, meine Stimme wäre fester. *»Komm und rede mit mir.«*

Auf der Terrasse setzt sie sich auf den Stuhl gegenüber meinem. Sie zieht die Beine auf genau die gleiche Weise unter sich wie ich. Das hatte ich vergessen. Sie hält auch das Weinglas genau wie ich. Erlernt oder angeboren? Darauf wusste ich noch nie eine Antwort.

»Élodie …«, setze ich an, aber sie fällt mir ins Wort.

»Es ist so seltsam. Abgesehen von Emma sieht alles noch genau so aus, wie ich es in Erinnerung habe, sogar du.« Ihr Finger berührt das Grübchen in ihrer Wange, und ich imitiere unbewusst die Geste, den Finger im Gesicht.

»Wie geht es dir, Élodie?«, frage ich und habe keine Ahnung, wie ich zum Ausdruck bringen soll, dass ich ganz schnell alles erfahren muss: wo sie gewesen ist, wie sie all die Jahre ohne ihre Familie zurechtgekommen ist, vielleicht ganz allein. Bei dem Gedanken sacke ich innerlich zusammen. Dennoch kann ich ihr nur die gleiche Frage stellen wie einer flüchtigen Bekannten auf der Straße. »Wie geht es dir?«

»Geht es dir gut?«, versuche ich es erneut. *»Du siehst zumindest so aus. Du bist immer noch so schön, vielleicht sogar noch schöner.«* Ich strecke die Hand aus, ziehe sie aber zurück, als sie sich nicht rührt. *»Élodie, wo bist du die ganze Zeit gewesen? Wo bist du hingegangen, als du das Institut verlassen hast?«*

Ihre Finger fangen an, unruhig immer wieder eine Strähne ihres Haares zu zwirbeln. Ein paar ihrer Nägel sind abgebrochen, und von ihrem kleinen Finger bis zum Handgelenk erstreckt sich eine üble Schürfwunde. Da trifft es mich wie ein Schlag in die Magengrube: Das hier ist meine Tochter, und ich habe keine Ahnung, wie sie sich verletzt hat. Sie war so lange mutterseelenallein da draußen, musste sich allein durchschlagen. Wieder werde ich von Scham durchflutet.

»Ich wollte ja zurückkommen«, sagt sie und wendet sich ab, richtet den Blick in den Garten. *»Immer wieder. Ich habe oft daran*

gedacht. Aber bis jetzt habe ich es nie getan. Ich muss es hier drin gespürt haben.« Wieder legt sie sich die Hand auf die Brust. »*Irgendwas hat mir gesagt, dass ich jetzt zurückkommen sollte.«*

»*Aber du wolltest doch eben einfach wieder verschwinden? Ohne uns gesehen zu haben?«*

»*Ich habe Angst bekommen. Als niemand aufgemacht hat, habe ich den Mut verloren. Ich dachte, vielleicht ist es doch nicht der richtige Zeitpunkt.«*

»*Du hattest Angst? Ich habe nie wieder ein Kind getroffen, das so angstfrei war wie du.«*

Sie zuckt die Achseln. »*Damals war ich ein Kind. Und wahrscheinlich habe ich erst gelernt, was Angst ist, als ich ... weggegangen bin.«*

»*O Gott, Élodie.«* Ich lasse den Kopf hängen. »*Du weißt doch, dass wir das nur gemacht haben, weil ...«*

»*Ich weiß. Ich habe das nicht gesagt, damit du dich schuldig fühlst. Du und Papa, ihr habt getan, was ihr tun musstet.«* Ich beobachte, wie sie sich vorsichtig am Rand der Wunde kratzt. »*Was hast du Emma über mich erzählt? Abgesehen davon, dass ich gestorben bin, meine ich.«* Ihr Blick schnellt zu mir und wieder davon, als ich zusammenzucke.

»*Ich ... Ihr wurde gesagt, dass du fortmusstest. Dass du ... krank warst.«*

»*Und dass ich daran gestorben bin, an dieser Krankheit?«*

Ich seufze schwach. »*Wir dachten, es sei das Beste, am einfachsten für Emma – sie war doch noch so klein –, wenn wir sie glauben lassen, dass du körperlich krank warst. Es ... es tut mir so leid, und ich bin dankbar für das, was du eben gesagt hast. Wirklich.«*

»*Aber hast du ihr wirklich gesagt, ich sei tot? Hast du es ausgesprochen: ›Élodie ist gestorben‹?«* Ihre Stimme zittert.

Erneut lasse ich den Kopf hängen. »*Nein. Jemand aus ihrer Klasse hat sie darauf gebracht, dass du wohl im Himmel seist, und als sie mich gefragt hat, habe ich sie in dem Glauben gelassen. Ich weiß, wie schrecklich sich das anhört, aber ich habe nie … ich habe nie ausgesprochen, dass …«*

»*Verstehe*«, unterbricht sie mich. »*Damals war es leichter für sie, das zu glauben. Sie war ja noch klein, wie du schon sagtest.*«

»*Dein Vater war am Anfang dagegen. Das sollte ich erwähnen. Er war richtig sauer auf mich. Ist er immer noch, glaube ich.*«

»*Erzählst du ihm, dass ich hier bin?*«

»*Natürlich. Ich rufe ihn nachher an.*«

»*Nachher. Heißt das, ich kann heute Nacht hier schlafen?*«

Mein Puls dröhnt in meinem Kopf. »*Unbedingt.*«

Ich weiß immer noch nicht, wo sie die ganze Zeit gewesen ist oder warum sie ausgerechnet jetzt zurückgekehrt ist, abgesehen von einem nebulösen Gefühl, es sei der richtige Zeitpunkt. Ich sehe, wie ihr zwei Tränen simultan über die Wangen rollen, und instinktiv will ich sie trösten, obwohl mir plötzlich durch den Kopf schießt, dass sie früher nie geweint hat, zumindest nicht wirklich. Es hat nie so ausgesehen wie jetzt. Jetzt scheint sie tatsächlich zu weinen, als würden die Emotionen aus ihr hervorbrechen. Ich dachte immer, für so etwas hätte Élodie sich zu sehr unter Kontrolle.

Ich laufe nach drinnen und reiße ein Stück Küchenrolle ab. Ich knie mich neben ihren Stuhl und lege ihr die Hand auf den Rücken, während sie sich über die Augen wischt.

»*Vielleicht sollte ich lieber doch nicht bleiben*«, sagt sie, als sie sich wieder gefasst hat. »*Vielleicht sollte ich lieber woandershin gehen.*«

»*Nein, nein. Du kannst nicht gehen. Du bist doch gerade erst zurückgekommen. Du kannst in deinem Zimmer schlafen. Es ist noch genauso wie damals. Na ja, ein paar Sachen sind natürlich nicht mehr da, aber die Klamotten, dein Bett …*« Ich gerate außer Atem. Vier Wörter kreisen endlos in meinem Kopf. *Sie ist meine Tochter. Sie ist meine Tochter.*

Sie nickt. »*Danke.*«

Dann verfallen wir wieder in Schweigen. Ich beobachte verstohlen, wie sie sich die Nase putzt. Ein Windstoß fährt ihr durchs Haar und lässt es flattern wie eine goldene Fahne.

Tief in meinem Innern schlägt meine alte Freundin, die Angst, einen neuen Takt an, schneller als zuvor. In ein paar Stunden wird es dunkel sein. Und zum ersten Mal seit zehn Jahren wird Élodie nicht dort draußen in den endlosen Weiten der Welt sein, sondern unter ein und demselben Dach wie du und ich.

1980

Reglos steht sie da, ganz in Weiß, leuchtend wie das Mondlicht, das auf deine Wiege fällt. Ihr Baumwollnachthemd ist so dünn, dass es ihre Silhouette umwabert. Ich muss an eine Qualle denken, die durchs dunkle Meer schwebt. Eine lockere Diele knarrt unter meinen Füßen, und sie wirbelt mit fliegendem Haar herum. Das Licht kommt vom Fenster hinter ihr und lässt ihr Gesicht wirken wie ein schwarzes Loch.

So viel Angst wie in diesem Moment hatte ich noch nie. Als ich auf deine Wiege zugehe, fällt mir auf, dass eine Seite geöffnet ist, dass du noch keinen Ton von dir gegeben hast, und mein Herz setzt fast aus vor Schreck. Ich hebe dich aus der Wiege, im festen Glauben daran, dass du tot bist. Doch da schlägst du die Augen auf, fängst an zu zappeln, und ich muss den Schrei zurückhalten, der schon fast über meine Lippen ist.

Sie ist lautlos von ihrem Zimmer in deines geschlichen. Als ich sie am Handgelenk packe und in ihr Bett zurückzerre, bemerke ich, wie kühl ihre Haut ist. Sie muss schon eine ganze Weile bei dir gewesen sein. Ich frage mich, ob irgendein Urinstinkt mich auf die Gefahr aufmerksam gemacht hat, ein stiller Weckruf, den nur eine Mutter hören kann.

Am nächsten Morgen telefoniere ich herum, bis ich einen Mann gefunden habe, der noch heute ein Schloss in deine Tür einbaut. Kein Riegel, kein Haken, sondern ein richtiges Schloss, mit Schließzylinder und Gegenstück im Rahmen. Ein Schloss mit einem Schlüssel, den ich an mich nehmen kann, damit du in Sicherheit und außer ihrer Reichweite bist.

Als Greg abends nach Hause kommt, sind seine Augen gerötet.

John Lennon ist erschossen worden, und im Radio lief den ganzen Tag »Imagine«. Er ist so aufgebracht und enttäuscht von der ganzen Welt, dass ich ihm nichts von der Sache mit Élodie erzähle, doch natürlich fällt ihm die neue Türklinke auf, die so gar nicht zu den restlichen passt. Ich wappne mich für einen Streit, aber er sagt nichts dazu. Er legt nur kurz die Hand darauf, das Messing blitzeblank im dunklen Flur, dann trottet er in unser Schlafzimmer. Er wirkt so niedergeschlagen, dass ich nicht wiederhole, was Élodie gesagt hat, als ich sie wieder ins Bett gebracht habe. »*Je n'aime pas ça*«, hat sie geflüstert, ein Zischen im Dunkeln. *Ich mag es nicht. Ich will es nicht hierhaben.*

1993

Élodie will um kurz nach neun ins Bett und sagt, sie sei erschöpft. Ich beziehe ihr Bett mit frischer Bettwäsche und bin selbst so müde, dass das Merkwürdige daran, diese alltäglichen Handgriffe in Élodies Zimmer auszuführen – für Élodie –, mir zum Glück nur entfernt bewusst ist. Als ich fertig bin, umarmen wir einander unbeholfen, und ich schließe sacht die Tür hinter mir. Einen Moment bleibe ich stehen und horche staunend auf die kleinen Geräusche auf der anderen Seite: das Quietschen der Dielen unter ihren Füßen, das Seufzen der Matratze, als ihr Gewicht nach einem Jahrzehnt wieder darauf liegt. *Sie ist hier.*

Als ich mich losreiße, erwartest du mich schon im Salon.

»Dann erklär mal«, sagst du trocken, dein Mund eine strenge Linie, die mich an deinen Vater während der letzten Jahre unserer Ehe denken lässt. »Du hast es versprochen.«

Ich reibe mir über die Kopfhaut, die spannt und brennt. »Ja, habe ich.«

»Also, Élodie ist gar nicht tot.« Klare Worte. Du bist wütend und weißt nicht, auf wen. Noch nicht.

Ich versuche, meine Gedanken zu sortieren. »Du darfst nicht vergessen, dass dein Dad und ich dich immer nur beschützen wollten«, fange ich an. »Vielleicht haben wir Fehler gemacht, aber …«

»Weil ihr gelogen habt? Weil ihr mich habt glauben lassen, dass sie tot ist, obwohl ihr das in Wirklichkeit gar nicht sicher wusstet?«

»Ja.«

»Wieso habt ihr nicht besser nach ihr gesucht? Sie hat gesagt, sie *wollte,* dass ihr sie für tot haltet, aber was soll das überhaupt bedeuten? Und wieso wollte sie das?«

Du bist heute Abend deutlich mehr auf Zack als ich.

»Ich nehme an, wir wussten es nicht, nicht genau zumindest. Aber als du davon ausgegangen bist, haben wir dich einfach gelassen, weil wir dachten, so wäre es einfacher für dich, als zu wissen, dass sie vielleicht irgendwo da draußen ist.«

Was ich nicht sage – nicht sagen *kann:* Ich wusste nicht, an wie viel von dem, was sie dir angetan hat, du dich erinnern konntest. Ich wollte nicht, dass du denkst, sie könnte zurückkommen und dich holen.

»Also hat sie Dad und dich belogen, und ihr habt dann mich angelogen?«

Ich seufze. »Ja, könnte man sagen. Es tut mir leid, Emma, meine Süße, wirklich. Ich weiß, dass das absolut nicht in Ordnung war.«

Du lässt dich nicht beirren. »Also, warum hat sie gelogen?«

»Wahrscheinlich war sie böse auf uns, auf die ganze Welt, weil sie sich helfen lassen musste. Du weißt, dass sie krank war. Élodie musste in eine Spezialklinik, in der Kinder wie sie behandelt wurden. Wir haben sie dort nicht oft besucht, weil die Ärzte uns davon abgeraten haben. Heutzutage würde man das wahrscheinlich anders machen.« Ich schüttele den Kopf. »Ich weiß, das klingt alles verwirrend, aber vielleicht verstehst du es besser, wenn …«

Du springst auf. »Sag bloß nicht, dass ich es besser verstehe, wenn ich älter bin. Das sagst du immer. Aber anscheinend heißt älter werden einfach besser lügen können, zumindest wenn ich mir dich so anschaue.« Und weg bist du, stürmst die Treppe hinauf. Deine Tür knallt zu, und ich zucke zusammen.

*

Kurz vor Mitternacht schleiche ich mich auf Zehenspitzen in dein Zimmer, und während La Rêverie auf dem dunklen Meer der Nacht dahintreibt, sehe ich dir beim Schlafen zu. Zwischen deinen leisen

Atemzügen lausche ich auf jedes kleinste Geräusch jenseits der geschlossenen Tür. Ich wünschte, ich hätte sie angelehnt gelassen, aber ich will nicht riskieren, dich zu wecken, wenn ich sie jetzt öffne. Ich will dich nicht erschrecken, ein Gespenst im weißen Nachthemd, das wie in einem Schauerroman durch dein Zimmer geistert. Wenn dieses Zimmer doch nur einen Schlüssel hätte, dann könnte ich dich einschließen, wie in alten Zeiten.

Mir dröhnt der Kopf von zu viel Sonne in der Schlucht und zu viel Wein auf leeren Magen. Das Stehen in beinahe kompletter Dunkelheit macht mich ganz orientierungslos und unsicher auf den Beinen. Ich taste mich zur Wand vor und lasse mich auf halbem Weg zwischen dir und der Tür zu Boden sinken, den Rücken an der kühlen Wand. Draußen sehe ich durch die halb geöffneten Fensterläden den dumpfen Schein der Waldbrände in der Ferne.

Irgendwann nach eins schreckt mich ein anhaltendes Klopfgeräusch auf, das klingt wie ein Fingernagel an einer Tür. Es hört auf und setzt wieder ein, und in den Pausen hämmert mein Herzschlag fast genauso laut. Dann lichten sich meine Gedanken, und mir wird klar, dass ich das Geräusch kenne. Es ist ein Pochkäfer, der irgendwo in der Wand am alten Holz von La Rêverie nagt. Schlechte Nachrichten für das Haus und potenzielle Käufer, aber keine Gefahr für dich. Trotzdem erschauere ich. Im Volksmund nennt man die Käfer auch Totenuhr, weil man früher glaubte, das unheilvolle Geräusch würde den nahenden Tod eines geliebten Menschen ankündigen. Natürlich weiß ich, dass das nichts als alberner Aberglaube ist. Trotzdem.

Bevor ich mit dir schwanger wurde, hatten Greg und ich uns eigentlich von dem Wunsch verabschiedet, ein zweites Kind zu bekommen. Vor Élodie hatte er von einer großen Familie geträumt, glaube ich, und mir gefiel die Vorstellung auch, auf naive Weise. Aber dann nicht mehr. Nachdem ich wusste, wie es sein kann, sagte ich ihm, Élodie würde unser einziges Kind bleiben.

»Ich kann es einfach nicht riskieren«, sagte ich, als Élodie ein paar Jahre alt war. Meine Stimme zitterte. »Dass ich vielleicht nicht damit fertigwerde. Ich kann nicht.«

Er wollte nicht darüber reden, aber ich wusste, was er dachte – damals standen wir uns noch nahe genug. Ich wusste, dass er auf einer unhörbaren Frequenz bereits verstörende Signale von ihr empfing, noch bevor ich mit ihr zu Morel ging. In dem Jahr danach muss er ebenso oft wie ich über die Worte des Arztes nachgegrübelt haben, von denen einige hängen blieben und sich einfach nicht abschütteln ließen. Hartherzig. Gefühllos. Gleichgültig. Und natürlich *psychopathisch*. Das Wort schallte wie eine Sirene durch meine Träume.

Die Entscheidung, ob wir noch ein Kind wollen, wurde uns dann aber abgenommen, und oh, Emma, wie froh ich bin, dass es so war. Die unglaubliche Ironie daran bringt mich immer noch zum Lächeln, aber ich habe dich ausgerechnet Annette Martin zu verdanken. Annette Martin und ihren schlecht zubereiteten Coquilles Saint-Jacques.

Wir waren nicht mehr bei den Martins eingeladen gewesen, seit Luc im Pool gelandet war, aber Laurent musste sich gegen Annette durchgesetzt haben, sodass wir uns unter den Gästen seiner Geburtstagsfeier wiederfanden. Am nächsten Tag hatte die Hälfte von uns eine Lebensmittelvergiftung, und ich war einer der Pechvögel. Mir ging es so schlecht, dass mir alles egal war, sogar, was Élodie anstellte, während ich bei geschlossenen Fensterläden mit einer Schüssel neben mir im Bett lag. Mir kam überhaupt nicht der Gedanke, dass ich meine Pille mit erbrochen haben könnte. Und ich hatte schon fast vergessen, dass Greg und ich miteinander geschlafen hatten, als wir am Abend wieder zu Hause waren und die Jakobsmuscheln mich noch nicht vergiftet hatten: eine schnelle Nummer, zu der es vielleicht nicht gekommen wäre, wenn wir nicht so viel getrunken hätten. Als ich es endlich merkte – ziemlich spät, weil ich so sehr damit beschäftigt war, jeden einzelnen Tag zu überstehen, um auf etwas so Banales wie meinen Zyklus zu achten –, war ich schon fast im vierten Monat.

Eine weitere Ironie bestand darin, dass du mir nach der fürchterlichen Lebensmittelvergiftung keinen einzigen Tag Morgenübelkeit beschert hast. Wie typisch für dich. Du hast es mir immer so leicht gemacht, auch schon, als du noch kaum richtig existiert hast.

Aber damals wusste ich noch nicht, wer du sein würdest, und ich hatte schreckliche Angst. Bevor ich es Greg sagte, war ich wie benebelt vor Furcht und Fassungslosigkeit, suchte ein Dutzend Mal am Tag nach Blut in meiner Unterwäsche. In fünf Monaten, sagte ich mir, gibt es noch eins, noch ein Kind wie sie.

Mit den Gedanken bei der Vergangenheit muss ich eingeschlafen sein. Im nächsten Moment ist das Zimmer in gräuliches Licht getaucht, und eine zarte Röte am östlichen Horizont verkündet den nahenden Sonnenaufgang. Der Käfer ist verstummt. Ich zucke zusammen, als mir einfällt, warum ich hier bin und nicht in meinem eigenen Zimmer.

Ich weiß, dass ich gehen sollte, bevor du wach wirst. Ich stehe auf, die Glieder ganz steif vom harten Boden, und meine Hüfte knackt, als ich zur Tür gehe. Als ich zum ersten Mal Mutter geworden bin, habe ich mich ständig nach der Vergangenheit gesehnt, aber so ein tiefes Verlangen, die Zeit zurückzudrehen, hatte ich schon seit Jahren nicht mehr. Als ich nun auf Zehenspitzen den Flur entlang Richtung Élodies Zimmer schleiche, überwältigt mich der Wunsch beinahe. Auch wenn ich nicht weiß, zu welchem Zeitpunkt ich zurückreisen würde. In meine eigene Kindheit? Vielleicht. Es wäre schön, nicht zuständig zu sein: Als Élodie klein war, musste ich lernen, wie schwer es ist, Verantwortung zu übernehmen, wenn man glaubt, keine Kontrolle zu haben. Andererseits, wenn ich wieder ein kleines Mädchen wäre, hätte ich dich nicht. Und dich könnte ich niemals fortwünschen, Emma. Deine Schwester auch nicht. Vielleicht ist das eine biologische Unmöglichkeit. Beide Gedanken schnüren mir die Kehle zu.

Élodies Tür ist zu, und dahinter herrscht Stille. Mein Verstand weiß, dass sie schläft, genau wie du – den tiefen Schlaf kurz vor dem Morgengrauen –, aber ich habe eine beunruhigende Vision von ihr, wie sie kerzengerade im Bett sitzt und meinen Schatten unter dem Türspalt anstarrt. Greg ist nicht rangegangen, als ich ihn gestern Abend anrufen wollte. Meine Hände haben immer noch so heftig gezittert, dass ich zweimal wählen musste.

»Du warst nie da, Greg«, murmelte ich vor mich hin und knallte den Hörer auf die Gabel. »Nicht mal jetzt bist du es.«

Unten schlägt die vergoldete Uhr fünf, und ich muss wieder an unsere erste Nacht hier denken, war das vor acht oder neun Tagen? Ich widerstehe dem Drang, zurückzugehen und weiter Wache über dich zu halten, stattdessen mache ich Kaffee, um mich zu beschäftigen, und gehe damit auf die Terrasse. Die Sonne scheint immer kräftiger, der zitronenschalengelbe Himmel wird kaum merklich immer blauer. Der Kaffee ist stark, und ich trinke ihn schnell, merke, wie ich herumschleiche, wie auf Eiern gehe.

Ich spanne den Kiefer so fest an, dass mir die Zähne wehtun. Ich zwinge mich, langsam auszuatmen und bis fünf zu zählen, bevor ich wieder einatme. Doch dann höre ich einen Fensterladen quietschen und verkrampfe wieder, bekomme trotz der Sonne eine Gänsehaut. Ich schaue hoch zu deinem Fenster, aber ich weiß, dass es von der anderen Seite des Hauses kam. Ich mache mich auf weitere Geräusche gefasst, aber es ist wieder alles still.

»Maman.«

Fast lasse ich meine Tasse fallen. Élodie steht auf einmal hinter mir. Ich habe dir bestimmt noch nicht erzählt, wie leise sie immer war. *Ist.* Als sie jünger war, habe ich sie so gut wie nie kommen hören.

»Macht es dir was aus, wenn ich eine Runde schwimme?« Sie trägt bereits einen türkisfarbenen Bikini, der den Kupferschimmer in ihrem rechten Auge und das strahlende Gold ihrer Haare zur Geltung bringt.

Ich lache erstaunt auf, eine andere Antwort auf so eine normale Frage unter so unnormalen Umständen fällt mir nicht ein.

Sie dreht sich um, aber ich rufe ihr nach. *»Ich wollte gestern deinen Vater anrufen, aber er war nicht da.«*

»Das war er doch nie, oder?«

Ich schaue sie überrascht an. Ich kann mich nicht erinnern, dass sie Greg jemals kritisiert hätte. Sie blickt nachdenklich hoch zum Haus, und ich frage mich, woran sie sich gerade erinnert. Ich mustere rasch ihren halb nackten Körper. Die Haut an ihrem Bauch ist nur unwesentlich heller als die an Armen und Beinen. Auf der rechten Seite, direkt über ihrem Bikinihöschen, verläuft eine saubere Narbe, ein silberner Streifen auf Gold.

»Wurde dir der Blinddarm rausgenommen?«

Sie sieht mich von oben mit schief gelegtem Kopf an. Heute ist sie eine andere Élodie, viel verschlossener als gestern Abend. *»Der Blinddarm?«* Ihr Finger streicht über die Narbe. *»Ja. Ich gehe jetzt schwimmen, glaube ich.«*

Ich schaue ihr nach. Immer noch keine Spur von Verlegenheit, obwohl sie sich bewusst sein muss, dass ich sie beobachte. Der Anblick ruft schmerzhafte alte Erinnerungen wach, also gehe ich wieder nach drinnen zum Telefon.

Die Verbindung steht, nachdem ich es nur ein paarmal klingeln lassen muss. *»Camille?«*

»Wen hast du denn sonst unter dieser Nummer erwartet?«, bemerkt sie so schlagfertig wie üblich, aber als ich nichts erwidere, fragt sie: *»Sylvie? Ça va?«*

»Sie ist wieder da«, presse ich hervor.

»Wer ist wieder da?«

»Élodie.«

»O mein Gott. Geht es dir gut?«

»Nein. Ich weiß nicht, wie es mir geht.«

»Hat sie … Wie war sie zu dir? Und, o Gott, was ist mit Emma? Ich hoffe, du hast ihr vorher erzählt …«

»Sie hatte einen Asthmaanfall durch den Schock. Ich war fast die ganze Nacht in ihrem Zimmer.«

»Wo ist Élodie jetzt?«

»Im Pool. Als wäre das alles völlig normal.«

»Merde.«

Im Hintergrund höre ich das Grollen und Zischen ihrer Kaffeemaschine und wünschte, ich wäre bei ihr in ihrer lichtdurchfluteten Pariser Wohnung.

»Du hast nicht gesagt, was du Emma erzählt hast.«

Ich spähe in den Flur, aber oben ist immer noch alles still. Leise schließe ich die Tür zum Salon und nehme das Telefon mit.

»Élodie hat die Schuld auf sich genommen. Sie hat gesagt, sie wollte, dass alle denken, sie wäre tot.«

»Ach ja? Wieso das denn?«

Da löst sich etwas in mir. Wie aus dem Nichts kommen mir die Tränen. *»Herrgott, Camille. Ich glaube, ich packe das nicht.«*

»Du hättest dich dem Ganzen früher oder später sowieso stellen müssen, und wenn nicht jetzt, wann dann? Wahrscheinlich bist du genau deswegen zurückgekehrt, nachdem du das alles zehn Jahre lang verdrängt hast. Weil du von dem Feuer in der souillarde erfahren hast und dachtest, sie war es vielleicht.«

Da ist etwas Wahres dran. Camille war schon immer ziemlich scharfsinnig.

»Vielleicht hat sie sich ja verändert«, meint Camille. *»Vielleicht hat es sich verwachsen. Der Psychologe in Avignon hat doch gesagt, dass das möglich ist, oder? Und in der Klinik hat sie sich auch gut entwickelt, bevor sie verschwunden ist, oder?«*

»Glaubst du im Ernst, wir könnten eine normale Familie sein?« Das hört sich spöttisch an, aber eigentlich will ich, dass sie mich davon überzeugt. *»Ich kann mir nicht helfen, Camille. Ich werde immer Angst haben, dass sie was anstellen könnte. Letzte Nacht habe ich kaum ein Auge zugetan. Ich habe in Emmas Zimmer auf dem Boden gesessen und Wache gehalten.«*

»Und was ist passiert? Nichts. Sie schwimmt im Pool. Wahrscheinlich hat sie jetzt ein eigenes Leben, in das sie zurückkehrt, nachdem sie die verlorene Zeit mit dir und Emma aufgeholt hat. Hast du daran mal gedacht?«

Ich stelle mir vor, wie sie wieder geht, und ich weiß nicht, wie ich mich dabei fühle. Erleichtert natürlich, das kann ich nicht leugnen. Aber auch leer, auf eine ganz entscheidende Art hohl.

»Du musst Emma aber trotzdem die Wahrheit sagen«, fährt Camille fort, sanft für ihre Verhältnisse.

»Welchen Teil? Es ist so kompliziert.«

»Alles. Erzähl ihr, warum du Élodie nicht traust. Dass sie aus gutem Grund fortmusste.«

Ich schüttele den Kopf. *»Das kann ich ihr nicht antun. Ich kann ihr nicht erzählen, dass ihre Schwester sie so sehr gehasst hat, dass sie ihr wehtun wollte. Ich habe sie jetzt zehn Jahre lang vor der Wahrheit beschützt.«*

Sie seufzt. *»Hör zu, Sylvie, ich würde ja kommen, aber ich kann mir diese Woche wirklich nicht freinehmen und …«*

»Schon gut«, sage ich tonlos. *»Das verstehe ich.«* Und das tue ich. Camille hat ihre Grenzen, hatte sie schon immer. Es ist schon viel wert, dass ich mir kein »Hab ich's dir doch gesagt« anhören muss.

»Greg sollte bei dir sein. Das ist genauso seine Schuld. Ruf mich wieder an, wenn ich ihm mal einen Besuch abstatten soll.«

»Mache ich. Drück mir die Daumen.« Ich spüre schon wieder Tränen in mir aufsteigen.

»Bonne chance, Sylvie. Du weißt, dass du mich immer anrufen kannst.«

Ich gehe mit dem Telefon zurück in den Flur. Dort ist es kühler als im sonnigen Salon, und inmitten der vertrauten Gerüche liegt etwas Kräftiges und Berauschendes in der Luft, wie der Rauch, der sie verfärbt. Patschuli und Meersalz.

Ich muss es laut aussprechen. *Sie ist wirklich wieder da.* Und obwohl mein altes Ich mich anschreit, ich soll mit dir ins Auto steigen und wegfahren, kann ich es ganz gut ignorieren. Einerseits, weil ich glauben möchte, dass sie sich geändert hat, und andererseits, weil ich das für unmöglich halte und glaube, dass sowieso bald etwas passieren wird, das mir keine andere Wahl lässt. Ich möchte nicht darüber nachdenken, was das sein könnte. Ich weiß, dass ich mich in die Enge drängen lasse, aber ich kann nichts dagegen tun. Und ich fühle mich noch aus einem anderen Grund gefangen. Ebenso, wie ich etwas über Élodie weiß, was dein Bild von ihr für immer zerstören würde, weiß sie auch etwas über mich. Und das darfst du niemals herausfinden. Dann würdest du mich für immer mit anderen Augen sehen. Ich frage mich, ob wir bereits mitten in einem Unfall stecken, der sich in Zeitlupe abspielt. Ob ich den richtigen Moment abpassen kann, um aus dem Auto zu springen?

1980

Élodie war schon immer eine Einzelgängerin. Das ist allen Lehrerinnen und allen Erziehern von Anfang an aufgefallen, seit sie die Krippe im Dorf besucht hat. *»Élodie scheint kaum Freunde zu haben«*, sagten sie, obwohl ich genau wusste, dass sie in Wirklichkeit »keine« meinten. Nur eine einzige Lehrerin, jung, ernst und neu in dem Beruf, machte eine andere Beobachtung. Der Unterschied war nur haarfein, für mich jedoch entscheidend: *»Élodie scheint keine Freunde zu brauchen«*, sagte sie und traf damit den Nagel auf den Kopf. Ich konnte sie mir beim besten Willen nicht als das einsame Kind vorstellen, das sehnsüchtig den anderen beim Spielen zuschaut. Sie hatte einfach kein Interesse.

Und dann plötzlich doch.

Ich weiß nicht, was sich änderte, vielleicht war es nur Langeweile oder das erwachende Bewusstsein, dass man Freude aus dem Spiel mit anderen ziehen kann – oder es zumindest interessant sein könnte. Natürlich meine ich nicht das Spiel mit anderen im herkömmlichen Sinne. Man kann mit Freundinnen spielen, oder man kann mit einem Spielzeug spielen. In Élodies Fall waren die Grenzen fließend.

In ihrer Klasse gab es zwei Mädchen, Thérèse und Sophie. Ihre Mütter waren seit der Kindheit Freundinnen, also waren auch die Töchter befreundet. Nein, mehr als das, die beiden waren unzertrennlich. Sie saßen nebeneinander, gingen zusammen zum Essen, hielten in der Schlange Händchen und sprachen sich ab, welche Frisur sie am nächsten Tag tragen wollten.

Bei kleinen Mädchen sind drei immer eine zu viel. Nach dem, was Thérèse, Sophie und die anderen Kinder hinterher sagten, hat

Élodie sich zuerst Sophie ausgeguckt. Sie war die Schüchternere der beiden – um ehrlich zu sein, war sie in jeder Hinsicht eine blassere Version von Thérèse. Keine Ahnung, warum Élodie sich Sophie für ihre Charmeoffensive ausgeguckt hatte, vielleicht weil Thérèse die stärkere Gegnerin war.

Élodie fing an, Greg hinter meinem Rücken um Süßigkeiten anzubetteln. Die Lehrerinnen sahen so etwas gar nicht gern, trotzdem schmuggelte sie den Süßkram in die Schule und umgarnte Sophie damit. Ich schätze, keiner von Élodies Klassenkameraden hatte bis dahin die volle Wirkung ihres Charmes kennengelernt. Es ist eine Tatsache, dass bereits Babys schöne Gesichter bevorzugen, sodass Élodies Äußeres, inklusive ihres neu entdeckten Lächelns, und die verbotenen Süßigkeiten sie unwiderstehlich für die kleine Sophie machten, die beschloss, sich mit Élodie gegen Thérèse zu verbünden. Thérèses Mutter fiel zwar auf, wie wütend und traurig ihre sonst so friedliche Tochter neuerdings war, wusste jedoch nicht, wie sie damit umgehen sollte. Sie hoffte, es sei nur eine Phase.

Das war der Augenblick, in dem Élodie die Seiten wechselte. Einer Klassenkameradin zufolge ging sie eines Morgens, als die Schulglocke läutete, seelenruhig zu Thérèse und nahm ihre Hand statt Sophies. Von da an waren Thérèse und Élodie die dicksten Freundinnen. Das erzählte man uns zumindest hinterher. Zu Hause erwähnte Élodie Thérèse jedoch mit keiner Silbe. Wir bemerkten keine Veränderung an ihr, obwohl sie dem Anschein nach zum ersten Mal in ihrem Leben eine enge Freundschaft geschlossen hatte.

Leider war Sophie nicht mit Thérèses Stolz gesegnet. Während diese ihren Frust und ihre Trauer zu Hause ausgelebt hatte, reagierte Sophie mit offener Verzweiflung. Sie hängte sich an die beiden anderen, trottete mit trauriger Miene hinter ihnen her. Die Lehrerinnen mischten sich ein, ermutigten sie, doch ein Dreiergespann zu bilden, aber da gingen die Probleme erst richtig los.

Nachdem Thérèse und Élodie die arme Sophie wochenlang ignoriert oder sich die Nase zugehalten und ihr zugerufen hatten, sie stinke nach Scheiße, sagte Élodie zu ihr, sie könnten wieder Freundinnen sein, aber nur, wenn sie zu einer Mutprobe bereit sei. Sophie, die bisher höchstens ihren Eltern einmal Widerworte gegeben hatte, stahl Geld aus dem Portemonnaie ihrer Lehrerin, ritzte Schimpfwörter in ihr Pult und zerbrach beim Mittagessen ihren Teller.

Es ist zwar unschön, aber nicht weiter außergewöhnlich, wenn kleine Mädchen einmal aus der Reihe tanzen und auf dem Spielplatz zum ersten Mal ihre Grenzen testen. Sollte man meinen. Doch die Mutproben wurden immer extremer, und Thérèse wollte mit der Sache nichts mehr zu tun haben, sagte ihrer Mutter morgens, sie habe Bauchweh, um nicht zur Schule zu müssen.

An einem dieser Tage, an denen Thérèse nicht dabei war, verlangte Élodie von Sophie, auf das hohe Flachdach des Speisesaals zu klettern. Oben angekommen, befahl Élodie ihr zu springen. Nach den monatelangen Schikanen war jede Gegenwehr dahin, und sie gehorchte, ohne zu zögern. Sie brach sich beide Beine, eines davon so schwer, dass das spitze Schienbein die Haut durchstach.

Das war letzte Woche. Heute hat Greg darauf bestanden, dass wir mit Élodie ins Krankenhaus fahren, wo Sophie im Streckverband liegt, »damit die beiden das klären können«. Als wir ihr Zimmer betreten und sie Élodie erblickt, fängt sie unkontrolliert an zu zittern, ihre kleinen Hände krallen sich ins Laken, und ihr Mund öffnet und schließt sich in lautlosem Grauen. Sie versucht, sich aufzurichten, zurückzuweichen, doch die metallene Konstruktion ächzt nur, ohne einen Millimeter nachzugeben, und ihr Gesicht wird bleich vor Schmerz.

»Bring sie raus«, sage ich mit schneidender Stimme zu Greg, und ausnahmsweise protestiert er nicht. Auch Élodie nicht.

»Es tut mir leid«, flüstere ich, ehe ich ihnen aus dem Zimmer folge, und meine tiefe Scham und mein Entsetzen lassen mich beinahe genauso sehr zittern wie Sophie. *»Es tut mir so leid.«*

1993

Du tauchst auf der Terrasse auf, als ich gerade das Telefonat mit Camille beendet habe, deine Haare sind ungekämmt und deine Augen verquollen. Du hast dich eilig angezogen, das T-Shirt auf links. Das Medaillon, das ich dir geschenkt habe, hast du abgelegt. Du trägst nur noch Élodies Türkiskette. Das schmerzt.

»Wo ist sie?«, willst du wissen, ohne auch nur Guten Morgen zu sagen.

»Im Pool.«

Du ziehst einen Stuhl heran, das Metall kreischt über den Boden, und du lässt dich darauf fallen. Du siehst ein bisschen so aus, wie ich mich fühle: verdattert und etwas außer dir. Ich mache mich auf noch mehr Fragen gefasst, die ich nicht richtig beantworten kann, was dich noch wütender machen wird, aber du scheinst gar nicht mehr sauer zu sein, nur völlig zerstreut. Teenager leben so sehr im Augenblick. Ich glaube nicht, dass der Tod einem in deinem Alter wirklich endgültig vorkommt. Man hört ja immer wieder von Teenagern, die Suizid begehen, aus Gründen, die einem als Erwachsenem fast banal vorkommen. Ich glaube, dass das Ende des Lebens für so junge Menschen eine völlig abstrakte Vorstellung ist. Ich bin mir nicht sicher, ob sie »für immer« wirklich erfassen können, schon gar nicht in Bezug auf ihren eigenen Tod. Und natürlich war Élodie für dich nie vollkommen tot. Sie hat in Träumen, auf Fotos und in den sorgfältig ausgewählten Geschichten weitergelebt, die dein Vater dir erzählt. Für dich ist sie beinahe so etwas wie eine Religion.

Ohne Vorwarnung gehst du wieder nach drinnen, und als du wiederkommst, sehe ich die Träger deines Lieblingsbadeanzugs unter deinem T-Shirt hervorblitzen. Du bleibst an den Stufen zum Garten stehen, zauderst plötzlich.

»Soll ich mitkommen?«

Du zuckst die Schultern, aber ich weiß, dass du das willst. Liegt es an deiner Schüchternheit, komme ich nicht umhin, mich zu fragen, oder ist es ein alter Instinkt, der in deinem Gehirn wieder erwacht?

Ich wäre so oder so mitgegangen.

Am Pool beobachten wir Élodie unter Wasser, ein Schatten, der geschmeidig durch das Grün gleitet, das Haar fließt ihr über die Schultern, als sie wieder auftaucht, und das schimmernde Wasser perlt von ihren glatten Gliedmaßen.

Sie stützt sich auf die Ellbogen, und ihre untere Körperhälfte befindet sich immer noch unter Wasser, wirkt einige Nuancen heller.

»Weißt du, *ma sœur,* als ich dich das letzte Mal gesehen habe, brauchtest du noch …« Sie deutet mit einer Geste einen Ring um den schlanken Oberarm herum an.

»Schwimmflügel!«, rufst du triumphierend.

»Genau, Schwimmflügel.« Sie zwinkert dir zu. »Aber jetzt bist du bestimmt schneller als ich.« Du gehst zu einer Liege und ziehst dein T-Shirt aus, deine Wangen färben sich rosa, als du es fallen lässt. Dann drehst du dich um und springst so unvermittelt ins tiefe Wasser, dass du es fast verfehlst. Ich sehe zu, wie du den Grund berührst und dich dann heftig nach oben abstößt. Du kraulst etwas unsauber zum Rand.

»Mum …«, du schnappst nach Luft, »… Mum, holst du bitte mein Asthmaspray? Liegt bestimmt am Chlor.«

Ich knie mich hin und beuge mich zu dir herunter. »Es ist so gut wie keins im Wasser. Atme tief durch.«

Es ist längst nicht so schlimm wie gestern, aber dein Atem pfeift hörbar. »Emma, du solltest es immer dabeihaben. Ich weiß, das ist nervig, aber du musst daran denken.«

Du verdrehst die Augen. »Tschuldigung. Es liegt neben meinem Bett.«

Ich zögere, schaue erst Élodie und dann dich an. Sie treibt auf dem Rücken in der Mitte des Pools, das Gesicht gleichmütig, und das goldene Haar auf der Wasseroberfläche ausgebreitet. Sie erinnert mich an eine griechische Göttin.

»Nein, geh es selber holen. Das musst du lernen.«

Du wirfst mir einen genervten Blick zu, aber dann kletterst du aus dem Pool, irgendetwas in meiner Stimme hält dich davon ab zu protestieren.

»Sie spricht nicht besonders gut Französisch, oder?«, fragt Élodie, als du weg bist. *»Dabei ist sie doch halbe Französin.«*

Sie stemmt sich hoch und setzt sich auf den Beckenrand, und an ihrem Fußgelenk schimmert ein feines Goldkettchen, als sie die Zehen bewegt. Sie streicht sich die Haare aus dem Gesicht und wirft sie mit einem nassen Klatschen nach hinten. Die Bewegung entblößt einen kleinen Streifen mehr Haut an ihrem Steiß und damit ein kleines schwarzes Tattoo. Es ist ein Symbol, das ich noch nie gesehen habe, drei schmale Bögen, die zusammen ein Dreieck bilden.

»Ich dachte, so würde sie sich leichter zurechtfinden«, sage ich und wende den Blick ab. Es kommt mir immer noch vor, als würde ich träumen, unmöglich, dass ich mich wirklich mit Élodie am Pool von La Rêverie unterhalten kann.

»In London, meinst du?«

»Ja, genau. Ich habe dir ja erzählt, dass wir dorthin ziehen, als ich dich zum letzten Mal besucht habe.«

Sie lässt die Füße durchs Wasser kreisen. Ein Schmetterling, der dem Wasser zu nahe gekommen ist, wird dabei nass und gerät an der Oberfläche ins Straucheln. Sie hält inne und beobachtet ihn. Ich stehe auf, fische ihn aus dem Wasser und setze ihn vorsichtig auf dem warmen Stein ab, damit er trocknen kann.

»Emma kann sich nicht daran erinnern, wie es war, als wir hier noch zu viert waren, oder?«

»Nein, kaum.«

Sie pflückt eine vorbeitreibende Oleanderblüte aus dem Wasser und legt sie neben den Schmetterling. *»Vielleicht sind die Erinnerungen ja noch irgendwo vorhanden. Ich glaube, wir erinnern uns an alles, als ob da ein Videoband ist, das seit dem Moment unserer Geburt in unserem Kopf läuft. Man muss es nur hervorkramen. Ich habe ein sehr gutes Gedächtnis. Ich finde hier alles wieder.«* Sie tippt sich an die Schläfe. *»Ich erinnere mich an alles. Jetzt, wo ich hier bin, erst recht. Vielleicht wird das bei Emma ja auch so sein, wenn sie etwas länger hier ist. Vielleicht fällt ihr dann alles wieder ein.«*

»Élodie?« Sie dreht sich um, und ich hole Luft. *»Wo bist du gewesen?«*

Aber auf einmal bist du wieder da, hältst drei Dosen kaltes Panaché in den Händen, der Inhalator steckt oben in deinem Badeanzug.

»Ein bisschen früh, oder?«, setze ich an, aber als ich dich vor Verlegenheit erröten sehe, strecke ich die Hand aus und nehme eine Dose.

»Sie war immer böse auf mich, wenn ich in deinem Alter was getrunken habe.« Élodie lächelt dir verschwörerisch zu. Wieder einmal kann ich nicht fassen, dass ich in diese Situation geraten bin.

Nach dem Mittagessen kehren wir an den Pool zurück. Ich setze mich steif auf einen Liegestuhl und tue so, als würde ich lesen, aber eigentlich beobachte ich Élodie verstohlen durch meine Sonnenbrille. Das Haus kann warten, habe ich beschlossen. Ich muss bei dir bleiben.

Du hast irgendwo ein altes Fotoalbum ausgegraben, und ihr beide sitzt im Schneidersitz auf dem Boden und seht es euch an. Ich habe jetzt schon mehrmals versucht, Élodie nach den letzten Jahren zu fragen, aber sie hat meine Fragen jedes Mal beiseitegewischt.

»Schau dir das an, Mum«, rufst du. »Auf dem hier siehst du ja komisch aus und so dünn.«

Da weiß ich, dass es Bilder sein müssen, die Élodie mit ihrem kleinen rosa Fotoapparat gemacht hat. Abgesehen von ein paar gewissen, besonders verstörenden, gestochen scharfen Aufnahmen, nach denen ich ihr das verdammte Ding weggenommen habe, waren ihre Fotos immer verwackelt oder anderweitig unkonventionell. Viele waren von mir, obwohl ich oft gar nicht bemerkt habe, dass sie mich fotografiert hat, bis die Bilder entwickelt waren. Unsere kleine Voyeurin. Einmal machte ich den Fehler, das zu Greg zu sagen, als wir uns die Fotos ansahen, es sollte harmlos klingen, aber er schüttelte den Kopf. »Kleine Voyeurin?«, meinte er. »Herrgott, Sylvie.«

Ich will sie mir nicht weiter ansehen. Als ich zurück zu meiner Liege gehe, erspähe ich Luc. Sein rotes T-Shirt fällt mir ins Auge, als es zwischen den dunklen Zweigen der Mittelmeerkiefern aufblitzt. Sofort muss ich daran denken, wie er als Baby in den Pool gefallen ist, Élodie trug an dem Tag ein rotes Kleid.

»Luc est là«, sage ich. Als Élodie sich nach dem Neuankömmling umdreht, glaube ich das kalte Funkeln in ihren Augen zu sehen, das bedeutet, dass sie etwas ausheckt. Für den Bruchteil einer Sekunde erkenne ich die alte Élodie wieder, und obwohl mir dabei das Blut in den Adern gefriert, ist es auch seltsam erleichternd.

»Luc und ich sind uns schon begegnet«, sagt sie und lächelt entspannt. Sie steht nicht auf, um ihn zu begrüßen, deshalb geht er zu ihr, um die üblichen drei Küsschen zu verteilen, beugt sich dabei zu ihr hinunter. Ich sehe, wie er ihren Körper mustert, als er sich wieder aufrichtet. Sie wirken beunruhigend vertraut miteinander. Plötzlich fällt mir wieder ein, wie er sich gestern davongeschlichen hat, als ich immer noch ganz perplex angesichts ihrer Rückkehr war.

Ich versuche, noch aus all dem schlau zu werden, als mein Blick auf dich fällt, dein Lächeln erlischt, als du beobachtest, wie Luc auf Élodie reagiert und dabei ganz vergisst, uns Hallo zu sagen.

»Also, was können wir für dich tun, Luc?«, frage ich streng.

Er wirft mir ein aufgesetztes Lächeln zu, das nicht bis zu seinen Augen reicht. »*Zwei Dinge. Erstens möchte ich euch zum Hochzeitstag meiner Eltern einladen. Die Feier ist nächste Woche. Es gibt Essen, und eine Band tritt auf.*«

Einen Augenblick bin ich sprachlos, dass Annette uns dabeihaben will, aber andererseits sieht es ihr ähnlich, mit ihrer Ehe anzugeben, erst recht vor jemandem wie mir. »Wir sind immer noch ein Paar«, lautet die Botschaft. »Du hast die falsche Wahl getroffen.«

»*Danke für die Einladung, richte das deiner Mutter aus, aber ich weiß nicht, ob wir kommen können.*«

»Mum, was sagt er?« Auf einmal siehst du ganz unglücklich aus, du witterst die Feindseligkeit zwischen mir und Luc.

»Ich habe euch zu einer Party eingeladen«, sagt Luc in geschmeidigem Englisch. »Aber deine Mutter hat Nein gesagt.«

Du siehst mich flehend an. »Wieso können wir da nicht hin? Mum, bitte.«

Ich seufze. »Mal sehen. Ich weiß nicht, ob wir noch so lange hier sind.« Ich wende mich wieder an Luc. »Was war die zweite Sache?«

»*Ich wollte nur sichergehen, dass Emma ihre Geburtstagsüberraschung bekommen hat.*« Er schielt zu Élodie hinüber. »*Offensichtlich schon.*«

Sie verengt die Augen, so kurz, dass ich es gerade noch mitbekomme. Luc ebenfalls, und seine Wangen laufen rot an.

»*Moment mal*«, sage ich. Mir schwirrt der Kopf. »*Du hast schon vor Tagen gesagt, du hättest eine Überraschung für Emma. Ein kleines Geschenk, meintest du.*« Ich mache einen Schritt auf ihn zu. »*Woher wusstest du, dass Élodie genau an dem Tag zurückkommt? Wo bist du ihr überhaupt wiederbegegnet?*«

Ich fixiere abwechselnd ihn und Élodie. Sie starrt Luc regungslos an, ohne zu lächeln. Er tritt von einem Fuß auf den anderen, offensichtlich ist ihm die Situation unangenehm, und hält den Blick gesenkt.

Und dann steht sie auf und wirft den Kopf zurück. »*Ach, Luc, jetzt hast du mein Geheimnis verraten*«, sagt sie und lacht ihr silbriges Lachen – das mich früher erzittern ließ und das sie immer Männern gegenüber eingesetzt hat. »*Tut mir leid, Maman. Ich bin schon länger hier, als ich gesagt habe. Ich habe … wie sagt man das auf Englisch …* meinen Mut gesammelt?«

Ich berichtige sie nicht. Ich denke an die Uhr, die sich selbst aufgezogen hat, den Pool, der sich selbst mit Wasser gefüllt hat, die Präsenz, die ich seit unserer Ankunft im Haus und im Garten gespürt habe. Ist sie schon die ganze Zeit hier gewesen, hat uns beobachtet und gewartet, lag nicht nur als Geist in der Luft, sondern war tatsächlich da?

Du siehst verwirrt aus.

»Mum? Ich verstehe gar nichts. Was habt ihr alle gesagt?«

»Nichts, meine Süße. War nur ein Missverständnis. Luc wollte wissen, ob es eine Überraschung war, Élodie zu sehen, das ist alles.«

Du lächelst unsicher, und als ich gerade die Hand ausstrecke und hoffe, dass du mir genug verziehen hast, um sie zu ergreifen, beugt sich Élodie vor und küsst dir auf die Stirn.

»Ist meine kleine Schwester nicht hübsch?«, fragt sie, deinetwegen auf Englisch, und Luc nickt, lächelt wieder zaghaft. Du errötest und lachst schüchtern, hältst dir die Hand vor den Mund. »Luc, du solltest jetzt gehen«, fügt sie hinzu und wirft ihr Haar zurück. »Emma und ich wollen schwimmen.«

»*Attends*«, sage ich, und sie fährt herum. »*Warst du hier im Haus, vorgestern meine ich?*« Ich spreche wieder Französisch, und zwar so schnell, dass du nicht mitkommst.

»*Non, Maman*«, erwidert sie. »*Ich schwöre. Ich war im Dorf, habe bei einem Freund von Luc geschlafen. Ich bin erst gestern Abend hierhergekommen.*«

Am meisten überrascht mich, dass ich ihr glauben will, auch wenn ich nicht weiß, ob ich es kann.

1982

Du bist drei und spielst in letzter Zeit gern Schule mit deinen Kuscheltieren. Ich habe dir eine kleine Tafel und ein kariertes Heft als Klassenbuch gekauft. Die Namen der Kuscheltiere musste ich dir in einer Spalte auflisten, aber du bist schon geschickt genug mit dem Bleistift, um die Anwesenheitsliste selbst zu führen. Dein momentaner Lieblingsschüler ist Maurice, obwohl er ungezogen ist, ein Plüschaffe mit Latzhose und Kappe, den ich mit lustiger Stimme sprechen lasse.

Vor fast zwei Jahren ist deine Schwester von der Schule geflogen, und weil Greg nicht wollte, dass wir sie irgendwo weiter weg anmelden, unterrichte ich sie zu Hause. Oder versuche es zumindest. In Wirklichkeit tut sie, was sie will, bewegt sich frei in Haus und Garten und neuerdings auch jenseits dieser Grenzen, wie eine streunende Katze. Um ganz ehrlich zu sein, ist es mir lieber, wenn sie nicht da ist. Wenn sie hier ist, umkreisen wir einander mit aufgestellten Nackenhaaren, was furchtbar kräftezehrend ist.

Es ist bereits Nachmittag, und ich bin in der Küche und versuche herauszufinden, wieso das Kühlschranklicht flackert, als mir auf einmal dämmert, dass es viel zu still im Hause ist und ich dich schon eine Weile nicht mehr aus dem oberen Stockwerk gehört habe. Und dass ich Élodie seit Stunden nicht mehr gesehen habe.

Ich platze in dein Zimmer, aber es ist leer. Élodie fährt seit Kurzem immer wieder per Anhalter zu irgendwelchen Freunden, von denen sie uns nichts erzählt, und verschwindet oft stundenlang. Vermutlich steht sie gerade an der Hauptstraße gen Süden Richtung Meer, mit ausgestrecktem Daumen und wehenden Haaren und Kleidern in der heißen Föhnluft. Vermutlich.

Mein Hirn klappert hektisch alle Orte ab, an denen ich nach dir suchen könnte, Garten, Pool, Straße, und gerade will ich losstürzen, als ich ein leises Wimmern höre und erstarre. Einen Augenblick glaube ich, es käme von deinen Kuscheltieren, die wie immer in einem Haufen auf dem Bett liegen. Doch da höre ich es wieder und stelle fest, dass es aus dem großen Kleiderschrank in der Ecke kommt.

Ich reiße die Tür auf und entdecke dich zusammengekauert hinter einigen Tüten mit ausrangierten Kleidern, die Knie bis ans Kinn gezogen und tränenüberströmt. Doch es sind lautlose Tränen, denn sie hat dir einen meiner Seidenschals vor den Mund gebunden, so fest, dass er einschneidet. Ich ziehe dir das von Tränen, Spucke und Schnodder durchweichte Ding hektisch vom Kopf und muss mich mühsam zurückhalten, es nicht in Fetzen zu reißen. Dein Gesicht ist von der Angst und der stickigen Luft im Schrank gerötet, dennoch erkenne ich zwei knallpinke Kreise auf deinen Wangen. Deine Lippen sind mit einem dunkleren Pinkton eingefärbt. Aufgemalte Wimpern wie dürre schwarze Spinnenbeine zieren deine Augen, jede davon gute fünf Zentimeter lang. Da entdecke ich die vielen Filzstifte, die überall auf dem Boden verstreut liegen.

Du hast keine Puppen. Du magst sie nicht. Camille hat dir zum dritten Geburtstag eine teure Puppe aus Paris geschickt, die ich wortlos in ebendiesem Schrank habe verschwinden lassen, weil sie nur einen halben Kopf kleiner war als du und dir Angst eingejagt hat. Es dauert einen Augenblick, bis mir klar wird, was ich sehe, denn ich habe seit Monaten nicht mehr an diese Puppe gedacht, aber Élodie hat dir dein T-Shirt und die kurze Hose ausgezogen und dich in das kratzige Nylonkleid der Puppe Claudette gesteckt. Es ist zu klein, und die Gummizüge der Puffärmel haben rote Ringe auf der zarten Haut an deinen Oberarmen hinterlassen, passend zu den Knebelmalen in deinem Gesicht. Auch an deinem Hals prangt so ein Ring.

Als ich dich aus dem Schrank hebe, fällt mein Blick auf Claudette, die neben dir liegt. Natürlich hat sie deine Kleider an. Sie lächelt mich starr an, und bei dem Gedanken, dass du hier mit ihr eingesperrt warst, obwohl du solche Angst vor ihr hast, steigt ätzende Wut in mir auf wie Säure.

Dir die Filzstiftspuren aus dem Gesicht zu schrubben dauert ewig. Während wir uns im Badezimmer gegenübersitzen, du und ich – Greg ist wie üblich nicht da und Élodie Gott weiß wo –, und deine Haut von all dem Rubbeln und den salzigen Tränen, die dir noch immer übers Gesicht strömen, schon ganz rot ist, erzählst du es mir wieder und wieder.

»Élodie hat gesagt, ich bin Claudette. Élodie hat gesagt, ich bin jetzt Claudette, und Claudette ist ich. Und ich muss jetzt im Dunkeln sitzen.«

In deinem Zimmer hole ich die Puppe aus dem Schrank, und erst jetzt fällt mir auf, was ich eben in der Dunkelheit nicht bemerkt habe. Ihr Gesicht ist mit rotem Filzstift verunstaltet, und in ihrer Hosentasche steckt Maurice, der kleine Plüschkörper aufgerissen, sodass die weiße Füllung hervorquillt. Sein Kopf hängt nur noch an einem Faden. Ich merke erst, dass du mir aus dem Bad hierher gefolgt bist, als du laut aufschluchzt.

Ein paar Wochen später ziehe ich das Bett in Élodies Zimmer ab und finde eine Filmrolle auf ihrem Nachttisch. Den rosa Fotoapparat, den Greg ihr geschenkt hat, benutzt sie noch immer. Das einzige Geschenk, das je von Dauer war.

Als ich die entwickelten Fotos in der Hand halte, stelle ich fest, dass auf der Hälfte davon Élodie zu sehen ist. Keine Ahnung, wer sie aufgenommen hat, obwohl ich glaube, dass es ein Junge war – so wie sie lächelt und einen Schmollmund zieht. Sie hat Männer schon immer gemocht, und die Art und Weise, wie Männer sie ansehen, bereitet mir ein ungutes Gefühl im Magen. Nicht nur wegen der Blicke, sondern auch wegen der frühreifen Ungezwungenheit, mit der sie ihre Macht ausspielt.

Seit ein paar Monaten ist Élodie in einer Hippiephase. Es kümmert sie nicht, dass sie mit ihren bestickten Kitteln, dem Haar bis zum Po und den schmutzigen Füßen Jahre zu spät dran ist. Der Look steht ihr, und sie hält schon länger daran fest als an jedem vorherigen – das Chamäleon hat endlich die perfekte Tarnfarbe gefunden. Die weichen Umrisse und Stoffe lassen sie sanfter erscheinen, eine geschickte Verkleidung, genau wie ihr hübsches Äußeres schon immer über ihren eisernen Willen hinwegtäuscht. Manchmal erinnert sie mich an die Mädchen aus der Manson-Family, die im Jahr ihrer Geburt in allen Nachrichten waren: Mit Blumen im Haar wiegten sie sich im Takt der Musik, doch wenn sie die dunklen Augen öffneten, war nur Leere darin.

Die andere Hälfte der Fotos ist von dir, als Claudette verkleidet. Auf manchen hat sie dich auf dem Bett zwischen deinen geliebten Kuscheltieren drapiert, schon mit Filzstiftspuren im Gesichtchen. Andere zeigen dich im Schrank sitzend, verstoßen wie ein ungeliebtes Spielzeug. Deine Angst ist dir klar aus den Augen abzulesen, die Pupillen schreckgeweitet, deine Unterlippe schlaff. Auf allen Bildern klammerst du dich an deinen Affen, und ich frage mich, wann sie ihn dir aus der Hand gerissen hat und ob sie ihn vor deinen Augen kaputt gemacht hat. Wann sie dir wohl den Knebel angelegt hat?

Am nächsten Tag, als Greg von seiner Geschäftsreise nach Hause kommt, gehe ich an meinen Nachttisch, wo ich die Fotos in einem Buch versteckt habe, und muss feststellen, dass sie weg sind. Sie hat sie genommen, vielleicht sogar verbrannt. Und obwohl sie der Beweis waren, nach dem ich unterbewusst gesucht hatte – der Beweis, der Greg endlich zwingen wird, sich einzugestehen, was wir beide wissen –, ist ein Teil von mir einfach froh, dass sie nicht mehr da sind.

1993

Nachmittags ziehen wir uns in den Salon zurück, wo du mit Élodie versuchst, den alten Fernseher in Gang zu bekommen. Ich bleibe in der Nähe, packe immer wieder dieselbe Kiste ein und aus, ohne etwas zu schaffen. Vorhin habe ich erneut bei Greg angerufen, wieder ging niemand dran. Élodie scheint die Hitze nichts auszumachen, aber wir beide, die solche Extreme nicht gewohnt sind, haben uns nach drinnen geflüchtet. Ich würde am liebsten nach oben gehen, mir ein kaltes Bad einlassen und untertauchen, aber ich werde dir nicht von der Seite weichen. Ich schließe die Augen, die Sonne strahlt grell durch die offenen Türen herein, Stimmen flackern auf und verstummen wieder, während du am Knopf drehst, und in mir tobt die Angst. Ich bin erleichtert, als gegen vier das Telefon klingelt.

»*Allô*«, erklingt eine fröhliche Stimme. »*Hier ist Martine von Century 21. Die Bernards haben noch kein Angebot gemacht, aber es gibt noch eine Anfrage für eine Besichtigung, diesmal ein englisches Paar. Das kann ich übernehmen, also müssen Sie nicht vor Ort sein. Wäre morgen um elf Uhr in Ordnung?*«

»*Oh. Ja, das müsste gehen. Danke. Aber wir sind wahrscheinlich zu Hause. Ich und … meine Töchter, meine ich.*«

Ich spähe zu Élodie hinüber, will wissen, ob sie den Plural mitbekommen hat, den auszusprechen sich ganz ungewohnt anfühlt, aber sie betrachtet immer noch den Fernseher, auf dem sich ein körniger Nachrichtenbalken in die Länge zieht und in Einzelteile zerfällt. Als das Bild kurz klar wird, spricht ein Reporter vor einer Reihe ausgebrannter Autos. Eine Rauchwolke hat den Himmel hinter ihm bleiern gefärbt. Ich kneife die Augen zusammen und versuche, den Ortsnamen am unteren Bildrand zu erkennen, und stelle erschrocken fest, dass er weniger als eine Stunde von hier entfernt liegt. Élodies Gesicht, das sich teilweise im Fernseher spiegelt, als das weiße Rauschen wieder einsetzt, ist schwer zu lesen.

Martine spricht noch ein paar Minuten weiter, und ich lasse mich von ihrem lockeren Geplänkel berieseln. Was die Besichtigung angeht: Ich hatte nicht so schnell mit neuen Interessenten gerechnet. Das macht mich ganz unruhig – es ist einfach zu viel auf einmal. Ich weiß nicht, ob ich gegenüber diesen Engländern, die La Rêverie vielleicht kaufen wollen, die richtigen Worte finde. Zum ersten Mal seit langer Zeit sind Engländer für mich »die anderen«, und ich bin Französin. Auch das bringt mich durcheinander.

Gegen Abend machen wir drei es uns im immer noch heißen Salon gemütlich, und da wird mir plötzlich etwas bewusst: Indem ich dafür sorge, dass du nie mit ihr allein bist, vermeide ich gleichzeitig auch, mit dir allein zu sein. Das ist nicht besonders schwer: Du hängst jetzt schon an ihr wie eine Klette, und, so ungewöhnlich es auch ist, wenn man die Vergangenheit bedenkt, Élodie will scheinbar immer in meiner Nähe sein.

Ich versuche es noch einmal bei Greg, lasse es ganze fünf Minuten klingeln, bevor ich aufgebe. Er ist wohl in der Normandie, und die Nummer habe ich nicht.

Heute Abend besteht Élodie darauf, Essen zu machen. Ich muss dringend einkaufen, aber sie meint, es wäre noch genug da für einen improvisierten *salade niçoise* und scheucht mich aus der Küche, als ich widersprechen will. Ich setze mich zu dir an den Terrassentisch. Du hast ein luftiges, leicht schmutziges Kleid an, wahrscheinlich aus Élodies Rucksack, denn ich erkenne es nicht. Ich will dir sagen, dass du dich umziehen sollst, beiße mir aber auf die Zunge.

»Sie hat es mir geliehen«, sagst du, als du meinen Blick bemerkst. »Sie hat gesagt, wenn ich will, kann ich es behalten.«

»Ist ein bisschen groß, oder?«

Es stimmt – es rutscht dir immer wieder von der Schulter –, aber eigentlich meine ich damit, dass es zu erwachsen für dich ist. Zu aufreizend.

»Élodie meint, es steht mir.«

Was soll ich dazu sagen? Langsam bekomme ich das Gefühl, ich muss ganz vorsichtig sein, sonst schlägst du dich auf ihre Seite. Darauf scheint es jetzt schon hinauszulaufen, dabei ist sie gerade mal seit vierundzwanzig Stunden wieder da.

Gegen zehn kannst du die Augen nicht mehr offen halten. Widerwillig gehst du nach oben und lässt mich mit deiner Schwester allein. Obwohl ich müde bin, vibriert mein Körper wie nach zu viel Kaffee. Ich bin viel zu aufgekratzt, um jetzt zu schlafen. Es ist das erste Mal seit heute Morgen, dass Élodie und ich allein sind.

Da sitzt sie leibhaftig und legt eine Patience mit einem abgegriffenen alten Kartenspiel auf den gläsernen Couchtisch, um den herum sie laufen gelernt hat. Ich sehe ihre kleinen Fingerabdrücke im Sonnenlicht noch vor mir, als wäre es gestern gewesen.

Ich sehe zu, wie sie zum Plattenspieler geht und nachschaut, was auf dem Teller liegt, die Scheibe umdreht und die Nadel ansetzt. Es ist eine James-Taylor-LP, die ich vor ein paar Tagen gehört habe.

»Du hast mich nicht mehr besucht«, sagt Élodie leise, nachdem »Fire and Rain« zu Ende ist. *»Im Institut. Ich habe jede Woche auf dich gewartet. Aber du bist nicht wiedergekommen, nach dem letzten Mal.«*

»Ich ... Es tut mir leid. Aber weißt du nicht mehr? Die Ärzte meinten, es sei keine gute Idee. Sie sagten, in solchen ... Fällen wie deinem wäre es besser, wenn während der Behandlung kein Kontakt zur Familie besteht.«

Sie lächelt wehmütig. *»Das haben sie mir auch gesagt. Ich dachte, das hätten sie sich ausgedacht. Ich dachte, sie wollten mir nur nicht sagen, dass du mich nicht mehr sehen willst. Meinst du, du wärst gekommen, wenn es erlaubt gewesen wäre?«*

Wieder diese Schuldgefühle. »*Natürlich. Ich habe oft angerufen und gefragt, wie es dir geht. Wusstest du das nicht?*«

Sie schüttelt den Kopf. »*Weißt du, wie ich schon sagte, ich will nicht, dass du dich schuldig fühlst. Ich verstehe es ja jetzt. Ich würde es auch verstehen, wenn du sagen würdest, dass du mich damals nicht mehr sehen wolltest.*«

Sie sitzt im Schneidersitz mit dem Rücken am Sofa auf dem Boden, und ihr offenes Haar verdeckt ihr halbes Gesicht. Ich halte den Atem an, weil ich glaube, dass sie zugeben will, was sie getan hat. Das hat sie noch nie, nicht direkt – nicht einmal bei jenem letzten Besuch. Aber dann wechselt sie wieder das Thema.

»*Erst als ich in den Ashram gegangen bin, habe ich wirklich angefangen zu verstehen*«, sagt sie. »*Die ganze Wut – und ich war lange wütend – fiel einfach von mir ab. Ich lernte, zu vergeben, alles hinter mir zu lassen. Wir haben jeden Morgen meditiert, und jedes Mal schrumpfte das Knäuel aus Trauer und Hass weiter, bis es eines Tages einfach … weg war. Ich spürte, wie der letzte Rest einfach durch meine Poren entwich. Ich fühlte mich federleicht. Jetzt bin ich völlig frei von Wut, keine negativen Gefühle mehr. Ich bin rein, Maman. An dem Tag wurde ich wiedergeboren.*«

»*Ashram?*«, frage ich begriffsstutzig. »*Was für ein Ashram? Du warst in Indien?*«

Sie lacht. »*In Spanien. In den Bergen, oben im Norden. Wir nannten es den Ashram, weil die beiden Gründer Anhänger von Osho waren.*«

»*Also war es eine Sekte?*«

Sie lächelt sanft und gelassen. Noch ein Lächeln, das ich noch nicht kenne. »*Nein, keine Sekte. Eine Gemeinschaft.*«

Ich mustere wieder ihr Gesicht, und obwohl ich den Gedanken in Betracht ziehe, dass Camille recht haben könnte – dass sie sich in der Zeit, die wir getrennt waren, zum Besseren geändert hat –, kann ich nur daran denken, was vor ein paar Monaten in dieser Kommune in Texas passiert ist.

Dein Vater hat Élodie schon immer als rebellische Seele betrachtet, weil sie zufällig während der Studentenrevolte gezeugt wurde. Ich hingegen konnte später ihre Geburt nie mehr ganz von den Geschichten trennen, die man 1969 aus Kalifornien hörte. Das Ende des Hippietraums. Ich kann diese Mädchen nicht vergessen. Das Baby, das sie seiner Mutter aus dem Bauch schnitten.

Als Élodie weiter darüber spricht, wie sie ihren Frieden in der spanischen »Gemeinschaft« gefunden hat, mit fiebrig leuchtenden Augen, kann die Seite von mir, die so lange auf der Hut gewesen ist, nicht anders, als das Gegenteil zu befürchten: dass dieser Ort und das Institut sie alles andere als geheilt haben, sondern vielmehr ihr ganz spezielles Charisma und ihre Manipulationsfähigkeit geschärft haben – genau wie das Gefängnis aus einem Kleinkriminellen einen Mörder machen kann.

Vor ein paar Jahren habe ich von einem Experiment in Kalifornien (wo sonst) gelesen, das in den Siebzigern durchgeführt wurde, genau zu der Zeit, als ich es selbst mit etwas zu tun bekam, das die Ärzte hier kaum benennen konnten.

Einige Straftäter mit der Diagnose Psychopathie wurden im Grunde zusammengesperrt, um herauszufinden, ob sie einander helfen würden. Es hört sich an wie die Sorte Experiment, die man sich nur auf Drogen ausdenken kann, und es würde mich nicht wundern, wenn es so war, aber ich erkannte auch eine perverse Logik dahinter. Wer kann die Gedanken eines Psychopathen besser verstehen als ein anderer Psychopath? Das Langzeitergebnis war allerdings verstörend. Als sie nach der Entlassung wieder straffällig wurden – natürlich wurden sie das –, waren ihre Verbrechen noch brutaler und abscheulicher als die derjenigen, die nicht an dem Experiment teilgenommen hatten. Sie waren noch bessere Psychopathen geworden.

Ich sehe zu, wie Élodie sich eine Zigarette dreht. Ich kann den Blick nicht von ihr abwenden.

»Willst du auch eine?«

Ich schüttele den Kopf, obwohl ich unbedingt eine will. »*Du musst aber die Türen aufmachen, wenn du rauchen willst*«, sage ich und frage mich, ob ich mir nur einbilde, dass das Leuchten in ihren Augen etwas schwindet. »*Wegen Emmas Asthma.*« Ich hasse meinen bissigen Ton, eigentlich bin ich nur nervös.

Sie steht gehorsam auf und schiebt die Türen so weit auf wie möglich. Die Nacht strömt herein, duftend und berauschend, es liegt immer noch Rauch in der Luft. Wieder denke ich an den Vorfall in Texas: die brennende Anlage mit all den Menschen darin, turmhohe Flammen und Qualm über dem Dach.

Sie kommt zurück und setzt sich wieder, diesmal näher, und ich widerstehe dem Drang, sie zu berühren, weil ich es nicht vermasseln will. Meine Hand schwebt in der Luft.

»*Du sollst bloß wissen, dass ich dir vergebe, Maman. Das wollte ich sagen. Das ist ein wichtiger Schritt auf meinem Weg der Selbstverwirklichung, dir das zu sagen, von Angesicht zu Angesicht.*«

Ich ziehe die Hand zurück. »*Du vergibst mir?*«

Sie lächelt wieder. »*Ja. Ich vergebe dir.*«

»*Müsste das nicht auch umgekehrt gelten? Muss ich dir nicht auch vergeben?*«

Etwas huscht über ihr Gesicht, zu flüchtig, um es deuten zu können. Dann nickt sie. »*Du hast recht. Ich bitte dich auch um Vergebung. Es tut mir leid, dass ich nicht die Tochter war, die du wolltest.*«

»*Nein, warte mal.*« Meine Stimme bricht. »*So bittet man nicht um Verzeihung. Wenn du es nicht ernst meinst, dann sag es auch nicht.*«

Sie legt den Kopf schief. »*Aber es ist wahr. Erst bei Emma wolltest du Mutter sein, hast du dich als Mutter gefühlt.*«

Ich schüttele den Kopf. »*Nein, nein, so war das überhaupt nicht. Du hast keine Ahnung. Wenn du mich gesehen hättest, als sie dich mir zum ersten Mal in den Arm gelegt haben … Ich konnte es nicht erwarten, dich kennenzulernen, als ich schwanger war, und als du dann kamst, waren die Gefühle für dich schlagartig da. Das war eine wahnsinnig starke Liebe. Ist eine wahnsinnig starke Liebe. Daran kann nichts etwas ändern.«*

Da erlöst sie mich und wendet sich wieder dem Thema Ashram zu: die Wildblumen, die auf den Bergen wuchsen, obwohl die Gipfel schneebedeckt waren, die Gitarrenakkorde, die ihr jemand beigebracht hat, der tiefe Frieden, den sie an diesem Ort gefunden hat. Ich möchte daran glauben. Zum Teil tue ich es auch.

Langsam werde ich müde. Es ist so warm im Salon. Auch ihre Stimme, die mit den Jahren tiefer und weicher geworden ist, hat eine einschläfernde Wirkung.

»Bist du gar nicht müde?«, frage ich.

»Eigentlich nicht.« Sie lächelt traurig. *»Ich brauche nicht viel Schlaf, seit dem Institut nicht mehr.«*

»Ach, Élodie.«

Sie schüttelt den Kopf. *»Nein, so habe ich das nicht gemeint. Das ist doch ewig her. Dort war nachts einfach immer irgendwas los, was einen geweckt hat. Ich glaube, die ganzen Jahre habe ich nie mehr als ein Nickerchen gemacht.«*

Ich lasse den Kopf hängen. Ich weiß nicht, was ich sagen soll. Sie kommt zu mir und ergreift meine Hände. Der Körperkontakt ist genau wie gestern ein Schock.

»Maman, versteh doch bitte. Ich bin dir und Papa dankbar, dass ihr mich dorthin geschickt habt, ich hege keinen Groll. Sie haben mir geholfen. Wäre ich nicht dorthin und später in den Ashram gegangen, wäre ich heute nicht geheilt.«

»Geheilt«, wiederhole ich. *»Ich meine, ich merke, dass du anders bist, natürlich merke ich das.«* In Gedanken höre ich Morels Worte. »Vielleicht verwächst es sich.« Dafür bestand immerhin eine achtzigprozentige Chance. Aber er hat auch gesagt, es gebe keine Heilung.

Ich erkenne, dass ich nur Klarheit erlangen kann, wenn ich mehr über sie herausfinde. Ich bündele all meine restliche Energie und beuge mich vor. *»Élodie, was hast du sonst noch gemacht?«*

»Habe ich doch schon gesagt, ich war in Spanien, und …«

»Nicht nur in dem Ashram. Ich meine, bei wem hast du gelebt, wo warst du vor Spanien, wie bist du überhaupt dort gelandet? Wie ist es dir die ganzen Jahre über ergangen, ohne uns – ohne deine Familie?« Bei dem letzten Wort bricht meine Stimme.

Sie hebt die Hände. *»Ich werde dir alles erzählen, Maman, wenn du es wirklich wissen willst.«*

»Das will ich«, hauche ich. *»Wirklich.«*

Also erzählt sie mir von ihrem Leben ohne uns. Ich höre vom Sofa aus mit geschlossenen Augen zu. Nachdem sie das Institut verlassen hatte, fuhr sie per Anhalter nach Süden an die Küste.

»Mir war immer so kalt im Norden. Es hat sich dort nicht angefühlt wie Frankreich. Das war nicht meine Heimat.«

Sie hat beinahe zwei Jahre an der Côte d'Azur verbracht, bewegte sich nach Osten in Richtung Italien und dann wieder nach Westen, bis zur spanischen Grenze und darüber hinaus nach Roses, wo Dalí lebte.

»Dort war alles weiß und blau. Weiße Fischerhütten, weißer Sand in den calas, *den kleinen Buchten. Jeden Tag blauer Himmel.«*

»Du warst schon immer gern am Meer.«

Als ich die Augen öffne, lächelt sie im Schein der Lampe. *»Das weißt du noch.«*

Ich könnte heulen. *»Natürlich weiß ich das noch.«*

Sie arbeitete gerade genug, um sich ihr Auskommen zu sichern, blieb nie lange an einem Ort, kellnerte meistens. *»Ich habe immer gutes Trinkgeld bekommen«*, sagt sie, und ich lächele, die Tränen ziehen sich wieder zurück.

»Das wundert mich nicht. Élodie?«

Ich öffne wieder die Augen, sie ist näher gekommen, so nah, dass ich sie berühren könnte. Ich habe sie nicht gehört. *»Erzähl mir, wo du noch warst«*, sage ich. *»Wen du getroffen hast.«*

Sie lehnt sich zurück. *»Einmal war ich in Kalifornien. Jemand hat mir einen Pass beschafft. Ich war den ganzen Sommer da.«*

Da setze ich mich auf. »*Ach, wirklich? Ich war noch nie dort. Ich wollte auch mal hin. Was hast du dir alles angesehen?*«

»*Ach, eine Menge. Ich habe einen Mann kennengelernt. Er hatte ein Haus auf Pfählen mit Blick auf die Canyons.*«

Wieder lächelt sie ein Lächeln, das ich nicht kenne, diesmal sphinxartig. »*Erzähl.*«

»*Wir haben uns in der Wüste kennengelernt, bei einem Festival. Er hatte einen mexikanischen Namen, kam aber aus* L. A. *Ich bat ihn, mich in den Club Troubadour mitzunehmen. Da lief aber nicht mehr deine Musik. Nur noch Rock, aber ich wollte trotzdem hin. Ich habe an dich gedacht.*«

»*Du erinnerst dich an meine Musik?*« Meine Stimme ist vor lauter Gefühlen ganz belegt.

Sie deutet auf den Stapel LPs unter dem alten Plattenspieler. »*Ich habe doch gesagt, ich vergesse nichts.*«

»*Was ist aus dem Mann geworden?*«

Sie zuckt die Achseln. »*Ich bin weg aus* L. A. *und wieder nach Spanien. Ich bin gerne unterwegs. Ich war immer auf der Suche nach etwas, ohne es je zu finden. Irgendwie wollte ich wohl immer nur hierher zurückkehren.*«

Das lasse ich erst einmal auf mich wirken. Die Stille dehnt sich aus. Ich kann immer noch nicht glauben, dass sie hier ist. Inzwischen bin ich so müde, dass ich nicht mehr geradeaus schauen kann. »*Ich glaube, ich muss jetzt ins Bett. Tut mir leid.*«

Sie nickt. »*Ich bin noch nicht müde. Hast du was dagegen, wenn ich noch eine Weile aufbleibe und noch eine rauche?*«

»*Nein, natürlich nicht.*« Ich gehe auf sie zu, weiß dann aber nicht, was ich tun soll. Sie schaut erwartungsvoll zu mir hoch, und ich streiche ihr kurz übers Haar. Dann lasse ich sie alleine rauchen. Als ich an der Treppe ankomme, wechselt die Platte auf die andere Seite. Jetzt laufen die Beach Boys.

Sie muss aufgestanden sein, um den Song auszuwählen. Als ich auf dem Absatz stehen bleibe, erklingt *ihr* Lied. »Good Vibrations«. Ich lasse mich auf die oberste Stufe fallen, halte mich am Geländer fest, und als ihr Zigarettenrauch zu mir emporsteigt, fange ich wieder an zu weinen, diesmal heftiger, die Musik übertönt das Geräusch.

*

Die Nacht vergeht ohne Zwischenfälle. Am Morgen versuche ich wieder, deinen Vater anzurufen. Zu meiner Überraschung nimmt er nach dem dritten Klingeln ab.

»Greg. Gott sei Dank.«

Jetzt, wo ich ihn endlich erreiche, weiß ich gar nicht, wie ich es ihm sagen soll. Ich spähe durch die Salontüren. Élodie bringt dich auf der Terrasse zum Lachen, gerade habt ihr gefrühstückt.

»Sylvie, bist du noch dran?«

»Élodie«, presse ich hervor, und bei der dritten Silbe bricht meine Stimme. »Sie ist hier.«

Er atmet scharf ein.

»Greg?«

»Élodie?«, fragt er, und seine Stimme klingt ungläubig und ganz hoch. Ich höre ihn nach seinen Zigaretten wühlen. »Sie ist bei euch in La Rêverie? Jetzt gerade?«

»Ja. Sie ist einfach … aufgetaucht. Wir kamen von einem Ausflug zurück, und da stand sie in der Auffahrt.«

Er schweigt eine ganze Weile, dann spricht er gehetzt weiter. »Gut, hör zu, ich bin bis heute Abend alleine mit den Jungs. Nicoles Mum hatte einen kleinen Schlaganfall, und sie sind ziemlich fertig – sie waren dabei, als es passiert ist –, aber ich fahre direkt los, wenn sie wieder da ist. Die Straßen sind sicher frei. Dann müsste ich im Morgengrauen bei euch sein.«

»Okay.« Mein Kopf ist wieder wie leer gefegt. Ich zwirbele das Telefonkabel um meinen Zeigefinger, immer fester, und sehe zu, wie die Fingerspitze rot wird.

»Sylvie?«

»Ich bin noch dran.«

»Wie … wie ist sie so?«

»Anders«, sage ich, genau wie zu Camille. »Ich weiß auch nicht. Ich kann kaum klar denken.«

Als ich auflege, bin ich nicht sicher, ob der Gedanke daran, dass er herkommt, mir gefällt oder nicht. Mir ist einfach schwindelig, und ich fühle mich leicht seekrank, was mich sofort wieder daran erinnert, wie ich mit ihr schwanger war. Wenn ich könnte, würde ich nach oben gehen und tagelang schlafen.

»Mum, Élodie sagt, sie hat erst mal nichts weiter vor«, teilst du mir mit, als ich wieder auf die Terrasse trete. »Also kann sie noch länger bleiben.«

Ich setze mich hin und schenke mir Kaffee ein. »Wie schön«, sage ich vorsichtig, und das Wort ist so jämmerlich unpassend, dass ich lachen könnte. Jetzt, wo sie hier ist, will ich gar nicht mehr daran denken, dass sie fortgehen könnte. Aber das macht es nicht einfacher, ihre Anwesenheit zu ertragen.

Élodie schenkt mir ein strahlendes Lächeln. »Du hast doch nichts dagegen?«

»Natürlich nicht, oder, Mum?« Du lächelst uns beide an. »Es ist ja auch dein Zuhause.«

»*Maman?*«, fragt Élodie.

Ich nicke. »Das ist es. Dein Zuhause. Ist es immer gewesen.« Ich hole Luft und reibe mir die trockenen Augen. »Ich habe endlich euren Vater erreicht. Er fährt heute Abend noch los. Dann ist er morgen früh hier.«

»Dann sind wir alle wieder zusammen?« Du kannst die Freude in deinem Tonfall nicht verbergen.

»Wir alle vier«, sagt Élodie. »*En famille.*« Sie hebt ihre Tasse, und du greifst eilig nach deinem Saftglas, um mit ihr anzustoßen. »Ich bin sehr froh, hier bei euch zu sein. Davon habe ich schon lange geträumt.«

Ich habe auch davon geträumt, unzählige Male. Gibt es nicht diese Theorie, dass unendlich viele Paralleluniversen existieren und mit jeder Entscheidung, die wir treffen, ein weiteres dazukommt? Ich stelle mir diese endlosen alternativen Szenarien vor, die wie in einem Spiegelkabinett immer mehr werden: die, in denen wir nicht nach Frankreich zurückgekommen sind, und die, in denen wir gar nicht erst fortgegangen sind. Ich habe das Gefühl, in eines der letzteren geraten zu sein und dich mitgerissen zu haben. Bald wird Greg hier sein, dann ist der Wechsel in die andere Realität vollkommen.

*

Martine erscheint pünktlich zum Besichtigungstermin, das englische Paar hat sich hinten in ihren kleinen Renault gezwängt. Sie ist sehr zierlich, trägt einen glänzenden Helm aus dunkelrotem Haar und schwarze, winzig kleine Ballerinas. Die Johnsons – Barbara und Keith – sind ein nettes Pärchen Ende fünfzig, sie leise und unscheinbar, er adrett und ein wenig verschmitzt. Mit ihren altmodischen Manieren erinnern sie mich ein bisschen an Gregs Eltern, obwohl die beiden hier viel entspannter miteinander umgehen. Ich habe Charles und Margaret seit Jahren nicht gesehen; Greg fährt mit dir einmal im Jahr zu ihnen, meistens um die Weihnachtszeit.

»Martine sagte, Sie leben in England«, sagt Barbara und lächelt. »Ist das wahr? Sie sprechen hervorragend Englisch.«

»Danke schön. Ja, meine Tochter und ich leben in London. Ihr Vater kommt aus England, wohnt aber inzwischen in Paris.«

Barbara sieht aus, als wolle sie fragen, wie diese Konstellation denn zustande gekommen ist, was sie sich dann aber verkneift. »Eine Gluthitze hier, nicht wahr?«, sagt sie stattdessen. »Im Auto hat es sich angefühlt wie in einem Backofen. Ich dachte schon, ich werde ohnmächtig.«

»Angeblich die schlimmste Hitzewelle seit zehn Jahren«, meldet sich Keith zu Wort. »Die Gegend ist trocken wie Zunder, und weite Teile stehen jetzt schon in Flammen.«

Ich folge ihnen, als Martine sie durchs Haus führt, falls sie Fragen hat, aber sie scheint sich ihrer Sache sehr sicher zu sein. In jedem Zimmer versetzt die beiden etwas anderes in Begeisterung: erst die alte Tapete und die originalen Fensterläden, dann der Holzfußboden und die hohen Decken.

Ich will gerade nach unten gehen, da meint Martine, sie wolle noch ein paar Fotos vom Innern des Hauses für ihre Kartei machen.

»Könnten Sie ihnen währenddessen vielleicht den Garten zeigen?«

Ich führe die beiden nach unten und auf die Terrasse. Als wir aus dem relativ dunklen Haus kommen, erscheint uns die Sonne blendend hell. Barbara sucht in ihrer Tasche nach ihrer Sonnenbrille.

Nachdem sie den Pool bestaunt haben, aus dem ich dich vor einer halben Stunde die üblichen Blätter und Insekten habe fischen lassen, fragt Keith nach der Scheune.

»Wissen Sie, ich suche eine Werkstatt. Muss nichts Besonderes sein, aber groß genug, um ein paar Autos vor Wind und Wetter zu schützen. Ich restauriere Jaguar-Oldtimer und verkaufe sie weiter. Nicht des Geldes wegen, eher so als Hobby.«

Du fängst uns auf dem Weg dorthin ab und lächelst die Fremden an, was nett von dir ist, weil du gar nicht willst, dass das Haus verkauft wird.

»Wie läuft es, mein Schatz?«, raunst du mir in deiner Altherrenstimme zu. »Soll ich Wasser aufsetzen und uns allen ein Tässchen Tee machen?«

Ich halte mir die Hand vor den Mund, um nicht loszuprusten, und du grinst mich an. Barbara und Keith sind dem alten Ehepaar aus unserer Fantasie gar nicht so unähnlich.

Obwohl es mir eigentlich nicht recht ist, folgst du uns in die Scheune. Sie kommt mir größer vor als früher, vielleicht weil ich sie durch fremde Augen sehe. Ich bin zwar nicht gern hier drin, aber nach dem grellen Sonnenlicht ist es eine Wohltat für die Augen. Keith lässt den Blick durch den Innenraum schweifen und stößt einen Pfiff aus.

»Mein lieber Mann, das müssen ja acht, neun Meter Höhe sein.«

Ich sehe, wie er den offenen Heuboden hinten in der Ecke bemerkt, an dem eine Leiter lehnt. »Ist da oben irgendwas?«

»Glaube ich kaum. Ich war seit Jahren nicht dort oben.«

»Sei vorsichtig, mein Schatz«, ruft Barbara, als er hochklettert. Sie wirft mir einen Blick zu und verdreht die Augen. »Er denkt, er wäre immer noch fünfunddreißig.«

Ich schiele nach dir, du stehst einfach in der Tür. Dein Lächeln ist verschwunden, unter den neuen Sommersprossen siehst du ganz blass aus. Davor hatte ich Angst. Ich will dich gerade fragen, ob alles in Ordnung ist, als Keith von oben herunterruft.

»Hat hier jemand übernachtet?«

»Was meinen Sie?«

»Da liegen Klamotten. Und anderer Kram.«

Eine Welle der Angst erfasst mich. Er steigt herunter, während Barbara die Leiter von unten festhält. Sie wollen sich noch einmal die Terrasse ansehen, und das kann ich ihnen kaum abschlagen, obwohl ich viel lieber die Leiter hochklettern und selbst nachsehen will. Ich schaue mich wieder nach dir um, aber du bist verschwunden. Im Garten ist auch keine Spur von dir. Da wird mir wieder angst und bange.

Martine erwartet uns auf der Terrasse. *»Ich habe ein gutes Gefühl bei den beiden«*, sagt sie und nickt in Richtung des Paares, das gerade den Rasen in Augenschein nimmt, Keith macht ausladende Gesten, und Barbara lächelt. *»Warten Sie nur ab. Würde mich nicht überraschen, wenn die es nehmen.«*

»Wunderschönes Haus«, sagt er an der Tür, nachdem er mir

die Hand geschüttelt hat, »aber wir müssen wohl noch eine Nacht drüber schlafen.«

»Natürlich«, sage ich abwesend, weil ich nur an das verborgene Zimmer auf dem Heuboden und deinen plötzlichen Abgang denken kann.

Es scheint ewig zu dauern, bis sie alle wieder in Martines Auto geklettert sind, aber dann fahren sie endlich davon und verabschieden sich mit einem fröhlichen Hupen aus der Einfahrt.

Unschlüssig und wie gelähmt bleibe ich auf der Treppe stehen. Einerseits will ich nachsehen, ob es dir gut geht, andererseits will ich zurück in die Scheune, die Leiter hochsteigen und mich vergewissern, dass Élodie am Pool die Wahrheit gesagt hat. Dass alles, was dort noch herumliegt, aus der Zeit stammt, als sie sich immer da oben versteckt hat, damals, als ich nächtelang wach lag und mich fragte, ob sie wohl bald alles niederbrennen würde, mit einer achtlos oder doch nicht so achtlos weggeworfenen Zigarette. Eine Weile war ich ganz fixiert darauf, habe fast eine Phobie entwickelt. Manchmal bin ich nachts durchs dunkle Haus geschlichen, zum einzigen Fenster, von dem aus man die Scheune sehen konnte – das winzige Fenster mit dem Gitter davor in der *souillarde.* Als hätte ich eine Vorahnung gehabt.

Ich gebe dem Drang nach, eile über den zugewucherten Pfad, der um das Haus herum zur Scheune führt und kürzer ist als der Weg über die Auffahrt. In den Sträuchern ringsum schwillt der Lärm der Zikaden an. An meinem Haaransatz und unter den Armen bildet sich Schweiß. Ein heißes Rinnsal läuft mir zwischen den Brüsten hinab.

In der Scheune ist es ruhig, von draußen hört man gar nichts mehr. Mir pocht das Herz bis in die Ohren. Das Metall der Leiter ist kalt. Ich rieche das Eisen unter meinen feuchten Händen, als ich hinaufklettere, kann es fast schmecken, wie Blut, nachdem man sich auf die Zunge gebissen hat.

Oben ist es dunkel, und ich muss die Augen zusammenkneifen, während sie sich an die Finsternis gewöhnen. Nach und nach erkenne ich alles: einen Haufen Kleider auf einer alten Matratze, eine Wasserflasche aus Plastik, eine aufgerissene Zigarettenschachtel. Ich krieche auf den Boden, der kaum mehr als eine breite Kante ist, und beim Blick nach unten wird mir schwindelig, genau wie du hatte ich schon immer Höhenangst.

Ich durchwühle die Klamotten, suche nach Anzeichen kürzlicher Benutzung. Aber ich kann keine ausmachen. Ich weiß nicht, ob die abgetragene Jeansjacke und die sonnengebleichten T-Shirts alt oder neu sind, weiß nicht einmal, ob sie ihr gehören. Ich hätte gedacht, dass kein Zweifel bestehen würde, dass da etwas wäre, was mich an früher erinnern würde oder was auf keinen Fall ihr gehören kann – die Latzhose oder Stiefel eines Mannes, Beweise, dass ein Obdachloser hier übernachtet hat. Eine Vorstellung, die mich verrückterweise weniger beunruhigen würde als die, dass Élodie sich hier versteckt hat, während wir im Haus waren und ich keinen Schimmer hatte, dass all meine unheimlichen Ahnungen, sie sei in der Nähe, doch keine Spinnerei waren. Sondern real. Dann fällt mein Blick auf die viereckige Folie einer leeren Kondomverpackung. Ich greife danach, halte sie ins Licht und lese das Verfallsdatum. 1998: noch fünf lange Jahre hin. Auf jeden Fall neu.

Und da fällt mir die Erklärung ein, und ich verfluche mich, weil ich nicht schneller darauf gekommen bin. Vielleicht gehört das alles hier Luc. Deshalb habe ich ihn hier auch erwischt. Vielleicht kommt er hierher, um der erdrückenden Aufmerksamkeit seiner Mutter zu entfliehen. Vielleicht tut er das schon seit Jahren und hat für sich selbst Wasser in den Pool gelassen und gar nicht für uns. Ob er wohl die Jungs mit den Mopeds zu einer Party mit hierhergebracht hat oder vielleicht ein Mädchen?

In der Brusttasche der Jeansjacke steckt etwas Hartes, ich schiebe den Finger unter den Metallknopf. Es ist ein Feuerzeug, ein billiges Wegwerfteil aus durchsichtigem lila Plastik. Ich streiche mit dem Daumen über das Rädchen, und es flammt auf. Ich frage mich, wer es wohl zuletzt benutzt hat und wo. Dann denke ich an die verrußten Wände der *souillarde.*

Ich finde dich im Salon, du sitzt ganz auf der Kante des Sessels, auf dem Élodie nach ihrer Ankunft gesessen hat, und hast die Hände zwischen den nackten Knien verschränkt. Als ich mich auf der Armlehne niederlasse, sehe ich, dass du dein Asthmaspray umklammerst. Ich streichele dir übers Haar.

»Was war der Auslöser? Irgendwas in der Scheune?« Ich habe keine Ahnung, ob meine Stimme sich natürlich anhört oder nicht.

Ich weiß nicht, woran du dich erinnert hast, aber ich hoffe, es ist nichts Konkretes. Dass du einfach nur eine Abneigung gegen die Scheune verspürst, die du nicht verstehst und auf etwas Irrationales und Harmloses schieben kannst. Die Angst vor dunklen Ecken, vor Insekten oder Ratten.

Aus deiner Brust dringt immer noch ein Pfeifen, das höre ich deutlich. Du schaust mich an, aber deine Augen blicken ins Leere. Ich weiß, dass du etwas anderes siehst als mich.

1982

Bevor du kamst, waren wir ein streitlustiges Dreiergespann. Jetzt bilden wir gegen unseren Willen meist zwei Lager, Greg und ich sind mittlerweile kaum noch in der Lage, miteinander zu sprechen. Dazu kommt, dass er von Anfang an streng zu dir war, viel strenger, als er es gegenüber Élodie je war. Manchmal frage ich mich, ob er dich dafür bestraft, dass du nicht genauso schwierig bist wie Élodie. Das ist so ungerecht, dass ich ihn manchmal verachte.

Deine Atemnot fällt uns zum ersten Mal auf, als du drei bist, und ich gehe mit dir in die Dorfpraxis. Sie wurde inzwischen von einer Frau übernommen, die Asthma bei dir diagnostiziert. Sie sagt mir, dass die Anfälle unterschiedlichste Auslöser haben können: Anstrengung, Allergien, Heuschnupfen.

»Machen Sie sich keine Sorgen«, sagt sie knapp und stellt dir mit ihrem Füller ein Rezept aus. Die goldene Feder strahlt Ruhe und Ordnung aus. Einen Augenblick lang würde ich am liebsten mit ihr tauschen. *»Vermutlich wird es durch irgendetwas im Garten oder von den Feldern in der Umgebung ausgelöst. Sie können auch mal ein Schaumstoffkissen ausprobieren. Daunenallergien sind weit verbreitet.«*

Draußen nehme ich dich an die Hand und gehe auf die gegenüberliegende Straßenseite zur Apotheke. Als ich mein Portemonnaie aus der Tasche hole, fällt mein Blick auf das kleine Notizbuch, das ich der Ärztin eigentlich hatte zeigen wollen. Ich habe mich dagegen entschieden, als sie auf die Uhr sah, genau wie der alte Dr. Bisset es immer getan hat. Nachdem ich in der Bücherei mögliche Auslöser für deine Anfälle nachgeschlagen hatte, habe ich in dem Büchlein notiert, wann du Atemprobleme bekommst, und mir ist aufgefallen, dass es längst nicht immer nur dann ist, wenn du im Garten gewesen bist. Auch dein altes Daunenkissen habe ich schon vor Monaten gegen ein Schaumstoffkissen getauscht, aber deine Atemnot ist immer noch da.

Die Ärztin hat es zwar mit keinem Wort erwähnt, doch ich habe gelesen, dass auch starke Gefühle Asthma auslösen können, vor allem bei Kindern. Offensichtlich gehört Lachen zu den häufigsten Auslösern. Doch bei dir ist es nicht das Lachen, das mir Sorgen bereitet.

Mit der offiziellen Diagnose der Ärztin habe ich den Mut, Greg das Buch zu zeigen, in dem ich jedes Mal sorgsam festgehalten habe, wenn deine Atmung schwerfällig wurde und du mich aus aufgerissenen Augen panisch und Hilfe suchend angeschaut hast, weil du vor lauter Ringen nach Luft kein Wort rausbrachtest. Das schreckliche Rasseln und Pfeifen verfolgt mich inzwischen bis in meine Träume.

Er wirft einen Blick hinein und pfeffert es auf den Tisch. Es landet in einer Weinpfütze, und der Umschlag färbt sich rot.

»Was soll ich damit?« Er schiebt seinen Stuhl so heftig zurück, dass das Besteck auf den Tellern klirrt. »Was willst du mir damit sagen?«

»Ich will, dass du dich auf meine Seite stellst, Greg.«

»Gegenüber wem?«

»Keine Ahnung – einfach so. Vielleicht wünsche ich mir einfach, dass du dich einmal mit mir hinsetzt und mir richtig zuhörst, damit wir ihr helfen können. Wir könnten doch auch noch mal zu Dr. Morel gehen.«

Er tigert auf und ab, als könne er es kaum erwarten, den Raum zu verlassen. Jetzt ist er schon fast an der Tür.

»Ich rede nicht noch mal mit dir darüber. Du weißt, was ich von seiner miesen Diagnose halte. Sie ist ein Kind. Ihre kleine Schwester nervt sie eben manchmal, na und? Ist doch kein Wunder nach der langen Zeit als Einzelkind.« Sein Leugnen ist inzwischen schon beinahe zum Reflex geworden. Er tut es schon so lange, dass er gar nicht mehr anders kann. Je mehr ich ihn dränge, desto größer ist seine Gegenwehr.

Fünf Minuten später verlässt er das Haus und kommt erst bei Sonnenaufgang wieder, aber nur, um wortlos seine Sachen für die nächste Geschäftsreise zu packen.

»Ach, du ergreifst mal wieder die Flucht. Warum überrascht mich das nicht?« Ich kann es mir nicht verkneifen. Mit Tränen und flehenden Worte komme ich bei ihm nicht weit, davon kriegt er bloß ein schlechtes Gewissen, und das hasst er, also belasse ich es inzwischen bei ätzenden Kommentaren. Er antwortet nicht und ist um sieben aus dem Haus, einen Tag früher als nötig. Mit durchdrehenden Reifen fährt er vom Grundstück wie ein aufmüpfiger Teenager.

Es tut weh, dass Greg mich nicht unterstützt, was Élodie angeht. Mittlerweile unterstütze ich ihn genauso wenig, wenn er mit dir schimpft, und das Beschämende daran ist nicht meine eigene Scheinheiligkeit, sondern die diebische Freude, die ich daraus ziehe, nach all den Jahren endlich einmal ihm in den Rücken zu fallen. Eine ellenlange Strichliste aller Ungerechtigkeiten rattert dann durch meinen Kopf, ein nicht enden wollendes Register all seiner Untaten, Élodies Untaten, von allem, was du und ich erdulden mussten. Ratter, ratter, ratter. Und weil mein Gedächtnis wesentlich besser ist als Gregs – ich erinnere mich noch Jahre später an jede Kleinigkeit –, gewinne ich Streits, die ich früher verloren hätte, weil sie mich so sehr aufwühlten, dass ich mich nicht wehren konnte. Aber inzwischen ist unsere Ehe an einem Punkt angekommen, an dem mir längst alles egal ist.

»Ich will, dass wir wieder zueinander finden, Sylvie«, sagt er in den seltenen Fällen, in denen der Alkohol ihn rührselig statt wie sonst so häufig passiv-aggressiv macht. Wenn ich ihn dann ansehe, tue ich das mit verschlossener, unbewegter Miene, denn ich habe keinen Schimmer, wie wir diese enorme Kluft zwischen uns je wieder überbrücken sollen. Viel zu spät scheint es mir, wie ein unmöglicher Kraftakt. Ich spüre, wie ich gefühlskalt werde, gleichgültig gegenüber allem außer dir.

1993

Du bist nach all dem Salbutamol, das du seit der Scheune genommen hast, ganz erschöpft und gehst dich hinlegen. Als ich eine halbe Stunde später nach dir sehe, bist du mit Kopfhörern auf den Ohren eingeschlafen. Auf dem Boden liegt eine halb fertige Postkarte an eine deiner Schulfreundinnen. Normalerweise würde ich nie etwas lesen, das nicht für mich bestimmt ist, doch die Sorge setzt sich gegen die Achtung deiner Privatsphäre durch. Wer weiß, was du einer Freundin alles erzählen würdest, was deine Mutter nicht wissen darf? Aber deine geschwungene türkisblaue Schrift gibt nichts preis. Überraschenderweise erwähnst du Élodie mit keiner Silbe. Ich weiß nicht, was ich davon halten soll.

Um mich von meinen Grübeleien über dich und der Frage abzulenken, wo Élodie hin sein könnte, verziehe ich mich in das kleinste Zimmer im Haus, das in den Jahren nach Élodies Geburt eine ziemliche Rumpelkammer geworden ist. Ich zwinge mich dazu, das Chaos durchzusehen und zu entscheiden, was ich behalten und was ich einem Mann überlassen will, dessen Namen Martine mir genannt hat: Er ist ein Trödler und hat einen Stand auf dem örtlichen *brocante*. Mit jedem Gegenstand, den ich markiere, höre ich eine leise Stimme sagen: »Das war es also, das Ende einer Ära.« Es sollte mich wohl nicht verwundern, immerhin räume ich gerade das Haus meiner Familie aus, wo du und ich unsere ersten Schritte gemacht und unsere ersten Worte gesprochen haben. Élodie ebenso. Nach einer Weile höre ich einen Motor, der zu hoch klingt, um der eines Autos zu sein. Ich erreiche gerade noch rechtzeitig das Fenster, um ein Mädchen von einem Moped steigen zu sehen. Es ist Élodie. Sie hat keinen Helm auf, und der trockene

Wind hat ihr Haar zu langen, wirren Wellen verwirbelt. Da nimmt ihr Begleiter den Helm ab und schüttelt sich die Haare aus dem Gesicht. Es ist Luc.

Er will nach ihrer Hand greifen, aber sie tänzelt davon. Sie wirft ihm eine Kusshand zu und läuft die Auffahrt hinauf zum Haus. Ich höre die Haustür aufgehen und zuschlagen, aber ich rühre mich nicht und beobachte Luc weiter. Als er den Helm wieder aufsetzt und den Motor startet, wirkt seine Körpersprache niedergeschlagen – das sehe ich selbst auf die Entfernung. Ich muss an die Klamotten und die Kondomverpackung in der Scheune denken.

Ich rechne damit, dass Élodie nach oben kommt, doch das tut sie nicht, also zwinge ich mich, mit meiner Aufgabe weiterzumachen. Aber ich kann mich nicht mehr konzentrieren. Bald stehe ich wieder an deiner Tür und sehe nach, ob du aufgewacht bist. Das Bett ist leer und die Decke zurückgeschlagen, als wärst du eilig aufgestanden. Ich laufe nach unten, aber da ist niemand.

Oben auf den Terrassenstufen horche ich auf Stimmen, die die süßliche und verrauchte Luft eigentlich leicht zu mir tragen müsste. Ich will nicht dabei erwischt werden, wie ich euch beide beobachte. Es würde dich ärgern und verwirren, wenn ich euch nachspioniere. Aber wie ich so dort stehe, lässt mir das Ganze einfach keine Ruhe. Ich habe vier Jahre damit verbracht, dich hier mit Argusaugen zu bewachen, und alles andere, als dich weiterhin zu beschützen, vor allem nach der Sache in der Scheune vorhin, kommt mir vor wie Vernachlässigung.

Ich gehe über den Rasen, hoffe immer noch, euch zu hören, aber alles ist still, totenstill. Heute ist es wohl zu heiß für die Vögel. Selbst die Zikaden sind verstummt. Ich schleiche mich näher an das schimmernde Wasser, das man durch die Bäume erahnen kann, und mache mich bereit, mich zurückzuziehen, wenn ich eine Bewegung erspähe. Aber da ist nichts, nur dein feuchtes Handtuch, zurückgelassen auf einer Liege. Das Wasser bewegt sich leicht, als hätte ich dich nur um Sekunden verpasst, vielleicht habe ich das auch.

Unwillkürlich renne ich zur Scheune, aber sie ist leer, die Tür immer noch angelehnt. *Immerhin.* Ich wische mir mit dem Handrücken über die Stirn, inzwischen habe ich richtige Schweißausbrüche. Wo würde sie dich hinbringen? Ich gehe zurück ins Haus, rufe deinen Namen, aber es ist immer noch leer, und meine Stimme hallt viel zu laut wider.

Eine Stunde später bin ich kurz davor, die Polizei zu rufen. Ich war in Élodies Zimmer, der zerschlissene Rucksack ist immer noch da. Von dir fehlt nichts. Mir kommt es zwar nicht irrational vor, dass ich an eine Entführung glaube, aber jedem anderen vermutlich schon, deshalb will ich weitere zehn Minuten warten, bevor ich Alarm schlage. Ich weiß, dass du kein kleines Kind mehr bist, aber ich kann nicht anders – immer wieder sehe ich die schrecklichen Überwachungsbilder vor mir, die im Februar durch die Nachrichten geisterten: zwei Jungen in einem Einkaufszentrum in Liverpool, der kleinere hielt so vertrauensselig die Hand des größeren und lief nichts ahnend ins Verderben. Das Ganze hatte mich in so heftiges Zittern versetzt, dass ich eine der Pillen nehmen musste, die ich noch aus den letzten Monaten in Frankreich hatte.

Meine selbst auferlegte Wartezeit ist fast um, als ich deine Stimme in der Einfahrt höre und zur Haustür eile.

Du unterhältst dich angeregt mit ihr und überprüfst mit einem Blick, ob sie sich auch nicht langweilt. Ihr tragt beide Einkaufstüten aus dem kleinen Supermarkt im Dorf. Erleichterung überwältigt mich eine dankbare Sekunde lang, bevor sich Ärger dazumischt.

»Wo wart ihr?«, rufe ich von der Tür, obwohl die Antwort offensichtlich ist. Ich sehe Élodie nach unten auf ihre Tüte schielen, als würde sie dasselbe sagen wollen, und das macht mich nur noch wütender.

»Wie kannst du es wagen, mit ihr ins Dorf zu gehen, ohne mir Bescheid zu sagen?« Ich gehe auf sie zu. Es ist merkwürdig, ich habe sie schon so oft ausgeschimpft, aber dabei musste ich immer

nach unten schauen. Nun stehen wir uns bei einem Streit zum ersten Mal auf Augenhöhe gegenüber.

»Mum, was soll das?« Du bist empört und lässt deine Tüte in den Staub fallen. »Wir waren nur einkaufen, damit wir Kuchen backen können. Für dich. Es sollte eine Überraschung werden. Warum bist du so sauer?«

Élodie schweigt. Wir sehen einander immer noch an.

»Du hast ja keine Ahnung, Emma«, sage ich, ohne den Blick von deiner Schwester zu lösen. »Du hast keine Ahnung, was hier alles passiert ist, als du klein warst. Sonst ...«

»Woher soll ich das auch wissen?« Deine Stimme klingt belegt und hoch, gleich brichst du in Tränen aus. »Du erzählst mir ja nie was.«

»Tut mir leid, Maman«, sagt Élodie. *»Ich ...«*

»Wieso nennst du mich auf einmal so? Das ganze letzte Jahr hast du nur noch Sylvie zu mir gesagt, weißt du noch? Nie Maman. Du wusstest, dass mir das nicht gefällt. Du wusstest, dass die anderen Leute mich deswegen für kalt gehalten haben.« Es ist befreiend, wieder zu der alten Sprache unserer Konflikte zurückzufinden, die Worte sprudeln nur so aus mir hervor.

»Ich hasse es, wenn du so bist«, heulst du. »Und hör auf, Französisch zu sprechen, als wäre ich gar nicht da.« Du stürmst an mir vorbei ins Haus, die Einkaufstüte ist ganz vergessen. Zum ersten Mal denke ich nicht einmal daran, dir nachzulaufen.

»Der Mann, der sich das Haus angesehen hat, hat vorhin ein paar Klamotten auf dem Heuboden entdeckt«, fahre ich fort. *»Und noch anderes Zeug. Ich frage mich, ob das Lucs Sachen sind. Habt ihr beide euch da oben versteckt? Weißt du, was ich glaube? Ich glaube, du bist schon eine ganze Weile hier, länger, als du am Pool gesagt hast, und hast uns heimlich beobachtet, bevor du bereit warst, dich bemerkbar zu machen. Ich glaube auch, dass du es warst, die in der souillarde Feuer gelegt hat. Du wusstest, dass ich dann zurückkommen würde.«*

Sie schweigt noch immer. Ich sehe, wie ihr eine einzelne Träne über die Wange rollt.

»*Du willst mich gar nicht hierhaben, oder?*«, fragt sie so leise, dass ich mich automatisch vorbeuge, um sie zu verstehen. »*Das wolltest du noch nie.*«

»*Und ob!*«, rufe ich nach kurzem Innehalten, weil mir aufgefallen ist, dass sie aus der Nähe nach Rauch riecht, aber es sind nur Zigaretten, sage ich mir. Es können nur Zigaretten sein. »*Und wie ich das wollte. Aber ich konnte dich unmöglich hierbehalten, unmöglich mit deinem Verhalten zurechtkommen. Vielleicht tut es dir ja jetzt leid, was du getan hast. Vielleicht hast du dich geändert. Aber woher soll ich das wissen? Du tauchst hier aus heiterem Himmel auf und schmeichelst dich bei Emma ein, wie du es schon immer bei Menschen getan hast, wenn es dir genützt hat, und du weißt genau, dass ich ihr nicht die Wahrheit sagen kann, weil es ihr das Herz brechen würde. Wie soll ich ihr jemals erzählen, dass du sie loswerden wolltest?*«

»*Das wollte ich nicht … Es war ein Versehen. Ich wollte nie …*«

»*Was meinst du, wie gern ich das glauben würde? Mehr als alles andere. Du bist meine Tochter, ich bin deine Mutter. Ich liebe dich, egal, was du getan hast. Aber du musst auch verstehen, wie schwer es für mich ist, dir zu glauben, wo du doch, soweit ich weiß, dein ganzes Leben lang noch nie etwas aus Versehen getan hast.*«

Wir starren einander weiter an, die Gesichter nur Zentimeter voneinander entfernt. Ich atme schwer, die Hände zu Fäusten geballt, und als ich nach unten blicke, sehe ich, dass sie dasselbe tut, obwohl sie die Hände schnell entspannt, als sie meinen Blick bemerkt. Ich sehe zu, wie verschiedene Ausdrücke über ihr Gesicht ziehen wie Wolken, aber ich habe nicht die geringste Ahnung, welche davon echt sind und welche sie vorm Spiegel einstudiert hat: Da ist ernsthafte, tief empfundene Traurigkeit oder etwas sehr Ähnliches, dann eiskalte Wut, dann pure Erschöpfung, die, jetzt, da meine Wut verraucht ist, genau dem entspricht, was ich fühle.

Ich weiß nicht weiter und habe solche Angst, einen Fehler zu machen, den ich nie wiedergutmachen kann – nicht nur dir, sondern auch Élodie gegenüber. Alles, was ich tue und sage, kommt mir entscheidend vor, wie bei einem Chirurgen, der knapp an einer lebenswichtigen Arterie vorbeischneiden muss. Es ist schon oft knapp gewesen.

Als ich wieder hinein und in den Salon gehe, steckst du gerade eine Kassette in die Anlage. Und als du dich umdrehst und mich an der Tür stehen siehst, wirkst du feindseliger als je zuvor.

1983

Ich besuche meine Mutter, die mit einem fortgeschrittenen Herzleiden im Krankenhaus liegt. Seit Dezember fahre ich ständig zwischen La Rêverie und Toulouse hin und her, schnalle dich jedes Mal in deinen Kindersitz, du musst mit, denn ich vertraue dich niemandem außer mir selbst an.

Als ich mit dir von der Toilette komme, bittet mich Mamans behandelnder Arzt in einen kleinen stickigen Raum. Er teilt mir mit, dass sie wahrscheinlich nicht mehr lange zu leben hat. Obwohl er es ihr noch nicht gesagt hat, scheint sie es instinktiv zu wissen und fragt mich, ob ich ihren Rosenkranz aus der Wohnung holen könnte, die sie sich noch immer mit Tante Mathilde teilt.

Vor dem Fenster am anderen Ende der Station bricht die Nacht mit aller Macht über den Tag herein, dabei ist es noch nicht einmal vier Uhr. Geräte summen und piepen, Pflegepersonal geht auf quietschenden Gummisohlen vorbei. Ich sitze auf einem Plastikstuhl, dessen Sitzmulde für jemand Breiteren gedacht ist, und begreife, dass ich bald eine Waise sein werde. Der Gedanke an meine eigene Familie – Greg, Élodie, du – macht diese Tatsache nicht weniger beängstigend.

Maman sieht mich besorgt an, beinahe entschuldigend, und erst glaube ich, es sei wegen der ganzen Fahrerei, die diese Besuche bei ihr mit sich bringen. Sie selbst hat nie Auto fahren gelernt und es schon immer als außerordentlich stressiges Unterfangen betrachtet. Doch etwas anderes liegt ihr auf der Seele.

»Ich hätte bleiben sollen«, sagt sie. *»Ich hätte für dich da sein sollen, als du mich am meisten gebraucht hast. Es tut mir leid, Sylvie.«*

Ich erwidere, dass es ihr nicht leidtun muss, aber sie ergreift meine Hände auf dem gestärkten Bettzeug und streichelt sie zitternd. Eine altvertraute Geste, nur dass ihre Knochen jetzt stärker hervortreten, ihre Haut papiern wirkt.

»Ich habe gespürt, dass etwas nicht stimmt«, beharrt sie und ignoriert meine Beschwichtigungen. *»Ich weiß noch, wie du mich gefragt hast, ob alles in Ordnung ist mit ihr, ob du oder Camille als Kinder auch so wart. Da muss sie drei oder vier gewesen sein. Du hast mich gefragt, ob es nur eine Phase ist, und ich habe Ja gesagt.«*

Tränen strömen ihr übers Gesicht, und ich wische sie sanft weg.

»Es tut mir leid, chérie. Ich war zu feige.«

»Sag so was nicht.«

Aber sie hört nicht auf, und ich lasse sie gewähren, weil sie so aufgebracht ist, weil dies eine Entschuldigung ist, die jahrelang in ihr geschlummert hat. Sie muss sie loswerden, noch vor ihrem Tod, der einige Wochen später, kurz nach Élodies vierzehntem Geburtstag, eintritt. Sie stirbt still und ohne viel Aufhebens, genau wie sie gelebt hat.

In den tristen, trostlosen Tagen nach der Beerdigung hofft ein seltsamer, verborgener Teil von mir, dass sie nach La Rêverie und zu mir zurückkehren wird – dass ich vielleicht irgendwann ihre Anwesenheit hinter mir in der Küche spüren werde oder in dem Sessel, in dem sie nachmittags gern ein Nickerchen gemacht hat, als Camille und ich noch klein waren. Aber so kommt es nicht. Ganz im Gegenteil, ich bin einsamer als je zuvor, auch wenn du mir natürlich ein großer Trost bist – mein einziger.

»Wenn du nicht aufpasst, erdrückst du sie noch«, sagt dein Vater eines trüben Tages Ende März. Er packt mal wieder. Ans Fenster gelehnt sehe ich zu, wie er durchs Zimmer läuft, Schubladen aufmacht und Kleider auswählt, und spüre die kalten Finger des Mistrals in meinem Rücken. La Rêverie ist dazu gebaut worden, die Hitze des Sommers abzuhalten, und es bleibt kühl hier drinnen, wenn die Temperatur fällt, der Wind zunimmt und die Heizungen gluckern wie leere Mägen.

»Sei doch einfach froh, dass meine Tochter und ich uns so nahestehen.«

»*Unsere* Tochter.«

»Du beachtest sie viel zu wenig. Als sie dir neulich das Bild zeigen wollte, das sie gemalt hatte, hast du kaum hingeschaut. Sie sieht dir so ähnlich, Greg. Es ist mir ein Rätsel, warum du dich nicht mehr für sie interessierst.«

»Was soll das denn heißen?«

Ich spare mir die Antwort. Bis auf die allgegenwärtige, tief sitzende Angst in meinem Innern fühle ich mich vollkommen taub, als könne nichts zu mir durchdringen. Meine Mutter ist seit genau zwei Wochen tot.

»Sylvie, ich rede mit dir.«

»Was?«

Er seufzt. »Für deinen Geschmack kann ich gar nicht schnell genug aus dem Haus sein, oder?«

Er hat recht. Ich plane, ins Bett zu fallen, kaum dass er durch die Tür ist. Du machst Mittagsschlaf, deshalb habe ich mindestens eine Stunde Zeit, still dazuliegen und an meine Mutter zu denken, den Blick starr auf den grau verhangenen Himmel gerichtet. Élodie ist unterwegs und hat nicht gesagt, wann sie zurück sein wird. Ich weiß nicht, wer bei ihr ist, und das kommt mir falsch vor, aber gleichzeitig fühle ich mich außerstande, etwas daran zu ändern. Élodie kann auf sich selbst aufpassen. Konnte sie schon immer.

Greg ist noch nicht lange weg, da klopft Laurent an die Küchentür. Aus dem Schlafzimmerfenster kann ich seine Haare sehen. Ich frage mich, ob er sich im oberen Stockwerk seines Hauses auf die Lauer gelegt und gewartet hat, bis Greg mit dem Auto vorbeifährt.

Nach kurzem Zögern gehe ich runter und öffne ihm die Tür. Ich will allein sein. Aber dann fällt mir ein, wie schön es ist, Zeit mit einem Mann zu verbringen, der nicht dauernd Streit sucht. Komischerweise hat Laurent trotz unserer romantischen Vergangenheit fast eine Art Vaterrolle in meinem Leben eingenommen: jemand, der mich beinahe von Geburt an kennt und bedingungslos liebt wie ein Familienmitglied.

Ich führe ihn in den Salon. Er hat eine Flasche guten Rotwein mitgebracht und öffnet sie, damit er atmen kann.

»Ich wollte mal nach dir sehen. Sie ist ja erst vor Kurzem von uns gegangen.« Sanft legt er seine große Hand auf meine, die ganz darunter verschwindet.

Ich lehne den Kopf an seine Schulter, wohl wissend, dass ich eine der unausgesprochenen Regeln breche, die ich uns auferlegt habe, als ich mit Greg aus Paris zurück nach Hause kam und erfuhr, dass Laurent sich mit Annette verlobt hatte.

Als der Wein seine Wirkung entfaltet, spüre ich, mit welcher Macht ich mich die ganze Zeit zusammengerissen habe. Laurent legt Musik auf, irgendetwas Klassisches: ein Klavierstück in Moll, und ich lasse zum ersten Mal meinen Tränen freien Lauf, nicht einmal bei der Beerdigung habe ich geweint. Es ist eine solche Erleichterung, und ich bin ihm so dankbar, dass ich irgendwann auf seinen Schoß klettere und ihn küsse.

Er sagt mir nicht, ich solle aufhören, aber das habe ich auch gar nicht erwartet. Der Kuss ist schön – ein tröstender Kuss, der sich so vertraut anfühlt, als hätten wir nie damit aufgehört. Mir fällt wieder ein, was mir klar wurde, als ich zum Studieren ins Ausland ging, ohne dass ich es ihm je gesagt hätte: dass ich ihn viel mehr liebe, als dass ich ihn begehre. Und dass mein Begehren – wenn ich es denn verspüre – eigentlich nur von der Heftigkeit seines Begehrens angefacht wird. Eine perverse Art der Selbstverliebtheit. Plötzlich ekele ich mich vor mir selbst.

Ich stehe auf, und für den Bruchteil einer Sekunde, ehe er die Augen wieder öffnet, erkenne ich unverhüllte Sehnsucht in seinem Gesicht.

»Es tut mir leid, Laurent. Das hätten wir nicht tun dürfen.«

»Salut.«

Der Klang der Stimme, melodisch und voll, lässt uns beide herumfahren. Élodie steht in der Tür, ein Lächeln umspielt ihre Lippen. Sie trägt ihr Haar offen, wie immer, es fließt ihr in Wellen über die Schultern wie goldenes Karamell.

»Wie lange stehst du da schon?«, frage ich streng.

Sie zwirbelt eine Haarsträhne um ihren Finger, während ihr Blick zwischen uns hin und her huscht. Laurent, ein mieser Schauspieler, sieht betreten zu Boden. Ich kenne den Ausdruck auf ihrem Gesicht nur zu gut – ich kenne ihn, seit sie ein kleines Kind war. Sie wägt ab, wie sie diese neue Situation am besten für ihre eigenen Zwecke nutzen kann. Sie hat ihre Impulse über die Jahre zu verbergen gelernt, aber nicht vor mir.

»Élodie, ich rede mit dir.« Ich weiß, dass ich im Unrecht bin, und dadurch reagiere ich schroffer als angebracht.

Leises Weinen dringt aus dem ersten Stock zu uns herunter. Du bist aus dem Mittagsschlaf aufgewacht und willst runter, rüttelst an der Klinke. Ich taste in meiner Tasche nach dem Schlüssel und gehe, ohne Laurent oder deine Schwester anzuschauen, Richtung Treppe, um die Tür aufzuschließen und dich rauszulassen.

Laurent ist schon weg, als ich mit dir auf dem Arm wieder herunterkomme, obwohl du schon fast zu schwer dafür bist. Du bist noch ganz verschlafen, deine Wangen heiß und rosig, dein Blick verschwommen. Ich liebe es, wenn du dich müde an mich kuschelst, dein Kopf so schwer wie eine Rosenknospe an ihrem Stiel. In der Küche setze ich dich auf den Tisch und gebe dir verdünnte Grenadine. Du baumelst beim Trinken mit den Beinen.

»Du bist bestimmt hungrig, oder, ma petite?«

Du nickst und steckst mich mit deinem Gähnen an.

Ich bin immer noch etwas durch den Wind vom Wein, dem Kuss mit Laurent und Élodies Hereinplatzen. Wie auf Autopilot bewege ich mich durch die Küche, schäle eine Banane und suche dir ein paar von den Pflaumentomaten aus, die du so gern isst, und schneide sie einmal der Länge nach auf, damit du dich nicht verschluckst.

Erst als ich einen Teller vom Abtropfgitter nehme, bemerke ich sie. Sie sitzt auf dem Hocker in der Ecke, hat mich schon die ganze Zeit schweigend beobachtet.

»Merde, Élodie, hast du mir einen Schrecken eingejagt.«

Sie reckt und streckt sich wie eine Katze, die Arme in der Luft, den Rücken durchgedrückt. *»Laurent ist wieder gegangen.«*

»Ach.«

»Warum hast du das mit ihm gemacht?«

Ich schneide weiter Obst und Gemüse. *»Jetzt nicht.«*

»Warum nicht?«

Sie springt vom Hocker und kommt herübergeschlendert. Durch den Duft des Haaröls, das sie neuerdings benutzt, dringt noch ein anderer Geruch. Ich kann nicht genau erkennen, was es ist, es riecht erdig, mit einer beinahe säuerlichen Note.

Ich will sie gerade danach fragen, als sie sich die ungeschnittene Hälfte der Banane nimmt und hineinbeißt. Sie geht zurück zum Hocker. Deine Augen sind so groß wie Untertassen, und dein Blick ist fest auf Élodie geheftet, die dich schon als Baby fasziniert hat. Selbst wenn sie dich zum Weinen bringt, zieht dich etwas an ihr magisch an.

»Wo warst du heute?«

»Unterwegs. Ist das wichtig?«

»Ja, das ist wichtig, weil ich deine Mutter bin und wissen will, wo du warst.«

»In Marseille.«

Ich halte inne. *»Marseille?«*

»Oui.«

»Aber das ist über hundert Kilometer weit weg. Mit wem warst du da?«

»Mit niemandem.«

Ich spüre, wie Wut in mir hochsteigt, wie immer. Meine Mutter ist gerade gestorben, würde ich am liebsten schreien. Meine Mutter ist gerade gestorben, und du hast nichts Besseres zu tun, als alberne Spielchen mit mir zu spielen.

»Bist du wieder getrampt?«

Sie zuckt die Achseln.

»Du weißt genau, dass dein Vater und ich das nicht wollen. Das ist gefährlich. Hast du mich verstanden, Élodie?«

Ich kann den Tonfall selbst nicht ausstehen, den ich bei ihr anschlage, hart und keifend. So spreche ich mit niemandem, nicht mal mit Greg. Sie hat einfach ein Händchen dafür, meine schlimmste Seite herauszukitzeln. Sofort überfällt mich ein schlechtes Gewissen. Ich bin ihre Mutter, wie kann ich nur so etwas denken? Doch manchmal habe ich das Gefühl, als würden unsere Beziehung und unser Alter keine Rolle spielen: Wir sind wie zwei Magneten, von Anfang an dazu verdammt, einander abzustoßen. Mutter und Tochter, Erwachsene und Kind, und doch Gegnerinnen auf Augenhöhe, in ewigem Kampf gefangen.

»Laurent hat so ein Gesicht gemacht, als er los ist.« Sie zieht die Mundwinkel hinunter, genau wie als Kind, wenn sie so getan hat, als wäre sie traurig. Mittlerweile hat sie ihre Methoden verfeinert. Wenn Greg da ist und einer von uns mit ihr geschimpft oder ihr irgendetwas verweigert hat, weint sie – Krokodilstränen, die sich in ihren ungleichen Augen bilden und hübsch über ihre Wangen kullern. Wie auf Knopfdruck. Genau so wirkt es: Von einem Moment auf den anderen heult sie los, völlig emotionslos, und doch bekommt sie Greg jedes Mal damit herum. Er kann es einfach nicht ertragen, sie weinen zu sehen. Kaum hat die erste Träne ihr Kinn erreicht, ist er auch schon bei ihr, wischt sie ihr sanft mit dem Daumen weg und zieht das Portemonnaie aus der Tasche, wenn es mal wieder Geld ist, worum es ihr geht.

»Armer Laurent«, sagt sie jetzt.

Ich höre nicht auf sie und stecke dir ein halbes Tomätchen in den Mund. Du behältst sie gern auf der Zunge und wärmst sie an, bevor du draufbeißt.

»*Weiß Papa Bescheid, Sylvie? Sylvie, Sylvie, Sylvie, Sylvie, Sylvie. Hast du mich verstanden, Sylvie? Tu m'écoutes? Tu m'écoutes?*«

Sie äfft mich nach – »Hast du mich verstanden, Élodie?« –, aber in ihrem ganz eigenen Singsang, der mir den letzten Nerv raubt. »*Tu m'écoutes? Tu m'écoutes? Tu m'écoutes?*«

»*Halt den Mund, Herrgott noch mal!*«

Deine Unterlippe fängt an zu zittern. Du hasst Streit, selbst wenn du unbeteiligt bist. Élodie hingegen wird von Streit nur noch mehr angestachelt. Ihr Trotz blitzt hart und kantig durch ihre aufgesetzt lässige Hippie-Attitüde wie ein Diamant, ihr Blick ist plötzlich wachsam und ihr Mund verzerrt, als müsse sie sich mühsam einen Lacher oder Aufschrei verkneifen. Unsere Streits sind die einzigen Momente echter Interaktion zwischen uns beiden, bei der alle anderen außen vor bleiben, sogar du.

»*Sylvie, Sylvie, Sylvie, Sylvie!*« Ihre Stimme wird immer lauter.

Du hältst dir die Ohren zu und fängst endgültig an zu weinen.

»*Ça suffit, Élodie!*« Meine Wut übermannt mich wie ein Rausch, ein heißes und gleichzeitig wohliges Gefühl. Ich stürze auf sie zu und zerre an ihrem Arm. Sie ist nur noch einen halben Kopf kleiner als ich und fast genauso stark. Ihre Gegenwehr lässt mich noch fester zupacken. Ich habe sie beinahe vom Hocker gezogen, als sie sich plötzlich ganz schwer und schlaff macht, und weil sie die Füße hinter die Querstrebe gehakt hat, fällt sie mit ihrem vollen Gewicht auf mich. Gemeinsam gehen wir zu Boden. Du schreist wie am Spieß, während ich mich unter ihr hervorkämpfe. Die körperliche Nähe trifft mich wie ein Stromschlag – wir berühren uns fast nie.

Auf einmal weiß ich, wonach sie riecht. Ich rappele mich auf und blicke auf sie herunter, wie sie da noch immer auf dem Steinfußboden liegt.

»*Du bist bekifft.*« Ich habe den berauschenden kräuterigen Geruch von Cannabis immer verabscheut.

»Papa kifft auch manchmal.«

»Mir egal, was er macht. Du bist gerade mal vierzehn.«

Sie steht auf und will sich an mir vorbeidrängen, aber ich packe sie am Arm. Mit der anderen Hand klopfe ich ihre Hosentaschen ab.

Stoisch lässt sie es über sich ergehen, ihr Blick ist starr geworden. Sie hat sich wieder in sich zurückgezogen, der Funke ist erloschen.

Ich finde nichts außer ein paar Münzen und einem meiner Lippenstifte, den ich in meine eigene Tasche stecke.

»Ab in dein Zimmer«, zische ich ihr ins Ohr. *»Ich will dich heute nicht mehr sehen.«*

Ausnahmsweise geht sie, ohne zu widersprechen.

Als sie am nächsten Morgen nicht zum Frühstück erscheint, sehe ich in ihrem Zimmer nach. Die Fenster stehen offen, knarren im Wind. Das kenne ich schon: Sie klettert aus dem Fenster und hangelt sich hinunter auf den Fensterladen im Erdgeschoss. Gefährlich, aber durchaus zu schaffen, wenn man sich traut, und Élodie traut sich so einiges. Ich gehe zum Fenster, um es zu schließen, da fallen mir Rußflecken ins Auge, die Dschungeltiere, die ich an ihre Kinderzimmerwand gemalt habe, als ich schwanger war, sind jetzt teilweise verbrannt.

Vielleicht ist das Muster nur Zufall – das glaubt zumindest Greg, als ich es ihm bei seiner Rückkehr zeige. Und es stimmt, das menschliche Auge sucht überall Gesichter. Aber mich, die ich mich in ihrem Zimmer ohnehin immer wie ein Eindringling fühle, springt es sofort an: der Mund zu einem Schrei verzerrt, die Augen weit aufgerissen.

Ich will gar nicht wissen, was es bedeutet, aber ich kann nicht anders, als mich die ganze Zeit zu fragen, was deine Schwester als Nächstes anstellen wird.

Am liebsten würde ich hinuntergehen und meine Mutter anrufen. Ich weiß genau, was sie sagen würde, um mich zu beruhigen, aber als ich mir die Worte selbst zuflüstere, ist es nicht dasselbe. Sie haben keine Wirkung. Im Flur neben Élodies Zimmer sacke ich zu Boden und weine lautlos, damit du mich nicht hörst. Aber es macht alles nur noch schlimmer, denn mir wird zum ersten Mal und mit aller Macht klar, dass ich nie wieder mit ihr werde reden können.

1993

Heute Abend bin ich ins Bett gegangen, ohne mir die Zähne zu putzen. Die Spannung im Haus ist mit Händen zu greifen, obwohl ich mich bei dir und Élodie für meinen Ausbruch entschuldigt habe. Daraufhin hat deine Schwester mich umarmt, der unerwartete Körperkontakt raubte mir den Atem, aber du bist den Rest des Tages abweisend gewesen und im Salon geblieben, »Smells Like Teen Spirit« lief in Endlosschleife.

Ich rechne nicht damit einzuschlafen – wahrscheinlich werde ich die Unterhaltung in der Einfahrt immer wieder durchspielen –, aber tatsächlich bin ich sofort weg. Im nächsten Moment liegt das Zimmer in völliger Dunkelheit, der Mond ist zwar schon untergegangen, aber bis Tagesanbruch sind es noch Stunden. Die Musik ist endlich aus.

Obwohl die Fenster weit offen stehen, damit vielleicht eine kleine Brise hereinweht, steht die Luft absolut still, als wäre der Raum hermetisch abgeriegelt. Einziges Indiz des Gegenteils ist der schwache Rauchgeruch. Ich horche auf irgendein Geräusch, egal welches – ein einzelnes Auto auf der Straße, das Sirren einer Mücke –, höre aber nur das Klingeln in meinen Ohren. Kurz gerate ich in Panik, dass ich im Schlaf irgendwie taub geworden bin und nicht mehr hören kann, ob du Hilfe brauchst, aber dann setze ich mich auf, und neben dem Herzschlag in meinem Innern höre ich auch mein panisches Atmen.

Irgendetwas muss mich geweckt haben. Noch vor einer Minute war ich tief im Land der Träume versunken. Das Laken ist um meine Beine gewickelt, ich strampele es weg. Es scheint nicht einmal ein Grad kühler geworden zu sein. Durch die Dunkelheit kommt es mir sogar noch heißer vor. Mein Baumwoll-Shirt klebt mir feucht auf der Haut.

Ich stehe auf, schleiche mich auf Zehenspitzen zur Tür und lausche. Immer noch nichts. Dann zieht mich etwas – Instinkt oder Erfahrung – zum Fenster und dem Spalt zwischen den Fensterläden. Meine Augen haben sich mittlerweile an die Dunkelheit gewöhnt, deshalb sehe ich sie sofort, eine ätherische Erscheinung in durchscheinendem Weiß, das Haar ein breites, gewundenes Band über ihrem schmalen Rücken. Sie steht auf der Terrasse und blickt in den Garten.

Ich weiß nicht, wie lange ich sie beobachte, aber sie bleibt völlig reglos stehen. Es ist, als sei sie erstarrt, als würde ich ein Foto betrachten, und ich schaudere. Wir haben alle unsere Geheimnisse; unsere verborgenen Gedanken und Wünsche würden unsere Liebsten schockieren. Aber Élodie? Sie hat dieses Prinzip ins Extrem getrieben. Bei ihr konnte man sich auf nichts verlassen. Was sie da draußen wohl gerade denkt? Eine völlig Fremde könnte die Frage ebenso gut beantworten wie ich.

Ich will mich gerade abwenden, als sie die Stufen hinuntergeht, durch ihr Nachthemd sieht es aus, als würde sie durchs Dunkel schweben, als sei sie wirklich der Geist von La Rêverie.

Sie legt sich inmitten der Wiese auf den Rücken, streckt Arme und Beine von sich, sodass sie mit ihrem Kopf einen fünfzackigen Stern bilden. Ein Pentagramm. Das hatte ich ganz vergessen, mit zehn oder elf hatte sie so eine Phase. Damals habe ich sie genauso beobachtet wie jetzt und immer wieder gestaunt, wie lange sie stillhalten kann. Manchmal habe ich mich ihr genähert und gesehen, dass sie nicht einmal blinzelte.

Dann erinnere ich mich an noch etwas, und meine Nägel graben sich in die weiche alte Farbe an der Fensterbank. Sie hat es auch als Jugendliche getan, wenn sie wütend war, weil sie etwas nicht bekam oder wir mit ihr geschimpft hatten. Vor dieser Phase hatte sie Wutanfälle, bei denen sie Schubladen und Schranktüren so fest zugeknallte, dass sie wieder aufsprangen. Und natürlich brüllte sie in den ersten Jahren ständig auf diese fürchterlich hohle und monotone Art, die innerhalb von Sekunden die Aufmerksamkeit des ganzen Dorfplatzes auf sich zog. Es war schlimm, aber als sie aufhörte – weil sie gelernt hatte, dass dieser dramatische Protest sich letzten Endes nicht auszahlte –, verschloss sie ihre Wut in sich, bis an der Oberfläche nichts mehr davon zu erkennen war. Eine unglaubliche Leistung für ein Kind und meiner Meinung nach noch Unheil verkündender als alles andere zuvor.

*

Greg kommt sehr früh an, gegen sechs Uhr morgens. Obwohl ich beobachtet hatte, wie Élodie vor ein paar Stunden aus dem Garten wieder ins Bett gegangen ist, konnte ich nicht mehr einschlafen.

Ich eile nach unten und hoffe, ich bin rechtzeitig an der Tür, bevor er klopft und euch beide aufweckt, aber er hat schon aufgeschlossen. Ich hatte vergessen, dass er immer noch einen Schlüssel hat.

»Ist sie noch da?«, fragt er zur Begrüßung. »Ich habe sie doch nicht verpasst?«

Ich schüttele den Kopf und deute nach oben. »Sie schlafen beide noch. Lass uns in die Küche gehen. Ich mache Kaffee.«

Aus der Nähe sieht er müde aus, aber ansonsten gut: Sein Gesicht ist leicht gebräunt und sein Haar frisch geschnitten. Sein blaues Hemd – er hat schon immer Blau getragen, weil er weiß, dass es ihm steht – ist teurer als die, die er früher bei Monoprix gekauft hat. Gebügelt ist es auch.

»Was hast du Nicole und den Jungs erzählt?«

»Die Wahrheit – na ja, zumindest Nicole. Ich habe gesagt, dass meine Tochter gefunden wurde. Dass ich zu ihr muss. Sie weiß alles.«

»Alles?«

Er zündet sich eine Zigarette an und zieht nervös daran. »Mein

Gott, Sylvie, ich war die ganze Nacht unterwegs, und du musst mich erst mal verhören. Haben wir nicht wichtigere Sachen zu besprechen? Was hast du Emma erzählt?«

»Sie weiß ein bisschen was. Élodie hat die Schuld dafür auf sich genommen, dass wir Emma glauben lassen haben, sie wäre tot – sie hat gesagt, sie hätte das so gewollt. Sie hätte den Kontakt zu uns abgebrochen.«

In mir keimt der Drang auf, mir einen ordentlichen Drink zu genehmigen. Genau diese Wirkung hatte dein Vater in den letzten Jahren unserer Ehe auf mich. Die Gegenwart des jeweils anderen machte uns zu furchtbaren Menschen. Man lässt sich nicht einfach scheiden, weil man seinen Ehepartner nicht mehr mag. Es geht genauso darum, keine Zeit mehr mit der Person verbringen zu müssen, in die man sich in seiner Nähe verwandelt. Ich weiß gar nicht mehr, wann ich zuletzt mit ihm allein war: Mittlerweile habe ich nur noch deinetwegen mit ihm zu tun. Jetzt hier mit ihm zu sitzen macht alles nur noch seltsamer. Ich fühle mich wehmütig, nervös und unruhig – alles auf einmal.

»Ich will sie sehen«, sagt er.

»Lass sie doch schlafen.«

Er seufzt und spielt mit seiner Streichholzschachtel. Ich muss an die Scheune und meine Entdeckung denken, aber ich erzähle ihm nichts von meinem Verdacht, Élodie könnte schon länger hier sein, als sie zugibt.

»Was hat sie dir denn erzählt, wo sie die ganze Zeit über gewesen ist?«

Ich reibe mir die Augen. »Sie hat in einer Kommune in Spanien gelebt. Anscheinend ist sie auf einem Selbstverwirklichungstrip.« Ich ziehe eine Augenbraue hoch. »Das ist dein Vermächtnis«, sagt die Augenbraue. »Als wir jung waren, hast du auch an das ganze Zeug geglaubt.« »Davor ist sie herumgereist.«

Er schweigt, als ich den Kaffee einschenke und Milch aus dem Kühlschrank hole.

»Und was ist mit Emma? Was hält sie von der ganzen Sache? Hat sie Élodies Erklärung geglaubt?«

»Sie – ich weiß es nicht. Sie freut sich natürlich und steht gleichzeitig immer noch ein bisschen unter Schock, glaube ich. Sie schaut Élodie immer an, als könnte sie sich gleich in Luft auflösen. Aber sie ist auch ziemlich …«

»Was?«

»Ich weiß nicht. Nicht sie selbst. Abwesend, wie hinter Glas irgendwie. Und schwierig. Ihr Asthma ist schlimmer geworden, seit wir hier sind. Ich glaube, sie erzählt mir auch nicht alles.«

»Was denn zum Beispiel?«

»Woran sie sich von früher erinnert. Gestern hat sie Angst bekommen, als sie in der Scheune war. Das kann ja nur bedeuten, dass ihr etwas wieder eingefallen ist, oder?«

Ich drehe mich nach der Kaffeekanne um, und in dem Moment wackelt und ruckelt die Küche um mich herum, wie in einem Video, das man zu oft angehalten und zurückgespult hat. Eine Sekunde lang weiß ich zwar genau, *wo* ich bin, aber nicht *wann*. Ich schaue hinunter auf meine zitternden Hände, die Haut ist minimal faltiger, weil ich jetzt über vierzig bin, und zum ersten Mal bin ich froh, dass ich älter werde. Hauptsache nicht wieder in der Vergangenheit.

*

Das Wiedersehen zwischen Vater und Tochter verläuft ganz anders, als ich erwartet habe. Ihr kommt beide gemeinsam gegen neun nach unten, als Greg und ich schon die zweite Kanne Kaffee zur Hälfte geleert haben. Du siehst ihn zuerst.

»Dad!« Du wirfst dich in seine Arme, und er hält dich fest, aber dabei schaut er dir schon über die Schulter. Es ist genauso wie damals – nur plötzlich ist Élodie diejenige, die sich im Hintergrund hält, nicht du. Er wirkt überrascht und schließlich, als sie weder auf ihn zugeht noch etwas sagt, verwirrt. Stattdessen sieht sie mich an, als würde sie um Erlaubnis fragen, und ich nicke. Erst dann geht sie zu ihm, lässt sich umarmen und quittiert es mit einem Küsschen auf jede Wange. Ich weiß nicht, was ich davon halten soll, aber dann fällt mir wieder ein, was sie gesagt hat, bevor sie schwimmen gegangen ist. »Er war nie da, nicht wahr?« Wollte sie mir ihre Solidarität beweisen?

»Élodie«, haucht er, als sie sich von ihm löst. Er mustert ihr Gesicht. »Schau dich an, so erwachsen.« Seine Stimme zittert, und ich sehe, dass er Mühe hat, seine Gefühle unter Kontrolle zu bringen. Élodie tätschelt ihm etwas steif die Hand, und ich kann nur noch staunen, wie merkwürdig das alles ist. Als sie noch klein war, hat sie sich immer an Greg geschmiegt wie eine Katze, die Finger in seinem Haar, den Kopf unter sein Kinn gepresst.

»Ich habe jeden Tag an dich gedacht«, sagt er jetzt mit festerer Stimme. »Als meine Söhne geboren wurden – hat Sylvie dir von ihnen erzählt? –, konnte ich nur noch daran denken, dass ihre große Schwester irgendwo da draußen ist, aber ich wusste nicht, wo. Es hat mich wieder daran erinnert, wie du geboren wurdest, meine wunderschöne Tochter.«

Ich werfe dir einen Blick zu, plötzlich das mittlere Kind, und deine Augen wirken groß und verzweifelt. Ich will zu dir gehen und den Arm um dich legen, aber Élodie ist schon da und zieht dich an sich.

»Ich habe meine kleine Schwester zurück«, sagt sie und lächelt zu dir herab, woraufhin sich deine Miene wieder aufhellt. Ihr schlanker Finger tanzt über der Kette um deinen Hals: *ihrer* Kette. Natürlich habe ich dir nicht erzählt, dass du sie hinter der Kommode gefunden hast, weil ich sie zehn Jahre zuvor nach Greg geworfen habe, am schlimmsten Tag meines Lebens.

»Was für ein verrückter Gedanke, dass ich auch noch kleine Brüder habe«, sagt Élodie. Sie strahlt Greg an, und seine Körpersprache entspannt sich sofort.

Beim Mittagessen sind wir alle schon viel vertrauter miteinander. Ich bewirte euch alle wie eine stumme Kellnerin. Es ist so schwer, sich gegen die alten Abläufe und Muster zu wehren. Ich habe sogar eine Tischdecke mit welligem Saum ausgebreitet, die meiner Mutter gehört hat. Auf die Idee wäre ich niemals gekommen, als wir noch zu zweit waren. Vielleicht dient die ganze Mühe, die ganze Inszenierung, nur dazu, die Illusion von Kontrolle zu erzeugen.

Während ich immer wieder in die Küche laufe, bemerke ich, wie gebannt ihr, du und dein Vater, von Élodie seid. Er kann den Blick nicht von ihr lassen. Er ist übereifrig, lacht zu viel, und merkwürdigerweise tut er mir leid. So charmant sie auch ist, ihm gegenüber ist sie immer noch etwas zurückhaltend.

»Heute Abend gehen wir im Dorf essen«, sagt Greg gerade, als ich mit einer Schale Pfirsiche zurück nach draußen komme. Er tupft seinen Teller übergründlich mit einem Stück Brot ab, und überrascht stelle ich fest, dass er nervös ist. »Emma, hast du nicht gesagt, es gibt da mittlerweile eine gute Pizzeria?«

»Ja, und die Pizzen sind riesig. Mum, es war doch echt nett da, oder?«

Ich lege dir eine Hand aufs Haar und stelle die Schale hin. Du hast mir wegen gestern verziehen, freust dich zu sehr über das Familienwiedersehen, um nachtragend zu sein.

*

Der Nachmittag zieht sich hin, die Temperatur steigt, begleitet vom Gesang der Zikaden. Ich beobachte, wie Élodie deinen Vater und dich mühelos um den Finger wickelt. Vielleicht bin ich aber auch nur neidisch und kann die Realität nicht mehr von meiner Fantasie unterscheiden. Vielleicht ist ihr Verhalten gar nicht mehr gekünstelt. Vielleicht ist sie einfach nur charismatisch, ohne Hintergedanken. Ich weiß es wirklich nicht.

Du sitzt im Schneidersitz vor ihr und lässt dir Zöpfchen flechten. Du sagst keinen Mucks, als sie an deiner Kopfhaut zerrt, dabei kann ich dir sonst kaum einen Pferdeschwanz für die Schule binden, ohne dass du jaulst und meckerst. Du trägst schon wieder eines ihrer Kleidungsstücke – ein dehnbares rotes Bandeau-Oberteil, das zu tief ausgeschnitten ist –, außerdem Mascara und etwas Glänzendes auf den Lippen. Es ist schier unmöglich, dabei nicht an den Vorfall mit der Puppe zu denken, das Filzstift-Gekrakel in deinem Gesicht. Das hier erscheint mir wie eine raffiniertere Version des gleichen Spiels. Aber als ich dein Gesicht nach Spuren von Anspannung absuche, wie ich sie in der Scheune bemerkt habe, Bruchteile von Erinnerungen, die ans Licht kommen, finde ich nichts. Du strahlst vor Freude.

»Tu es très jolie«, ruft Élodie aus, als sie fertig ist, und küsst dich auf den Kopf. Du wirst rot, deine Augen glänzen, und ich spüre das Unwohlsein in mir zucken wie einen Krampf. Mein Instinkt sagt mir immer noch, ich sollte euch beide trennen, vorsichtshalber, aber dafür würdest du mich hassen.

Weil Greg da ist, kann ich die Gelegenheit nutzen und mich wieder ins Bett legen. Ich weiß nicht, was ich sonst mit mir anfangen soll, und die vielen Nächte, in denen ich nicht durchschlafen konnte, führen langsam dazu, dass ich fast weggetreten bin, aber die Nervosität bleibt, und der unaufhörlich hohe Adrenalinspiegel überlastet meinen Körper.

*

Zwei Stunden später weckt mich das Telefon. Zum Glück bin ich diejenige, die den Anruf entgegennimmt – ihr drei seid wohl immer noch draußen –, denn Olivier ist dran. Ich sage zum Glück, als hätte ich nicht jedes Recht der Welt, mit einem anderen Mann zu sprechen. Dem Sog der Vergangenheit ist allerdings schwer zu widerstehen, außerdem habe ich gerade von London Ende der Sechziger geträumt, als Greg und ich frisch zusammen waren. Ein verräterischer Akt meines Unterbewusstseins, den ich gerade gar nicht gebrauchen kann.

»Alles in Ordnung?«, fragt Olivier vorsichtig. *»Ich wollte dich bis jetzt nicht stören.«*

»Tut mir leid, ich hätte anrufen sollen. Ich kann es dir erklären, aber ich weiß nicht, ob ich jetzt dazu in der Lage bin. Mein Ex-Mann ist hier, und ich …«

»Du brauchst es mir nicht zu erklären. Es geht mich nichts an. Ich wollte nur fragen, ob es dir gut geht.«

»Danke. Du sagst irgendwie immer das Richtige. Hör zu, du könntest ja vorbeikommen, aber …«

»Schon gut … Es wäre schön, dich wiederzusehen. Denk dran, ich bin da, wenn du reden willst. Aber ich wollte noch was sagen.«

Ich umklammere den Hörer fester und rechne fest damit, dass er mir etwas über Élodie erzählen wird, irgendetwas, was ich nicht wissen will.

»Eine gute Nachricht. Das englische Paar möchte euch ein Angebot machen.«

Mir fällt keine Antwort ein.

»Sylvie, bist du noch da?«

»Oui.«

»Hast du dir das mit dem Verkauf anders überlegt?« Ich glaube, er klingt hoffnungsvoll.

»Nein, das nicht. Ich habe nur nicht erwartet, dass sie sich so schnell entscheiden.«

»Willst du gar nicht wissen, wie viel sie bieten?«

»Oh. Doch, natürlich. Tut mir leid, ich bin nur so überrascht.«

»Schon gut. Ich habe auch nicht so schnell damit gerechnet. Aber anscheinend fanden sie das Haus toll, vor allem der Mann. Sie haben wohl den Zauber erkannt. Sie bieten einhunderttausend Francs unter dem Listenpreis. Das sind ungefähr zehntausend Pfund. Sie wussten nichts von einer der Steuern, meinten sie, sonst hätten sie wohl die komplette Summe springen lassen.«

Ich starre durch den Salon auf die Terrasse. Dahinter sehe ich die Wipfel der Mittelmeerkiefern, reglos in der stickigen Luft. Vor dem azurblauen Himmel sehen sie beinahe schwarz aus.

»*Verstehe*«, sage ich vage. »*Erscheint mir angemessen.*«

»*Soll ich Martine sagen, dass du einverstanden bist, oder willst du auf ein höheres Angebot warten? Könnte sich lohnen.*«

Er spricht langsam, als wäre ich schwer von Begriff. Ich drücke meinen Daumennagel so fest in meinen nackten Oberschenkel, dass ein tiefer sichelförmiger Abdruck entsteht. Ich stelle mir vor, La Rêverie für immer zu verlassen, und wenngleich es mich mit Traurigkeit erfüllt, fällt auch eine Last von mir ab, so spürbar, als würde es wirklich geschehen, als würde sich ein großer dunkler Vogel von meinen Schultern in die Lüfte erheben.

»*Nein, nein. Sag bitte zu. Und danke. Auch an Martine.*«

Wir verabschieden uns, und es kommt mir seltsamerweise so vor, als hätte ich ihn Wochen nicht gesehen.

Ich will gerade auflegen, als noch eine letzte Frage aus mir heraussprudelt. »*Olivier, bevor du auflegst, was sagen die Leute im Dorf?*«

Er seufzt. »*Sie sagen, das Durand-Mädchen sei von den Toten auferstanden.*« Zum ersten Mal herrscht eine unangenehme Stille zwischen uns.

Danach bin ich zu verunsichert, um wieder nach oben zu gehen. Ich schlendere zum Pool und stelle fest, dass Luc aufgetaucht ist und es sich offenbar mit einer Flasche Bier in der Hand auf einem Liegestuhl bequem gemacht hat. Er unterhält sich mit Greg, lässt dabei aber den Pool nicht aus den Augen, wo Élodie schwimmt. Als sie aus dem Wasser steigt, schenkt sie ihm ein Lächeln, kokett und wissend, und er erwidert ihren Blick hilflos und hungrig.

Du beobachtest sie vom Oleander aus, Kopfhörer auf und Lipgloss auf den Lippen, und mir wird klar, dass du inzwischen alt genug bist, diesen Blick zwischen ihnen zu verstehen: ein halbes Versprechen.

1983

Nachdem Élodie mich mit Laurent beim Küssen erwischt hat, gehe ich davon aus, dass sie es sofort Greg erzählt, wenn er zurückkommt. Ich bin mir so sicher, dass ich mir bereits im Kopf Erklärungen und Entschuldigungen zurechtlege. Keine davon ist gelogen. Es stimmt, Laurent hat mich in einem schwachen Moment erwischt; ich vermisse meine Mutter schrecklich; Greg ist zu häufig weg, wenn ich ihn brauche.

Aber selbst zusammengenommen ergeben diese Gründe nicht die ganze Wahrheit. Ein Teil von mir hat das sehr bewusst getan. Obwohl ich dich in meinem Leben habe, gibt es Zeiten, da will ich nur noch daraus ausbrechen, und beim Fremdgehen erwischt zu werden ist so viel einfacher, als mich mit deinem Vater hinzusetzen und über Scheidung und Sorgerecht zu sprechen. Ich glaube, Laurent ist der Selbstzerstörungsknopf, den ich gedrückt habe, damit Greg mir das mit der Trennung abnimmt.

Und obwohl ich mir unterbewusst wünsche, dass Élodie ins Wespennest sticht, habe ich kein Glück. Ich hätte wissen müssen, dass sie eines nicht ist: berechenbar. Es ist nicht ihr Stil zu tun, was man von ihr erwartet. War es noch nie.

Allerdings ist da ja auch noch Laurent selbst. Am nächsten Tag steht er vor der Tür, um über das Geschehene zu sprechen – im Gegensatz zu deiner Schwester ist er absolut vorhersehbar. Wir küssen uns wieder, obwohl mein Verlangen über Nacht abgekühlt ist, im selben Maße, wie es bei ihm offenbar angefacht wurde. Gestern bestand wenigstens noch die Möglichkeit, dass er sich bedauernd von mir abwendet und mich einfühlsam daran erinnert, dass er verheiratet ist. Jetzt, da ich weiß, dass er nichts dagegen hat, einen Schritt weiterzugehen, habe ich kein Bedürfnis mehr danach.

Er scheint meine Zurückhaltung nicht zu bemerken, kann aber zu meiner großen Erleichterung nur kurz bleiben.

»Ich komme gegen Abend wieder«, sagt er. *»Annette ist nachher verabredet. Dann haben wir mehr Zeit.«* Er streicht mir sanft über die Wange, und ich muss daran denken, wie lieb er ist, wie viel besser wir beiden zusammengepasst hätten, aber ich begehre ihn einfach nicht.

Am Nachmittag kommt Élodie nach Hause, mit einem blass gewellten Salzrand an den Beinen ihrer Schlaghose. Vielleicht war er gestern schon da, bei unserem Streit, oder aber sie ist wieder zur Küste getrampt. Diesmal frage ich nicht nach. Ich kann nur daran denken, dass sie hier sein wird, wenn Laurent wiederkommt.

Ohne dass ich es vorhatte, trinke ich drei Gläser Wein zum Mittagessen, das lediglich aus deinen Resten und einer Handvoll Oliven besteht. Als ich dich zum Mittagsschlaf hinlege und sanftes Frühlingslicht auf dein Bett fällt, strecke ich mich neben dir aus. Ich will nur einen Moment die friedliche Stimmung auskosten. Doch ich muss eingeschlafen sein, denn kurz darauf erwache ich aus einem tiefen Traum, in dem mein Vater und ich den Garten umgegraben haben. Die Sonne ist längst weitergezogen, es ist fast Abend.

Du sitzt mit einem Buch von Richard Scarry auf dem Schoß neben mir. Greg hat es dir von seiner letzten Londonreise mitgebracht, und du schaust es dir ständig an.

»Maman, ich hab Hunger. Du hast geschlafen.«

Ich stehe auf und kämme mir die Haare mit deiner weichen Babybürste. Meine Wangen sind vom Schlaf ganz heiß, und ich gehe ans Fenster, in der Hoffnung, dass draußen eine kühle Brise weht. Laurent wird gleich da sein.

»Ein Mann ist bei Élodie«, sagst du, und ich fahre herum. Du schaust nicht von deinem Buch auf. *»Ich hab sie gehört.«*

Eine böse Vorahnung befällt mich. Ich beuge mich aus dem Fenster, aber auf der Terrasse ist sie nicht, ich kann nur die Überreste des Mittagessens und zwei offene Weinflaschen entdecken. Als ich mit dir hochgegangen bin, war es nur eine. Ich schaue genauer hin und erkenne an der Form, dass sie eine der teuren Flaschen geöffnet hat, die wir für Weihnachten und Geburtstage aufheben.

»Lies noch ein bisschen, Süße«, sage ich, nehme den Schlüssel und mache die Tür hinter mir zu. Nach kurzem Zögern schließe ich sie ab. *»Maman, ich will mit nach unten«*, rufst du von drinnen.

»Dauert nicht lange, Em. Ich bin gleich wieder da.« Du hast schon oft genug mitbekommen, wie wir uns streiten.

Ich finde Élodie nirgends im Haus, und zunächst glaube ich, auch im Garten ist sie nicht. Ein Flugzeug fliegt vorbei, unterwegs nach Nizza oder Italien, und das Triebwerk ist in der klaren Luft erstaunlich laut. Erst als es verstummt, höre ich das seidige Plätschern von Wasser am anderen Ende des Gartens.

Sie ist halb im Pool, halb draußen, als ich ankomme, hat die Ellbogen auf dem Beckenrand abgestützt. Ihr Haar ergießt sich über ihren Rücken und lässt ihre Haut vor dem Grün des Wassers und des Oleanders, der sich ausstreckt und seine Finger hineintaucht, blasser wirken. Da stemmt sie sich in einer fließenden Bewegung aus dem Becken, ihre Muskeln an Schultern und Armen tanzen, Wasser läuft in schillernden Rinnsalen an ihr herab. Wie schön sie ist. Noch ein Grund, warum ich den Blick nicht von ihr abwenden kann. Kaum jemand kann das.

Sie reckt die Arme, spreizt die Finger, dann legt sie sich auf den Rücken, dehnt und streckt die Beine, erst eines, dann das andere, wackelt mit den Zehen und zieht mit einem Schnalzen am Gummi ihr Bikinioberteil zurecht. Sie hat mich immer noch nicht bemerkt, wie ich zwischen den Bäumen stehe und sie beobachte.

Sie tastet nach ihrem Glas neben der Liege. Es ist eins von dir, ein altes Amora-Senfglas mit Disneyfiguren, um das du mich im

Supermarkt angebettelt hast. Jetzt ist es zur Hälfte mit Rotwein gefüllt. Sie stößt mit der Hand dagegen, und der Wein spritzt über das Kleid, das sie beim Ausziehen achtlos auf den Boden geworfen hat.

Ich will gerade zu ihr gehen, als sie spricht. Ich erstarre, wage es nicht mal zu atmen.

»Setz dich doch. Oder glaubst du, ich beiße?«

Ich weiß sofort, dass sie nicht mit mir spricht, denn ihr neckischer Tonfall klingt so vollkommen anders als der, mit dem sie mir alles Mögliche an den Kopf wirft.

Da steht jemand im tiefen Schatten des Oleanders, wird durch das dichte Laub der Mittelmeerkiefern erst sichtbar, als er sich bewegt und dann wieder stehen bleibt.

Sie setzt sich auf und klopft neben sich auf die Liege. *»Komm schon, trau dich. Wir zwei sollten uns mal unterhalten, oder? Nach gestern. Hier, trink doch was.«* Sie hält das Glas hoch, in dem noch ein Schluck Wein ist, und lacht. *»Das ist Papas teuerster Tropfen. Wenn du ihm nichts verrätst, verrate ich ihm auch nichts.«*

Doch der Mann zwischen den Bäumen zögert immer noch. Er kann nur ein paar Meter von mir entfernt sein, ich meine sogar, seinen Atem zu hören, lauter, als man denken würde bei jemandem, der nur dasteht.

»Élodie«, sagt er leise warnend, und mir wird ganz flau. Ich kenne diese Stimme.

Sie steht auf und lächelt. *»Schönes Wetter heute, oder?«*, fragt sie. *»Der Mistral ist endlich vorbei.«*

Langsam geht sie um den Pool herum, vorbei am Sprungbrett am tiefen Ende, nimmt sich Zeit, schwingt leicht die Hüften. Dann greift sie sich mit der Hand in den Rücken und öffnet ihr Bikinioberteil, zieht es sich über den Kopf und wirft es mit einem leisen Klatschen auf die warmen Steine.

Ich habe sie seit Jahren nicht mehr nackt gesehen. Inzwischen sind ihre weiblichen Rundungen deutlicher geworden, und ich bin froh, als sie außer Sichtweite ist, nur noch ein goldener Schatten hinter den Bäumen.

Ich stürze los, der Bann ist gebrochen, jetzt, da ich sie nicht mehr sehe.

Sie ist nur Zentimeter von ihm entfernt, als ich auftauche, kein Hauch von Scham, wie sie dasteht und mit zur Seite geneigtem Kopf lächelt.

»*Élodie!*«, blaffe ich, als sie ihm die Arme um den Hals legt. »*Hör sofort auf damit.*«

Sie rührt sich nicht, aber er zuckt so heftig zusammen, dass ich beinahe loslachen muss. Als er sich zu mir umdreht, ist seine Miene so verzweifelt, Hals und Wangen knallrot, sein Blick verschwommen. Er löst ihre Arme von seinem Hals und weicht stolpernd zurück.

»*Salut, Sylvie*«, flötet Élodie. Ich gehe zur Liege, hebe das befleckte Kleid auf und schleudere es ihr entgegen.

»*Zieh das über*«, sage ich eiskalt, denn wenn es mir jetzt nicht gelingt, so zu tun, als hätte ich mich unter Kontrolle, muss ich mich sofort auf die Steine am Pool übergeben.

Sie geht, immer noch grinsend, und ich bin froh darüber, denn ich verspüre den unbändigen Drang, ihr eine zu scheuern. Ich drehe mich zu Laurent um, schubse ihn immer weiter, bis er mit dem Rücken gegen den Stamm des Oleanders stößt. Er wehrt sich nicht, weicht meinem Blick aus.

»*Sag mal, spinnst du, Laurent? Sie ist vierzehn. Ist schon mal was zwischen euch passiert?*«

Endlich sieht er mir in die Augen. »*Was? Nein, natürlich nicht! Wie kannst du das denken?*« Er wirkt ehrlich entsetzt. »*Ich wollte zu dir.*«

»*Aber stattdessen bist du meiner Tochter in die Arme gelaufen.*«

»*Sylvie, ich wusste doch nicht, dass sie das vorhat. Sie war im Pool, als ich gekommen bin. Sie hat mich zu sich gewinkt, und ich wollte nicht unhöflich sein. Nicht nach dem, was sie gesehen hat.*

Ich wollte sie nicht gegen mich aufbringen. Bitte, Sylvie, ich hatte doch keine Ahnung.«

»Keine Ahnung wovon?«

»Dass sie … Gefühle für mich hat. Verknallt ist.«

Ich kann nicht anders: Ich pruste los. Hoch und hart dringt mein Lachen durch den Garten und erinnert mich an ihres: ohne jegliche Wärme.

»Verknallt? Du glaubst, Élodie schwärmt für dich? Mein Gott.« Ich schüttele den Kopf, würde ihn am liebsten weiter mit Gemeinheiten überschütten, ihn demütigen. Aber ich höre auf, als mir klar wird, dass er bis auf seine dumme Eitelkeit nichts dafür kann.

Ich bin nicht wütend, weil ich Laurent begehre. Und ich horche tief in mich hinein, aber ich bin auch nicht eifersüchtig auf Élodies Jugend und Schönheit. Ich glaube, es liegt einfach daran, dass ich mit Laurent mein altes Ich wieder zum Leben erwecken konnte. In seinen Augen bin ich nicht nur Élodies Mutter oder Gregs Frau, sondern immer noch Sylvie Durand aus dem Haus auf der anderen Seite des Feldes, nicht mehr und nicht weniger. Mit Laurent konnte ich diejenige sein, zu der ich mich zurücksehne, die sich nicht mehr fühlt wie sie selbst.

Élodie hat das durchschaut, irgendwie, und versucht, es mir zu nehmen. Manchmal vergesse ich, dass sie mich genauso beobachtet wie ich sie. Greg würde ungläubig den Kopf schütteln, wenn ich das laut aussprechen würde, aber in gewisser Weise sind Élodie und ich einander näher als irgendwem sonst. Egal, was wir in diesem Haus tun, wir haben die andere im Auge, wie Liebende oder Todfeinde. Manchmal habe ich das Gefühl, der Unterschied ist gar nicht so groß.

1993

Diesmal ist in der Pizzeria mehr los. Es ist Hochsaison, und ich begreife, dass Olivier recht hatte: Langsam ändern sich die Dinge hier. Es ist mir vorher nicht aufgefallen, aber das Café, das es seit Ewigkeiten gibt, hat neue Sonnenschirme angeschafft, riesige rechteckige Dinger in geschmackvollem Cremeweiß, die von unten mit weißen Lämpchen angestrahlt werden. Ein bisschen tut es mir leid um die alten Schirme in sonnengebleichtem Rot mit Bierlogos darauf.

Wir bekommen den letzten Tisch im Freien, fast an der Straße, und als wir uns setzen, starren uns alle an. Ich schaue mich um, es sind fast alles Touristen, und da wird mir klar, dass sie vielleicht einfach Élodie ansehen, die faszinierend aussieht in ihrem ausgestellten meergrünen Kleid, das ihre gebräunte Haut und die goldenen Reflexe in ihrem nach dem Duschen noch feuchten Haar so gut zur Geltung bringt.

Das Essen verläuft ohne Zwischenfälle. Ich finde mich in der ungewohnten Lage wieder, Greg dankbar zu sein, weil er pausenlos eine Unterhaltung über alles und nichts aufrechterhält. Ich habe keine Ahnung, was er zu Élodie über die Jahre ihrer Abwesenheit gesagt hat. Trotz meiner Bedenken bin ich froh, dass du so glücklich aussiehst. Élodie überschüttet dich mit Aufmerksamkeit, und dein Vater, der sich schon immer nach ihr gerichtet hat, schließt sich an. Du strahlst hübsch vor dich hin bei all der Zuwendung und dem subtilen Körperkontakt, den Élodie immer wieder herstellt: Sie legt die Hand auf deine, streicht dir über das Haar, das jetzt wild gewellt ist, nachdem ihr die Zöpfe wieder aufgemacht habt. Meine Hände zucken in meinem Schoß, weil ich sie merkwürdigerweise davon abhalten will, wie eine eifersüchtige Liebhaberin, aber ich sehe – wie jeder andere –, dass du es genießt. Unbewusst hast du dich ihr zugewandt, wie eine Katze, die sich an die Beine ihrer Besitzerin schmiegt.

Auf dem Platz sind wieder Stände aufgebaut, die meisten verkaufen Geschenke: teure Bettwäsche und Tischdecken, Silberschmuck und Wein. Nach der Pizza brauchen wir alle eine Pause, bevor wir auch nur an Nachtisch denken können, also fragst du, ob du dir die Stände ansehen darfst.

»Gut, aber geh nicht zu weit weg. Wir sind noch nicht fertig.«

»Kommst du mit?«, fragst du Élodie.

Auf einen alten Reflex hin mache ich den Mund auf, um zu widersprechen, aber sie schiebt schon ihren Stuhl zurück und hält dir ihre Hand hin.

»Dauert nicht lange, Maman«, sagt sie. *»Ich passe auf sie auf.«*

»Geht nicht zu weit weg«, muss ich noch einmal wiederholen. »Bleibt da, wo ich euch sehen kann.«

Ich sehe deinen genervten Gesichtsausdruck, aber dann wendest du dich wieder lächelnd deiner Schwester zu.

Greg dreht sich zu mir um und zieht eine Augenbraue hoch. »Nicht mal du kannst bestreiten, dass das ein angenehmer Abend ist.«

Ich gebe einer vorbeigehenden Kellnerin mit einer Geste zu verstehen, dass wir noch eine Flasche Wein möchten.

»Also, was denkst du?« Ich habe schon den ganzen Abend darauf gewartet, ihn das fragen zu können.

Er sieht mich verständnislos an.

»Wegen Élodie, meine ich. Glaubst du … glaubst du, sie hat sich geändert?«

Greg kramt mit übertriebenem Seufzen seine Zigaretten heraus. »Du glaubst es anscheinend nicht.«

»Ich weiß es ehrlich gesagt nicht. Ich ändere ständig meine Meinung. Eigentlich denke ich das schon, aber dann fällt mir wieder ein, was Morel über die zwanzig Prozent gesagt hat, bei denen es nicht einfach verschwindet. Und wenn ich daran denke, wie sie früher war, weiß ich nicht, ob es überhaupt möglich ist, dass sie sich wirklich ändert. Auch wenn sie das vielleicht will … Auch wenn *wir* uns das wünschen. Außerdem, wenn es sich verwachsen hat, wieso ist sie dann nicht schon früher zurückgekommen? Wir dürfen nicht riskieren, dass wir uns täuschen, Greg. Uns allen zuliebe …« Ich verstumme.

»Glaubst du wirklich, wie sie sich Emma gegenüber verhält, die Zuneigung, die Aufmerksamkeit, das alles – meinst du wirklich, das ist nur Show? So war sie doch früher nie, oder? Da war Emma wie Luft für sie. Außer als …« Er spricht es nicht aus.

Ich beobachte euch beide, ihr habt euch jetzt ein Stück entfernt, Élodie ist einen Kopf größer und hat dir den Arm um die schmalen Schultern gelegt. Ich beuge mich auf dem Stuhl nach vorn, als könnte ich dir so näher sein, wenn auch nur ein paar Zentimeter.

»Ich habe Angst, dass es genau das sein könnte. Show. Ich weiß, wie gefühllos sich das anhört, aber ich will nur, dass wir nichts ausschließen. Schau mich nicht so an. Du kannst mir nicht vorwerfen, dass ich vorsichtig bin.«

Er trinkt seinen Wein aus. »Nein, schon gut. Aber kann es nicht sein, dass ein Teil davon echt ist? Sie war immerhin drei Jahre ohne Zwischenfälle in dem Institut. Sie hat mir von dem Ashram erzählt.«

»Mir auch, und du weißt ja, was ich von so was halte. Da ist nicht alles Friede, Freude, Eierkuchen. Ich meine, guck dir doch bloß an, was in Oregon wegen Osho los war.«

Er erwidert nichts. Greg war im Gegensatz zu mir schon immer der geborene Hippie. Ich weiß, dass er sich immer noch nach dem Idealismus der Sechzigerjahre sehnt, der sich in Paris kurz echt angefühlt hat und im Jahrzehnt danach einen langsamen Tod gestorben ist. Die Welt stellte sich dann doch als kalt und gefährlich heraus und seine Tochter möglicherweise auch. Deswegen hat er mir immer leidgetan. Aber ich war auch sauer auf ihn. Weil ich, solange er sich an seine Naivität klammerte, dazu verdammt war, die Rolle der Zynikerin zu spielen.

»Wünschst du dir nicht, dass sie es überwunden hat?«, fragt er jetzt leise. »Willst du nicht, dass es ihr gut geht?«

»Doch, natürlich.«

Er nickt. Er weiß, dass ich das unter all der Angst wirklich will. Irgendwo ganz tief drinnen ist sie immer noch das Baby, das wir damals mit nach Hause brachten, das winzige Mädchen, das wir so sehr geliebt haben, das Kind, das uns beiden immer mehr zum schmerzhaften Rätsel wurde, je älter es wurde.

Natürlich will ich, dass es ihr besser geht. Und wie. Ich weiß nur nicht, ob ich es zu hoffen wagen sollte. Außerdem bin ich es dir als deine Mutter schuldig, abzuwarten und nicht zu schnell unvorsichtig zu werden.

Die Leute um uns herum unterhalten sich über die Waldbrände. *Les feux.* Ich bekomme ein paar Fetzen mit. Anscheinend war ich so abgelenkt, dass es mir gar nicht aufgefallen ist: Der Rauchgeruch ist immer noch da, als dunkle Basisnote unter den Aromen von Essen und Parfum.

»Ach, übrigens haben wir ein Angebot für das Haus bekommen«, sage ich, um mich auf andere Gedanken zu bringen.

Er sieht mich überrascht an. »Das ging ja schnell. Wow, La Rêverie wird verkauft. Ich kann es gar nicht richtig glauben.« Er tippt abwesend mit seiner Zigarette auf den Tisch, bevor er sie anzündet, und ich frage mich, wie viele Hundert Male ich diesen kleinen Tick schon beobachtet habe. Unerwartet hält er sie mir hin, und ich nehme dankbar an.

»Sylvie, was machen wir mit Élodie, wenn du wieder nach London musst?«

Ich seufze. »Ich weiß es nicht. Ich habe nicht die geringste Ahnung, was wir tun sollen. Und du?«

Er schüttelt den Kopf. »Als du heute Nachmittag geschlafen hast, habe ich Nicole angerufen. Ich habe ihr gesagt, dass ich Élodie anbieten würde, dass sie gerne eine Weile bei uns bleiben kann, wenn sie will.«

»Oh. Und was hat sie dazu gesagt?«

Er wendet den Blick ab. »Sie meinte, das sei keine so gute Idee. Die Jungs sind ja noch so klein.«

Ich schaue nach, ob ihr immer noch in Sichtweite seid. Eine Sekunde sehe ich keine von euch beiden, aber dann erspähe ich Élodie. Sie scheint uns direkt anzustarren, aber auf die Entfernung ist das schwer zu sagen. Ich recke den Hals, aber da bewegt sie sich aus meinem Sichtfeld.

Ich kann es Nicole nicht verübeln, aber ich bin auch überrascht. Wahrscheinlich hatte ich nicht erwartet, dass er ihr alles erzählen würde. Immerhin hat er sich auch nie mit mir hingesetzt und offen über alles gesprochen, was passiert ist. Ich weiß nicht, ob ich zufrieden, wütend oder einfach traurig sein soll.

»Also, was nun?«, frage ich. »Sie sagte, in Nordfrankreich hätte sie sich nicht zu Hause gefühlt, also würde sie wohl ohnehin nicht nach Paris wollen. London erst recht nicht. Ich kann sie mir gar nicht an einem Ort ohne Sonne vorstellen. Vielleicht will sie ja zurück nach Spanien.«

Er reibt sich die Schläfen. »Bei ihr wusste ich noch nie, was das Beste ist. Ich weiß, dass ich dich viel zu oft allein gelassen habe, Sylvie. Das ist mir klar.« Er drückt kurz meine Hand. Ich nicke, bekomme keinen Ton heraus. Wenn er das nur damals öfter getan hätte. Es hätte in den letzten Jahren so einen großen Unterschied gemacht, wenn er mal die Hand über den Graben hinweg ausgestreckt hätte.

Wir verfallen wieder in Schweigen, und ich rauche meine Zigarette zu Ende, bevor du zurückkommen kannst und mich erwischst.

»Ich vermute, sie könnte in der Scheune geschlafen haben, weißt du«, sage ich und drücke die Zigarette aus.

Er hebt den Kopf, schreckt aus seinen Gedanken hoch. »Wer, Élodie?«

»Ja. Es lagen Klamotten oben auf dem Boden. Ich bin mir nicht sicher, immer noch nicht, aber ich glaube, sie war dort, vielleicht mit Luc. Im letzten Jahr hat sie sich andauernd dort oben versteckt – weißt du noch? Ich glaube, Luc war bei ihr oder hat ihr geholfen. Wahrscheinlich ist sie schon eine ganze Weile da.«

»Hast du sie danach gefragt?«

»Sie meinte, es seien nur ein paar Tage gewesen und dass sie nicht im Haus war, aber ich habe so ein Gefühl. Wir haben uns beide beobachtet gefühlt, bevor sie aufgetaucht ist. Emma hat schon langsam geglaubt, im Haus würde es spuken.«

Er schweigt.

»Findest du das nicht irgendwie besorgniserregend?«

Er zuckt die Schultern. »Dann hat sie eben am Anfang Angst gehabt, euch gegenüberzutreten. Ich glaube, das kann ich verstehen.«

»Du weißt aber noch, warum ich überhaupt hergekommen bin, oder?«

»Der Schaden in der *souillarde*? Du glaubst doch nicht etwa … Wieso sollte jemand da drin Feuer legen? Ist doch kaum mehr als ein Schrank. Und es hat ja auch nicht richtig gebrannt, oder? Ich dachte, das waren irgendwelche Kinder.«

»Kann sein. Aber vielleicht war es ja auch ein Mittel, mich herzulocken. Vielleicht das einzige, das sie hatte, ich weiß nicht.«

»Als hätte sie einen richtigen Plan ausgeheckt. Mein Gott, Sylvie. Das klingt ein bisschen weit hergeholt.«

»Trotzdem, ich bin nun mal hier. Ich bin zurück, genau wie sie. Wir sind alle zusammen. Zum ersten Mal seit zehn Jahren.«

Ich beobachte, wie er sich dieser Tatsache bewusst wird, und wappne mich für seinen Protest, die Vorwürfe, paranoid zu sein, aber sie kommen nicht, und zum ersten Mal wünschte ich, es wäre anders.

Ich sehe mich erneut nach dir um und stelle fest, dass du auf dem Weg zurück bist und vor Élodie herläufst, um uns etwas zu zeigen. Hinter dir schlendert deine Schwester entspannt und gemächlich, ihre Hüften schwingen im Takt mit ihrem Haar. Als sie an einem älteren Ehepaar vorbeikommt – Einheimische, keine Touristen –, sehe ich, wie die Frau den Mann anstupst und in Élodies Richtung nickt. Sie schauen ihr mit verkniffenem Mund und missbilligend steifem Kreuz nach, und ich habe keine Ahnung, ob es daran liegt, dass sie so viel Haut zeigt, oder daran, dass sie wissen, wer sie ist. *Brebis galeuse.*

»Guckt mal, was Élodie mir gekauft hat.«

Du streckst den Arm aus. Du hast jetzt alle neonfarbenen Bänder an einem Handgelenk und rechts trägst du einen schmalen silbernen Armreif mit einem kleinen eingelassenen Keramikplättchen, blassrosa mit winzigen blauen Blumen auf beiden Seiten.

»Sie hat den gleichen.«

Du hältst ihr Handgelenk hoch, um ihn mir zu zeigen, und für einen kurzen Moment fange ich ihren Blick auf. Ich meine, einen Anflug von Trotz in ihren Augen zu sehen, aber dann wendet sie sich ab, und ich frage mich, ob ich es mir nur einbilde.

Ihr Armreif ist genau der gleiche wie deiner, aber auf ihrer toffeefarbenen Haut schimmert das Silber noch stärker. In der Mitte des Keramikplättchens, zwischen den Blumen, so frisch, dass die schwarze Farbe noch feucht ist, prangt ein verschnörkeltes E, bei euch beiden, genau wie die, mit denen sie früher ihre Türklinke verziert hat, genau wie die, die sie in mein geliebtes Schmuckkästchen geritzt hat. E wie Élodie, und jetzt auch E wie Emma.

Niemand möchte noch etwas, also bezahlt Greg die Rechnung, und wir machen uns auf den Weg nach Hause. Ganz am Rand des Marktplatzes fallen mir wieder die Jungs auf, die wir nach dem Zirkus gesehen haben. Ihre Mopeds stehen kreuz und quer neben der Bank, auf der sie lungern, rauchen und lachen, aber es klingt nicht nach echter Freude. Ich ertappe dich dabei, wie du ihre Gesichter absuchst, hoffst, Luc zu erkennen, aber er ist nicht dabei. Sie bemerken uns mit kleiner Verzögerung, oder besser gesagt bemerken sie Élodie. So geht das schon den ganzen Abend: Verheiratete

Väter, Kellner und alte Männer starren sie an, können wohl einfach nicht anders.

»*Élodie!*«, rufen die Jungs. »*Viens ici, Élodie!*« Sie ignoriert sie allesamt, und ihre Rufe werden lauter, aber sie trauen sich nicht, zu uns zu kommen. Greg wirft ihnen einen Blick zu, worüber sie wieder lachen, diesmal sogar noch freudloser. Einer deutet auf dich, stößt den Jungen neben sich an und sagt etwas, was ich nicht verstehe. Ich ziehe dich an mich.

»Die scheinen dich ja gut zu kennen«, sage ich zu Élodie, als wir weitergehen, aber sie antwortet nicht, und Greg runzelt die Stirn. In der Ferne höre ich Sirenen. Ich halte nach dem Feuerschein über den Hügeln Ausschau, aber da ist nichts. Jetzt riecht es wieder nach Rauch, stärker als vorher.

*

Dein Vater könnte zwar in Camilles altem Zimmer schlafen oder sogar in dem kleinen vollgestellten Raum gegenüber von Élodies, aber ich beschließe, ihm das blaue Zimmer zu überlassen, und du schläfst bei mir. So fühle ich mich sicherer.

Neben dir schlafe ich in dieser Nacht wieder so wie in London, tief und nahezu traumlos, wenigstens vorübergehend von meinem unaufhörlichen Wachdienst entbunden. Am Morgen erwache ich ausgeruht und ziemlich entspannt.

Beim Frühstück auf der Terrasse ist es schon wieder wahnsinnig heiß, obwohl es nicht einmal neun Uhr ist. Ich spüre, wie ich langsam Sonnenbrand bekomme. Der Rauch kommt mir auch zunehmend dichter vor. Aber ich sage lieber nichts dazu, um dir keine Angst zu machen.

Nach dem Frühstück gehst du mit Élodie an den Pool, und Greg verzieht sich ins Arbeitszimmer, er will noch einmal Nicole anrufen. Um mir nicht wie das fünfte Rad am Wagen vorzukommen, beschließe ich, etwas im Garten zu arbeiten. Es gibt zwar eigentlich keinen Grund – schließlich haben die Johnsons das Haus bereits gesehen –, aber bei dem Gedanken, dass die Waldbrände schlimmer werden könnten, kann ich einfach nicht stillsitzen.

Tatsächlich gibt es eine Menge zu tun. An den Seiten muss alles zurückgeschnitten werden, die Beete sind mit jahrealten Blättern und klebrigen Kiefernnadeln bedeckt, ebenso wie der Bereich um den Pool herum. Als ich einmal angefangen habe, kann ich gar nicht mehr aufhören, die nervöse Energie hat sich seit dem Morgen langsam wieder eingestellt, nachdem sie eine Nacht lang geruht hat, sprudelt sie nun wieder auf.

Ich hätte einen Hut aufsetzen sollen. Das merke ich gegen Abend. Als die Sonne hinter den Mittelmeerkiefern versinkt, sitze ich fröstelnd im lauwarmen Wasser in der Badewanne, und jedes noch so kleine Lüftchen brennt mir auf der Gänsehaut, als wäre ich ausgepeitscht worden. Mein Kopf pulsiert, als wäre er in einem Schraubstock eingeklemmt gewesen.

Ich weiß, dass es ein Sonnenstich ist, weil ich als Kind mal einen hatte. Ich weiß noch genau, wie ich auf dem Rücken im Bett lag, weil es mir dann minimal besser ging als in jeder anderen Position, und es ungeheuer schade fand, dass ich vor meinem neunten Geburtstag sterben würde. Ich fühlte mich so furchtbar krank – die andauernde Übelkeit, wie sich das ganze Zimmer drehte, wenn ich mich aufsetzen wollte, mein rasendes Herz, der staubtrockene Mund –, dass ich es gar nicht für möglich hielt, es überleben zu können.

An zu viel Sonne kann man tatsächlich sterben. Wenn die Körpertemperatur über vierzig Grad steigt, fangen die Organe an zu kochen. Das habe ich später nachgelesen, im dicken Medizinwälzer meiner Mutter. Darin waren drei ganze Seiten der *insolation* gewidmet.

Ich trete zittrig ans Schlafzimmerfenster. Ihr drei seid unten am Pool, und ich sehe immer wieder Bewegung aufglimmen, wenn die Bäume sich im Wind bewegen. Wind. Es dauert eine Weile, bis mir bewusst wird, dass die Luft sich jetzt eindeutig bewegt und dass das nicht gut ist, wenn die Wälder schon in Flammen stehen. Es ist auch keine sanfte Brise, nein, aggressive Böen rütteln wütend an den Bäumen. Ich frage mich, ob jemand von euch daran denkt, nach dem *météo*-Bericht zu sehen. Oder nach mir.

An den Abend und die folgende Nacht kann ich mich kaum erinnern. Ich muss mich ein paarmal übergeben und schaffe es immer gerade noch rechtzeitig, mich ins Bad zu schleppen, auf den eiskalten Schweiß folgen ein, zwei Minuten Erleichterung, und meine Haut trocknet auf den kühlen Fliesen, bevor die Übelkeit mit einem Schlag zurückkommt. Irgendwann bringt mir jemand von euch eine Schüssel, damit ich nicht jedes Mal über den Flur muss. Später höre ich ein gedämpftes Gespräch, ob man nicht einen Arzt rufen solle, sehe Silhouetten im beleuchteten Türspalt, aber dann verliere ich wieder das Bewusstsein. Mitten in der Nacht spüre ich, dass du nicht neben mir im Bett liegst, aber mehr als die Tatsache aufzunehmen kann ich nicht tun.

Am nächsten Morgen geht es mir immer noch fast genauso schlecht, aber das Fieber muss etwas gesunken sein, denn meine Gedankengänge sind wieder klarer. Mir wird bewusst, dass ich in der Nacht zuvor im Delirium gewesen sein muss. Du kommst ins Zimmer, kurz nachdem ich wach geworden bin, dein Atem riecht klebrig-süß nach Croissant und Schokolade, und du hältst ein Glas in der Hand, in dem anscheinend Eistee ist.

Du lächelst und hältst mir den Strohhalm an die Lippen. »Du brauchst jetzt viel Flüssigkeit. Das steht in dem großen Medizinbuch. Élodie hat es nachgeschlagen. Sie hat dir eine *tisane* gemacht.«

Du sprichst das Wort perfekt aus. Das hat sie dir sicher beigebracht.

Ich will mich aufsetzen, aber es ist zu anstrengend. Ich sinke wieder zurück auf die Kissen.

»Dad sagt, er kommt noch mal zu dir hoch, bevor er losmuss«, sagst du. Ich brauche einen Moment, bis ich verstanden habe.

»Bevor er losmuss? Wie meinst du das? Er ist doch gerade erst angekommen.«

Du zuckst die Schultern. »Er muss wieder nach Paris.«

Tatsächlich wurde er zurückbeordert: Nicole ist anscheinend nicht wohl bei dem Gedanken, dass er in den Süden verschwunden ist, um ein intimes Wiedersehen mit seiner Ex-Frau und seinen Töchtern zu feiern, seiner ersten Familie. Obwohl ich so krank bin, muss ich ihr zähneknirschend Respekt zollen. Auf mich hat er nie gehört, meinetwegen ist er nie nach Hause gekommen, selbst wenn ich ihn angefleht habe.

»Was ist mit Élodie?«, frage ich, als er ein paar Stunden später im Türrahmen erscheint, kleinlaut und gleichzeitig trotzig, wie ein ungezogener Junge.

»Sie soll mich morgen anrufen, damit wir uns demnächst wiedersehen können. Sie hat meine Nummer.«

»Aber nicht deine Adresse.«

Er meidet meinen Blick.

»Greg, bitte geh nicht.«

Sein Gesichtsausdruck wird weicher, und er will auf mich zugehen, bleibt aber stehen. »Das wird schon wieder. Du hast das Schlimmste hinter dir. Élodie und Emma kümmern sich um dich. Élodie schaut alle Viertelstunde nach dir. Ich habe sie beobachtet, Sylvie. Sie ist nicht mehr wie das Mädchen von damals. Das glaube ich nicht.«

»Aber ganz sicher bist du dir nicht«, will ich erwidern, aber ich habe keine Gewalt über meine Sprache.

Er schüttelt leicht den Kopf wie jemand, der eine hartnäckige Fliege vertreiben will. »Emma ist kein Baby mehr. Du weißt genau, dass ich nicht fahren würde, wenn auch nur die geringste Gefahr bestünde, dass … Na ja, in ein paar Stunden bist du wieder auf den Beinen. Alles wird gut, Sylvie. Manchmal wird es das. Meistens.«

»Und das Feuer? Der Wind …«

»Es kommt doch kaum näher. Ich habe im Dorf eine Zeitung gekauft. Der Wind soll auch schwächer werden. Sie glauben, dass sie die Brände bis Ende der Woche unter Kontrolle haben.«

»Aber Greg, bitte, hör doch …«

»Nein, ich muss los. Es tut mir leid, aber ich muss.«

Und dann ist er weg. Ich höre eure Verabschiedung unten im Flur, die Haustür schlägt zu. Danach herrscht Stille.

*

Als ich das nächste Mal aufwache, bin ich alles andere als »wieder auf den Beinen«. Greg hat sich geirrt, und ich frage mich, was er sonst noch alles falsch eingeschätzt hat. Mich fröstelt es, und ich weiß, dass ich mich gleich wieder übergeben muss. Ich habe keine Ahnung, wie spät es ist. Als ich die Füße aus dem Bett schwinge, um ins Bad zu gehen, schwanke ich, das Blut rauscht mir in den Ohren wie Wasser in einer Höhle. Ich rufe, erhalte aber keine Antwort. Ich habe Angst um dich, du bist irgendwo allein mit deiner Schwester, aber wie ein Tier, das zu verletzt ist, um wegzurennen, habe ich auch Angst um mich selbst.

Ich krieche halb nach unten zum Telefon, wähle die Nummer des Notarztes, die Olivier mir aufgeschrieben hat, und weine fast beim Klang seiner ruhigen, kompetenten Stimme. Innerhalb einer Stunde kommt er vorbei und verschreibt mir ein Beruhigungsmittel gegen das Zittern, das meine Körpertemperatur nur noch mehr erhöht. Danach vergeht der Rest des Tages wie im Nebel, ich erinnere mich nur noch schwach an Schatten, die wie in der Nacht zuvor über mir schweben und kurz das blendende Licht aus dem Flur verdecken, ich habe einfach keine Kraft, es auszuschalten.

Ich erinnere mich an deine Stimme, Emma, weit entfernt und so jung, und ich frage mich, ob ich in der Zeit zurückgereist bin. Ich werde alle paar Minuten wach und fühle mich schwerelos, zumindest kommt es mir so vor, abgesehen vom erdrückenden Gewicht der Angst auf meiner Brust – der Angst, dass dir irgendwo jenseits des Bettes etwas passieren könnte, vielleicht gerade passiert.

Als ich irgendwann Musik höre, stolpere ich verwirrt zum Fenster. Die Sonne ist schon wieder untergegangen, und die Luft riecht nach allem, was heiß ist: Erde, Blumen und vor allem Feuer, auch wenn Greg behauptet hat, es sei nicht in der Nähe. Die Musik wird lauter, als ich unter größter Anstrengung das Fenster aufschiebe, wahrscheinlich ist die Terrassentür offen, die Lautstärke des alten Plattenspielers am Anschlag und die Boxen Richtung Garten gedreht. Da erkenne ich es: »Hotel California«.

Ich ziehe mich hoch, damit ich nach unten auf die Terrasse schauen kann, und der Anblick ist so seltsam, dass ich mehrmals blinzeln muss. Ihr seid zu dritt und tanzt. Ich sehe wieder hin, mir dröhnt der Kopf, und da erkenne ich, dass Luc bei dir und ihr ist. Du drehst dich allein im Kreis, lachst dabei, deine Haare fliegen, und du stolperst fast über deine Füße, als dir langsam schwindelig wird. Élodie und Luc sind aneinandergeschmiegt, bewegen sich langsamer, es passt kein Blatt zwischen sie. *Dancing to remember or dancing to forget?*

Bei der Szene dreht sich mir der Magen um. Vermutlich haben sie dir irgendetwas gegeben, denn so unbefangen habe ich dich seit Jahren nicht gesehen, nicht, seit du ein kleines Mädchen warst.

Da beschließe ich, dass ich nach unten muss. Irgendwie muss ich mich zwischen dich und sie stellen, und ich schwöre mir, dass ich in ein paar Sekunden losgehe, wenn ich mich nicht mehr so matt und platt fühle. Ich lege mich wieder aufs Bett, das fröstelnde Unwohlsein schwappt in mir hin und her, und ich fange an zu zählen. Wenn ich bei fünfzig bin, gehe ich los.

1983

Greg und ich wurden ans Meer geschickt, um unsere Ehe zu retten. Seine Eltern haben uns zu unserem fünfzehnten Hochzeitstag ein Wochenende in einem Luxushotel geschenkt, das wir uns selbst niemals geleistet hätten. Ich nehme Beruhigungsmittel, nur zwei Tabletten am Tag, um durchzuhalten, aber ich bin ihre Wirkung noch nicht gewohnt, sie ist ganz anders als die des Weins, von dem ich loszukommen versuche. Die Tabletten reduzieren Cannes zu einer Handvoll Bilder: weiß befrackte Kellner im Hotelrestaurant; ein grünes Marmorbad, in dem meine billigen Schminkutensilien extrem deplatziert wirken; hagere alte Frauen mit Jackie-O-Sonnenbrillen und kleinen Hündchen im Schlepptau draußen auf der Croisette.

Früher hätte ich diese kurze Stippvisite in eine Welt des Glamours in vollen Zügen genossen, aber jetzt liegt Melancholie wie ein Schleier über allem. Ich fühle mich heimgesucht vom Leben anderer, von Zeiten, die ich gar nicht miterlebt habe. Die Schönheit des Martinez-Schriftzugs auf dem Dach, dem Neonschild aus den Dreißigern vor dem rosafarbenen Himmel, bringt mich am Samstagabend zum Weinen. Greg wird wütend, findet mich undankbar, immerhin waren es seine Eltern, die uns das Wochenende spendiert haben.

»Du verstehst das nicht«, sage ich. »Du verstehst mich nicht mehr.« Da steht er auf und lässt mich allein auf der Terrasse sitzen.

Am Sonntag reisen wir früh ab, keiner von uns will sich länger als nötig vor Augen halten, wie gnadenlos diese unausgesprochene letzte Chance gescheitert ist. Aber das ist nicht der einzige Grund, warum ich nach Hause will. Meine Nervosität deinetwegen wächst, lässt sich nicht von den Pillen betäuben. Vor ein paar Wochen hat Élodie dir mit Limonade gesüßten Wein eingeflößt, als ich im Supermarkt war. Ich war keine Stunde unterwegs. Greg hatte nichts mitbekommen, kein Wunder, er saß ja auch mit Kopfhörern auf den Ohren im Arbeitszimmer. Ich hatte dich nur mit ihm allein gelassen, weil Élodie an dem Tag nicht da war, das glaubte ich zumindest. Bei meiner Rückkehr torkeltest du durch den Garten, und einen naiven Moment lang dachte ich, du hättest dich im Kreis gedreht und dir wäre bloß schwindelig. Doch dann übergabst du dich, ich roch den Alkohol und wusste Bescheid.

Zu deiner Schwester, die in ihrem neonpinken Bikini auf der Wiese lag, habe ich gar nicht erst etwas gesagt. Was hätte das auch gebracht?

Ich habe erst in den Wochenendtrip eingewilligt, nachdem deine Großmutter hoch und heilig versprochen hatte, dich nicht aus den Augen zu lassen. Sie hat den Vorfall zwar nie wieder erwähnt, aber ich werde nie ihren Gesichtsausdruck vergessen, als sie damals Élodies Zeichnungen fand. Ich glaube allerdings, sie hatte sich auch davor schon so ihre Gedanken gemacht. Frauen haben einfach feinere Antennen als Männer. Natürlich würde es ihr im Traum nicht einfallen, sich gegenüber Greg auf meine Seite zu schlagen, aber ich glaube, sie und ich sind uns insgeheim einig. Deshalb haben sie sich über die Jahre auch so selten bei uns blicken lassen, da bin ich mir sicher.

Sollte ich Margarets Wissen um die Eigenheiten ihrer ältesten Enkelin je angezweifelt haben, wird es mir jedoch spätestens in der Minute bestätigt, als ich ihr eröffne, dass Élodie während unseres Cannes-Wochenendes bei einer Freundin ist – die Erleichterung steht ihr ins Gesicht geschrieben. Wir kennen diese Freundin nicht, sie gehört zu den älteren Teenies, die Élodie irgendwo kennengelernt hat. Greg und ich haben sie auf dem Weg zum Meer hingefahren, und ich habe ihn an der Straße vorm Haus warten lassen, bis sie durch die Tür verschwunden war. Inzwischen ist sie am Wochenende kaum noch zu Hause.

Als wir in die Einfahrt von La Rêverie einbiegen, habe ich sofort ein komisches Gefühl. Ich kann es nicht benennen: Irgendetwas liegt in der Luft, eine ungewöhnliche Spannung vielleicht, oder ist es die ohrenbetäubende Stille der Zikaden und Vögel? Ich weiß es nicht. Ich weiß nur, dass ich so schnell aus dem Auto springe, dass ich fast das Gleichgewicht verliere.

»Sylvie?«, ruft Greg mir hinterher, aber da stochere ich bereits mit dem Schlüssel in der Haustür.

Seine Mutter schläft im Salon, ihr ordentlicher grauer Dutt ist verrutscht, und ihr Mund steht offen, was sie Jahre älter wirken lässt. Eins deiner Richard-Scarry-Bücher liegt aufgeschlagen auf dem Boden.

Ich rüttele sie unsanft wach, die böse Vorahnung ist jetzt so stark, dass ich am liebsten schreien würde.

»Wo ist sie? Wo ist Emma?«

Sie wird langsam wach, blinzelt verdattert auf den leeren Fleck neben sich, wo nur noch dein blauer Teddy sitzt.

»Sie war gerade noch hier. Wir haben zusammen ein Buch angeschaut.«

Ich muss an den Tag am Strand denken, als ich aufgewacht bin und Élodie weg war. Ich weiß, wie schnell das passieren kann.

»Ich muss kurz eingenickt sein«, sagt sie kleinlaut. »Sie ist bestimmt bei Charles. Er war oben …«

Greg kommt gerade herein, als ich in den Flur stürme.

»Charles!«, schreie ich und renne die Treppe hoch. »Bist du oben? Emma!«

Er kommt aus dem Badezimmer, das halbe Gesicht mit Rasierschaum bedeckt, in der Hand einen altmodischen Rasierpinsel.

»Ist Emma bei dir?« Ich laufe durch den Flur, schaue in jedes Zimmer. Alle leer.

»Nein, sie war unten bei Margaret. Im Salon.«

Greg ist mir nach oben gefolgt. »Was soll die Panik? Sie wird im Garten sein.« Unsere Blicke begegnen sich, und ich lese in seinen Augen, was er vor seinem Vater nicht ausspricht. »Alles okay. Élodie ist nicht da.«

»Ich muss sie finden. Ich geh raus, such du das Haus ab.«

Ich renne die Treppe wieder hinunter, ziehe die hochhackigen Schuhe aus, die mich nur behindern, und stürze in den Garten. Auf der Terrasse ist niemand. Auch der Rasen liegt verlassen da. Du bist weder am noch im Pool, und über Letzteres bin ich so erleichtert, dass ich kurz auf die Knie sinke und mir erlaube, zu Atem zu kommen.

Und da rieche ich es, die Atmosphäre verfärbt sich gelb, kräuselt sich bis in diesen Teil des Gartens, wo die Luft zwischen den hohen Mittelmeerkiefern immer steht. Ich rieche Rauch, ganz entfernt, aber unverkennbar. Ich springe auf, und da sehe ich ihn, eine schmutzige Spirale, die über der Scheune hinterm Garten aufsteigt. Auf dem Pfad dorthin reiße ich mir die nackten Fußsohlen auf, aber es ist der schnellste Weg, und ich spüre den Schmerz kaum.

Das Scheunentor, das immer offen steht, ist geschlossen, und das Blut gefriert mir in den Adern. Von außen sind keine Flammen zu sehen, und irgendein rationaler, adrenalindurchfluteter Teil meines Hirns sagt mir, dass das gut ist. Das Feuer kann noch nicht lange brennen. Bis auf die gemauerte Rückwand besteht die Scheune komplett aus altem, verwittertem Holz, das im Augenblick noch trockener ist als sonst, denn es hat seit Wochen nicht geregnet. Sobald das Feuer um sich greift, wird es nicht mehr aufzuhalten sein.

Als ich die schwere Tür aufstemme, kommen Greg und Charles angerannt, und das Entsetzen, das mich längst fest im Griff hat, breitet sich langsam auch auf ihren Gesichtern aus. Margaret taucht hinter ihnen auf und sieht aus, wie ich mich fühle. So aufgelöst habe ich sie noch nie erlebt, das Haar hängt ihr strähnig herunter, ihre Wimperntusche ist völlig verschmiert.

Ich gehe hinein, und die Hitze ist brutal, ich laufe wie gegen eine Wand. Das Feuer wurde in der Mitte der Scheune gelegt, wo sich ein großer Stapel aus Holz, Stroh und alten Zeitungen auftürmt, sogar Bücher sind dazwischen. Ein Buch ist heruntergefallen, es ist eine alte Märchensammlung aus meiner Kindheit, die ich Élodie geschenkt habe, als sie noch klein war.

»Emma!«, schreie ich. *»Emma! Wo bist du?«*

Das Tosen des Feuers wird immer lauter, ein Holzscheit zerbirst mit einem Knacken, Funken stieben über unsere Füße und lassen Margaret aufschreien. Die Flammen schlagen immer höher, reichen schon fast bis an die alten Eichenbalken heran. Sobald das Dach Feuer fängt ... Charles und Greg suchen die dunklen Ecken an der rückwärtigen Wand ab, schauen hektisch hinter alte Mähmaschinen und Werkzeuge, in die schattigen Nischen zwischen Regalen voller Nägel und verrosteter Lackdosen.

Ich bin wie versteinert, meine Blicke schweifen durch das höhlenartige Scheuneninnere, das von den Flammen so unheimlich beleuchtet wird, dass Umrisse und Schatten anfangen zu hüpfen und zu tanzen, mir weismachen wollen, ich hätte dich erspäht. Margaret hustet, ein schrecklich rasselndes Keuchen, und Charles führt sie ins Freie. Auch ich spüre den Rauch in meiner Lunge, meine Augen brennen. Ich reiße mir die Bluse vom Leib und drücke sie mir vors Gesicht.

»Hier ist sie nicht«, schreit Greg, der plötzlich aus dem Flammenmeer tritt. »Sie kann nicht hier sein. Dad ruft die Feuerwehr.«

Da schaue ich hoch, und durch die offene Tür fällt gerade eben genug Licht auf den Heuboden, dass ich bis in den hintersten dunklen Winkel sehen kann. Und dann: Es ist kaum mehr als ein Aufblitzen von Zitronengelb, aber es reicht aus.

»Sie ist da oben! Ich sehe ihr T-Shirt. Greg!«

Er ist schon losgerannt, und ich folge ihm auf dem Fuße. Wir begreifen im selben Moment, dass die Leiter weg ist. Es war uns nicht aufgefallen, aber da liegt sie, in Stücke gehackt im Feuer.

»Emma! Em, kannst du mich hören?« Gregs Stimme ist wesentlich lauter als meine.

»Sie ist bestimmt bewusstlos«, höre ich mich wie aus großer Ferne sagen. Das Geräusch des Feuers wird immer lauter, kommt von allen Seiten. Da bewegst du dich – ich glaube es zumindest. Es ist schwer zu sagen, aber der gelbe Fleck bewegt sich, wenn auch nur wenige Zentimeter weit.

Greg hat es auch gesehen. *»Emma! Emma! Komm her, komm an die Kante. Jetzt, du musst jetzt herkommen.«*

Und du gehorchst, so langsam, dass ich es kaum aushalte, kriechst du einen quälenden Zentimeter um den anderen vorwärts. Du hast schreckliche Höhenangst. In den langen, dunklen Pausen zwischen den wenigen klaren Gedanken, die ich fassen kann, frage ich mich vage, wie sie dich dort hochbekommen hat. Endlich kniest du an der Kante, die Augen aufgerissen und dunkel, dein kleines Gesicht verzerrt und kreidebleich vor Angst.

»Du musst springen, Süße«, schreit Greg, aber du rührst dich nicht.

Hinter uns gerät der brennende Holzhaufen in Bewegung, die Seite, die uns am nächsten ist, stürzt ein wie eine Klippe, sodass das Feuer noch näher ist und tausendmal heißer.

»Jetzt, Emma«, sagt Greg mit fester Stimme. *»Du musst jetzt springen, sonst kommen wir hier nicht mehr raus.«*

Du stehst auf, und einen schrecklichen Augenblick lang glaube ich, du würdest dich umdrehen, wieder zurückgehen und dich auf dem Heuboden zusammenrollen wie ein verängstigtes Tier, das vom Waldbrand in die Ecke gedrängt wurde. Aber du straffst die Schultern, und ich sehe, wie deine kleine Brust sich angestrengt hebt und senkt, weil du nicht richtig atmen kannst, aber dann schließt du die Augen und springst, und ich höre, wie alle Luft aus Gregs Körper entweicht, als er dich auffängt, und breche in Tränen aus.

Draußen ist der Himmel so weit, dass mir schwindelig wird. Ich wäre beinahe hingefallen, als ich dich von Gregs Arm nehme. Du ringst nach Luft und hast dir vor Angst in die Hose gemacht. Du bist ganz starr. Aber du lebst, dir ist nichts passiert. Ich bin bei dir.

1993

Als ich die Augen wieder öffne, ist es Morgen. Mein Körper fühlt sich zwar endlich so an, als würde er sein inneres Gleichgewicht wiedererlangen, aber mein Kopf pulsiert immer noch vor Schmerz, und mein Nachthemd ist schweißnass. Dann fällt mir ein, dass ich es gar nicht nach unten geschafft habe, um nach dir zu sehen. Ich wanke ans Fenster, aber die Terrasse ist leer bis auf einen Haufen leerer Flaschen und Aschenbecher. Die Türen zum Salon sind immer noch offen. Ein T-Shirt liegt vergessen über einer Stuhllehne.

Ich spüre etwas hinter mir, drehe mich um und gerate ins Taumeln. Es ist Élodie, mit hohlen Augen und ungekämmt, trotzdem wunderschön.

»Maman, du solltest noch nicht aufstehen.«

Sie hilft mir zurück ins Bett, wendet die Kissen, damit sie kühl und trocken sind, dann bringt sie mir ein großes Glas Eistee wie du gestern, oder war das vorgestern? Ich weiß es nicht mehr.

»Wo ist Emma?«

»Schläft tief und fest. Es ist noch früh. Gerade sieben.«

»Geht es ihr gut?«

Sie bedeutet mir, still zu sein, und drückt mir einen kalten Waschlappen an die Schläfen. Eine Wohltat.

»Und was ist mit Luc?«, presse ich hervor, obwohl mich die Erschöpfung schon wieder zu übermannen droht.

»Luc? Luc war nicht hier.«

»Aber ich habe ihn gesehen. Ich habe euch beide gesehen. Ihr habt …«

Sie legt mir zwei kühle Fingerspitzen an den Mund, und als sie sich zu mir beugt, fällt eine Strähne ihres langen Haares nach vorn und streift mein Schlüsselbein. Ich bekomme am ganzen Körper eine Gänsehaut.

»Pst, Maman, das musst du geträumt haben. Er war gar nicht hier. Und jetzt schlaf.« Sie küsst mich auf die Stirn, dann ist sie verschwunden und schließt leise die Tür hinter sich. Einen Moment liege ich ruhig da, dann zwinge ich mich, aufzustehen und mich anzuziehen. Aber der Schwindel und die Übelkeit werden wieder schlimmer, also lege ich mich hilflos wieder hin. Die Stunden vergehen unbemerkt, die Sonne zieht merkwürdig schnell hinter den Fensterläden vorbei, als hätte jemand den Tag gefilmt und würde ihn mir im Zeitraffer vorspielen. Im Nu ist es wieder dunkel, und Élodie erscheint mit dem nächsten Getränk.

An diesem Abend legst du dich zu mir ins Bett, ich weiß nicht, wann, und die Erleichterung darüber, dass es dir gut geht, dringt kurz durch den Nebel. Von deiner Haut geht ein seltsamer Geruch aus, aber ich bin zu schwach und benommen, um festzustellen, ob es Parfum, Alkohol oder etwas Schlimmeres ist. Es wird mir klar, als ich gerade wieder in bodenlosem Schlaf versinke: Du riechst älter.

Am Morgen fühle ich mich schwach, aber gereinigt. Beinahe wieder wie ich selbst, was mir wie ein kleines Wunder vorkommt. Wir wissen unsere Gesundheit erst zu schätzen, wenn wir krank werden. Dann liegen wir im Bett, und die Erinnerung daran, wie es ist, sich einfach normal zu fühlen – ohne Übelkeit, ohne Schmerzen –, ist wie ein schöner Küstenstreifen, von dem wir verbannt wurden und an den wir vielleicht nie wieder zurückkehren dürfen.

Ich schaue zu dir hinunter, du liegst schlafend neben mir, und ich habe das Gefühl, als hätten wir beide Schiffbruch erlitten und wären gestrandet. Um deine Augen herum erkenne ich die Reste von Schminke, Mascara verklebt deine Wimpern, Glitter auf deinen Lidern, aber dir fehlt nichts. Du hast keine blauen Flecken oder Kneifmale, du atmest ohne das schreckliche Pfeifen.

Ich schleiche nach unten, nachdem ich gesehen habe, dass Élodies Tür geschlossen ist. Anscheinend hat jemand versucht aufzuräumen, aber die Küche und der Salon wirken immer noch unordentlich, Stühle stehen kreuz und quer im Raum, die Arbeitsflächen sind voller Krümel und klebriger Stellen. Der Wein und das Bier aus dem Kühlschrank sind verschwunden, aber der Großteil des Essens ist noch da. Ich frage mich, wann du zum letzten Mal etwas gegessen hast.

Auf der Terrasse steht eine Kaffeetasse voller Zigarettenstummel, manche selbst gedreht, andere gekauft. Ich rieche die Kippen in der warmen Luft, trotz des Rauches, der heute nicht so heftig zu sein scheint – sie und das säuerliche verschüttete Bier. Mein Mund füllt sich vor Übelkeit mit Speichel, und mir fällt wieder ein, dass ich etwas essen muss. Ich kann mich nicht erinnern, die letzten zwei Tage irgendetwas Ordentliches zu mir genommen zu haben, da waren nur die Getränke, die mir immer wieder kalt und süß durch die schmerzende Kehle rannen. Als ich auf den Terrassenstufen sitze und altes, in Milchkaffee getauchtes Baguette esse, zieht oben ein Flugzeug vorüber, die Tragflächen schimmern im Sonnenlicht. Es ist eine Canadair-Maschine voller Löschwasser aus dem Mittelmeer – der klare, leuchtend blaue Himmel täuscht. Verschwommen denke ich daran, die Nachrichten einzuschalten, um zu erfahren, wie es um die Brände steht.

Ich höre Élodie nicht hinter mir auftauchen. Doch auf einmal steht sie vor mir und setzt mir einen Sonnenhut auf.

»*Danke*«, ringe ich mir ab, als sie sich neben mir niederlässt. Ihre plötzliche Anwesenheit hat mich aufgeschreckt, und ich bin seltsam verlegen, weil sie sich in den letzten Tagen auf so intime Art um mich gekümmert hat. Ich erinnere mich dunkel, dass sie mir geholfen hat, ein sauberes Nachthemd anzuziehen, bevor du ins Bett gekommen bist, mühelos und geschickt wie eine Krankenschwester, als sei ich federleicht. Aber vielleicht habe ich das auch nur geträumt.

»Tut mir leid wegen der Unordnung, Maman. Eigentlich wollte ich heute extra früh aufstehen und alles aufräumen, aber du bist mir zuvorgekommen. Den Wein ersetze ich natürlich.«

Ich winke ab. *»Macht doch nichts.«* Und ich glaube, das meine ich ernst. Sie ist vierundzwanzig. Wenn sie rauchen und trinken will, wieso sollte ich sie davon abhalten?

Im Lauf des Tages bleibe ich im Schatten. Du und Élodie bringt mir abwechselnd etwas zu trinken unter den Oleanderbaum, zu dem Élodie einen Liegestuhl gezerrt und Kissen darauf getürmt hat. Am Nachmittag wage ich mich sogar in den Pool, das Wasser ist seidenweich und angenehm auf meiner trockenen Haut und an den verklebten Augen. Als ich herauskomme, steht Élodie mit einem Teller Käse und Trauben vor mir.

»Du musst was essen«, sagt sie und lächelt. *»Dein Körper braucht Nährstoffe, nachdem du so lange krank warst.«*

Ich gehorche, aber viel bekomme ich nicht herunter. Ich lasse mir von Élodie die Kissen aufschütteln und das unordentliche Haar kämmen. Ich bin nach dem Sonnenstich so durch und durch erschöpft, dass mir sogar die Energie fehlt, ängstlich zu sein. Angst ist mir zur Gewohnheit geworden, das Adrenalin schießt mir beim kleinsten Anlass durch die Adern. Aber der Sonnenstich hat mich anscheinend in den Urzustand zurückversetzt, mein Körper ist geschwächt, aber ruhig.

Selbst als das Licht eines weiteren Tages schwindet und die Nacht sich aus den dunkelsten Ecken des Gartens heranschleicht, bleibe ich ruhig. »Ich bin ruhig wie die See«, denke ich. Ich spüre dem Gefühl vorsichtig nach, als würde ich einen Bluterguss betasten – es ist real. Es hält an. Selbst als ich die Türkiskette sehe, die immer noch um deinen Hals hängt, erschaudere ich nur ganz leicht, ein weit entfernter Donner. Ich erinnere mich noch genau an die alte Angst. Aber jetzt betrachte ich sie wie durch eine dicke Glasscheibe. Ach, was für eine Erleichterung, sie loszulassen.

Den ganzen Abend und bis zum nächsten Morgen sind wir drei

unzertrennlich. Kurz vor Mittag verkündet Élodie, dass sie Essen einkaufen will, bevor die Läden im Dorf für die drei Stunden Mittagsruhe schließen, über die Touristen sich immer fürchterlich aufregen.

Sie kehrt mit zwei Tüten voller Sachen zurück, die ein Kind sich ausgesucht hätte, Petit-Écolier-Schokoladenkekse, Karamelleis, Orangina in kleinen Glasflaschen, eine schwere Blechbüchse *sirop* – die gleiche Marke Grenadine, die ich immer gekauft habe.

»Hast du denn gar nichts Gesundes gekauft?«, frage ich und staune über meinen leichtfüßigen Ton, der ihr gegenüber doch sonst immer so streng geklungen hatte.

Sie holt eine Melone aus einer Papiertüte und drückt sie. *»Ganz reif. Die schmeckt nach Sonne.«*

Melonen mochte sie schon immer am liebsten, vor allem die aus Cavaillon. Ich habe sie ebenfalls immer geliebt, diese Amaretto-Süße, die im Vergleich zu anderem Obst fast schon dekadent ist. Da kommt mir eine Erinnerung, wie mit Stacheldraht versehen: Ich will ihr mit einem Lappen den Melonensaft aus dem Gesicht waschen, und sie kratzt mir mit den klebrigen Fingerchen die Wange, weil ihr das nicht passt, es blutet. Ich verdränge die Erinnerung und spüre, wie sie ziemlich leicht wieder verschwindet.

Sie hat auch *fromage frais* gekauft, den sie jetzt in die Dessertgläser löffelt, die meine Mutter immer für *îles flottantes* benutzt hat. Dann mischt sie Erdbeermarmelade darunter – die teure in den gedrungenen sechseckigen Gläsern –, sodass eine rosa-weiße Marmorierung entsteht. Es ist köstlich: samtweich und fluffig mit kräftigen Fruchtaromen. Ich esse eine kleine Portion, dann döse ich ein, eure Stimmen sind immer noch da, aber ihr seid besonders leise, um mich nicht zu stören.

Élodie weckt mich ein paar Stunden später, ihr Atem riecht nach Grenadine, Zunge und Lippen sind künstlich rosa gefärbt. *»Ich weiß, der sirop ist dir zu süß«*, säuselt sie. *»Also habe ich dir noch eine tisane gemacht.«* Wieder Eistee. Ich stürze ihn herunter und frage mich noch, ob es Lipton ist oder ob Élodie ihn selbst gemacht hat, während ich das Geräusch der Eiswürfel genieße, die mir gegen die Zähne klirren. Weiter hinten im Garten höre ich dich im Pool planschen.

»Geht es Emma gut?«

»Prima. Sie ist wie ein kleiner Fisch im Wasser.« Sie richtet die Kissen hinter mir. Ganz vage rieche ich ihren alten Duft, schwindelerregend süß durch die Grenadine.

»Maman, weißt du noch, was du gesagt hast, an dem Abend, als du krank geworden bist?« Sie streicht mir die Haare aus dem Gesicht und setzt sich neben mich.

»Ich ... ich weiß nicht genau. Es ist alles ein bisschen verschwommen.«

Sie kommt mir ein Stück näher. Selbst im Dämmerlicht erkenne ich alle winzigen Farbreflexe in ihrem bernsteinfarbenen Auge. Es ist beinahe golden. Das blaue ist dunkler, einheitlicher, das Meer nach einem Unwetter, auf dessen Grund der Sand wirbelt.

Ich versuche, meine Gedanken wieder zu sammeln, aber sie schweifen weiter zu Bildern der See, sich kräuselnden Wellen, dem Schwung von Élodies Haar. Ich kann mich nicht konzentrieren. Ich bin so müde, und mein Kopf fängt wieder an wehzutun.

»Du hast gesagt, als ich geboren wurde, warst du so voller Liebe, dass du gar nichts essen konntest.«

Ich lächele. *»Das stimmt. Es ist wahr.«*

Langsam trübt sich mein Bewusstsein wieder, die vergoldete Uhr tickt vor sich hin, und sie lächelt zurück.

1983

Die *pompiers* sind wieder weg. Sie waren schnell da, die Scheune konnte gerettet werden. Das Innere ist verkohlt, aber das Dach ist von den Flammen verschont geblieben. Die Bausubstanz ist noch intakt. Halb wünschte ich, sie wäre niedergebrannt, wünschte, das Feuer hätte ihn dem Erdboden gleichgemacht, diesen Ort, an dem du beinahe … Nein, ich kann es nicht aussprechen.

Margaret hat ein Beruhigungsmittel bekommen und ist ins Bett gegangen. Greg und Charles sitzen mit einem großen Glas Brandy in der Hand im Salon, du liegst zwischen ihnen. Der Arzt sagt, du hättest wie durch ein Wunder nichts abbekommen. Du brauchtest zwar dein Salbutamol, hast aber keine Rauchvergiftung. Trotzdem hattest du einen starken, fremden Geruch an dir, als ich dich an mich gedrückt habe. Angst.

»Und du hast sie nicht gesehen?«, frage ich Charles leise, als du endlich aufgehört hast zu zittern und eingeschlafen bist.

Er schüttelt den Kopf. Greg kippt seinen Brandy hinunter. Wir wissen, auch ohne dass wir ihren Namen nennen müssen, dass wir von Élodie sprechen. Ich nehme Greg das Versprechen ab, dass er dich nicht aus den Augen lässt, und gehe nach draußen.

Rauch hängt über dem Garten und trifft mich erneut wie ein Schlag. Ich laufe los. Ich muss irgendwie das Grauen abschütteln, das mich noch immer erfüllt. Sie ist nicht im Garten. Ich wusste, dass sie nicht da ist, musste es aber mit eigenen Augen sehen. Als Nächstes gehe ich zur Scheune.

Dort drinnen ist es dunkel und tropfnass, die Wände sind verkohlt. Der Rauchgeruch ist immer noch so stark, dass er mir in der wunden Kehle brennt. Methodisch durchkämme ich jeden schattigen Winkel, bis auf den Heuboden natürlich, denn die Leiter ist inzwischen zu Asche zerfallen. Ich suche und suche, finde aber keine Spur von ihr, bis ich auf einen alten Schrank klettere, um mir von oben einen Überblick zu verschaffen, und etwas Metallisches aufblitzen sehe. Es ist eine Kette, die sich an einem groben Splitter an der Heubodenkante verfangen hat. Ich verliere beinahe das Gleichgewicht, so eilig habe ich es plötzlich, vom Schrank zu kommen. Mein Herz setzt kurz aus, aber ich kann mich gerade noch fangen.

Ich hole eine lange Heckenschere und angele danach, bekomme das Ding zu fassen, denn ich muss mir ganz sicher sein. Natürlich hatte ich recht: eine Silberkette mit winzigen Türkisen, im Verschluss klemmt ein langes goldenes Haar. Ich versuche, mich an Freitag zu erinnern, als ich sie das letzte Mal gesehen habe, und ja, ich bin mir sicher, dass sie die Kette getragen hat. Das Silber und das Blau heben sich immer leuchtend von ihrer karamellfarbenen Haut ab. Es ist das einzige Schmuckstück, das sie nie ablegt.

Ich stürme ins Freie und lasse mich in den Staub plumpsen. Durch die Sonne und den Schock verschwimmt alles um mich herum zu blendendem Weiß. Die Kette fühlt sich heiß in meiner Hand an, und am liebsten würde ich sie so weit wegschleudern, wie ich kann. Aber das geht nicht. Erst muss ich sie Greg zeigen. Er muss begreifen, dass die Scheune die letzte Warnung war. Noch einmal kommen wir nicht heil davon.

Hätte mir jemand gesagt, ich würde je in Erwägung ziehen, dir bewusst wehzutun, auch nur ein klitzekleines bisschen, hätte ich ihn für verrückt erklärt. Aber inzwischen weiß ich, dass das Mittel zum Zweck nicht immer das naheliegendste ist: Es ist nicht so, als wären alle Entscheidungen im Leben einfach.

Nachdem ich die Kette in der Scheune gefunden habe, gehe ich ohne Umwege in den Salon.

»Greg, ich muss mit dir reden. Sofort.«

Charles sieht mich bekümmert an, hohläugig, er wirkt zehn Jahre älter als bei unserem Aufbruch nach Cannes. Du schläfst immer noch tief und fest. »Bleib bei ihr«, schärfe ich ihm noch einmal ein. »Lass sie nicht aus den Augen.«

Greg folgt mir in ihr Zimmer. Ich weiß nicht, was ich hier will. Irgendwie erscheint es mir passend.

Ich halte die Kette hoch. »Die habe ich gerade gefunden. In der Scheune. Oben, wo Emma war.«

Er wird kreidebleich. »Aber … Das muss nicht heißen, dass … Sie kann sie sonst wann dort verloren haben.«

»Sie hatte sie um, als wir sie bei ihrer Freundin abgesetzt haben. Das weiß ich genau.«

»Wie willst du dich bitte so genau daran erinnern können? Und überhaupt, wenn sie wirklich hier war, wo ist sie dann jetzt?«

Als er dich in der Scheune aufgefangen hat, habe ich ihn mehr geliebt als je zuvor. Jetzt hasse ich ihn für seine Feigheit, dafür, dass er nicht ausspricht, was er längst begriffen hat – die schreckliche Erkenntnis, die ich aus den Falten in seinem Gesicht ablesen kann, Falten, die heute Morgen noch nicht da waren.

Ich werfe die Kette nach ihm, so fest ich kann. Sie fliegt an ihm vorbei, trifft die Frisierkommode, auf deren Oberfläche ein Chaos aus Haargummis, Make-up und zerknüllten Bons aus mir völlig unbekannten Läden herrscht. Die Kette rutscht klirrend Richtung Wand und verschwindet. Ein Glück. Ich will sie nie wiedersehen.

»Wir können ja noch mal mit ihr zu diesem Arzt gehen«, schlägt er nach einem langen, aufgeladenen Schweigen halbherzig vor. »Mal sehen, was er dazu sagt.«

»Zu Morel? Jetzt auf einmal willst du zu ihm? Meinst du nicht, dazu ist es ein bisschen zu spät? Ich hab dir schon vor Jahren gesagt, wie seine Einschätzung lautet. Und ich habs dir wieder gesagt, als ich nach Emmas Geburt mit ihr da war.«

Er spannt den Kiefer an, und ich würde am liebsten zu ihm gehen und ihm eine reinhauen.

»Brauchst du eine Gedächtnisstütze?« Jetzt werde ich laut. »Er hat gesagt, dass wir höllisch aufpassen müssen. Dass kleine Geschwister in Gefahr geraten können. Dass Kinder wie Élodie mit Ablehnung auf sie reagieren können. Aber das hast du nicht geglaubt, oder? Du hast es immer als Panikmache abgetan und behauptet, dass die Behörden sicher Beweise fordern würden, sollten wir uns je entscheiden, professionelle Hilfe in Anspruch zu nehmen. Dabei warst in Wirklichkeit du es, der einen Beweis brauchte, nicht wahr? Also, wenn das heute nicht *Beweis* genug war, dann weiß ich auch nicht.«

»Ich rufe bei ihrer Freundin an«, sagt er plötzlich. »Wo wir sie hingebracht haben. Ich habe die Nummer, die hat sie mir vor Monaten mal gegeben, als ich sie abholen sollte.«

Unten sorge ich dafür, dass er das Telefon mit in den Flur nimmt, so weit das Kabel reicht. Ich will dich nicht stören. Charles wirft uns einen besorgten Blick zu.

Es klingelt lange. »Na bitte«, murmele ich Greg ins Ohr. »Keiner da.«

Doch da ertönt eine träge Stimme: *»Oui?«*

»Ist Élodie da?«

Schweigen. Es rauscht in der Leitung, während wir warten. Ich halte die Luft an.

»Glaub schon«, sagt die Stimme am anderen Ende schließlich. *»Kann sein.«*

Greg sieht mich triumphierend an. »Siehst du?«, scheint er zu sagen. Er zittert, so sehr wünscht er sich, dass sie da ist. Ich reiße ihm den Hörer aus der Hand.

»Kannst du sie bitte ans Telefon holen?«, sage ich zu dem Mädchen oder wer auch immer da dran ist. *»Wir müssen mit ihr reden. Es ist wichtig.«*

Wieder Schweigen. Dann wird der Hörer in dem Haus, in dem meine Tochter sich garantiert nicht aufhält, neben den Apparat gelegt. Ich höre Stimmen im Hintergrund, dröhnenden Bass, kreischendes Gelächter. Nachdem ich mehrmals in den Hörer geschrien habe und schon beinahe die Hoffnung aufgegeben habe, noch mal jemanden an die Strippe zu bekommen, ist das Mädchen wieder dran.

»*Élodie ist nicht hier*«, sagt sie. Dann stößt sie einen Schrei aus, der in Gelächter umschlägt. »*Arrête, Thierry! Also, jemand meinte, sie wär heute Morgen gefahren. Mit irgendwelchen Typen, die Richtung Norden wollten. Sie hat wohl gesagt, sie kommt heute Abend wieder.*«

Das reicht mir als Antwort. Ich reiche den Hörer an Greg weiter und renne aus dem Haus, um noch einmal nach ihr zu suchen – oder nach weiteren Spuren. Mein Gehirn läuft auf Hochtouren, während ich mir jeden Zentimeter des Gartens und der umliegenden Felder vornehme. Ich weiß jetzt, dass ich es selbst in die Hand nehmen muss. Mir läuft die Zeit davon. Ich muss sie von dir fernhalten, und ich kann nicht einfach still dasitzen, bis sie so etwas noch mal probiert. Ich trete schon so lange auf der Stelle, warte auf den Beweis, den Greg immer gefordert hat, den unwiderlegbaren Beweis, dass Élodie gefährlich ist. Aber wenn eine Kette nicht ausreicht, fallen gelassen am Tatort wie eine makabre Visitenkarte, dann muss ich mir wohl selbst etwas einfallen lassen.

Ich stelle es mir vor wie eine Impfung: eine kleine Gefahr jetzt, um dich von der größeren Bedrohung zu bewahren, die unausweichlich scheint. Deine große Schwester hat versucht, ein Gebäude mit dir darin niederzubrennen, Herrgott noch mal. Was bleibt mir denn anderes übrig?

Ich habe die grausame Wahl: eine Tochter oder die andere. Und obwohl es mir das Herz bricht, ist es im Prinzip gar keine Frage.

Vielleicht bin ich ja verrückt, kann schon sein. Trotzdem bin ich fest davon überzeugt, dir das Leben zu retten.

1993

Ich erwache früh im lichtdurchfluteten Salon, die Fensterläden sind offen, und die Voile-Vorhänge kommen nicht gegen die Sonne an. Mein Mund ist so trocken, dass ich kaum schlucken kann. Ich trinke die letzte Tropfen Tee aus dem Glas neben mir und wanke in die Küche, um direkt aus dem Hahn zu trinken.

Ich bin so unsicher auf den Beinen, dass ich mich am Küchenschrank festhalten muss. Vielleicht sollte ich etwas essen. Ich löffele den restlichen *fromage frais* in mich hinein, vor dem Kühlschrank stehend, und durch die kühle Luft an den Beinen fühle ich mich langsam etwas wacher.

Ich höre ein Geräusch auf der Treppe und drehe mich um. Es ist Élodie, frisch geduscht. Ich will sie etwas fragen, aber dann habe ich es vergessen. Das *tisane*-Glas auf der Arbeitsplatte reflektiert das Licht von der Gartentür. Sogar die Fliesen unter meinen Füßen fühlen sich heute warm an. Ein Rinnsal aus Schweiß läuft mir die Wirbelsäule entlang, obwohl mir auf einmal kalt ist.

»Soll ich dir noch eine tisane machen, Maman?«, fragt sie. Als sie an mir vorbeigeht, rieche ich den künstlich fruchtigen Shampooduft mit einer Note, die einfach Élodie ist. Plötzlich ist sie wieder da, und ich spüre ihren Atem in meinem Nacken. *»Du bist ja ganz blass. Komm, leg dich wieder hin. Du solltest dich schonen. Du hättest gestern noch nicht aufstehen sollen. Und jetzt auch nicht.«* Bereitwillig lasse ich mich von ihr zurück in den Salon bringen. In meinem Kopf nimmt eine Frage Gestalt an, wie wenn auf dem glänzend weißen Rechteck eines Polaroids langsam etwas erkennbar wird.

»Élodie, die tisanes …«

»Schmecken sie dir? Im Ashram hat mir jemand gezeigt, wie man die macht. Sie kannte sich echt aus mit Kräutern.«

»*Was ist da drin?*« Ich lege mich hin und verspüre zum ersten Mal seit einem Tag – oder waren es zwei? – einen Anflug von Übelkeit.

Élodie deckt mich wieder zu, auch wenn ich nicht weiß, ob mir warm oder kalt ist, ich habe zwar eine Gänsehaut, aber meine Haut ist schweißbedeckt. Ich öffne die Augen, obwohl ich mich gar nicht erinnern kann, sie geschlossen zu haben, aber sie ist nicht mehr da. Ich will mich gerade aufrichten, da sehe ich dich in der Ecke sitzen und mit Gregs alten Kopfhörern auf den Ohren, die dir zu groß sind, *Bonjour Tristesse* lesen, eine Platte dreht sich auf dem Teller. Sie lässt dich unsere Musik hören – ihre Musik –, aber dir geht es offenbar gut, also lasse ich mich wieder auf die Kissen sinken.

»Hey, Mum«, sagst du und nimmst die Kopfhörer ab. »Wie fühlst du dich?«

»Geht es *dir* denn gut, meine Süße?«, murmele ich.

»Ja klar. Warum sollte es mir nicht gut gehen?« Du hast die Kopfhörer schon wieder halb aufgesetzt.

»Wo ist Élodie?«

»Schwimmen. Sie wollte, dass ich hierbleibe und ein Auge auf dich habe.« Und schon tauchst du wieder in die Musik ein, sie nimmt dich gefangen, genau wie deinen Vater früher, und ich mache wieder die Augen zu, aber ohne zu schlafen. Das Polaroid in meinem Kopf wird langsam klarer.

1983

Ich hasse das staatliche Institut, wo Élodie jetzt »behandelt« wird, wohin dein Vater und ich sie verbannt haben, indem wir unsere Namen auf ein Stück Papier geschrieben haben. Es riecht, wie ich mir den Geruch in einem Altenheim vorstelle: Kiefern-Desinfektionsmittel und Trostlosigkeit. Die wenigen Versuche, einen Eindruck von Gemütlichkeit zu erwecken, machen es beinahe noch schlimmer, als wenn man es bei der unverhohlenen institutionellen Schlichtheit belassen hätte: kitschige Aquarelle und billige Kissen, verblichen und fadenscheinig. Ständig dringen gedämpfte Schreie oder Kreischen aus den geschlossenen Türen, so laut, dass man sie nicht ignorieren kann.

Sie sitzt mir gegenüber auf einem orangefarbenen Plastikstuhl. Ihr wunderschönes Haar ist fettig, ihr Kinn mit Pickeln übersät. Ihr Blick ist leer, und mein erster Impuls – trotz allem – ist, schnurstracks zum Leiter dieser Einrichtung zu marschieren und sie hier rauszuholen. Aber dann denke ich an dich und weiß wieder, dass ich sie nicht mit nach Hause nehmen kann.

»Du hast es getan, stimmts?«, fragte ich, genau wie bei den letzten beiden Besuchen. *»Ich weiß, dass du es warst, denn ich habe deine Kette in der Scheune gefunden, aber ich will es aus deinem Mund hören. Ich will wissen, warum. Ich weiß ja, dass du mich hasst, aber sie ist doch noch ein kleines Kind. Was hat sie dir denn bloß getan?«*

Sie wendet den Blick ab, sieht aus dem Fenster weit oben, das mit einem Drahtgitter verstärkt ist – natürlich, dieses Gebäude ist durch und durch auf Sicherheit ausgerichtet. Ich muss an das kleine Fenster in der *souillarde* denken. *So eine schlechte Mutter*, sagt eine Stimme. *Aber hätte irgendjemand es besser machen können?*, sagt eine andere.

»*Und der Zeltplatz oben in den Bergen*«, fahre ich fort, als sie nicht antwortet, und meine Stimme ist ganz zittrig vor lauter Entschlossenheit und der allgegenwärtigen Angst. »*Das warst du auch, oder? Wem wolltest du damals wehtun? Sags mir, Élodie, denn ich weiß nicht, wann ich dich das nächste Mal besuchen werde. Dein Psychiater sagt, Familienbesuche könnten all deine Fortschritte zunichtemachen und dass es besser wäre, wenn wir eine Weile nicht mehr kommen.*«

Ich beobachte ihr Profil, das blaue Auge blitzt düster auf, und dann dreht sie sich so plötzlich zu mir um, dass ich zurückschrecke.

»*Es gefällt mir. Ich mag Feuer. Es ist hübsch. Ich mag es, wenn Dinge Feuer fangen. Wuuusch, einfach so.*« Sie schlägt auf die Tischplatte zwischen uns. »*Da warst du aber froh, als er gesagt hat, dass ihr nicht mehr kommen sollt, oder? Wenn er das überhaupt gesagt hat. War es nicht vielleicht eher deine Idee, und er hat nicht widersprochen? So wie Papa, der dich nach England gehen lässt?*«

Ich schüttele den Kopf. »*Du kannst die Ärzte gern fragen, wenn du mir nicht glaubst. Wie viele andere Mütter siehst du hier?*«

Sie überlegt, dann sehe ich, wie ihr Ausdruck wieder leer wird, das Feuer in ihren Augen erlischt. Schweigend sitzen wir da. Der Sekundenzeiger der Uhr am anderen Ende des Raumes wandert zwölfmal herum, ehe sie spricht.

»*Und was ist mit dir? Wenn ich gestehe, musst du es auch tun, Sylvie.*«

1993

Ich öffne die Augen, und diesmal scheint kaum Zeit vergangen zu sein. Langsam gehe ich in den Flur und frage mich, wo ihr seid. Die Küchentür ist angelehnt, und ich halte mich am Rahmen fest, weil ich immer noch wacklig auf den Beinen bin. Élodie steht da, erleuchtet von der Nachmittagssonne, das Haar nass vom Pool, es tropft auf die Fliesen. Sie macht mir wieder eine *tisane*, und ich sehe zu, wie sie Eis aus dem Gefrierfach holt und die Form auf die Arbeitsfläche schlägt, um die Würfel zu lösen. Sie gibt Tee, Wasser, sechs Würfel Zucker und den Saft einer halben Zitrone ins Glas, dann rührt sie das goldene Gemisch um.

Sie greift in die Gesäßtasche ihrer abgeschnittenen Jeans, und mir bleibt das Herz stehen, als sie eine Handvoll dunkelgrüne Blätter hervorholt, in den alten Mörser meiner Mutter wirft und zerreibt. Eine Prise landet im Glas, dann noch eine. Das Gebräu bekommt die gleiche Farbe wie der Swimmingpool bei einem Unwetter.

Als sie das Glas nimmt und auf die Tür zugehen will, kann ich nicht schnell genug zurückweichen, meine Beine gehorchen mir nicht. Sie sieht mich, zuckt aber nicht mit der Wimper. Das hat sie noch nie.

Stattdessen lächelt sie. »*Wieso bist du denn schon wieder auf? Ich wollte dir gerade das hier bringen.*« Sie hält das Glas hoch, keine Spur mehr von dem Grün, es hat sich im Gold aufgelöst.

Ich schiebe mich ungelenk an ihr vorbei zum Mörser, halte mich am Schrank fest und beuge mich vor, um an seinem Inhalt zu riechen.

»*Was ist denn?*«, fragt sie hinter mir. »*Was suchst du? Das ist bloß Minze aus dem Garten.*«

Es stimmt. Ich rieche daran. Es ist bloß Minze. Ich drehe mich wieder zu ihr um, und sie hätte jedes Recht, es zu sagen – »nur weil du es getan hast« –, aber das tut sie nicht. Sie nimmt mich nur sanft am Arm und führt mich zurück zum Sofa.

1983

Das Feuer in der Scheune ist zwei Tage her, zwei Tage, seit wir dich beinahe verloren hätten. Ich kann den Rauch ums Haus immer noch riechen, auch wenn Greg meint, das wäre unmöglich.

Es ist fast vier Uhr. Du wartest bestimmt schon hungrig auf dein *goûter*, den Nachmittagssnack, den du so liebst: drei Stückchen gute Schokolade in einem Stück Baguette. An glühend heißen Tagen wie diesem schmilzt die Schokolade und verteilt sich im wolkenweichen Innern des Brotes, ehe du es aufessen kannst.

Heute werde ich es dir nicht zubereiten müssen.

Du sitzt im Schatten des Sonnenschirms auf der Terrasse. Vorhin habe ich eine Decke auf dem Boden ausgebreitet und dir geholfen, dein Miniteeservice und deine Lieblingskuscheltiere aus deinem Zimmer zu holen. Manchmal suchst du noch nach Maurice, dem kleinen zerfetzten Affen, erwähnst ihn aber nie.

Ich werfe einen Blick in den Garten, um mich zu vergewissern, dass Élodie immer noch auf dem Rasen liegt und sich sonnt, und das tut sie, die Bikiniträger heruntergeschoben, damit sie keine Abdrücke hinterlassen. Sie liegt auf dem Rücken, und ihr Haar umringt aufgefächert ihren Kopf, Gold auf Gras. Ich habe zuletzt vor dem Cannes-Wochenende mit ihr gesprochen.

Du braust einen Zaubertrank in deiner kleinen Teekanne. Seit wir neulich ein Buch über eine Hexenschule gelesen haben, bist du wie besessen von Zaubersprüchen, Besenstielen und Kesseln. Von der Terrassentür aus beobachte ich, wie du ein saftiges Birnenstück in den verdünnten *sirop* wirfst, den ich dir gemischt habe. Noch eine Handvoll Rosinen, die Krümel von einem zuckrigen *langue-de-chat*-Keks und schließlich ein Schuss Milch aus deinem Kännchen. Mit einem winzigen Löffel rührst du um und wirfst einen Blick hinein. Du seufzt, bist noch nicht zufrieden, und mein Herz beginnt zu rasen, als du dich nach weiteren Zutaten umsiehst. ›Ich muss eingreifen‹, denke ich. ›Ich muss sie davon abhalten.‹ Aber ich rühre mich nicht.

Genau wie ich es vorhergesehen habe, bleiben deine Augen an den knallpinken Blüten hängen, die ich vorhin für dich gepflückt habe, eine für jedes der drei Kuscheltiere, die an der Teestunde teilnehmen. Du greifst nach einer Blüte und zerreibst sie zwischen den Fingern. Als du erst eine und dann alle drei in den Trank wirfst, schlage ich die Hand vor den Mund.

Du lässt das Löffelchen in der Kanne kreisen, vermischst gründlich alle Zutaten. Dann wirfst du wieder einen Blick hinein, beschließt, dass der Trank fertig ist, und gießt die trübe Flüssigkeit in ein Tässchen. Zunächst nimmst du nur einen winzigen Schluck, aber allzu schlecht scheint er nicht zu schmecken, denn schon hebst du die Tasse erneut an die Lippen. Diesmal trinkst du sie ganz aus und schenkst dir nach.

Beinahe zwanzig Minuten vergehen, ehe die Wirkung einsetzt, und jede einzelne Minute fühlt sich an wie eine Ewigkeit. Ich stehe noch immer an der Terrassentür. Élodie hat sich nicht vom Fleck gerührt und tut es auch jetzt nicht, als du aufstehst und einen Schrei ausstößt. Ich rufe deinen Namen, und du drehst dich zu mir um, die Hände an den Bauch gepresst, dein Gesicht bleich und wächsern. Ich nehme dich auf den Arm und laufe mit dir ins Haus, die Treppe hinauf. Als ich im Flurspiegel einen Blick auf mein Spielbild erhasche, ist mein Gesicht verzerrt vor Scham.

Mir ist das auch einmal passiert. Ich war nur etwas älter als du, vielleicht fünf. Ich habe die gleichen Blüten aus dem Garten gegessen, weil ich dachte, etwas so Seidiges und Hübsches müsste gut schmecken. Die Vergiftung setzte mit voller Wucht ein: Der Garten geriet ins Wanken, mein Magen krampfte und schmerzte. Als Maman mich fand, umgab ein seltsamer Heiligenschein ihren

Kopf, genau so, wie der Priester in der Kirche es immer beschrieben hatte.

In der Nacht und am darauffolgenden Tag ging es mir furchtbar schlecht, aber dann war alles wieder gut.

Nichts passiert.

Als es mir wieder besserging, nahm Maman mich mit zum Oleanderbaum.

Sie kniete sich neben mich. *»Du darfst den Baum nie wieder anfassen, Sylvie. Die Blätter und Blüten sind giftig. Wenn man zu viel davon isst, kann man sterben. Hast du mich verstanden, chérie?«* Sie packte mich so hart am Arm, dass ich leise aufschrie. *»Hast du mich verstanden?«*

In der Nacht sitze ich an deinem Bett, streichele deinen Rücken, wenn die Krämpfe kommen. Es geht dir nicht so schlecht wie mir damals, trotzdem plagen mich schreckliche Schuldgefühle. Ich versuche, mir immer das Bild aus der Scheune vor Augen zu halten: dein schmutziges zitronengelbes T-Shirt in unerreichbarer Ferne, während die Flammen immer höherschlagen.

Ich höre die vergoldete Uhr im Salon viermal schlagen. Es ist jetzt zwölf Stunden her, dass du das Gebräu getrunken hast; vermutlich hast du bereits das Schlimmste hinter dir. Ich denke an das, was ebenfalls im Salon liegt: Mamans dickes altes medizinisches Lexikon. Bisher ist noch niemand darauf gestoßen, aber eine dünne Packung Zigarettenblättchen liegt als Lesezeichen darin und markiert eine ganz bestimmte Seite. Greg raucht Gitanes; Élodie benutzt diese Blättchen. Ich habe sie aus ihrem Zimmer geholt, als sie draußen in der Sonne lag.

Ganz oben auf der Seite steht in fetter schwarzer Schrift ein einzelnes Wort. *Empoisonnement.* Ich habe noch eine weitere Spur gelegt – das ist mir erst hinterher eingefallen. Ein einzelnes langes Haar, karamellfarben, wenn man es ans Licht hält, genau wie es morgen geschehen wird. Ich werde es Greg zeigen, und dann rufe ich die Polizei.

1993

Am nächsten Tag fühle ich mich zum ersten Mal seit Ewigkeiten wieder wie ich selbst. Mir ist zwar flau im Magen, aber ich habe weder Schmerzen noch ist mir übel.

Als ich in den Flur trete, höre ich dich unter der Dusche singen. »Good Vibrations«.

Unten angekommen finde ich Élodie Kaffee trinkend auf der Terrasse vor, die gebräunten Füße entspannt auf dem Tisch und das Haar ausnahmsweise lose auf dem Kopf zusammengesteckt, was ihren zarten Hals entblößt. Sie springt auf, als sie mich sieht, und in ihren Augen liegt nicht der geringste Vorwurf. Ich schäme mich beinahe.

»Heute siehst du schon viel besser aus«, ruft sie aus. *»Setz dich, ich habe Croissants gekauft. Deins ist im Ofen, damit es warm bleibt.«* Sie verschwindet nach drinnen, und ich tue wie geheißen. Die Sonne ist blendend hell, ich schließe die Augen. Ich fühle mich, als hätte ich Muskelkater im ganzen Körper, als sei ich die ganze Nacht gerannt. Der Sonnenstich ist überstanden, aber ich bin immer noch geschwächt.

Élodie stellt mir einen Teller hin. *»Ich war in der guten Bäckerei. Die andere zockt einen nur ab.«* Sie lächelt mir verschwörerisch zu. *»Meinst du, du kannst heute Abend zu der Party gehen?«*

»Party?«

»Bei den Martins. Ich werde nicht gehen, aber du und Emma solltet hin.«

Das hatte ich völlig vergessen. *»Warum willst du nicht?«*

Sie schüttelt den Kopf und schaut auf ihre nackten Füße. Sie hat sich die Zehennägel himbeerrot lackiert, und sie schimmern noch feucht im Sonnenlicht. »*Sie wollen mich bestimmt nicht dahaben. Zumindest Annette nicht.*«

Ich habe nie erfahren, ob Laurent ihr jemals erzählt hat, dass wir uns geküsst haben, oder von dem Abend am Pool. Annette und ich waren uns nur bei einer Sache jemals einig, und zwar dass Lucs Sturz in den Pool kein Unfall gewesen ist. Ich weiß genau, was die Frauen aus der Gegend über Élodie sagten, als sie so plötzlich zur Frau geworden war: die Femme fatale des Dorfes. Plötzlich war sie auf ganz neue Weise gefährlich geworden, und sie hassten sie dafür sogar noch mehr als vorher, als sie ihre Kinder bedroht hatte. Ich rufe mir die Zeit wieder ins Gedächtnis, die Erinnerungen fühlen sich jetzt anders an. Ihnen wohnt eine andere Traurigkeit inne. Élodie, das junge Mädchen, gehasst von erwachsenen Frauen. Es war nicht ihre Schuld, dass sie so schön war. Ich muss an Morel denken, wie er mir beim ersten Mal sagte, sie könne nichts dafür, es sei niemandes Schuld, auch nicht meine.

»*Ich glaube, ich gehe da heute auch nicht hin*«, sage ich jetzt. »*Mir ist nicht danach.*«

»*Oh, aber Emma will doch bestimmt Luc sehen. Das kannst du ihr nicht nehmen.*« Sie lacht leise und schaut zu mir hoch. Ich sehe das bernsteinfarbene Auge, als sie sich wieder abwendet, umrahmt von langen Wimpern. Wie aus heiterem Himmel ist mir zum Weinen zumute. Ich schaue nach unten auf meine Hand und frage mich, ob ich es wagen kann, nach ihrer zu greifen, die nur Zentimeter entfernt ist. Innerlich unterziehe ich mich erneut einer Prüfung, aber die Angst scheint weit weg. Nein, ich habe keine Angst vor ihr, zumindest nicht in diesem Augenblick. Ganz kurz verspüre ich den Drang, sie auf ihre besonderen Kennzeichen hin zu untersuchen, sie eindeutig zu identifizieren. Aber kann es diese Augen noch ein zweites Mal geben?

Ein Gedanke schleicht sich in meinen Kopf: Vielleicht wird doch nichts Schlimmes passieren. Die Vergangenheit kam mir in La Rêverie noch nie so fern vor. Ich sitze da, betrachte meine Erstgeborene, und die Erinnerungen strömen nicht auf mich ein. Ich schaue in den Garten in Richtung Oleander, aber er scheint nichts mehr zu bedeuten. Es ist nur ein Baum.

Gegen sieben Uhr abends habe ich geduscht und überlege, was ich anziehen soll. Es klopft leise an der Tür, und Élodie tritt ein.

»Kann ich dir beim Aussuchen helfen?«

Du schiebst dich hinter ihr ins Zimmer, setzt deine Kopfhörer ab und kaust auf einem Keks. »Lass dir von Élodie die Haare machen«, sagst du. »Das kann sie echt gut. Wir können dich auch schminken. *Maquillage.* So heißt das doch, oder?« Élodie und ich nicken gleichzeitig.

Ich lasse mich darauf ein, und während sie mir das Haar trocknet und dann wie bei sich in Wellen legt, wundere ich mich, dass ich mich nicht unbehaglich fühle. Als sie mir die Augen schminkt und sich mit dem Kajalstift heranbeugt, sind sich unsere Gesichter so nah, dass ich ihren warmen Atem spüren kann. Ich rieche ihre Haut. Sie arbeitet flink, aber behutsam, und als ich hinterher in den Spiegel schaue, lächele ich ihr Spiegelbild an, das mir in seiner perfekten Symmetrie entgegenblickt. Ich betrachte uns drei – sie, mich und dich auf dem Bett hinter uns –, und so seitenverkehrt ist das Bild irgendwie leichter zu erfassen, dieses Wunder einer normalen Familienszene.

Wir breiten all meine Kleider aus. Ich bin so schlank wie seit Jahren nicht, das Gute an einer kurzen Krankheit ist, dass die Diät inklusive ist. Trotzdem schüttele ich den Kopf, als Élodie auf das leuchtend gelbe Baumwollkleid zeigt, das ich immer mit in den Urlaub nehme, aber nie anziehe: Mit dem ausgestellten Rock und der engen Taille ist es etwas, wie ich es getragen habe, bevor ich Mutter war, wenn ich Aufmerksamkeit auf mich ziehen wollte. Vielleicht habe ich es aus gutem Grund gekauft.

»Doch, das«, sagt Élodie gespielt streng. Du nickst hinter ihr. »Hätte ich es früher gesehen, hätte ich es mir ausgeborgt.«

Ich lache über die Anspielung: Früher hat sie mir ständig die

Sachen geklaut und sie dabei oftmals ruiniert. Irgendwie ist das Ganze jetzt nur noch ein harmloser Witz. Ein Familien-Insider sogar. Könnte es immer so sein, frage ich mich vorsichtig. Könnten wir die Art Mutter und Tochter sein? Hoffnung glimmt am Rand meines Sichtfeldes auf.

»Bist du sicher, dass du nicht mitwillst?«, frage ich, als wir unten sind. *»Luc hat uns doch alle eingeladen.«*

»Nein danke. Das wäre mir unangenehm vor den ganzen Leuten. Ich würde mich fühlen wie ein … Ausstellungsstück im Museum. Ich bin immer schon nervös, wenn ich ins Dorf gehe, dabei hat bis jetzt niemand was gesagt. Ich will es aber nicht drauf ankommen lassen.«

»Du schienst nicht besonders nervös, als wir essen waren. Ich kann das auch immer noch nicht ganz glauben. Als Kind warst du nie nervös.«

»Ich war komisch, oder? Das muss so schwer für euch gewesen sein. Ich habe das alles in mir drin gefühlt, aber ich habe es nicht gezeigt. Ich weiß nicht, warum. Wenn ich zurückschaue, habe ich das Gefühl, einen anderen Menschen zu beobachten, der aussieht wie ich. Jetzt bin ich offen, offen für alles. Außer vielleicht Annette Martins Hochzeitstag.« Sie lächelt bezaubernd und schiebt sich eine Haarsträhne hinters Ohr. *»Ich werde mir einfach einen schönen ruhigen Abend machen. Ein Bad nehmen, vielleicht noch mal den Fernseher ausprobieren.«*

»Ach ja, die Nachrichten. Ich wollte eigentlich schon längst mal wegen der Feuer reinschauen.«

Ich gehe in den Salon, aber der Fernseher empfängt gar nichts mehr, nur Rauschen, egal, wie weit ich den Knopf drehe. Ich bekomme nur entfernte Stimmen herein, die wie die Brandung davonströmen, wenn ich ihnen nachjage. Als ich nach draußen gehe, ist der Rauch möglicherweise stärker geworden, aber vielleicht bilde ich mir das auch nur ein, nichts als Geistergestank. Ich habe auch keine Canadair-Flugzeuge mehr über uns hinwegfliegen sehen, und das muss doch ein gutes Zeichen sein.

»Vielleicht haben wir uns einfach daran gewöhnt«, sage ich laut, weil der Gedanke an ein Feuer, das irgendwo knapp außer Sichtweite schwelt, trotzdem beunruhigend ist. Aber ich kann das alles nicht ganz erfassen, die Vorstellung ist diffus und weit weg, mein Kopf merkwürdig leer, als ich nachzudenken versuche.

»Bist du so weit, Mum?«

Ich war einen Moment ganz in Gedanken, und plötzlich ist es Zeit zu gehen. Du stehst vor mir, trägst wieder Élodies weißes Kleid, aber jetzt ist es gewaschen und der Weinfleck mit Bleiche entfernt. Du bist geschminkt, aber in der Nachmittagssonne sieht es hübsch aus, und eigentlich macht es mir auch nichts aus. Du bist vierzehn. Habe ich in dem Alter nicht auch mit Schminke experimentiert? Ich weiß es nicht mehr. Mein Vater hätte mich so bestimmt nicht vor die Tür gelassen, aber ich bin ja nicht mein Vater.

*

Als wir bei den Martins eintreffen, kommt es mir so vor, als seien wir zu spät, obwohl wir das nicht sind. Alle unterhalten sich über die Waldbrände – ich höre immer wieder aufgeregte Gesprächsfetzen, während ich mich durch die bereits versammelte Menge schiebe. Da wird mir bewusst, dass sie sich vielleicht alle schon so früh hier eingefunden haben, weil sie das dringende Bedürfnis haben, mit jemandem über die gemeinsame Bedrohung zu sprechen.

Wir begrüßen Annette, deren Blick erst dein und dann mein Kleid streift, dann lächelt sie uns schmallippig und unterkühlt zu. *»Keine Élodie?«*, fragt sie.

»Sie ist zu Hause geblieben. Sie war nicht sicher, ob sie willkommen ist«, höre ich mich sagen.

»Und seit wann lässt sie sich von so etwas abhalten?«

Sie entfernt sich, und du fragst mich im Flüsterton, was sie gesagt hat. Ich schüttele den Kopf. »Vergiss es. Sie ist einfach eine blöde Kuh.« Du kicherst, und da muss ich auch lachen. Ich frage mich, ob Annette uns beobachtet, aber ich sehe mich nicht extra um. Am Getränketisch schenke ich dir eine Cola ein und nehme mir ein Glas Sekt.

»Da ist Luc«, raunst du mir ins Ohr, und dein süßer Atem kitzelt mich. Ich folge deinem Blick. Er scheint eine Schar Kinder zu beaufsichtigen, die kleiner sind als du, und eine Art Spiel mit ihnen zu spielen. Er sieht müde aus, erschöpft. Seine Hand ist verbunden.

»Kann ich rübergehen?«, fragst du, und ich bringe es nicht übers Herz, dich zu bitten, bei mir zu bleiben.

In einer Ecke des Gartens baut gerade eine kleine Jazzband ihr Equipment auf, und ich sehe Laurent in der Nähe, der sich mit zwei Männern unterhält, die ich nicht kenne. Als ich bei ihnen ankomme, geht es um die Brände. Was sonst.

»Sylvie«, sagt Laurent leise. Er beugt sich vor und küsst mich auf die Wangen, seine warme Hand liegt schwer auf meiner Schulter.

»Was gibt es Neues in Sachen Feuer?«, frage ich nach der Vorstellungsrunde. *»Ich habe mit einem Sonnenstich flachgelegen, und jetzt ist der Fernseher kaputt, also habe ich keine Ahnung, was los ist. Ich dachte, sie hätten es bald unter Kontrolle?«* Ich lächele in die Männerrunde. Jemand hat mein Glas aufgefüllt.

Der eine, der mir als Nicolas vorgestellt wurde, schüttelt besorgt den Kopf. *»Es ist ernst, so ernst wie seit Jahren nicht. Es gibt ein neues Feuer nördlich vom Pelletier-Hof. Wenn der Wind wieder stärker wird, müssen sie wahrscheinlich das ganze Dorf evakuieren. Die pompiers klingeln schon überall. Waren sie noch nicht bei euch?«*

Unbehagen macht sich in mir breit. Ich versuche, mich an ein Klopfen an der Tür zu erinnern. *»Das Dorf evakuieren? Wirklich?«* Ich kann es kaum glauben. Er hat schon recht, dieser Mann, der mich ansieht, als sei ich bescheuert. So etwas hat es seit vielen Jahren nicht gegeben. Seit Jahrzehnten nicht. In meiner Kindheit haben die Alten immer davon erzählt, dass einmal ein paar Höfe am Rand des Dorfes abgebrannt sind, aber ich glaube, nicht einmal sie hatten das miterlebt.

Laurent wirft Nicolas einen Blick zu. »*Na ja, es ist noch nicht so nah, dass es Grund zur Panik gibt.*«

»*Hast du letzte Nacht im Dunkeln nicht die Flammen gesehen?*«, erwidert der andere. Ich habe seinen Namen schon wieder vergessen. Der Sekt steigt mir zu Kopf. »*Der Mond sah ganz rot aus.*«

Laurent bläst die Backen auf. »*Luc und seinen Freunden ist fast was ziemlich Übles passiert. Jemand hat eine Zigarette fallen lassen, und es ist alles so trocken, dass sich der Boden sofort entzündet hat. Er meint, sie hätten das Feuer wieder gelöscht, aber dabei hat er sich die Hand verbrannt, es musste verarztet werden.*«

»*Ich sage es euch*«, meint Nicolas, »*vielleicht müssen wir alle hier raus. In den Nachrichten haben sie gesagt, das Feuer kann springen, wenn es heftig genug brennt. Dann ist es schneller als ein Auto.*«

Die Haare an meinem Arm stellen sich auf, und ich schaue mich automatisch nach dir um. Trotzdem versuche ich, mir einzureden, dass dieses Angstgefühl normal ist, nicht individuell, sondern elementar. Wir sitzen alle im selben Boot, du, ich, alle im Garten der Martins, die trinken und der Band zuhören, als wären wir an Bord der *Titanic*. Élodie ebenfalls.

Die seltsame Weltuntergangsstimmung sorgt irgendwie dafür, dass der Alkohol in Strömen fließt. Ich lasse mir immer wieder nachschenken. Ich fühle mich nicht unbedingt betrunken, eher angenehm abgeschirmt von der Realität. Der Sekt, das Lachen im Garten, die warme, duftende Luft – das alles kommt mir viel echter vor als das Feuer.

Es ist Nicolas, der mich aus meiner Benommenheit reißt. Ich komme gerade zufällig an ihm vorbei, als er anderen genau das Gleiche erzählt wie uns vorhin, er weidet sich offenbar an ihrem erschrockenen Raunen. »*Das Feuer kann springen, wenn es heftig genug brennt. Dann ist es schneller als ein Auto.*« Beim zweiten Mal kommt es erst wirklich bei mir an, und in meinem Kopf schrillen verzögert die Alarmglocken.

Meine Instinkte übernehmen. Ich eile zum Rand des Gartens, der an das einen Hektar große Feld grenzt, das früher einmal zu La Rêverie gehört hat. Die Mittelmeerkiefern, die unseren Pool bewachen, sind gewachsen, seitdem ich sie das letzte Mal von hier aus gesehen habe, jetzt verdecken sie sogar die Schornsteine komplett. Aber daneben steigt noch höher eine dichte Rauchsäule empor, weist direkt in den Himmel. Ich drehe mich um, sehe aber weder dich noch Laurent oder Luc, und ich kann nicht warten.

Ich zerre das Tor auf und renne los.

Auf halbem Weg über das Feld muss ich stehen bleiben und erst einmal wieder zu Atem kommen. Der Rauch bleibt in meiner Lunge hängen, und ich denke wieder an die Neuigkeiten über das Feuer, die von Mal zu Mal schlimmer und Furcht einflößender scheinen.

Als ich den kleinen Bach überquere, der im Juni immer zu einem Rinnsal austrocknet, sehe ich durch die Reihe der Kiefern hindurch, was da in Flammen steht. Der Oleander. Ich laufe darauf zu. Die schweren pinken Blüten kräuseln sich und zerfallen knisternd zu Staub, so rasch, als hätte man ein Streichholz auf Zelluloid geworfen.

»*Élodie!*«, rufe ich, und erst als ich den Schrei aus mir hervorbrechen höre, wird mir klar, dass ich wahnsinnige Angst habe. Und zwar nicht *vor ihr*, sondern *um sie*. Darin liegt etwas so Wahres und Reines, dass meine Stimme noch stärker wird.

»*Élodie, bitte!*«

Aber ich höre keine Antwort, nur das Getöse des Feuers, das Knacken und Zischen von Holz, das sich seiner Zerstörung hingibt. Ich renne halb über den Rasen, aber sie ist nicht im Haus. Das sehe ich auf den ersten Blick, denn obwohl Türen und Fenster offen stehen, ist nirgends Licht an, aus dem Haus scheint jedes Leben gewichen.

Ich wende mich wieder dem Baum zu und versuche verzweifelt zu entscheiden, was ich jetzt tun soll. Die *pompiers* rufen. Selbst versuchen zu löschen. Zurück zu Laurent laufen und um Hilfe bitten. Aber so trocken, wie alles ist, wird das Feuer sowieso übergreifen. La Rêverie wird niederbrennen.

Ich schlage die Hände vors Gesicht und kann mich nicht rühren, während all diese Gedanken um die Vorherrschaft kämpfen. Wo ist sie?

Als ich die Hände wieder sinken lasse, erspähe ich etwas im Pool, der durch die Spiegelung der Flammen ganz orange aussieht.

Einen Moment denke ich, sie lässt sich im Wasser treiben, die einzigartigen Augen gen Himmel gerichtet, ihr Körper sanft auf dem Wasser ruhend, das Haar ausgebreitet wie ein Heiligenschein. Aber als ich zum Rand renne und den brennenden Raketen ausweiche, die der Baum abschießt, sehe ich, dass diesmal alles falsch ist, dass dort, wo ihr Gesicht sein sollte, nur Haare sind. Sie treibt mit dem Gesicht nach unten.

Ich versuche, wieder ihren Namen zu rufen, aber es kommt kein Ton heraus, oder ich höre durch das Feuer meine eigene Stimme nicht. In diesem Augenblick, als mir klar wird, dass sie tot ist – nicht verschwunden, nicht abgehauen, sondern wirklich fort –, spüre ich etwas Schwarzes in mein Herz kriechen, und es ist Trauer, tiefe, echte Trauer.

Als ich sie damals am Strand verloren habe, empfand ich einen Hauch von Erleichterung und schämte mich dafür. Jetzt weiß ich zum ersten Mal, seit sie ein paar Monate alt war, dass nur eines zählt: Élodie ist mein Kind, und ich kann es nicht ertragen, dass sie nicht mehr lebt. Ich liebe sie, und zwar ganz einfach und unendlich – genau wie ich dich, Emma, schon immer geliebt habe. Als ich meine Schuhe ausziehe und ins Wasser springe, kommt mir ein klarer Gedanke – kristallblau inmitten des Regens aus Feuer und Asche –, selbst wenn Élodie nicht geheilt ist, ich bin es.

Ich stürze mich auf sie, rudere mit den Armen, aber ich bekomme sie nicht richtig zu fassen. Sie ist schwer, so unglaublich schwer, und ich habe nichts, woran ich mich abstützen kann. Ich streiche die schweren Haarsträhnen beiseite, um an ihr Gesicht zu kommen, aber es ist so viel Haar, das sich wie Algen um meine ungeschickten Finger schlingt. Als ich ihr Gesicht freilege, erscheint es mir makelloser denn je. Ich ziehe es zu mir heran und schiebe es aus dem Wasser, bevor ich selbst untertauche. Ich komme wieder an die Oberfläche, und endlich gelingt es mir, sie richtig umzudrehen, aber ihre Augen sind immer noch geschlossen, wie ich es erwartet habe. Ich kann nichts weiter tun, während ich mich selbst strampelnd über Wasser halte, also lege ich mir ihren kühlen, bleiernen Arm über die Schulter und schleppe mich ans flache Ende, ziehe sie mit mir.

Und dann bewegt sie sich. Ich drehe mich um, um ihr Gesicht zu umfassen, rohe Freude durchflutet mich, da legt sie mir die Arme um den Hals, und ich werde unter Wasser gezogen. ›Nein, nein‹, sage ich in Gedanken. ›Ich bin es doch, Maman. Ich hab dich. Lass los, sonst ...‹

Aber sie lässt nicht los, und jetzt fühlt sich ihr Körper ganz anders an, nicht schlaff, sondern angespannt und lebendig. Voller eiskalter Entschlossenheit. Ich reiße die Augen weit auf, das Wasser brennt darin, aber sie ist hinter mir, und ich sehe sie nicht, nur ihre Arme, der eine um meinen Hals, der andere drückt auf meine Schultern. Als meine Brust zu schmerzen beginnt und der Unglaube sich in Todesangst verwandelt, fange ich an, gegen sie anzukämpfen, winde mich hin und her, um mich zu befreien. Kostbare Luftblasen wirbeln um uns herum, und ich höre meine eigenen hilflosen Schreie. Aber sie lässt mich nicht los, als sei sie ein Teil von mir, als seien wir wieder verbunden, wie wir es seit dem Tag ihrer Geburt nicht mehr waren. Die Wahrheit trifft mich wie ein Schlag. Du warst immer nur Nebensache. Ich bin es, auf die sie es wirklich abgesehen hat.

Jenseits der Panik und Gewissheit, dass ich sterben werde, spüre ich ganz verschwommen und weit entfernt eine tiefe, nagende

Traurigkeit. Die paar Sekunden, in denen ich sie bedingungslos geliebt habe und nichts mehr wollte, als dass es ihr gut geht, habe ich mich freier gefühlt als in den vierundzwanzig Jahren davor. Aber das ist jetzt vorbei, und es liegt kein Triumph in der Erkenntnis, dass ich recht hatte, ihr nie hätte vertrauen dürfen und von Anfang an wusste, dass sie nicht so ist wie andere Menschen und anstelle eines Herzens nur Muskeln und Sehnen hat.

Ich kämpfe weiter, weil es irgendwo hinter einem Feld, wo die Welt nicht nur aus Feuer und Wasser besteht, immer noch dich gibt. Und du brauchst mich. Aber obwohl ich mich weiter winde und um mich trete, so fest ich kann, bekomme ich keine Luft mehr und gestatte mir, die Augen zu schließen.

Als ich sie wieder aufmache, trifft meine Hüfte auf etwas Festes, Hartes – den Grund des Pools. Es scheint immer noch ein Kampf stattzufinden, aber ich begreife das Ganze nicht richtig, weil ich anscheinend nicht mehr Teil davon bin. Ich kann mich nur noch mit aller Kraft gegen den Urinstinkt wehren einzuatmen.

Hände packen mich unter den Armen, und ich glaube schon, Élodie habe die Position geändert, aber die Hände ziehen mich immer weiter hoch. Dann bin ich an der Oberfläche, öffne den Mund und hole so tief Luft, wie es nur geht, und sie könnte nicht süßer sein, obwohl sie ebenso sehr Rauch wie Sauerstoff ist. Die Hände schieben mich zum Rand, und mit letzter Kraft ziehe ich mich aus dem Pool. Ich rolle mich auf die Steine und liege erschöpft und erledigt da, meine Brust hebt und senkt sich.

»*Élodie*«, sage ich, kaum lauter als ein Flüstern. Unter großer Anstrengung drehe ich den Kopf zum Wasser. Inmitten der Reflexion des Feuers sehe ich Bewegung, und sekundenlang kann ich die verschiedenen Gliedmaßen im Geist nicht entwirren. Dann trifft mich die Erkenntnis voller Wucht. Du bist es, Emma, und deine immer noch blassen Beine schlagen inmitten des Pools kräftig aus. Du hast mich herausgezogen. Jahrelang dieser Schwimmunterricht in dem Londoner Hallenbad, und nun hast du mich gerettet.

Du tauchst auf. »Ich schaffe es nicht, Mum«, rufst du, und ich kann die Tränen auf deinen Wangen nicht vom Poolwasser unterscheiden. »Ich kriege sie nicht los. Sie hängt fest.«

Ich habe keine Zeit zu antworten, du holst Luft und tauchst wieder unter. Ich stehe zittrig auf und versuche, die Schemen am Grund des Pools zu erkennen, aber du verdeckst sie.

»Ihre Haare«, rufst du, als du wieder auftauchst. »Sie haben sich im Filter verfangen.«

Ich stehe sprachlos da.

»Los!«, brüllst du, jetzt bist du die Erwachsene und ich das Kind. »Geh rein und hol eine Schere. Schnell.«

Ich renne los und reiße panisch alle Schubladen in der Küche auf, bis ich die alte Schere meiner Mutter finde. Dann eile ich zurück zu dir, und du tauchst wieder unter, schwimmst wie ein Frosch zum Grund. Ich sehe sie, ihr schöner Haarschopf hält sie fest. Dann ist sie plötzlich frei, du schlingst ihr die Arme um die Brust und ziehst sie an die Oberfläche.

Du bist so tapfer, Emma. So sicher in dem, was du tust. Besser hättest du es nicht machen können. Aber ich weiß, schon bevor du an die Oberfläche kommst, dass es zu spät für sie ist. Das weiß ich, weil etwas aus der Welt verschwunden ist und ich es gespürt habe: eine elektrische Ladung, die nun fehlt, ein gelöschtes Licht; das genaue Gegenteil des leisen Flatterns, mit dem sie sich zum ersten Mal in mir geregt hat. Die Angst ist fort, aber mit ihr auch ein grundlegender Teil von mir.

Danach

Der Brief erwartet mich, als ich von der Arbeit nach Hause komme, er steckt im Metallbriefkasten im Treppenhaus. Er stammt aus Frankreich, das erkenne ich sofort, aber nicht am Poststempel meines Heimatorts, der auf der Reise verschmiert wurde. Auch nicht an der handgeschriebenen Sieben in der Postleitzahl. Es ist die Handschrift, markant und kräftig, schwarze Tinte auf gutem Papier. Oliviers Handschrift.

> *Ich habe deine Londoner Telefonnummer nicht, und du stehst auch nicht im Telefonbuch. Also verzeih mir, dass ich dir die Neuigkeit schriftlich mitteile, obwohl ich lieber am Telefon mit dir gesprochen hätte. Ich habe Camille nicht kontaktiert, weil sie sich sonst gefragt hätte, was ich so Dringendes von dir will, und zwar nur von dir. Ich finde, du solltest es als Erste erfahren.*

Ich überfliege das Blatt und lese es erneut, von oben nach unten, diesmal langsamer.

> *Wenn du Zeit hattest, es zu verdauen, rufst du mich bitte an, Sylvie? Bitte? Ich kann dir dabei helfen. Vergiss nicht, ich bin hier. Ich denke noch immer an dich.*
>
> *Olivier*

Zuerst hatten sich die spanischen Behörden an die entsprechenden französischen Stellen gewandt. Über Élodies alte Akte aus der Einrichtung haben sie ihre Meldeadresse herausgefunden, Gregs alte

Wohnung. Dort kannte ihn niemand, aber dann fanden sie einen Hinweis auf den Anwalt der Familie und stießen auf Olivier.

Als die Kommune sich auflöste, wusste anscheinend niemand, wohin mit ihr. Sie blieb bei der alten Frau, die ihnen das Land verpachtet hat. Anscheinend war sie schmutzig und leicht unterernährt, aber sie war – und ist – ansonsten gesund. Die Frau dachte, es würde schon jemand zurückkommen, also wartete sie ein paar Wochen, bis sie die Polizei verständigte. Sie sagte, sie sei zu alt, um allein ein kleines Kind großzuziehen, vor allem eines, das bislang so sehr sich selbst überlassen wurde.
Sie wurde untersucht und auf etwa drei Jahre geschätzt. Es gibt keine Unterlagen darüber, dass eine Élodie Durand oder Élodie Winters um die fragliche Zeit in Spanien oder Frankreich ein Kind zur Welt gebracht hat, zumindest wurden keine gefunden. Die alte Frau hat keine Ahnung, wer der Vater sein könnte. Wie auch immer, es haben sich ohnehin die Gene der Mutter durchgesetzt, wie du an dem Foto sehen wirst, das ich beigelegt habe. Ich habe zwar noch nie ein Bild von Élodie als Kind gesehen, aber ich erkenne die erwachsene Frau so deutlich in dem Kind, dass ich nur erahnen kann, wie stark die Ähnlichkeit für dich sein muss.
Vielleicht bist du inzwischen darauf gekommen, dass ich dich nicht nur über ihre Existenz in Kenntnis setzen will. Du, Emma und dein Ex-Mann seid ihre nächsten lebenden Verwandten. Falls du keinen Einspruch erhebst, was dein gutes Recht wäre, gehört sie zu euch. Es scheint zwar, wie gesagt, keine offiziellen Dokumente zu geben, aber sie sagt, ihr Name sei Sylvie.

Natürlich. Die Narbe. Ich gehe mit dem Polaroid zum Fenster, wo der Londoner Himmel schon jetzt tiefer hängt, auch wenn noch nicht ganz November ist. Sie starrt mich an, herzförmiges Gesicht, das spitze Kinn gereckt, trotziger Blick und die Händchen zu Fäusten geballt. Sie lächelt nicht, aber das liegt wohl auch an der Art von Foto. Wahrscheinlich wurde es von einem Polizisten oder einer Sozialarbeiterin gemacht. Anscheinend schaut sie in ein grelles Licht, denn sie kneift leicht die Augen zusammen. Dennoch kann man durch ihre langen pechschwarzen Wimpern hindurch ihre Augenfarbe erkennen: bernsteinfarben mit goldenen Sprenkeln.

Ich habe inzwischen herausgefunden, was Élodies Tätowierung bedeutet. Ich bin in ein Tattoo-Studio in Camden Town gegangen und habe die drei schwarzen Bögen einer Frau gezeigt, um deren Arme sich Koikarpfen und Kirschblüten rankten.

»Ja, das kann ich machen«, sagte sie. »Wohin wollen Sie es denn haben?«

»O nein, ich will nicht … Tut mir leid, meine Tochter hatte so eins. Ich habe es gesehen, bevor … bevor sie gestorben ist. Ich wollte nur wissen, was es bedeutet. Ob es vielleicht eine Bedeutung hat.«

Sie sah mich an und machte ein nachdenkliches Gesicht. »Es ist ein sehr altes Symbol. Es bedeutet Mutterschaft. Vielleicht hat sie es sich für Sie stechen lassen.«

Ich schaue hoch, als ich den Schlüssel in der Wohnungstür höre und der blecherne Beat deiner Musik in die stille Wohnung schallt. Du kommst von der Schule. Ich drehe mich um und mache mich bereit, dir das Foto deiner Nichte zu zeigen, das Letzte, was von meiner ersten Tochter übrig ist: der Schimmer von etwas Kostbarem, das ich vielleicht aus dem Schiffswrack bergen kann. Eine zweite Chance.

Danksagung

Mein größter Dank gilt natürlich meinen wunderbaren Lektorinnen, Jillian Taylor in Großbritannien und Seema Mahanian in den USA, die mir dabei geholfen haben, das Beziehungsgeflecht in *Das verborgene Zimmer* viel komplexer, interessanter und realer zu gestalten. Ich danke euch beiden, dass ihr mich angetrieben habt, ohne es zu übertreiben!

Ebenso dankbar bin ich meiner zauberhaften Agentin Rebecca Ritchie bei AM Heath, die nicht nur von Anfang an der größte Fan dieses Buches war, sondern mich auch sehr darin bestärkt hat, einen moderneren Roman zu schreiben.

Außerdem möchte ich Marie-Laure Pierson und Jacqueline Priou danken, langjährige Freundinnen der Familie, bei denen ich als Kind viele glückliche Urlaube *en France* verbracht habe. Zu meinem Glück sprechen sie beide hervorragend Englisch und kennen sich zudem mit Kinderpsychologie aus – eine unschätzbar wertvolle Kombination für dieses Buch. Auf der britischen Seite des Kanals hat mir meine Stiefmutter Joan Reardon mit französischen Begriffen zur Seite gestanden und zudem schon immer eine entscheidende Rolle dabei gespielt, Frankreich zu einer Art zweiten Heimat für mich zu machen. (Und ja, du hattest recht, ich hätte in der Schule Französisch wählen sollen und nicht Theater. Keine Ahnung, was ich mir dabei gedacht habe.) Mögliche Fehler habe ich allein mir zuzuschreiben.

Meinen frühesten Lesern bin ich ebenfalls zu Dank verpflichtet, weil sie so ermutigend, hilfsbereit und liebenswürdig waren. Danke an Darren Loftus, Emma Stonex, Emylia Hall, Amanda Reynolds, Hayley Hoskins, Helen Hockenhull und an meine Mum,

Meryl Parker. Meine Familie und meine Freunde sind wirklich fantastisch – genau wie die großartigen Teams bei Michael Joseph und Grand Central. Ich danke euch allen. Ohne euch hätte ich es nicht geschafft.